KB187524

노인과 바다

노인과 바다

초판 1쇄 발행 | 2021년 4월 15일
　　3쇄 발행 | 2024년 8월 20일

지은이 | 어니스트 헤밍웨이
옮긴이 | 박재인
펴낸이 | 김형호
펴낸곳 | 아름다운날
편집책임 | 조종순
디자인 | 디자인표현

출판 등록 | 1999년 11월 22일
주소 | (05220) 서울시 강동구 아리수로 72길 66-19
전화 | 02) 3142-8420
팩스 | 02) 3143-4154
E-메일 | arumbooks@gmail.com

ISBN 979-11-6709-000-3 (03840)

노인과 바다

어니스트 헤밍웨이 지음 | 박재인 옮김

The Old Man
and the Sea

아름다운날

Contents

노인과 바다
The Old Man and the Sea

The old man and the sea

    그는 멕시코 만에서 조각배를 띄워놓고 혼자 고기잡이를 하는 노인이었다. 하지만 84일 동안이나 고기를 단 한 마리도 잡지 못했다. 처음 40일간은 한 소년과 같이 있었다. 그런데 40일간 계속해 한 마리도 안 잡히자 소년의 부모는, 노인이 이제 '살라오'(스페인어로 재수없는 자를 뜻함)를 만난 거라고 말했다. 그래서 소년은 부모가 시키는 대로 다른 배로 옮겨 탔는데, 고기잡이를 나간 그 배는 바로 첫 주에 큰 물고기를 세 마리나 잡았다. 하지만 소년은 노인이 매일 빈 배로 돌아오는 것을 보며 마음이 아팠다. 그는 노인을 마중 나가 감아둔 낚싯줄과 작살, 갈퀴, 돛, 돛대 등을 같이 챙기며 도와주었다. 여기저기 찢어진 돛은 밀가루 포대로 꿰매놓았기 때문에 말아놓으면 마치 영원한 패배의 깃발처럼 보였다.

노인은 몹시 피곤하고 야윈 상태로 목덜미에는 굵은 주름살이 져있었다. 열대 바다에서 반사되는 태양열로 인해 노인의 얼굴엔 피부병이라도 생긴 것 같은 거무스레한 기미가 잔뜩 퍼져 있었다. 그리고 양손엔 상처 자국들이 여기저기 있었다. 아마도 밧줄로 큰 고기를 잡을 때 생긴 것 같았다. 하지만 요즘 생긴 상처는 아니었다. 그것은 물고기라고는 없는 사막 지대처럼 메마르고 오래된 상처들이었다.

노인의 몸은 늙고 초췌했지만 그래도 그의 바다색 두 눈만은 쾌활한 의욕으로 차있었다.

"산티아고 할아버지!"

소년은 노인을 따라 고기잡이배를 매어놓은 둑으로 올라가며 말했다.

"이제는 할아버지와 함께 바다로 나갈 수 있어요. 돈도 좀 모았거든요."

노인이 이제껏 소년에게 고기 잡는 방법을 가르쳐왔기 때문에 소년은 노인을 잘 따랐다.

노인이 말했다.

"그건 안 된다. 네가 탄 배가 행운을 잡았으니까 그대로 거기 있으렴."

"하지만 할아버지도 87일이나 한 마리도 못 잡다가 3주일간 계속해서 매일 큰 고기를 잡았었잖아요. 기억나시죠?"

"그럼. 기억나지. 내가 더 이상 못 잡을까봐 네가 날 떠난 게 아니란 걸 잘 알고 있단다."

"아빠가 할아버지 배를 떠나라고 해서 그랬던 거에요. 저는 아직 어리니까 아버지 말을 들어야 하잖아요."

"그럼. 당연하지."

노인이 말했다.

"아빠는 믿을 줄을 몰라요."

"그래. 하지만 우리는 신념이 있잖니, 그렇지?"

"그럼요. 테라스로 가서 제가 맥주 사드릴게요. 작업 도구들은 나중에 정리하고요."

소년의 제안에 노인이 대답했다.

"그거 좋지. 어부끼리 사양할 건 없으니까."

테라스에 앉아있던 어부들이 그를 보고 놀려댔지만 노인은 그냥 받아넘겼다. 특히 나이 든 어부들은 그에게 서글픔을 느꼈다. 하지만 그들은 그런 말은 하지 않고, 조류가 어떻다느니, 낚싯줄을 얼마나 깊이 내렸느니, 날씨가 연일 좋은 것 같다는 등의 자기들이 겪은 일에 대해서만 조용히 이야기를 건넸다. 어부들 중 수확이 좋은 사람들은 이미 고기를 가득 싣고 들어와 마알린(덩치가 큰 바다 물고기 종류)을 손질해 판자 두 장에 널어놓고는 두 사람이 힘겹게 그걸 들고 생선 저장고로 운반해갔다. 고기는 저장고에서 아바나의 어시장으로 실어갈 냉동차를 기다려야 했다. 상어잡이 어부들은 상어를 항구 건너편 상어 공장으로 곧바로 가져갔다. 거기서는 상어를 밧줄에 매달아 도르래로 끌어올려서 내장을 빼내고, 지느러미를 잘라내며 껍질을 벗긴 다음 살을 토막 내서 소금에 절이는 작업을 했다.

상어 공장 때문에 동쪽에서 바람이 불어오면 항구 쪽까지 냄새가 풍겨왔다. 그런데 오늘은 바람이 북쪽에서 불어와 곧 멈췄기 때문에 냄새가 날듯 말듯 희미하다. 테라스에는 밝은 햇빛이 비쳐들어 따사로웠다.

"산티아고 할아버지."

소년이 불렀다.

"그래."

노인은 대답은 했지만 맥주잔을 손에 든 채 옛날 생각에 푹 빠져 있었다.

"내일 쓰실 정어리 좀 갖다드릴까요?"

"괜찮아. 넌 가서 야구나 하렴. 아직은 내가 노도 저을 수 있고, 로헬리오가 어망을 던져주기로 했으니까."

"그래도 할아버지랑 같이 고기잡이 못 가니까 다른 거라도 도와드리고 싶어요."

"네가 맥주 사줬잖니. 너도 이젠 다 컸구나."

"제가 할아버지 배를 처음 탔던 때가 몇 살이었죠?"

"다섯 살 때였지. 그때 고기를 끌어올리는데 하도 퍼덕거리는 바람에 배가 다 부서질 뻔 했단다. 너도 죽을 뻔 했었지. 기억나니?"

"네, 기억나요. 놈이 얼마나 꼬리를 세차게 버둥거렸는지 배의 널빤지가 부러질 정도였죠. 그래서 할아버지가 저를 젖은 낚싯줄이 있는 이쪽 이물(배의 앞쪽 끝부분) 쪽에다 던졌어요. 배가 요동을 치는데다 장작 패듯 고기를 몽둥이로 마구 때리니까 비릿한 피 냄새가 확 풍겼어요."

"너 정말 그걸 기억하고 있는 거니, 아니면 내가 한 얘기를 기억하고 하는 말이니?"

"처음 배를 타고 나갔을 때 일은 전부 기억이 나요."

노인은 잔뜩 그을린 얼굴로 자부심에 차서 소년을 기특하다는 듯 바라보았다.

"네가 내 아들이라면 함께 나가 모험을 해보겠는데, 너에겐 부모가 있고 또 요즘 네가 탄 배가 운이 트였잖니."

"정어리를 갖다드릴까요? 미끼도 네 개 정도 가져올 수 있어요."

"아니다. 미끼는 오늘 안 쓴 게 남아있어. 소금을 쳐서 상자 속에 넣어두었단다."

"그래도 싱싱한 미끼 네 개쯤 가져올게요."

"그럼 하나만 가져오렴."

노인에겐 아직 희망과 자신감이 남아있었는데, 가벼운 바람이 불어오자 다시금 힘이 솟구치고 있었다.

"그럼 두 개만 갖다드릴게요."

소년이 말했다.

"그래 그럼. 한데 훔친 건 아니겠지?"

"훔칠 수도 있지만 이건 제가 산 거에요."

"고맙구나."

노인은 성격이 단순해 한 번 결정한 지난 일에 대해서는 절대 반복하지 않는 습관이 있었다. 하지만 지금은 자기가 소년에게

져주고 있다는 걸 알고 있었다. 그래도 자존심이 상한다거나 창피한 일이라고는 생각되지 않았다.

"조류가 이 정도만 되면 내일은 날씨가 좋겠는데."

"할아버지, 내일은 어디로 가실 거예요?"

"멀리. 하지만 바람이 바뀌면 돌아와야지. 동트기 전에 나갈 생각이다."

"저도 배 주인 아저씨한테 멀리 나가자고 얘기해볼게요. 할아버지가 만약 큰 놈을 잡으시면 모두 함께 도와드릴 수 있게 말이죠."

소년이 말했다.

"그는 멀리 나갈 사람이 아니야."

"그렇긴 하지만 주인아저씨가 못 본 장면들을 제가 봤다고 하면 돌고래를 찾아 멀리까지 나갈지도 몰라요. 새떼들이 물고기를 찾는다거나 하는 장면들 말이에요. 그렇게 부추겨볼게요."

"그 사람 눈이 그렇게 나쁜 거냐?"

"네, 거의 장님 같아요."

"참 이상하네. 거북이 잡이를 하면 눈이 나빠지는데, 그 사람은 거북이를 잡은 적이 없거든."

"그런데 할아버지는 모스키토 해안(카리브해의 온두라스와 니카라과 사이에 있는 해변)에서 몇 년간 거북이 잡이를 하셨는데도 눈이 나빠지지 않았네요."

"난 좀 이상한 늙은이잖니."

"하지만 엄청 큰 물고기가 잡히면 혼자 끌어올리실 수 있겠어요?"

"그럼, 할 수 있지. 난 여러 가지 기술이 있거든."

"그럼 이제 도구들을 챙겨서 집으로 가요. 정어리를 잡으러 가려면 투망을 정리해야 하니까요."

소년이 말했다.

두 사람은 배에서 작업 도구들을 끌어냈다. 노인은 돛대를 어깨에 메고, 소년은 단단히 꼬아진 낚싯줄을 감아 넣은 나무상자와 갈퀴, 창이 매달린 작살 등을 손에 들었다. 미끼통과 몽둥이는 배에 그대로 놔뒀는데, 몽둥이는 큰 고기가 잡혔을 때 때려치기 위한 것이었다.

노인의 물건들을 훔쳐갈 사람들은 없다. 하지만 돛과 밧줄은 밤이슬을 맞으면 좋지 않기 때문에 집으로 가져가는 것이 좋았다. 노인도 이 마을 사람들이 자기 물건을 훔쳐갈 거라고는 생각하지 않았지만 배에 물건들이 있는 걸 보면 자연히 훔칠 마음을 갖게 하는 구실을 주는 거라고 여겼다.

그들은 노인의 판잣집을 향해 걸어 올라가 열려있는 문으로 들어갔다. 노인은 메고 갔던 돛대를 내려 벽에 기대놓았고, 소년도 상자와 다른 작업 도구들을 그 옆에 내려놓았다. 돛대 길이가 그 집 방 길이만큼이나 길었다. 집은 종려나무의 일종인 구아노의 질긴 껍질로 지은 것이며, 침대와 책상, 의자 하나씩이 놓여있고, 한쪽 바닥에는 숯불을 지펴 요리할 수 있도록 만들어져 있었다. 벽은 튼튼한 구아노 잎을 여러 겹 대어 붙였는데, 그 위에 채색 그림들이 걸려있었다. 한 장은 예수상 그림이고, 또 한 장은 코브레의 성모마리아상이었다. 그림들은 노인의 아내가 남긴 유물이었다. 원래 그 벽에는 아내의 사진들이 걸려 있었는데 쳐다볼 때마다 마음이 서글퍼져 떼어버리고 말았다. 노인은 그것들을 선반 한쪽에 놓아둔 깨끗한 세탁물 아래에 끼워두었다.

"뭐 먹을 것 좀 있어요?"

소년이 물었다.

"그래. 먹다 남은 밥과 생선이 있는데, 먹고 싶니?"

"아니오. 전 집에 가서 먹을게요. 불 피워드릴까요?"

"아니, 내가 이따가 피울게. 찬밥 그냥 먹지 뭐."

"투망 가져가도 되죠?"

"물론이지."

하지만 투망은 없었다. 노인이 벌써 팔아버렸다는 걸 소년은 알고 있었다. 두 사람은 늘 그렇게 연극을 했다. 찬밥도, 생선도 역시 없었다. 소년은 모두 알고 있었다.

"'85는 행운의 숫자야. 내가 1000파운드 넘는 큰 놈 하나 잡아오면 좋겠지?"

"저는 투망으로 정어리 잡으러 갈게요. 할아버진 여기 햇볕 아래서 좀 쉬고 계세요."

"그러마. 어제 신문도 있으니까 야구 기사나 읽어야겠다."

어제 신문이 있다는 것 또한 거짓말인지 모른다고 소년은 생각했다. 그런데 노인이 그걸 침대 밑에서 꺼내 가지고 왔다.

"식료품점의 페드리코가 주더구나."

노인이 설명을 했다.

"정어리가 잡히는 대로 돌아올게요. 얼음에 채워두었다가 아침에 할아버지랑 저랑 같이 나누면 돼요. 저 돌아오면 야구 얘기 해주세요."

"양키스는 절대 안 질 거야."

"클리블랜드 인디언스도 막강하던데요."

"난 그래도 양키스 팀을 믿어. 위대한 디마지오(뉴욕 양키스 출신의 프로야구 선수)가 있으니까 말이야."

"어쨌든 디트로이트 타이거스와 클리블랜드 인디언스도 위협적이죠."

"그렇게 말하면 신시내티의 레즈나 시카고의 화이트 삭스도 만만치 않지."

"저 돌아오면 얘기 좀 해주세요."

"그런데 85가 끝자리 수로 돼있는 복권을 하나 살까 하는데, 내일이 85일째 되는 날이거든."

"살 수 있죠. 하지만 할아버지가 제일 오래 고기를 못 잡은 최고 기록이 87인데, 그건 어떨까요?"

소년이 말했다.

"또 그럴 일은 없을 거야. 너 85로 끝나는 복권 어디서 찾을 수 있겠니?"

"주문하면 되죠 뭐."

"그럼 한 장만 사오렴. 그런데 2달러 50센트인데, 누구한테 돈을 빌리지?"

"걱정 마세요. 2달러 50센트쯤은 언제든 빌릴 수 있어요."

"나도 빌릴 수는 있는데 그러고 싶지가 않아. 한 번 빌리면 나중엔 구걸하게 되거든."

"할아버지 몸 따뜻하게 하고 계세요. 9월이라는 거 잊지 마시고요."

소년이 말했다.

"큰 고기가 잡히는 계절이지. 5월은 누구나 어부가 될 수 있는 계절이고 말이야."

"저 이젠 정어리 잡으러 갈게요."

소년이 말했다.

소년이 돌아왔을 때 노인은 의자에 앉은 채 자고 있었고, 해는 벌써 기울고 있었다. 소년은 군용 담요를 침대에서 가져와 의자 뒤쪽에서 노인의 어깨를 덮어주었다. 노인의 어깨는 무척 야위고 늙었지만 아직 힘은 남아있어 보였다. 목덜미도 탄탄해 보이고 고개를 앞으로 숙이고 있긴 하지만 주름살도 거의 보이지 않았다. 셔츠는 누덕누덕 기워져 있어 돛 같고, 기워진 부분이 햇빛에 바라 제멋대로 여러 색깔로 변해있었다. 하지만 머리는 역시 늙어 보이고, 눈 감고 있는 모습도 생기가 없었다. 그의 무릎에 펼쳐져 있는 신문이 저녁바람에 펄럭였는데, 그 위에 팔이 놓여있어 날아가지는 않았다. 노인의 발은 맨발이었다.

소년은 노인을 그대로 두고 나갔다가 다시 돌아왔다. 그때까지도 노인은 아직 자고 있었다.

"할아버지, 그만 일어나세요."

소년이 말하며 노인의 무릎에 가만히 손을 댔다. 노인은 눈은

떴지만 한동안 잠에서 완전히 깨어나지 못했다. 그러더니 소년을 보고는 싱긋이 웃었다.

"뭐 가져왔니?"

"저녁거리요. 저녁 드실 시간 됐잖아요."

소년이 말했다.

"나 별로 배 안 고픈데."

"그러지 말고 드세요. 안 드시면 고기잡이도 못 나가세요."

"그러마. 전에는 안 먹어도 고기만 잘 잡았었는데."

노인은 일어나 신문과 담요를 접으며 말했다.

"담요는 덮고 계세요. 앞으로 제가 살아있는 한은 할아버지가 안 드시고 고기잡이 나가시게 안 할 거에요."

"그래. 건강히 오래 살아라. 그런데 먹을 게 뭐니?"

"검은 콩과 쌀, 바나나 구이, 스튜 조금이요."

소년은 그 음식을 테라스 식당에서 2층 그릇에 담아가지고 왔다. 나이프와 포크, 스푼도 호주머니에 챙겨 넣었다.

"누가 줬니?"

"마르틴이요. 주인 말이에요."

"그래, 고맙다고 얘기해야겠구나."

"제가 얘기했어요. 할아버지는 따로 인사 안 하셔도 돼요."

"그럼 큰 고기 잡히면 뱃살 부위로 좀 줘야겠다. 그 사람이 이렇게 챙겨준 게 처음은 아니지?"

노인이 물었다.

"네."

"그럼 뱃살 말고 더 좋은 걸로 줘야겠구나. 우리한테 아주 잘 해주는 사람이잖니."

"맥주도 두 병 줬어요."

"난 깡통 맥주가 좋던데."

"알아요. 어쩔 수 없죠. 이건 그래도 아투에이 맥주(1900년대 초 아바다 등지에서 많이 팔린 맥주)예요. 병은 돌려줄 거에요."

"고맙구나. 자 먹어볼까?"

노인이 말했다.

"아까부터 드시라고 했잖아요. 할아버지가 준비되시면 병뚜껑을 열려고 했어요."

"그래 준비됐다. 그런데 손을 씻어야 할 것 같은데."

손을 어디서 씻을지, 소년은 속으로 생각했다. 우물을 찾으려면 두 길을 건너가야 했다. 아무래도 물을 길어 와야 할 것 같았다. 그리고 비누와 수건도 있어야 했다. 소년은 자기가 그런 생각을 미리 못했던 게 아쉬웠다. 셔츠와 재킷도 하나씩 더 있어야 하고, 신발과 담요도 더 준비해야 한다는 걸 알았다.

"스튜가 맛있는데."

노인이 말했다.

"야구 얘기 좀 해주세요."

소년이 다른 얘기로 돌렸다.

"미국 리그전에선 역시 양키스가 최고라니까."

노인은 의기양양하게 말했다.

"오늘은 졌잖아요."

소년이 말했다.

"상관없어. 위대한 디마지오가 있으니까 금방 살아날 거야."

"그 팀엔 다른 선수들도 있잖아요."

"그렇긴 하지만 디마지오는 정말 특별한 선수거든. 다른 리그에서 브루클린과 필라델피아가 붙으면 난 브루클린 편을 응원할 거다. 참 딕 시슬러가 전에 엄청난 볼을 날린 적이 있었지."

"굉장한 볼이었죠. 그렇게 멀리 친 건 처음 봤으니까요."

"그가 이 테라스 식당에 가끔 오곤 했는데, 너 기억나니? 고기잡이에 같이 가자고 하고 싶었는데 말이 안 나오더라고. 그래서 너한테 시켰더니 너도 우물쭈물 하면서 말을 못 붙이더구나."

"맞아요. 그때 말했어야 했는데. 그러면 같이 갔을지도 몰라요. 그리고 저한테도 평생 자랑거리가 됐을 거고요."

"난 위대한 디마지오를 꼭 한 번 고기잡이에 데려가고 싶구나. 그 애 아버지도 어부였다고 하더라. 우리처럼 가난했겠지. 그러니 우리 같은 사람들을 이해할 거야."

노인이 말했다.

"위대한 시슬러의 아버지는 가난하지 않았어요. 그리고 시슬러는 제 나이 때 벌써 큰 리그전에 나갔었죠."

"내가 너 나이였을 때 아프리카로 다니는 가로돛을 단 배에서 일했었는데, 저녁 무렵에 보면 해변에 사자들이 있고 그랬지."

"네, 그 얘기 기억나요."

"아프리카 얘기 더 듣고 싶니, 아니면 야구 얘기 계속할까?"

"야구 얘기가 더 좋아요. 존 J. 맥그로 얘기 좀 해주세요."

소년은 J를 호타(J의 스페인 발음)라고 발음했다.

"그도 전에는 가끔 테라스 식당에 왔었지. 그런데 술만 마셨다 하면 행패를 부리고 난리를 쳤지. 아주 고약했어. 그 친구는 야구뿐만 아니라 경마도 잘해서, 말의 이름들을 적은 쪽지를 늘 갖고 다니고, 전화할 때도 말 이름을 댈 정도였지."

"대단한 감독이었죠. 아버지도 그 감독을 제일 좋아하셨어요."

"그 사람이 여기 자주 왔으니까 그렇지. 만약 뒤로셰(1925년부터 1945년까지 활동했던 야구선수)가 매년 여기에 나타났다면 네 아버지는 그를 가장 최고의 감독이라고 말했을 거다."

노인이 말했다.

"그럼 누가 가장 최고의 감독이었어요? 루케(1914년부터 1935년까지 활동했던 야구선수)였어요, 아니면 마이크 곤살레스(1912년부터 1932년까지 메이저리그에서 뛴 야구선수)였어요?"

"둘이 비슷하지."

"가장 대단한 어부는 할아버지고요."

"아니지. 난 더 훌륭한 어부들을 많이 알고 있어."

"천만에요. 고기를 잘 잡는 어부도 많고 훌륭한 어부들도 있지만 진짜 최고 어부는 할아버지밖에 없어요."

소년이 말했다.

"그런 말을 들으니 기분 좋구나. 이러다가 내가 잡지 못할 만큼 너무 큰 고기가 나타날까 걱정되는데."

"그 정도 고기가 있을까요? 할아버지는 아직 기운 좋으신데요, 뭘."

"마음은 그렇지만 어떨지 모르지. 아무튼 난 기술도 있고, 그렇게 믿고 있어."

노인이 말했다.

"내일 아침에 일찍 나가시려면 이제 주무셔야죠. 이것들 테라스 식당에 갖다 줄게요."

"그래. 잘 자고, 아침에 깨워주러 갈게."

"할아버지는 저를 깨우는 시계죠."

소년이 말했다.

"내 나이가 바로 자명종이지 뭐. 늙으면 왜 잠이 없어지는지 몰라. 하루를 더 길게 살고 싶어서일까?"

노인이 말했다.

"그건 모르겠는데요. 아이들은 늦게까지 잠을 많이 잔다는 건 알고 있어요."

"나도 어릴 땐 그랬었지. 안 늦도록 가서 깨워줄게."

"주인아저씨가 깨워주는 건 싫어요. 제가 약점 잡히는 것 같아서요."

"그래 알았다."

"할아버지, 잘 주무세요."

소년은 떠났다. 저녁 먹을 때도 그들은 불을 켜지 않고 있었다. 노인은 어두컴컴한 집에서 옷을 벗고 잠잘 준비를 했다. 바지를 둘둘 말아 그 속에 신문을 끼워 넣어 베개로 만들었다. 그리고 침대 스프링 위에다 신문지를 깔고 담요로 몸을 감싼 채 드러누웠다.

노인은 곧 잠에 빠져들었다. 꿈속에 어린 시절 보았던 아프리카의 황금빛 모래사장과 눈부시게 빛나는 하얗고 긴 해안, 높이 솟은 곳과 웅장하게 펼쳐져 있는 거무스름한 산들이 나타났다. 근래 노인의 꿈속엔 이 풍경들이 연일 보였다. 바닷가의 파도소리도 계속 들렸으며, 파도 속에서 노를 저어오는 아프리카인들의 배도 보였다. 꿈속에서도 갑판의 타르 냄새와 배에서 먹는 음식 냄새가 났고, 아침엔 아프리카 대륙에서 바람에 밀려오는 냄새를 맡았다.

보통 그렇게 대륙에서 불어오는 바람 냄새를 맡을 때면 노인은 잠에서 깨어나 주섬주섬 옷을 입고 소년을 깨우러 가곤 했다. 그런데 오늘은 바람 냄새가 이른 새벽부터 풍겨와 꿈속에서도 너무 빠르다는 생각이 들 정도였다. 그래서 계속 더 잠을 잤다. 꿈속에서 하얀 섬들이 우뚝우뚝 솟아있는 게 보이고, 카나리아 섬들의 항구와 선착장들도 보였다.

요즘 노인의 꿈속엔 폭풍우라든지 여자들, 큰 고기를 힘들게 끌어올리는 작업, 죽은 아내의 모습 등은 더 이상 나타나지 않고, 여러 곳의 풍경들과 사자들만 나타났다. 황혼 무렵 사자들은 마치 어린 고양이처럼 보였다. 노인은 소년을 귀여워하듯 사자들이 사랑스러웠다. 그런데 소년은 전혀 꿈속에 나타나지 않았다. 그는 다시 잠에서 깼다. 열린 창밖으로 달빛이 보이자 그는 바지를 펴서 다시 입고 밖으로 나갔다. 그는 소변을 본 뒤 소년을 깨우러 언덕길을 올라갔다. 아직 새벽이라 제법 추웠다. 그의 경험으로 추위는 오히려 한동안 견디고 나면 지나간다는 걸 알고 있었다. 그래서 바다로 노를 저어 나가면 추위가 풀리면서 몸이 더워질 거라고 생각했다.

소년의 집은 문이 잠겨있지 않아 그는 조용히 문을 열고 안으로 들어갔다. 소년은 바로 첫째 방에서 자고 있었다. 희미하게 남아있는 달빛 속에 소년의 모습이 뚜렷이 보였다. 그는 소년의 한쪽 발을 가만히 잡고는 깰 때까지 기다렸다. 소년이 깨어 노인을 쳐다보고는 침대에 일어나 앉았다. 그러고는 노인이 고개를 끄덕이자 침대에 걸터앉은 채로 옆 의자에 놓았던 바지를 주워 입기 시작했다.

소년은 노인을 따라 밖으로 나왔다. 그런데 아직 잠이 덜 깬 상태였다. 노인이 소년의 어깨를 감싸며 말했다.

"이런 쯧쯧."

"아니에요. 저도 남자니까 이런 일쯤은 당연히 해야죠."

그들은 노인의 오두막집 쪽으로 걸어 내려갔다. 어둠속에서 어부들이 맨발로 돛대를 어깨에 메고 가는 모습이 보였다.

노인의 집에 도착해 소년은 낚싯줄이 든 바구니와 작살, 갈고리를 챙겨들고, 노인은 돛을 감은 돛대를 어깨에 멨다.

"커피 드실래요?"

소년이 물었다.

"우선 이 물건들을 배에 갖다놓고 마시자."

두 사람은 새벽에 일찍 여는 어부들 식당으로 가서 우유병에다 커피를 따라 마셨다.

"어젯밤에는 잘 주무셨어요?"

소년은 아직도 졸린 눈으로 노인을 쳐다보며 물었다. 그래도 정신은 맑아 보였다.

"잘 잤다, 마놀린. 오늘은 자신이 생기는구나."

"저도 그래요. 전 가서 얼음에 채워둔 정어리를 가져올게요. 할아버지의 새 미끼 하고요. 주인아저씨는 작업 도구들을 직접 나르거든요. 아무한테도 안 시켜요."

소년이 말했다.

"우리는 달라. 난 네가 다섯 살 때부터 물건들을 나르게 시켰지."

노인이 말했다.

"알고 있어요. 금방 돌아올게요. 커피 한 잔 더 드시고 계세요. 여긴 외상으로 주니까 괜찮아요."

소년은 맨발로 산호 바위 위를 걸어가 미끼를 맡겨둔 얼음 창고로 갔다.

그동안 노인은 천천히 커피를 마셨다. 오늘 하루를 버티려면 이 커피라도 마셔야 한다는 것을 그는 알고 있었다. 노인은 언젠가부터 점심도 챙겨가지 않았다. 보통 귀찮은 일이 아니기 때문이었다. 그는 하루 종일 물 한 병이면 충분했다.

소년이 정어리와 미끼를 신문지에 싼 두 뭉치를 가지고 돌아왔다. 그들은 자갈이 섞인 모래의 감촉을 느끼며 조각배가 있는 곳으로 내려가 배를 물 한가운데로 밀어 넣었다.

"할아버지, 행운을 빌어요."

"그래 너도."

노인은 대답하며 노를 묶어둔 밧줄을 풀어 노받이 말뚝에 고정시킨 다음 노를 저어 희끄무레한 어둠 속에서 항구를 떠나 앞으로 나아갔다. 다른 곳에서도 배들이 해안을 벗어나 바다로 나아가고 있었다. 어느새 달이 산 뒤로 숨어들어가 배들은 보이지 않았지만 노를 젓는 물소리가 끝없이 들려왔다.

가끔은 다른 배들에서 말소리도 들려왔지만 대부분은 고요한 가운데 노 젓는 소리만 이어졌다. 얼마 후 배들은 고기떼가 있는 곳으로 각자 흩어져 바다 여기저기로 방향을 돌렸다. 노인은 멀리까지 갈 생각에 해변에서 한참 떨어져 바다의 맑은 새벽 냄새를 맡으며 노를 저어갔다. 어부들이 보통 큰 어장이라고 부르는 곳까지 나아갔을 때 노인은 물속에서 해초가 빚어내는 푸른빛을 보았다. 그곳은 700패덤(1패덤은 약 1미터 80센티미터)이나 되는 깊은 곳이다. 물고기들이 바다 밑바닥의 가파른 벽에 부딪쳐서 생기는 소용돌이 때문에 온갖 종류가 떼로 모여들었다. 특히 새우와 미끼 종류가 많이 모여들었고, 가장 깊은 곳에는 오징어 떼가 숨어 있다가 밤에 수면까지 올라와 먹이를 찾는 큰 고기들에게 잡아먹히곤 했다.

어둠 속에서 서서히 아침이 밝아오고 있었다. 노인은 날치가 철석거리며 물을 치는 소리와 빳빳이 날개를 세워 물 위를 쉿쉿 날아다니는 소리를 듣고 있었다. 노인에게는 바다에서 날치들이 가장 친한 친구다. 그래서 그는 날치를 좋아했다. 노인은 새들이 불쌍하게 보였다. 특히 작고 가냘픈 제비갈매기는 부지런히 날아다니면서 먹이를 찾아다녔지만 늘 실패하곤 했다. 노인은 이런 생각이 들었다. 크고 힘 좋은 새들 외에는 우리 인간들보다 새들이 더 살아가기가 힘들겠구나. 이렇게 거친 바다에 왜 바다제비처럼 약하고 가냘픈 새가 있는 것일까. 바다는 때로 정겹고 멋지기도 하지만 너무나 무섭고 잔인하지 않은가. 슬프도록 약한 소리로 울며 물에 주둥이를 밀어 넣고 열심히 먹이를 찾아 헤매는 저 작은 새들은 바다에서 살기엔 너무도 연약한 존재들이구나.

바다를 보며 노인은 항상 '라 마르'라는 단어를 떠올렸는데, 그건 이 지방 사람들이 바다에 대한 애정으로 부르는 스페인어였다. 바다를 좋아하면서도 때로는 욕을 하게 되지만, 바다는 언제나 여성 명사인 '라 마르'로 부른다. 젊은 어부들 가운데 부표로 낚시찌를 대신하고 상어의 간을 팔아 번 돈으로 모터보트를 장만한 자들은 바다를 '엘 마르'라며 남성 명사로 부르기도 했다. 그들에게 바다는 투쟁이고 일이며 적이기도 했다.

하지만 노인은 바다를 항상 여성으로 대했다. 때로는 바다가 거칠게 굴고 심술을 부리기도 하지만 바다도 어찌할 수 없어서가 아니겠는가. 달이 여성에게 영향을 미치듯 바다에도 영향을 미치는 거라고 노인은 생각했다.

노인은 계속 노를 저어 나갔다. 그러나 너무 빨리 나아가지도 않았다. 이따금 소용돌이 치는 곳만 빼면 바다도 잔잔해 노를 젓기가 힘들지도 않았다. 나온 거리의 3분의 1쯤은 조류에 맡기며 이동을 했다. 그 덕에 날이 밝아지면서 보니 다른 때보다 훨씬 더 많이 나와 있었다.

일주일간 이 깊은 우물에서 고기잡이를 한 적도 있었지만 한 마리도 잡히지 않은 적도 있었다. 하지만 오늘은 가다랭이나 다랑어 떼가 모이는 곳으로 가서 낚싯줄을 내리면 큰놈들이 잡힐지도 모른다고 노인은 생각했다.

날이 밝기 전에 그는 미끼를 준비해놓고 물의 흐름에 배를 맡겨두고 있었다. 그러다 첫 미끼를 40패덤 정도 깊이에 내려놓았다. 두 번째 미끼는 75패덤 깊이에, 셋째와 넷째 미끼는 100패덤과 125패덤 정도 깊은 검푸른 물속에 내려 넣었다. 낚시 바늘의 직선 부분엔 미끼를 거꾸로 꿰어 단단히 매달고, 휘어진 부분과 끝에는 막 꺼낸 싱싱한 정어리를 매달았다. 정어리가 둥그렇게 매달려 마치 꽃 장식처럼 보였다. 이쯤 되면 큰 고기가 생선의 구수한 냄새와 맛을 보고 달려들 게 틀림없었다.

소년이 준 싱싱한 다랑어 두 마리는 낚싯줄 끝에 매달아 바다 속 제일 깊은 곳에 떨어트렸다. 쓰다 남은 푸른색 커다란 전갱이와 누런 빛이 나는 수컷 연어는 강한 냄새로 큰놈을 유인하기 위해 정어리를 매단 부분에 함께 묶었다. 낚싯줄은 연필 굵기만한데 끝에 초록색 칠을 한 막대기를 매달아 고기가 미끼를 물면 바로 막대기가 기울어지도록 만들어져 있었다. 각 줄에는 40패덤의 코일(감아놓은 낚싯줄)이 두 개씩 달려있는데, 그걸 다른 코일에 연결시키면 물고기가 300패덤의 낚싯줄을 끌고나갈 수 있도록 돼있었다.

잠시 후 세 개의 막대기가 기울어지는 게 보였다. 낚싯줄이 팽팽하게 당겨지자 노인은 미끼가 적당한 깊이를 유지할 수 있도록 조심스레 노를 저었다. 어느덧 날이 밝아오며 곧 해가 환하게 뜰 것 같았다.

바다 위로 해가 떠오르기 시작하자 다른 고기잡이배들이 보였다. 해면에 낮게 붙어있는 것처럼 보이는 배들이 조류를 거슬러 여기저기 흩어졌다. 뒤로는 해안이 어렴풋이 보였다. 해가 거의 환하게 떠오르면서 햇빛이 해면 위에 빛을 뿌리며 모습을 완전히 드러냈다. 수면의 반사 빛 때문에 노인은 눈이 부셨다. 그래서 물속을 볼 수가 없어 그는 얼굴을 돌린 채 노를 저었다. 곧 컴컴한 바다 속에 팽팽히 드리워져 있는 낚싯줄이 내려다보였다. 그는 계속 그걸 지켜보았다. 그는 누구보다 더 낚싯줄을 팽팽하게 잘 내려놓았다고 생각했다. 그리고 어두운 바다 속 자기가 잘 아는 곳에 틀림없이 미끼를 던져놓아야 그곳을 지나는 고기를 잡을 수 있었다. 대부분의 어부들은 미끼를 조류에 내맡기고 있기 때문에 100패덤일 거라고 생각하지만 실제로는 60패덤 정도밖에 안 되었다.

노인은 생각했다. 하지만 나는 정확한 깊이에 드리울 수가 있지. 고기를 못 잡은 건 단지 운이 없어서일 뿐이야. 그런데 누가 알겠어. 하루하루가 다 다른데 말이야. 운이 따르면 좋겠지만 그래도 나는 정확하게 할 거야. 그래야 운이 다가올 때 얼른 받아들일 수가 있을 테니까.

해가 떠오르고 두 시간이 지나자 동쪽을 바라보아도 별로 눈이 부시지 않았다. 다른 배들도 세 척만이 멀리 해변 가까이에 떠있고 나머지는 보이지 않았다.

평생토록 이 아침 해가 내 눈을 아프게 했지. 노인은 생각했다. 그래도 아직은 문제없어. 저녁때는 멀쩡하게 해를 쳐다볼 수가 있으니까. 저녁 햇빛이 더 강하기는 하지만 아침 해는 눈을 아프게 하지.

때마침 군함새 한 마리가 길고 검은 날개를 퍼덕이며 노인의 앞쪽에서 날고 있는 게 보였다. 새는 날개를 세차게 치며 뒤로 급강하했다가 다시 올라가 상공에서 빙빙 돌았다.

"어, 새가 뭘 봤나? 그냥 먹이를 찾는 것 같지는 않은데."

노인이 혼자 말했다.

그는 새가 맴도는 곳을 향해 천천히 조심스레 배를 저어나갔다. 서두르지 않고 여전히 줄을 팽팽히 유지한 채. 그러다 그는 좀 더 빨리 물살을 헤치고 노를 저었다. 새를 표적으로 하지 않는 보통 때 고기잡이보다는 확실히 빠르게, 그러나 정확하게 낚싯줄을 드리우면서 움직였다.

새가 더 높이 올라가더니 날개를 움직이지도 않으면서 계속 맴돌기만 했다. 그러더니 갑자기 빠른 속도로 해면에 내려앉았다. 그때 물 위로 날치가 튀어 오르며 쏜살같이 해면 위로 날아가는 게 보였다.

"돌고래다! 큰 돌고래야."

노인은 큰 소리로 외쳤다.

그는 노를 노받이에 걸어놓고 이물 밑창에서 가는 낚싯줄을 꺼냈다. 줄에는 철사 낚시걸이와 중간 크기의 낚시가 매달려 있었다. 노인은 재빨리 정어리 한 마리를 미끼로 꿰어 줄을 바다 속으로 던져 넣고는 끝을 배의 뒤쪽 고리에 단단히 묶었다. 그리고 또 다른 낚싯줄에 미끼를 매달아 준비해두고는 이물 한쪽에 놔두었다. 그러고는 다시 노를 저으며 해면 위로 날면서 먹이를 탐색하고 있는 검은 새를 지켜보았다.

새는 비스듬히 날개를 기울여 해면으로 내려와 맹렬하게 버둥거리며 날치를 추적했지만 소용없었다. 노인은 순간, 큰 돌고래가 달아나는 날치를 쫓느라 해면이 약간 부풀어 오르는 걸 보았다. 그리고 돌고래가 날치를 따라 물속에서 필사적으로 달리는 모습이 보였다. 날치가 해면으로 떨어지면 곧 먹이가 될 판이었다. 엄청난 돌고래 떼였다. 돌고래 떼가 워낙 넓게 분포돼 있어서 날치는 결국 살아날 가망이 없어보였다. 군함새도 날치를 잡아먹을 가능성은 없었다. 날치가 새보다 크고 빨랐기 때문이다.

그는 계속 날치가 튀어 오르는 광경과 열심히 그걸 쫓는 새의 가련한 날개 짓을 쳐다보았다. 돌고래 떼가 재빨리 멀리 사라지고 있었다. 그래도 뒤에 따라가는 한 놈쯤은 잡을 수도 있겠다고 노인은 생각했다. 그래, 내 고기가 될 한 놈이 근처에 있을지도 모르지. 틀림없이 내 고기는 어딘가에 있을 거야.

뭉게구름이 땅 위에 피어올라 마치 산처럼 보이며 해안은 짙

푸른 언덕을 배경으로 긴 초록빛으로 보였다. 바다의 짙은 검푸른 색은 거의 보랏빛을 띠고 있었다. 물속은 짙푸른 색에 붉은 가루를 뿌려놓은 듯 플랑크톤이 떠 있었고, 햇빛 때문에 여러 빛깔들이 무늬를 이루고 있었다. 노인은 낚싯줄이 물속 보이지 않는 곳으로 깊숙이 내려가는 것을 지켜보았다. 플랑크톤이 많은 것도 그에겐 희망적이라는 신호였다. 그건 곧 고기가 많은 것을 의미하기 때문이었다. 해가 밝을 때 물 속이 환히 보이는 것은 날씨가 좋다는 징조이며, 땅 위 피어오른 구름의 모습을 봐도 알 수 있었다. 이제 새는 거의 보이지 않을 만큼 멀리 날아가 버렸고, 배 옆쪽에 햇빛에 바란 누르스름한 해초만이 둥 둥 떠있었다. 젤라틴 같이 생긴 고깔해파리들이 보랏빛으로 반짝이며 배 가까이에 떠 있으며 물살에 거꾸로 뒤집혔다가 다시 똑바로 뜨곤 했다. 그것은 독성이 있는 보라색 긴 촉수 모양의 꼬리를 물속에 1야드 가량 끌면서 물거품을 이루고 있었다.

"아과 말라(스페인어로 나쁜 물을 뜻함). 빌어먹을."

노인이 혼자 투덜거렸다.

살금살금 노를 저으며 물속을 들여다보자 촉수 모양의 꼬리와 같은 색깔의 작은 고기들이 해초들 사이로 헤엄치며 어둑한 그늘 밑에 떼로 몰려 움직이고 있었다. 물고기들에게 고깔해파리의 독은 면역이 돼있었다. 하지만 사람은 낚싯줄에 감겨 있는 그 보랏빛 끈적거리는 촉수에 손만 대도 담쟁이덩굴이나 옻나무에서 옮기는 것처럼 팔까지 벌겋게 독이 올라 물집이 생기고 만다. 이 해파리독이 옮으면 회초리로 때린 것처럼 시뻘건 자국이 생기며 부풀어 오른다.

무지개 색깔의 고깔 해파리 거품은 무척 아름답지만 바다에서는 가장 훼방꾼이었다. 노인은 바다거북이 그걸 잡아먹는 걸 보면 재미있었다. 바다거북들은 그걸 보면 돌진해 목을 껍데기 속에 깊숙이 감추고 눈을 감으며 모조리 잡아먹었다. 노인은 또 폭풍 후 해안으로 밀려온 고깔해파리들을 돌처럼 굳은 발뒤꿈치로 밟을 때 퍽 하고 터지는 소리도 재미있어 했다. 속도가 매우 빠르고 가격도 비싼 초록색 바다거북과 노란 쇠가죽 거북은 노인이 무척 좋아했다 .하지만 덩치 크고 둔한 붉은색 거북은 은근히 경멸감이 들었다. 이 붉은 거북은 누런 빛깔의 껍데기 속에 파묻혀 교미도 이상한 모양새로 하며, 눈을 감고는 탐욕스럽게 고깔해파리를 잡아먹는다.

노인은 거북을 잡으러 여러 차례 바다로 나갔지만 거북에 대해서는 아무런 신비감도 들지 않았다. 하지만 그는 거북에 대해, 그리고 크기가 조각배만 하고 무게도 1톤이나 나가는 거대한 거북에 대해서조차 동정심을 느꼈다. 거북의 심장은 배를 가른 후에도 몇 시간 동안이나 뛰기 때문에 사람들은 거북을 잔인하게 취급하곤 한다. 노인은 자신 또한 거북과 같은 심장을 가졌고 손발도 비슷하게 생겼다고 생각하곤 했다. 그는 힘을 잘 쓰려고 거북의 흰 알을 5월 한 달 동안 먹었다. 그래야 9월과 10월에 큰 고기를 잡을 힘을 비축할 수 있기 때문이다.

노인은 또 다른 어부들이 고기잡이 도구를 보관해두는 창고에서 드럼통에 넣어둔 상어의 간유를 매일 한 잔씩 마셨다. 그건 어부들 누구나 마실 수 있는 것이었지만 대부분의 어부들은 그 맛을 싫어했다. 그러나 매일 아침 일찍 일어나야 하는 괴로움에 비하면 그걸 마시는 건 일도 아니었다. 또 감기에도 도움이 되고, 눈에도 좋은 약이었다.

갑자기 노인의 눈앞에 좀 전의 그 군함새가 다시 빙빙 돌기 시작했다.

"저놈이 고기를 찾았나본데."

그는 큰 소리로 말했다. 해면 위를 튀어 날아오르는 날치도 없고 미끼 고기들도 흩어지지 않고 그대로 있었다. 그런데 작은 다랑어 한 마리가 튀어 올랐다가 다시 머리를 물속으로 처박으며 떨어지는 것이었다. 햇빛에 은색으로 반짝이는 그 다랑어가 떨어지자마자 다른 고기떼들이 여기저기서 연이어 튀어 올랐다가 떨어지곤 했다. 그리고 미끼의 움직임을 따라 멀리까지 물을 휘저으며 튀어 오르고 떨어지기를 반복했다. 이제 다랑어들이 미끼 주변으로 몰려들고 있었다.

'잘 하면 저놈들을 잡을 수 있겠는데.' 노인은 속으로 중얼거렸다. 그는 요란하게 물거품을 일으키는 다랑어 떼를 주시하고 있었다. 군함새가 해면에 솟아오른 미끼 고기를 놓칠 새라 재빨리 덮쳤다.

"저 새가 도움이 많이 되는군."

노인은 혼자 말했다. 순간, 한 번 감아 발로 밟고 있던 낚싯줄이 배 뒤편에서 팽팽히 당겨지는 게 느껴졌다. 그는 노를 내려놓고 줄을 꽉 잡아 끌어당기기 시작했다. 낚싯줄에 무게가 실린

걸 노인은 느꼈다. 물속의 다랑어가 진동하는 것 같았다. 노인이 잡아당기자 진동이 더 심해지며 물고기의 푸른 등과 금빛 배가 보였다. 그는 힘을 주어 순간 낚아채 다랑어를 끌어올렸다. 고기가 배 안으로 휙 넘어 들어왔다. 단단하고 총알처럼 생긴 다랑어였다. 햇빛 아래 뱃바닥에 쭉 뻗어 커다란 눈을 멀뚱하게 뜨더니 꼬리로 힘차게 바닥을 쳤다. 놈은 숨이 넘어가고 있었다. 노인은 친절하게도 놈의 대가리를 세게 한 번 치고 고물(배의 뒷부분)쪽으로 차 던졌다. 고기는 아직도 고물 끝에서 펄떡이고 있었다.

"다랑어로군. 미끼로 아주 쓸만 하겠는데. 10파운드는 족히 되겠어."

노인은 혼자 말했다. 그는 자기가 언제부터 그렇게 혼자 있을 때도 소리 내어 중얼거리게 되었는지 기억나지 않았다. 전에는 혼자 있을 때 곧잘 노래를 불렀었다. 밤에도 스맥 배(고기를 산 채로 보관하는 탱크를 갖춘 어선)나 거북잡이 배를 혼자 지키고 있을 때 키를 밟고는 가끔 노래를 부르곤 했다. 아마도 소년이 배를 떠난 후 혼자 있기 시작하면서부터 소리 내어 말하는 습관이 생긴 것 같았다. 그러나 정확한 기억은 아니었다. 소년과 둘이 고기잡이를 나갈 때는 꼭 필요할 때만 말을 했다. 한밤중이나 폭우에 갇혀있을 때만 말을 했다. 바다에서는 쓸데없는 말을 하지 않는 것이 미덕이었기 때문이다. 노인은 그걸 지키고 있었다. 한데 지금 그는 속으로 생각할 말을 몇 번이나 소리 내어 했다. 주위에 아무도 없으니 상관없었다.

"나 혼자 큰소리로 말하는 걸 누가 들으면 미쳤다고 하겠지. 그래도 괜찮아. 난 미치지 않았으니까. 돈 있는 사람들은 배에 라디오를 가져와서 야구 방송도 듣지만 말이야."

그는 또 소리 내어 말했다. 하지만 지금은 야구 생각을 할 때가 아니라고 그는 생각했다. 단 한 가지 생각에만 집중을 해야 할 때지. 그걸 위해 내가 태어났다는 걸 생각해야 할 때라고. 저 다랑어 떼 주위에 큰 고기가 있을지도 몰라. 저놈은 먹이를 먹고 있는 놈들 중에 떨어져 있던 놈일 뿐이니까. 다른 놈들은 벌써 빠르게 달아나고 있군. 오늘 해면에 보이는 건 전부 북동쪽을 향해 움직이고 있는데, 이게 시간 때문일까, 아니면 날씨 조짐을 내가 모르고 있는 걸까. 노인은 속으로 중얼거렸다.

초록빛 해안도 이제 더 이상 보이지 않았다. 푸른 산봉우리만이 눈에 덮인 듯 하얗게 보이며, 산 위로 흰 구름들은 눈처럼 둥둥 떠있었다. 검푸른 바다 속에는 햇빛이 프리즘을 이루고 있었다. 눈부신 햇빛 때문에 그 많던 플랑크톤 떼들도 보이지 않고, 1마일 깊이의 바다 속에 길게 늘어져있는 낚싯줄과 넓고 깊게 퍼져있는 일곱 가지 색의 무지개만이 일렁이고 있었다. 다랑어 떼는 사라지고 없었다. 어부들은 이런 종류의 물고기를 전부 다랑어라고 했는데, 팔 때나 미끼 고기와 바꿀 때만 각각 이름을 붙여 구별하였다. 어느덧 햇빛이 뜨거워지며 노인은 목덜미가 더워졌다. 노를 저어나가자 땀이 등줄기를 타고 흘러내렸다.

노인은 낚싯줄을 발에 감아 묶고 한숨 자고 싶었다. 그러면 고기가 미끼를 물 때 금방 깨어날 수 있을 것이었다. 벌써 85일째 고기를 못 잡고 있으니 오늘은 꼭 많이 잡아야 한다고 그는 생각했다.

바로 그때 초록색 막대기 하나가 노인의 눈앞으로 갑자기 솟구치더니 다시 깊이 잠겨 들어갔다.

"그래 됐어."

노인은 중얼거리며 노가 뱃전에 스쳐 덜컹거리지 않도록 노받이로 끌어올렸다. 그러고는 팔을 뻗어 오른쪽 엄지손가락과 집게손가락 사이로 살그머니 줄을 당겼다. 그런데 줄이 전혀 팽팽하지도 않고 무겁게 느껴지지도 않아 그는 계속 줄을 들고 있었다. 그러다 갑자기 뭔가 당겨지는 게 느껴졌다. 그는 세지도 약지도 않게 줄을 느껴보고 있었다. 노인은 지금 어떤 상황인지 훤히 알아차릴 수 있었다. 100패덤 물속에서 분명 마알린이 낚싯바늘에 매달린 정어리를 뜯어먹고 있는 중이었다. 그 정어리는 작은 미끼다랑어 머리에 꿰어있었다.

노인은 왼손으로 가볍게 줄을 쥐고 그걸 막대기에서 살짝 풀어냈다. 그러면서 고기가 아무런 저항도 하지 않도록 손가락 사이로 서서히 줄을 풀어냈다.

해안에서 엄청 멀리까지 나왔고 계절도 9월이므로 틀림없이 큰놈이 걸렸을 거라고 노인은 생각했다. 그래 먹고 또 먹어라. 제발 많이만 먹어라. 모두 싱싱한 놈들이니까. 너는 600피트 깊이나 되는 그 차고 어두운 물속에 들어가 있구나! 다시 빙 한 번 돌고 와서 먹어도 된단다.

그의 손끝에서 줄이 슬슬 당겨지는 게 느껴졌다. 정어리 대가리가 낚싯줄에 걸려 잡아 떼어지지 않는지 힘차게 입질하는 것도 느껴졌다. 그러다 이내 잠잠해졌다.

"자 한 바퀴 다시 돌고 와서 냄새를 맡아봐라! 구미가 당기지? 먹고 싶은 대로 맘대로 뜯어먹어도 돼. 다랑어도 있으니까 말이다. 싱싱하고 맛있단다. 자, 자, 망설일 것 없어. 많이만 먹으렴."

노인은 계속 큰소리로 말했다. 그는 계속 손가락 사이로 줄을 쥔 채 지켜보며 고기들이 다른 곳으로 움직이나 다른 줄도 열심히 쳐다보았다. 곧 아까와 같은 가벼운 입질이 또 느껴졌다.

"이번엔 먹겠지! 제발 좀 미끼를 먹으렴."

노인이 소리를 쳤다. 하지만 전혀 달려드는 기미가 없었다. 벌써 멀리 달아났는지 아무런 반응도 없었다.

"아니야, 가지 않았어. 가버릴 리가 없지. 그냥 한 바퀴 돌고 올 거야. 아마 전에도 한 번 걸린 적이 있으니까 눈치를 보고 있는 것이겠지."

다시 희미한 반응이 줄에 느껴졌다. 노인은 기분이 좋아 중얼거렸다.

"거봐, 한 바퀴 돌고 왔다니까. 이젠 틀림없이 미끼를 물 거야."

뭔가 가볍게 잡아끌리는 것 같더니 이내 훨씬 강한 반응이 느껴졌다. 분명 고기의 무게였다. 노인은 흥분이 되었다. 여분으로 내려뜨린 두 줄 중 하나가 물속으로 풀려 들어가기 시작했다. 손가락 사이로 줄이 내려가도 엄지손가락과 집게손가락 끝의 감각은 거의 느껴지지 않았지만 묵직한 감은 확실히 더 크게 다가왔다.

"큰놈이야. 미끼를 문 채 달아나려고 하는 거야."

노인은 말했다.

다시 한 바퀴 더 돌고 나서 미끼를 먹으려고 하는 거야, 하고 노인은 생각했다. 하지만 좋은 일은 미리 말해버리면 이루어지지 않는다는 것을 알기 때문에 소리 내서 말하지는 않았다. 큰 물고기라는 건 분명하다. 그는 고기가 다랑어를 문 채로 어두운 바다 속을 달리는 모습을 상상해 보았다. 다시 고기가 입질을 멈춘 것 같았지만 무게감은 아직도 손끝에 남아있었다. 무게가 더 느껴지자 노인은 줄을 더 풀어 내렸다. 손가락으로 줄을 쥐자 무게가 더해지며 곧장 아래로 축 쳐졌다.

"이제 물었어. 그래 실컷 먹어라."

노인이 말했다. 그는 손가락 사이로 줄이 풀려 내려가도록 하고 왼손을 뻗쳐 두 개의 예비 코일의 끝을 다른 두 줄의 예비 코일의 끝에 단단히 붙잡아 맸다. 이제 준비는 완벽히 되었다. 풀려나가고 있는 줄 외에 40패덤쯤 되는 줄 세 개를 갖춘 셈이 된 것이다.

"자 더 먹어라. 꿀꺽 삼켜봐."

그는 중얼거리며, 낚시 끝이 고기의 심장에 박히도록 꿀꺽 삼키면 좋겠다고 생각했다. 자 망설이지 말고 올라와, 내가 작살로 찌를 수 있게 말이야. 자, 준비됐나? 실컷 먹었겠지?

노인은 야아! 소리를 지르며 두 손으로 힘껏 줄을 당겨 1야드

가량을 감았다. 그러고는 몸의 중심을 잡고 서서 양팔을 번갈아 흔들며 계속 줄을 힘껏 잡아당겼다.

그러나 줄은 전혀 움직이지 않았다. 고기가 천천히 달아나고 있는데도 노인은 한 치도 끌어당길 수 없었다. 물론 줄은 큰 고기를 잡기 위해 튼튼하게 만들어진 것이었다. 노인은 팽팽하게 당겨진 줄을 어깨에 걸치고 있었다. 세찬 물보라가 튀어 얼굴에 닿았다. 곧 줄에서 물을 가르는 마찰소리가 서서히 들려오기 시작했다. 그는 앉은 곳에 꼭 몸을 붙이고 배가 끌려가는 힘에 저항하며 몸을 뒤로 버텼다. 배는 북서쪽을 향해 천천히 움직여나갔다.

고기가 계속해 줄을 끌고 가면서 노인과 배는 고요한 바다를 천천히 미끄러져 갔다. 다른 미끼도 여전히 물속에 있었지만 노인은 그것까지 손쓸 수는 없었다.

"애가 같이 왔으면 좋았을 텐데. 나는 지금 고기에게 끌려가고 있고, 내 몸은 기둥에 밧줄이 매인 꼴이니 말이야. 그래도 고기가 잡아당기면 줄을 더 풀어줘야지. 물속 깊이 내려가지 않고 옆으로 흐르는 게 얼마나 다행이야."

노인은 중얼거리듯 말했다. 그러고는 속으로 생각했다. 물속으로 딸려 들어가면 이거 어떡하지. 사납게 휘말리다가 죽을 수도 있잖아. 하지만 무슨 수를 쓰겠지. 나도 방법이 많이 있으니까.

그는 등에 걸치고 있는 줄이 물속에 비스듬히 늘어져있는 모습을 보았다. 배는 북서쪽을 향해 계속 끌려가고 있었다.

이러다 죽는 것 아닐까. 영원히 이렇게 버틸 수는 없으니까 말이야. 노인은 생각했다. 그러나 4시간이 지났는데도 고기는 계속 배를 끌며 바다 멀리 나가고 있었고, 노인은 등에 줄을 걸친 채 한없이 버티고 서있었다.

"이놈이 걸린 게 정오쯤이었는데 아직 어떤 놈인지 구경도 못했으니 원."

노인은 오랜 시간동안 밀짚모자를 푹 눌러쓰고 있었기 때문에 이마가 쓰렸다. 갈증도 났다. 물을 마시기 위해 이물 쪽으로 조심스레 줄이 너무 세게 당겨지지 않도록 무릎으로 기어서 갔다. 그러고는 한 손을 뻗쳐 물병을 잡고는 마개를 열어 물을 조금 마셨다. 그런 다음 이물에 기대 잠시 쉬었다. 노인은 돛대와 낚싯줄을 붙잡고 견디는 일 외에 다른 일은 아무것도 생각하고 싶지 않았다.

그러다 문득 뒤를 돌아보자 육지가 더 이상 보이지 않았다. 상관없어, 아바나에서 비쳐오는 태양만 보이면 언제든 돌아갈 수 있어. 해가 지려면 아직 두 시간이나 남았으니까 그때까지는 저놈도 올라오겠지. 만약 그때까지 올라오지 않으면 달이 뜰 때 맞춰 떠오르겠지. 난 아직 기운도 남아있고 경련이 일어날 정도도 아니야. 미끼를 문 건 저놈인데 이렇게 줄을 끌고 가다니, 엄청난 놈이라니까. 이놈이 분명 낚싯줄을 문 채 입을 꽉 다물고 있는 거야. 어떻게 생긴 놈인지 한 번 보고 싶네. 지금 나를 끌고 가는 놈이 도대체 어떻게 생긴 건지 정말 궁금하구먼. 노인은 속으로 생각했다.

해가 저물어가면서 노인의 등과 팔, 다리에 흠뻑 흘렸던 땀이 차갑게 식어가고 있었다. 별이 떠있는 위치를 보니 고기가 끌고 가는 방향은 계속 똑같았다. 노인은 낮에 미끼상자를 덮었던 포대를 햇볕에 널어 말렸었다. 그래서 지금 그걸 목에 묶고 어깨에 걸쳐 등에 메고 있는 낚싯줄 아래로 집어넣어 늘어뜨렸다. 밤에는 포대가 그렇게 어깨를 덮는 용도로 쓰였다. 그는 이물 쪽에 가슴을 기대고 잠시 쉬었다. 워낙 힘들게 버티고 있었기 때문에 잠시뿐이지만 그래도 훨씬 편안해졌다.

우리는 지금 어떻게 할 도리가 없구나. 이런 상태로 계속 끌고 간다면 너나 나나 어쩔 수가 없는 거라고. 노인은 생각했다. 그러고는 일어나 배 밖으로 오줌을 눈 뒤 별을 올려다보며 다시 한 번 방향을 확인했다. 어깨에 걸쳐있는 낚싯줄이 물속으로 길게 뻗어있는 게 인광의 무늬처럼 또렷이 보였다. 노인과 고기는 천천히 움직여 나갔다. 아바나의 밤 불빛이 별로 환하지 않을 걸 보면 배는 조류에 밀려 동쪽으로 가고 있음에 틀림없었다. 만약 아바나의 불빛이 전혀 안 보이면 동쪽으로 밀려가고 있는 건 더더욱 확실했다. 고기가 계속 이 방향으로 간다면 아바나의 불빛은 아직 몇 시간 동안 더 보일 것이다. 오늘 그랜드 리그전 야구 경기는 어떻게 됐을까. 라디오가 있으면 좋을 텐데. 노인은 그런 생각을 하다가 이내 다시 고기 생각으로 돌아왔다. 난 지금 이 일에 집중해야 돼, 다른 생각을 하면 안 돼. 그러면서 그는 소리 내어 말했다.

"애가 같이 왔으면 좋았을 텐데. 나도 도와주고 이 광경도 구경하고 말이야."

　그러면서 또 생각했다. 늙어서 혼자 있는 건 좋지 않아. 어쩔수 없었지 뭐. 다랑어가 상하기 전에 빨리 먹고 기운을 내야지. 먹고 싶지 않아도 아침엔 꼭 먹어야 해. 잊으면 안 돼. 그는 속으로 단단히 마음먹었다.

　한밤중이 되자 돌고래 두 마리가 뱃전 가까이 다가와 물을 세차게 내뿜는 소리가 들려왔다. 수놈과 암놈의 물 뿜는 소리가 다르다는 걸 그는 구별할 수 있었다. 암놈은 한숨 쉬듯 물을 뿜어댔다.

　"귀여운 녀석들, 장난치면서 사랑하는구나. 너희들도 날치처럼 우리의 형제들이지."

　그는 문득 지금 낚시에 걸려있는 큰 고기가 불쌍하다는 생각이 들었다. 아마도 대단히 귀하고 멋진 놈일 거야. 나이는 얼마나 됐을까. 이렇게 질기고 유난 떠는 녀석을 만난 것도 처음이라니까. 게다가 보통 영리한 게 아니야. 더 빨리 질주하거나 거칠게 굴면 내가 당해내지 못할 텐데 말이야. 아마 이 녀석이 전에도 여러 번 이런 경험을 했기 때문에 요령을 알고 이렇게 버티고 있을 거야. 그리고 상대가 단 한 사람이고, 가뜩이나 노인이라는 걸 모르고 있어. 아무튼 이놈은 대단한 놈이야. 아주 좋은 놈이라면 값도 비싸게 팔 수 있을 텐데. 수놈이 틀림없어. 미끼를 물고, 끌고 가고, 이렇게 억세게 싸우면서도 서두르지 않고 침착한 걸 보면 말이야. 그런데 이놈의 속셈은 뭘까. 무슨 계획이 있는 건지, 아니면 나처럼 죽어라 그냥 버티는 건지, 알 수가 없으니 원.

노인은 언젠가 한 번 마알린 한 쌍 중 암컷만 한 마리를 잡은 적이 있었다. 마알린은 미끼가 보이면 수컷이 항상 암컷에게 먼저 먹이를 먹게 하는데, 암컷이 낚싯줄에 걸려서는 사납게 저항을 하며 몸부림을 쳤다. 하지만 곧 기절을 하자 수컷이 암컷 옆을 지키면서 낚싯줄 주변을 빙빙 돌며 해면에서 떠나질 않았다. 그 수컷은 꼬리가 낫처럼 날카롭게 생겨 낚싯줄을 잘라버릴 수도 있을 것 같았다. 노인은 소년과 함께 암컷을 잡아 끌어올려 몽둥이로 내리쳤다. 부리가 사포처럼 거칠게 생긴 암컷을 잡고 머리를 거울의 뒷면과 같은 색깔이 될 때까지 후려쳤다. 수컷은 암컷이 배로 올라갈 때까지도 계속 주변을 떠나지 않았다. 노인이 낚싯줄과 작살 등을 챙기고 있는데도 암컷을 보려고 배 바로 옆에서 높이 뛰어올랐다. 하지만 곧 큰 줄무늬가 있는 보라색 가슴지느러미를 쫙 펼치며 물속으로 깊이 들어가 버렸다. 그렇게 마지막 순간까지 쫓아오던 수컷은 그 후로 다시 나타나지 않았다. 노인이 고기잡이를 해온 동안 그건 가장 슬픈 기억이었다. 노인과 소년은 수컷에게 용서를 빈 다음 암컷을 토막 낼 수 있었다.

"애가 있으면 좋겠는데."

노인은 또 소리 내어 말하며 움푹한 뱃전에 몸을 기댔다. 고기는 끈질기게 자기가 가고자 하는 곳을 향해 달려가고 있었다. 그는 어깨에 메고 있는 낚싯줄의 움직임으로 그걸 알 수 있었다. 저놈도 내 작전에 걸려들었으니 어떻게든 선택을 해야겠지.

노인은 속으로 생각했다. 놈이 분명 덫이나 올가미가 미치지 못하는 저 깊고 어두운 물속에 있으려고 저러는 거야. 하지만 나는 그 누구도 해내지 못한 곳까지 끝까지 쫓아가고 말 거다. 이 세상 누구도 하지 못하는 그곳까지 말이다. 정오 무렵부터 우리는 줄곧 같이 있었지. 게다가 너와 나 둘 다 도와줄 사람은 없어. 나는 어부가 되지 말았어야 했는지도 몰라. 아니야, 난 고기잡이를 하려고 태어난 사람이야. 어쨌든 날이 새면 잊지 말고 꼭 다랑어를 먹어야지.

날이 밝아오기 조금 전, 노인의 뒤쪽에 있는 낚싯줄 하나에 뭔가가 걸린 느낌이 들었다. 막대기가 흔들리는 소리가 들리며 줄이 배 밖으로 풀려나가고 있었다. 그는 휴대용 칼을 꺼냈다. 그리고 뱃머리에 기대고 있는 왼쪽 어깨로 물린 고기의 억센 힘을 느끼면서 줄을 뱃전에 대고 끊어버렸다. 그런 다음 다른 줄들도 모두 잘라버리고 예비로 쳐놓은 줄의 양끝을 잡아 단단히 묶었다. 그는 어둠 속에서도 한 손으로 줄을 능수능란하게 다루며 매듭을 묶을 때는 발로 줄을 누르고 있었다. 그렇게 해서 예비 낚싯줄은 모두 여섯 개가 되었다. 좀 전에 잘라낸 줄에서 각각 두 줄이 생기고, 고기가 물고 있는 줄이 두 개인 것이다. 그리고 그것들은 전부 이어졌다.

해가 뜨기 시작하면 남은 40패덤 길이의 줄을 모두 잘라내 예비 코일에 이어 붙여야겠다고 노인은 생각했다. 낚싯줄 세 개를 모두 끊어버리면 200패덤 길이의 카탈로니아 산 낚싯줄과 낚시를 버리게 되는군. 비싼 제품인데…. 다시 구하면 되지 뭐.

그래도 다른 고기를 잡으려고 지금 이 귀중한 수확물을 놓쳐버리면 무엇으로 내가 보상받을 수 있겠어. 그런데 지금 낚시에 걸려있는 고기는 어떤 고길까. 마일린이거나 황새치 아니면 상어겠지. 워낙 급히 줄을 잘라내는 바람에 알 수가 없었어. 그는 속으로 그렇게 중얼거렸다. 그러면서 다시 소리 내어 말했다.

"애가 같이 왔으면 좋았을 텐데."

아무리 말을 한들 아이는 노인의 곁에 없었다. 날이 밝아오든 말든 노인은 이제 마지막 줄을 잘라내고 예비 코일 두 개를 더 이어두는 게 좋겠다는 생각이 들었다.

날이 아직 어두워 작업을 하기가 무척 힘들었다. 게다가 고기가 뒤척이는 바람에 노인은 처박히듯 넘어져 눈 밑이 터지면서 피가 흘러내리기도 했다. 다행히 계속 흘러내리지는 않고 곧 응고가 되었다. 그는 이물 쪽으로 살살 기어가 기대앉았다. 그러고는 어깨에 매단 포대 위로 줄의 위치를 약간 옮겨 줄을 고정시킨 다음 고기가 당기는 것을 손으로 주의 깊게 느껴보았다. 그는 물속에 손을 집어넣어 배가 나아가는 속도를 쟀다. 그러면서 생각했다. 왜 고기가 그렇게 뒤척였을까. 낚싯줄이 엄청나게 큰 고기의 등을 스쳤던 걸까. 그래도 내 등처럼 아프지는 않았을 텐데. 아무리 제 놈이 크다고 해도 이 배를 영원히 끌고 가지는 못하겠지. 쓸데없는 줄은 다 끊어버렸고 예비 코일은 아직 충분히 있으니까 걱정할 거 없어. 더 이상 뭘 바라겠나.

"죽을 때까지 너랑 같이 있을 거다 이놈아. 너도 나랑 같이 있으려는 거지?"

노인은 말하며, 날이 밝아오기를 기다렸다. 새벽이라 몹시 추워 그는 몸을 좀 녹이려고 뱃전에 기대 힘을 주었다. 네가 하는 대로 나도 할 수 있지, 하고 노인은 속으로 중얼거렸다. 대기가 희부옇게 밝아오는 동안 줄은 물속으로 곧게 뻗어 내려갔다. 배는 계속 앞으로 나아가고 있고, 해가 수평선에 모습을 내밀기 시작하자 광선이 노인의 어깨 쪽으로 비쳤다.

"북쪽으로 가고 있군."

노인은 말하며 또 속으로 생각했다. 조류 때문에 이렇게 동쪽으로 밀려온 거야. 고기도 조류를 따라 가주면 좋겠는데. 지쳐 있을 테니까 말이야.

하지만 해가 떠오를 때 노인은 고기가 아직 지치지 않았다는 것을 알았다. 그런데 한 가지 희망이 엿보였다. 줄이 기울어진 것을 보면 고기가 상당히 해면으로 올라와 있다는 징조였던 것이다. 고기가 곧 위로 뛰어올라올 거라고 장담할 수는 없어도 어느 정도 가능성은 있어보였다.

"오 하나님, 제발 좀 고기가 뛰어오르게 해주세요. 내게 줄은 얼마든지 많이 있으니까요."

노인은 외치듯 말했다.

줄을 세게 당기면 이놈도 아파서 뛰어오르겠지. 그럼 날도 밝았으니까 뛰어오르게 해서 부레에 공기를 채우면 저 물속에서 죽지는 않을 거야. 노인은 속으로 생각했다.

그래서 줄을 더 잡아당기려고 하는데 고기가 걸렸을 때부터 이미 어찌나 세게 당겨져 있는지 끊어질 정도로 팽팽해 있었다.

노인은 더 이상 당길 수가 없다는 걸 알고 조심하기로 했다. 갑자기 더 당기면 낚시에 걸려있는 부분이 찢어지면서 뛰어오르다가 낚시에서 빠질지도 모르기 때문이다. 해가 더 높이 뜨자 노인은 기운도 더 나고 아직까지는 햇빛 때문에 눈이 부시지도 않았다.

낚싯줄엔 이미 누런 해초들이 더덕더덕 붙어 있었지만 고기가 그걸 끌고 가고 있다는 생각을 하면 오히려 즐겁기만 했다. 해초는 밤중에 엄청난 인광을 내쏘았다.

"이놈아, 난 너를 정말로 사랑하고 존중한단다. 하지만 오늘 해지기 전에 너를 꼭 죽이고 말 거야."

노인은 혼자 말했다. 그러면서, 정말 그렇게 되면 좋겠어, 하고 생각했다.

작은 새 한 마리가 북쪽에서 배를 향해 날아왔다. 휘파람새인데 해면 위로 낮게 날고 있었다. 그런데 새가 기진맥진한 모습이었다. 새는 배 뒤편으로 날아오더니 잠시 앉았다. 그러다 다시 날아올라 노인의 머리 위를 빙빙 돈 후 이번엔 낚싯줄 위에 내려앉았다.

"너 몇 살이니? 처음으로 밖에 나온 거니?"

노인이 새에게 물었다. 새도 노인을 쳐다보았다. 너무 지친 기색이었다. 대충 줄 위에 내려앉은 새는 가냘픈 발가락으로 줄 위에서 지탱하고 있었다.

"줄은 튼튼해. 아주 튼튼하지. 밤엔 바람도 불지 않았는데 왜 그렇게 지쳐있는 거니? 그러면 너희들의 번식도 문제가 있지 않겠니?"

노인이 또 새에게 말했다. 그런데 매가 새들을 노리고 나타날까봐 불안했다. 하지만 그건 새에게 말하지 않았다. 어차피 알아듣지 못하는 새에게 말해봐야 소용도 없었고, 또 결국은 매가 나타날 것이기 때문이었다.

"그럼 푹 쉬렴, 작은 새야. 그리고 날아가서 사람이나 다른 새나 물고기처럼 너도 한 번 운을 시험해봐라."

노인이 말했다. 사실은 간밤에 오랫동안 등이 뻣뻣하다가 지금 통증이 심해지자 그걸 잊으려고 그는 새에게 말을 걸고 있었다.

"여기가 맘에 들면 그냥 쉬고 있어도 돼, 작은 새야. 마침 바람도 불어서 너를 데려다주면 좋겠는데 지금은 돛을 올릴 수가 없고 또 내게 같이 가는 물고기가 있으니 그럴 형편이 안 되는구나."

노인이 또 새에게 말을 했다. 때마침 고기가 갑자기 또 크게 뒤척이는 바람에 노인은 이물 쪽으로 나자빠지고 말았다. 힘껏 버티며 줄을 풀지 않았다면 그는 물속으로 끌려들어갈 뻔 했다.

그동안 새가 날아가 버렸다. 줄이 당겨질 때 날아갔던 것이다. 노인이 오른손으로 조심스럽게 줄을 만지는데 손에서 피가 흐르고 있었다.

"고기가 뭔가에 걸려 아팠던 모양이네."

그는 혼자 말하고는 고기가 나아가는 방향을 돌릴 수 있는지 알아보려고 가만히 줄을 당겨보았다. 줄은 이미 끊어질 듯 팽팽해 있었다. 노인은 그저 줄을 꽉 쥔 채 버티고 있었다.

"네놈도 이제는 기운이 빠지는구나. 나도 마찬가지야."

노인이 말했다. 새라도 있으면 좋으련만. 그러나 아무리 주위를 둘러봐도 새는 이미 자취도 보이지 않았다.

쯧쯧, 오래 쉬지도 못하고 떠났구나. 노인은 자꾸만 새가 생각났다. 해안에 도착할 때까지는 이보다 더한 시련이 있겠지. 그런데 고기가 한 번 갑작스레 끌어당겼다고 이렇게 다친다는 게 말이 돼? 나도 점점 둔해지는 모양이구만. 아마 새를 쳐다보느라 한눈을 팔아서 그랬는지도 모르지. 자, 이젠 정말 일에만 열중하고 기운 다 빠지기 전에 다랑어를 좀 먹어둬야겠어. 노인은 생각했다.

"애가 옆에 있고, 소금도 가져왔으면 좋았을 텐데."

노인이 소리 내어 말했다.

그는 줄을 왼쪽 어깨로 옮기고 조심스레 무릎을 꿇은 채 바닷물에 손을 씻고는 한동안 물속에 손을 담그고 있었다. 손에서 난 피가 물결을 따라 흐르는 걸 보며 노인은 배가 움직이면서 손에 부서져가는 물결의 흐름을 지켜보았다.

"속도가 줄었군."

노인은 말했다. 그는 손을 물속에 더 담그고 싶었지만 고기가 다시 몸부림을 칠까봐 조심스레 일어나 햇빛에 대고 손을 들어보았다. 낚싯줄이 갑자기 풀려나갈 때 껍질이 벗겨졌던 것뿐이었다. 하지만 안타깝게도 그 부분은 힘이 많이 가는 곳이었다. 일이 끝나려면 아직 멀었기 때문에 시작하기도 전에 손을 다치고 싶지는 않았다.

"자 그럼, 다랑어를 좀 먹어볼까. 여차하면 작살을 써서 놈을 끌어당기면 되니까 여기서 편안히 먹어야지."

손의 물기가 마르자 그는 말했다. 그러면서 고물 쪽에 던져두었던 다랑어를 낚싯줄에 닿지 않도록 살짝 잡아당겼다. 왼쪽 어깨에 줄을 멘 채 그는 왼손으로 다랑어를 작살에서 떼어낸 후 작살을 다시 제자리에 놓아두었다. 그는 한쪽 무릎으로 고기를 누르고는 등의 선을 따라 머리에서 꼬리까지 검붉은 살을 베어냈다. 그런 다음 여섯 토막으로 자르고 나무판자 위에 늘어놓았다. 그는 칼에 묻은 피를 바지에 닦고 남은 뼈는 물속으로 집어 던졌다.

"토막 하나도 그냥은 다 못 먹겠는데."

그는 말하며 토막 하나를 다시 칼로 잘랐다. 줄은 여전히 팽팽하게 당겨져 있고 왼손이 마비되는 것 같았다. 워낙 오랫동안 무거운 줄을 쥐고 있다 보니 손이 뻣뻣해지고 오그라들어 붙는 느낌이었다. 노인은 고통스런 표정으로 손을 쳐다보았다.

"손이 왜 이렇지? 그래 쥐가 나든지 맘대로 해라. 매 발톱처럼 돼버리라고. 아니면 뭐 다른 수가 없잖아."

노인은 혼자 말하며 컴컴한 물속에 내려가 있는 줄을 쳐다보았다. 자, 지금 먹는 게 좋겠지. 그래야 손도 펴질 거고. 손에 무슨 문제가 있는 게 아니라 고기랑 하도 오랫동안 씨름해서 생긴 문제니까. 그래도 끝까지 싸우려면 지금 다랑어를 먹어둬야 해. 그는 속으로 생각했다. 그러고는 한쪽을 입에 넣어 천천히 씹었다. 맛이 별로 나쁘지는 않았다. 영양소를 듬뿍 섭취해야지, 레몬이나 소금이 좀 있으면 좋겠는데. 그는 생각했다. 그러면서 자신의 손을 쳐다보며 말했다.

"괜찮니? 그래 너를 위해서라도 먹을게."

그는 자르고 남은 또 한 조각의 생선을 정성스레 씹어 먹은 후 껍질은 뱉어냈다.

"어떤 것 같니, 좀 효과가 있니? 아직 알 수 없다고?"

노인은 손에게 다시 물은 후, 생선 한 덩이를 또 집어 썰지 않고 통째로 입에 넣었다. 싱싱하고 피가 많은 고기였다.

"돌고래가 아니라 이놈이 걸린 게 잘 됐지. 돌고래는 너무 달아. 이놈은 달지 않고 싱싱해서 좋아."

하지만 이런 생각은 지금 별로 중요한 게 아니야. 무의미하지. 소금이 있으면 얼마나 좋을까. 햇빛 때문에 남은 고기가 썩거나 말라버리는 건 아닐까. 그렇다면 지금 배가 안 고파도 다 먹어버리는 게 좋을지도 몰라. 저 물속에 있는 놈은 계속 조용하고 얌전히 있구먼. 나도 얼른 먹고 다시 준비를 하고 있어야지. 그는 속으로 생각했다.

"좀 참아라, 손아. 너를 위해 먹는 거니까."

그는 말하면서 물속의 고기에게도 먹이를 좀 먹여야 할 텐데 하고 생각했다. 너와 나는 형제니까 말이다. 하지만 나는 너를 죽여야 하니까 내가 기력이 너무 빠지면 안 돼. 노인은 느긋하게 생선 한 토막을 또 집어 들어 열심히 씹어 먹었다. 그런 다음 허리를 쭉 펴고 바지에 손을 쓱쓱 닦았다.

"자, 그럼 줄을 놓고 좀 쉬어라, 손아. 네가 쉴 동안 팔로 고기를 지탱하고 있을 테니까."

그는 말하며 왼손으로 잡고 있던 무거운 줄을 왼발로 버티면서 등을 누르는 압력에 몸을 한껏 뒤로 젖혔다.

"오 하느님, 쥐가 풀리도록 제발 좀 도와주세요. 고기가 어떻게 날뛸지 모르거든요."

그는 외치듯 말했다. 그러나 고기는 꾸준히 자신의 의도대로 밀고 나가는 것 같았다. 노인은 의구심이 들었다. 대체 이놈의 의도는 무엇일까? 그리고 내 계획은? 하도 큰 놈이라 이놈이 조금이라도 움직이면 상황은 크게 달라진단 말이야. 뛰어오른다면 차라리 잡기가 좋을 텐데. 한없이 물속에서 버티고만 있으니 어찌해볼 도리가 없구먼.

노인은 손을 바지에 문지르며 손가락에 난 경련을 풀어보려고 했다. 그러나 아무리 해도 손이 풀리지 않았다. 해가 뜨거나 싱싱한 다랑어가 소화되고 나면 아무래도 풀리지 않겠어. 다급해지면 억지로라도 펴봐야지 뭐. 하지만 지금은 억지로 펴고 싶지 않아. 자연스럽게 펴질 때까지 기다려봐야지. 간밤에 여러 줄을 풀고 묶느라 너무 갑자기 많이 써서 그래. 그는 생각에 골똘히 잠겼다.

그런데 바다를 둘러보다 노인은 새삼 외로움이 뼛속 깊이 밀려왔다. 그는 컴컴한 깊은 물속의 프리즘을 바라보며 잔잔한 해면에 그려지는 물결의 묘한 파동을 살펴보았다. 역풍이 불며 구름이 피어오르는 게 보였다. 마치 하늘에 물오리 떼들이 몰려들

었다가 사라지는 것 같은 이미지가 구름 위에 반복해 나타나곤
했다.

조각배를 타고 육지가 보이지 않는 곳까지 나가는 것을 두려
워하는 사람이 있는데, 날씨가 갑자기 나빠지는 계절엔 당연한
일이라고 노인은 생각했다. 지금은 태풍이 올 계절이다. 하지
만 만약 태풍이 오지 않으면 고기잡이엔 1년 중 가장 좋은 시기
이다.

태풍이 몰려올 때 바다에 나가보면 며칠 전부터 하늘에 이미
그 징조가 나타나는 걸 볼 수 있다. 노인은 속으로 말했다. 하지
만 육지에서는 뚜렷한 징조를 알아보기가 어려워. 바다에서만
큼 구체적인 증거를 볼 수가 없으니까. 그런데 육지에서도 구름
의 형태를 보면 분명 알 수는 있지. 아직까지는 태풍이 올 것 같
지 않은데.

9월의 높은 하늘엔 아이스크림 같은 하얀 뭉게구름이 떠 있
고, 그 위로는 가느다란 깃털 구름이 몰려있었다.

"산들바람이 불어오는군. 고기 너보다는 내게 훨씬 좋은 날
씨란다."

노인이 말했다. 왼손은 아직도 쥐가 풀리지 않았다. 그는 조
심스레 쥐를 풀려고 해보았다. 그러면서 속으로 중얼거렸다. 쥐
가 나면 이렇게 골치 아프다니까. 몸이 스스로 거부를 하는 신
호야. 프토마인 중독(부패한 고기를 먹어서 발생하는 식중독)으
로 설사를 하거나 구토를 하는 것은 남들에게 말하기 창피한 일
이지만, 쥐—그는 스페인어로 칼람브레라고 생각했다—가 나는

건 자기 스스로에게 창피한 일이지 뭐야. 애가 같이 왔다면 손을 마사지 해 줘를 풀어줬을 텐데. 그러면 금방 풀어질 거야. 틀림없어.

그때 막 노인은 오른손에 쥐고 있던 줄이 당겨지는 걸 느끼며 줄이 비스듬히 기울어진 것을 발견했다. 그는 몸에 힘을 줘 줄을 당기고, 왼손으로 자신의 다리를 탁 내려치자 곧 줄이 위로 올라오기 시작했다.

"올라오는구나. 자, 손까지만 올라오렴. 제발 어서."

그는 말했다. 줄이 천천히 계속 올라오며, 해면이 부풀어지다가 곧 고기의 모습이 드러나기 시작했다. 아직 전체가 다 나오지는 않고 올라오는 동안 등 양쪽으로 물이 쏟아져 내리고 있었다. 머리와 등이 햇빛에 반짝이며 짙은 보라색을 띠고 있고, 배에 나있는 넓은 줄무늬는 연보라색이었다. 주둥이는 야구방망이처럼 길고 끝이 칼날처럼 뾰족했다. 놈은 수면 위로 완전히 올라왔다가 다시 천천히 잠수부처럼 물속으로 들어가 버렸다. 커다란 낫처럼 날카롭게 휘어진 고기의 꼬리가 물속으로 들어가면서 줄이 재빨리 풀려나가기 시작했다.

"내 배보다 2피트 더 길군."

노인은 말했다. 줄은 빠른 속도로 계속 풀려나가고 있고, 고기는 꿈쩍도 하지 않았다. 노인은 줄이 끊어지지 않도록 두 손으로 천천히 잡아당겼다. 그렇게 하지 않으면 고기가 줄을 한없이 끌고나가 끊어버릴 수 있기 때문이다.

엄청 큰 놈이니까 매운 맛을 보여줘야지. 노인은 속으로 생각했다. 힘을 함부로 쓰지 못하도록 다루고, 도망을 치면 무엇이든 할 수 있다는 걸 보여줘야 돼. 내가 저놈이라면 무슨 수를 써서라도 방법을 찾아낼 텐데. 하지만 다행히 고기는 자신을 해치는 우리만큼 영리하지 못하지. 우리보다 더 크고 힘이 좋아도 말이야.

노인은 큰 고기를 많이 봐왔다. 1000파운드 이상 되는 큰 고기도 많이 봤고, 혼자 잡은 건 아니지만 그렇게 큰 고기를 두 마리나 잡은 적도 있었다. 그러나 지금은 육지도 보이지 않는 먼 곳에서 혼자, 이제까지 본 적도 들은 적도 없을 만큼 큰 고기에게 꼼짝없이 매달려 있는 신세다. 그리고 왼손은 매의 발톱처럼 뻣뻣해져 풀릴 기미조차 보이지 않았다.

언젠간 풀리겠지, 이 손도. 그래서 오른손을 도와주겠지. 그래 고기와 내 두 손은 세 형제니까 분명 풀어질 거야. 쥐나는 건 정말 골치 아파. 노인은 그런 생각을 하고 있었다. 고기가 다시 주춤하며 원래의 속도로 늦춰 나아가기 시작했다.

그런데 아까는 저놈이 왜 뛰어올랐을까. 노인은 생각했다. 제놈이 얼마나 큰지 보여주려고 뛰어올랐나? 그래 내가 보긴 했다. 나도 내가 어떤 사람인지 고기에게 보여주고 싶구먼. 그러면 녀석이 쥐난 내 왼손도 보게 되겠지. 내가 생각보다 강한 사람이란 걸 고기에게 알려주자. 그게 사실일지도 모르지. 나는 의지와 지혜만으로 싸우고 있는데, 녀석은 자기가 가진 전부를 갖고 지금 싸우고 있잖아. 나도 저놈 입장이 돼보고 싶네.

노인은 뱃전에 기대서 온몸에 덮쳐오는 고통을 견뎌내고

있었다. 컴컴한 물속에서 고기는 여전히 앞으로 나아가며 배를 끌어가고 있었다. 동쪽에서 바람이 불어오며 해면에 파도가 조금 일렁이더니 정오쯤 됐을 때 마침내 왼손의 쥐가 풀렸다.

"네겐 좋지 않은 소식이구나."

그는 고기에게 말하며 등의 포대 위에 걸치고 있던 줄의 방향을 조금 옮겼다. 노인은 침착하게 행동하고 있었지만 사실은 몹시 고통스러웠다. 그러나 고통을 인정하고 싶지 않았다.

"나는 기독교인은 아니지만 이 고기를 잡게 해달라고 천주경과 성모경을 열 번도 더 외울 것이고, 만약 잡는다면 코브레 성당의 성모님을 찾아 순례를 떠날 것을 맹세한다. 정말 맹세한다."

그는 곧바로 기도문을 중얼거리기 시작했다. 너무 피곤해 기도문 구절이 막힐 때도 있었지만, 빨리 외우면 오히려 저절로 입에서 나오곤 했다. 천주경보다 성모경이 더 외우기 쉬웠다.

"은총이 기득하신 마리아여, 기뻐하소서. 주께서 함께 계시니 여인 중에 복되시며, 태중의 아들 예수 또한 복되시도다. 천주의 성모 마리아여, 이제와 우리 죽을 때에 우리 죄인을 위하여 비소서, 아멘."

그런 다음 그는 덧붙여 말했다.

"거룩하신 마리아여, 이 고기가 죽도록 기도해주소서. 아까운 놈이긴 하지만 말입니다."

기도를 하고 나자 노인은 기운이 좀 나는 것 같기도 했다. 하지만 다시 고통이 찾아오고 심지어 더 심하게 아픈 것 같기도 했다. 그는 이물에 기대 다시 왼손 손가락 사이로 줄을 조절하기 시작했다. 바람은 부드럽게 불어왔지만 태양은 뜨거웠다.

"짧은 낚싯줄에도 미끼를 매달아 배 뒤쪽 물에다 내려놓는 게 좋을 것 같군. 이놈의 고기가 하룻밤을 더 버틴다면 나도 좀 더 먹어둬야겠어. 그런데 물도 얼마 안 남았네. 이 근처에서는 돌고래밖에 안 잡히겠는데, 그거라도 싱싱할 때 먹으면 나쁘지는 않을 거야. 물론 날치가 배 위로 뛰어오른다면 더 좋을 게 없지 뭐. 한데 날치를 유인할 불이 없구먼. 하긴 날치는 생으로 먹어도 맛이 좋고 꼭 손질하지 않아도 돼. 자, 이젠 나도 힘을 아껴야겠다. 제기랄, 저렇게 큰 놈인 줄은 몰랐지."

노인은 혼자 말했다. 그러면서 외치듯 또 중얼거렸다.

"이놈을 꼭 죽이고 말 거야. 아무리 대단한 놈이라도 말이야."

무슨 일이 있어도 꼭 죽인다고. 내가 얼마만큼 할 수 있는지, 얼마나 참을 수 있는지를 보여주고 말 거야. 그는 생각했다.

"내가 이상한 늙은이라고 그 애한테 말한 적이 있었지. 자, 이제 그걸 증명해 보여주마."

노인은 이제껏 수없이 그걸 증명해 보였는데도 지금 또 증명을 하겠다고 소리쳤다. 증명을 할 때마다 매번 처음 하는 것 같았기 때문이다. 그리고 과거에 한 것은 전혀 생각하지 않았다.

고기가 잠들면 나도 사자 꿈을 꾸며 잘 수 있을 텐데. 그런데 지금 왜 사자 생각이 나는 걸까? 자, 늙은이, 그런 건 생각지 말게. 대신 뱃전에 몸을 좀 편히 기대고 다른 생각일랑 일절 하지 말라고. 고기는 움직이더라도 자네는 가능한 움직이지 말아야 하니까 말이야. 노인은 그런 생각을 하는 자신을 나무랐다.

어느덧 오후가 되었다. 배는 여전히 같은 속도로 계속 나아갔다. 동쪽에서 불어오는 미풍도 한결 약해져 배는 잔잔한 바다 위를 유유히 미끄러지며 가는 것 같았다. 낚싯줄 때문에 죄어오던 고통도 많이 무감각해진 상태였다.

그러다 오후에 다시 한 번 줄이 올라오는 게 보였다. 다름 아니라 고기가 좀 더 높게 헤엄치고 있었던 것이다. 해가 노인의 왼팔과 어깨, 등으로 내리비쳤다. 고기가 북동쪽으로 방향을 돌렸다는 걸 알 수 있었다.

고기를 한 번 봤기 때문에 노인은 보라색 가슴지느러미를 날개처럼 활짝 펴고 꼬리를 빳빳이 세운 채 컴컴한 물속을 가르면서 헤엄쳐나가는 고기의 모습을 상상해볼 수 있었다. 저 깊은 물속에서 눈이 잘 보이나? 눈도 엄청 크던데. 말의 눈은 저놈보다 훨씬 작지만 밤눈이 밝지. 나도 옛날엔 밤눈이 밝았었는데 말이야. 완전히 컴컴할 때 말고는 고양이 시력만큼 좋았었지.

햇빛이 따뜻해지고 손가락을 계속 움직여서인지 왼손의 쥐는 완전히 풀려있었다. 그래서 노인은 왼손에 다시 줄을 옮겨놓고 등을 움직여 줄 때문에 아픈 통증을 좀 풀었다.

"네가 정말 지치지 않았다면 너도 참 이상한 고기구나."

노인은 소리치듯 말했다.

그는 거의 기진맥진해졌고 곧 어둠이 내릴 것 같았다. 그래서 다른 생각을 하려고 했다. 빅 리그전을 그란 리가스라는 스페인어로 생각했다. 뉴욕 양키스와 디트로이트 타이거스의 시합이 있는 것을 생각해냈다.

오늘이 이틀쨀데 결과가 어떻게 됐을까? 그는 시합 결과가 몹시 궁금했다. 나도 자신감을 가져야 돼. 발뒤꿈치 뼈를 다치고도 끝까지 경기를 치러낸 위대한 디마지오도 있잖은가. 나도 지면 안 되지. 뼈 통증을 뭐라고 하더라? 뼈에 문제가 생긴 것 말이야. 보통은 그런 병에 잘 안 걸리지. 싸움닭의 발톱을 뒤꿈치에 쑤셔 넣은 것처럼 그렇게 아플까? 내가 그렇게 다쳤다면 못 견뎌냈을 거야. 싸움닭처럼 눈알이 빠지면서까지 계속 싸우는 건 불가능한 거라고. 그러니 사람이 새나 짐승에 비해 별로 대단한 게 없다니까. 난 차라리 컴컴한 바다 속에 있는 저놈처럼 되면 좋겠네.

"상어만 없으면 말이야. 상어가 떴다 하면 모두 끝장이지 뭐."

노인은 큰 소리로 말했다.

디마지오가 아무리 대단하다 해도 지금 내가 이놈과 대결하는 것처럼 그도 할 수 있을까? 아마도 해내겠지. 나보다 젊고 기운도 더 세니까 나보다 더 잘 이겨낼지도 모르지. 게다가 그의 아버지도 어부 출신이잖아. 그런데 발뒤꿈치 뼈를 다치면 그렇게 아픈 건가? 노인은 생각했다.

"그건 알아서 뭐해! 발뒤꿈치를 다쳐본 적도 없는데 어떻게 알겠어."

그는 또 큰 소리로 말했다.

해가 넘어가기 시작했다. 노인은 용기를 되새기려고 옛날 생각을 하나 떠올렸다. 카사블랑카의 한 술집에서 거구의 흑인과 팔씨름을 한 적이 있었다. 그는 항구에서 가장 힘이 세다고 알려진 시엔푸에고스 출신이었다. 테이블에 분필로 선을 그어놓고 그 위에 팔을 세운 후 상대방의 손을 잡은 채 낮부터 시작해 밤을 새웠다. 밤새 씨름을 하는 동안 구경꾼들이 돈을 걸고 석유 불빛 주위로 모여 웅성거렸다. 그는 흑인의 팔과 손, 얼굴을 쳐다보았다. 8시간이 경과하자 심판들도 잠을 자려고 4시간마다 교대를 했다. 두 남자는 손톱 밑에서 피가 흐르기 시작했고, 서로 상대방의 눈과 손과 팔을 노려보고 있었다. 돈을 건 사람들은 계속 들락거리며 어떤 이들은 높은 의자 위에 올라앉아 장면을 지켜보았다. 판자벽에 사람들의 움직임이 그림자를 만들며 흔들리고, 불빛이 바람에 흔들릴 때마다 흑인의 거대한 그림자도 같이 흔들렸다.

승세가 오락가락하며 밤이 끝나도록 승부는 갈리지 않았다. 구경꾼들이 흑인에게 럼주를 마시게 하고 불붙인 담배를 입에 물려주기도 했다. 그러자 흑인은 더 억센 힘으로 노인의, 아니 산티아고 엘 캄페온(엘 캄페온은 스페인어로, 챔피언을 뜻함)의 손을 3인치 가량 눌렀다. 그러나 노인은 있는 힘을 다해 버티며 원래 위치로 되돌려놓았다. 그 순간 노인은 그 미남 흑인 선수를 이겨낼 수 있겠다는 자신감이 들었다. 새벽이 다가오자 내기를 건 사람들도 지쳐 떨어지며 그냥 무승부로 하자는 말을 하기에 이르렀다. 심판도 고개를 갸우뚱하기 시작했다. 바로 그때 노인은 마지막 괴력을 발휘해 흑인의 팔을 밀며 마침내 테이블 바닥까지 눕히는 데 성공했다. 씨름은 무려 일요일 아침에 시작해 월요일 아침에야 끝이 났던 것이다. 무승부로 하자고 말했던 사람들은 대부분 선창에서 설탕 포대를 나르는 사람들이거나 아바나 석탄회사에서 일하는 사람들로 아침 출근을 해야 했기 때문이었다. 안 그랬다면 그들은 끝까지 승부를 보고 싶었을 것이다. 하지만 노인이 그들의 출근 시간에 늦지 않도록 마침 결말을 내주었다.

그 시합 후, 오랫동안 사람들은 그를 보며 캄페온이라고 불렀다. 그리고 봄에 다시 복수전이 벌어졌다. 이번에는 사람들이 큰돈을 걸지 않았다. 아닌 게 아니라 첫 시합에서 시엔푸에고스 출신 흑인의 기를 이미 꺾어봤기 때문에 노인은 아주 쉽게 이길 수 있었다. 그 뒤에도 몇 번 더 시합을 했었다. 노인은 누구와 붙어도 이겨낼 자신이 있었다. 하지만 어부에겐 오른손이 중요해 왼손으로 시합을 한 적도 있었다. 하지만 왼손은 역시 생각대로 돼주지 않아 믿을 수가 없었다.

태양이 따뜻하게 비치자 노인은 생각했다. 햇볕이 손을 따뜻하게 덥혀주면 쥐는 안 날 거야. 하긴 밤에 너무 춥지만 않으면 손에 다시 쥐가 나는 일은 없겠지 뭐. 그런데 오늘 밤에 무슨 일이 일어날지 어떻게 알아. 그때 마침 노인의 머리 위로 비행기한 대가 마이애미 방향으로 날아갔고, 그 바람에 날치 떼가 놀라 물 위로 뛰어올랐다.

"날치가 저렇게 많은 걸 보면 분명 돌고래가 있겠는데."

노인은 말하며 어깨에 걸쳐있는 줄을 끌어당겨 고기를 잡아 모을 수 있을지 조금 움직거려 보았다. 하지만 고기는 꿈쩍도 하지 않고 줄만 끊어질 것처럼 팽팽해지며 물방울을 튀기면서 부르르 떨었다. 노인은 비행기가 사라지는 것을 계속 쳐다보고 있었다.

　비행기 타면 기분이 이상할 것 같아. 저렇게 높은 데서 바다를 내려다보면 어떻게 보일까? 좀 낮게 날면 고기가 보일지도 모르지. 한 200패덤쯤 높이에서 천천히 날면서 고기를 내려다보면 좋을 텐데. 거북잡이 배를 타고 돛대 꼭대기 높은 데서 보니까 그 정도 높이만 돼도 아주 잘 보이더군. 돌고래가 더 진한 초록색으로 보이고, 줄무늬와 보랏빛 점들도 보이고 말이야. 고기떼들이 움직이는 것도 다 보였어. 그런데 왜 컴컴한 바다 속에 사는 빠른 물고기들은 모두 등이 보랏빛을 띠고, 줄무늬와 점들이 있는 걸까? 사실 돌고래는 금색인데 물속에서는 초록색으로 보이는 거야. 그놈이 먹이를 찾아 물 밖으로 나올 때는 마알린처럼 보라색 줄무늬가 배 양쪽으로 생기곤 하지. 그런데 그놈이 물 밖으로 몸을 드러내는 건 거칠게 꿈틀거려서일까, 아니면 속력을 더 내기 때문일까?

　날이 저물어가기 바로 잔, 배는 섬처럼 높이 솟은 해초덩이 옆으로 지나갔다. 물결에 일렁거리는 해초의 모양이 마치 바다가 노란 털 담요 아래 덮여있는 무언가와 사랑을 나누고 있는 것처럼 보였다. 순간 노인의 작은 낚싯줄에 돌고래가 걸려들었다. 그는 처음으로 돌고래의 모습을 보았다. 놈은 저녁노을 속에서 금빛을 띠며 공중으로 거칠게 뛰어올라 몸을 틀었다. 흥분한 돌고래는 곡예사처럼 이리저리 팔딱거렸다. 노인은 고물 쪽으로 다가가 조심스럽게 앉아 오른손에는 큰 낚싯줄을 잡고 왼손으로는 돌고래를 끌어당겼다. 그리고 조금씩 잡아당긴 낚싯줄을 왼발로 누르고 있었다. 돌고래는 이윽고 고물 가까이까지 끌려와 사납게 날뛰기 시작했다. 노인은 배 밖으로 몸을 기울여, 보라색 점들이 보이며 금빛으로 빛나는 고래를 잡아채 배 안으로 끌어올렸다.

낚싯줄이 입에 걸린 녀석은 그걸 자르려고 몸부림치며 발작을 일으키듯 퍼덕거렸다. 그러고는 큰 몸통과 꼬리, 머리를 뱃바닥에 대고 때리며 버둥거렸다. 노인이 놈의 금빛 머리를 몽둥이로 내려치자 한 번 부르르 떨며 그대로 뻗어버렸다.

노인은 이내 고기의 주둥이에서 낚싯줄을 빼내고 거기다 다시 정어리 미끼를 달아 바닷물에 던져놓았다. 그러고는 천천히 고물 쪽으로 다가갔다. 그는 왼손을 씻고 바지에 쓱쓱 닦고는 오른손에 쥐고 있던 큰 낚싯줄을 왼손으로 옮기고 오른손도 바닷물에 씻었다. 그런 다음 기울어가는 태양과 바닷물 속에 비스듬히 걸쳐있는 큰 줄을 유심히 바라보았다.

"이놈이 전혀 지치지 않았군."

노인은 혼자 말했다. 그러나 손에 느껴지는 물의 저항감으로 보면 속도가 많이 느려져 있다는 걸 알 수 있었다.

"노 두 개를 고물에 매둬야겠다. 그렇게 하면 밤새 고기도 속도가 떨어지겠지. 아무래도 오늘밤까지는 저놈이 꿈쩍도 안 할 것 같으니까. 나도 그럴 거고."

　노인은 혼자 소리 내어 말했다. 그러고는 생각했다. 돌고래
피를 안 빼려면 배를 갈라둬야겠어. 그런데 좀 있다가 해야겠
지. 우선 노를 단단히 메어두고 저놈의 힘을 빼도록 해야 해. 벌
써 해가 저물어가니까 지금은 저놈을 방해하지 말고 가만히 내
버려두는 게 좋을 거야. 어쨌든 해가 저물 무렵에 고기는 가장
조심해서 다뤄야 하니까 말이야.

　그는 손에 묻은 물기를 바람에 말리고 낚싯줄을 단단히 쥐고
는 가능한 편한 자세로 고기가 끌고 가는 뱃전에 몸을 기댔다.
그렇게 하면 아무래도 줄만 잡고 있는 것보다는 배를 끌고 가는
데 힘들게 만들기 때문이었다.

　녀석이 점점 더 꾀를 부리는구나. 노인은 생각했다. 그래도
어쨌든 이 방법이 괜찮아. 저놈은 미끼를 물었을 때부터 지금껏
아무것도 먹지 않았으니까. 가뜩이나 많이 먹어야 되는 놈이 못
먹으면 살 수가 없겠지. 그 점을 생각해야 해. 나는 다랑어라도
한 마리 먹었지만 말이야. 난 내일 돌고래도 먹을 수 있어. 노인
은 돌고래를 속으로 도라도라고 발음했다. 아무튼 저놈 배를 가
를 때 좀 먹어둬야겠어. 다랑어보다는 먹기가 힘들겠지. 하긴
그게 힘들면 세상에 쉬운 일이 어디 있어?

　"이놈아 좀 어떠니? 난 괜찮은데 너는 어떠냐고? 난 왼손도
다 나았고 먹을 것도 내일 점심까지 다 준비돼있거든. 자, 배를
힘껏 끌어봐라, 이놈아."

　그는 큰 소리로 말했다. 솔직히 그는 괜찮은 게 아니었다. 다

만 줄 때문에 아프다는 걸 속으로 부정하고 있을 뿐이었다. 사실은 너무 아프다 못해 이제는 거의 무감각한 상태가 되어있었다. 그는 지금보다 더 극심했던 과거 일을 생각하며 단지 스스로를 위로하고 있는 것이었다. 하긴 지금은 왼손의 쥐도 풀렸고 껍질만 조금 벗겨져 있는 상태였다. 두 다리는 멀쩡했고, 먹을 것도 고기보다 그가 훨씬 더 유리한 상황에 있었다.

해가 저물어가자 9월의 바다는 금방 어둑어둑 했다. 노인은 계속 뱃전에 기대서서 가능한 편하게 쉬고 있었다. 어느덧 첫 별이 하늘에 나타났다. 그는 리겔(오리온좌의 일등성)이라는 별 이름은 모르지만 그 별을 보니 다른 별들도 머리에 떠올라왔고, 마치 많은 친구를 만날 것 같은 예감이 들었다.

"하긴 저놈도 내 친구지. 저런 놈은 정말 본 적도 들은 적도 없지만 말이야. 하지만 난 꼭 너를 죽이고 말 거야. 별을 죽일 수 없다는 게 다행이군."

그는 소리 내어 말했다.

매일 달을 죽여야 한다면 어떨까? 그럼 달은 도망치고 말겠지. 또 날마다 태양을 죽여야 한다면 어떨까? 그렇게 할 수 없다는 게 다행이지 뭐. 그는 속으로 생각했다.

노인은 아무것도 못 먹은 덩치 큰 고기가 불쌍하게 여겨지긴 했지만 죽이겠다는 결심은 조금도 변하지 않았다. 대체 저놈 한 마리면 몇 사람의 배를 채울 수 있을까? 한데 아무나 저놈을 먹을 자격이 있단 말인가. 아니야. 없어. 저놈의 저 위풍당당한 행동과 자세를 보라고. 저걸 먹을 만한 자격이 있는 사람이 누가 있겠는가. 아무도 없어. 노인은 계속 속으로 이런 생각을 했다.

하지만 나도 모르겠다. 난 그냥 태양이나 달, 별을 죽일 수 없는 우리 인간이 다행이라고 생각해. 이렇게 바다에서 물고기들을 죽이는 것으로 충분하지 뭐.

이제 서서히 속도를 늦춰야겠군. 장단점이 있기는 하지만 말이야. 놈이 발버둥치고 노로 만든 장애물이 제 기능을 해서 배가 무거워지면 오히려 낚싯줄을 많이 놓치고 놈도 잃어버릴지 모르니까. 반면에 배에 무리를 안 주면 서로 힘은 덜 들게 되겠지만 시간을 더 많이 끌게 되고, 놈도 이제까지보다 더 엄청난 속도로 나갈 수 있으니까 나한테는 좋은 점이지. 어쨌든 저 돌고래가 상하기 전에 배를 가르고 좀 먹어둬야겠어. 노인은 생각을 거듭했다.

자, 그럼 고물 쪽으로 가서 살펴보기 전에 한 시간쯤 더 쉬고 고기가 여전히 잘 버티고 있는지 봐야겠어. 그리고 다음 일을 결정하자고. 저놈이 앞으로 어떤 행동을 할 것인지, 어떤 변화가 일어날 것인지 알아봐야 하니까. 노를 잘 비끄러맨 건 잘 했는데, 이제는 그게 안전한지 주의해야 해. 놈이 아직도 생생하게 버티고 있으니까 말이야. 낚시가 입에 걸려 주둥이가 꼭 다물어져 있더구먼. 근데 사실 저놈한테 낚싯줄 걸린 게 무슨 대수겠어. 그보다는 배가 몹시 고프겠지. 그리고 뭔지 모를 것과 지금 투쟁하고 있다는 게 문제겠지. 이봐, 늙은이, 지금은 그딴 거 생각할 게 아니라 좀 쉬어야 해. 다음 일도 만만치 않을 테니 지금은 고기가 싸우도록 내버려 두라고.

노인은 2시간쯤 쉬었지만 그리 편안하지는 않았다. 달이 늦게 떠올라 지금이 몇 시인지 알 수도 없었다. 하지만 고기가 끌고 가는 힘은 여전히 똑같다는 게 어깨에 느껴졌다. 그는 왼손을 뱃전에 대고 고기의 무게를 배 전체로 느껴보았다. 줄을 고정시켜 놓아도 될 것 같았다. 그런데 놈이 한 번 크게 요동치면 줄은 금방 끊어질 수 있었다. 그래서 노인은 고기가 당기는 힘을 자신의 몸으로 느끼면서 언제든 손으로 직접 줄을 풀어내야겠다고 마음먹었다.

"그런데 늙은이, 자네 한숨도 안 잔 것 알고 있겠지? 반나절, 밤, 그리고 또 하루가 지나고 있는데 말이지. 고기가 가만히 있을 때라도 어쨌든 좀 자둬야 하지 않겠나? 안 그러면 현기증이 일어날 거라고."

그는 소리 내어 중얼거렸다.

하지만 난 아무렇지도 않아. 머리가 맑은 걸. 너무나 맑아. 저 별처럼 말이야. 그렇게 생각하면서도 노인은 어쨌든 좀 자야 한다는 걸 알고 있었다. 별도 자고 달도 자고 해도 자고 파도와 바람이 없는 날은 바다도 자고 있으니 말이다.

아무튼 자야 돼. 줄 문제는 어떻게든 방법을 찾아내고 좀 자야 되겠어. 노인은 생각했다. 자, 우선 고물 쪽으로 가서 돌고래를 손질해 먹어야겠어. 그런데 배의 속도를 조절하기 위해 노를 고물에 묶어둔 것은 위험할 수 있었다.

난 안 자도 괜찮아. 그는 계속 버티고 있었지만 잠을 안자는 건 너무나 위험한 행동이었다. 그는 고기가 놀라지 않도록 조심스레 무릎으로 기어서 배 뒤쪽으로 다가갔다. 그러면서 자신이 반수면 상태인지도 모르겠다는 생각이 들었다. 네놈이 쉽게 할 수는 없어. 넌 죽을 때까지 계속 끌고 가야 해.

노인은 다시 고물 쪽으로 돌아가 어깨에 걸쳐있는 낚싯줄을 왼손으로 잡고 오른손으로는 칼을 칼집에서 빼들었다. 별이 가득 떠있어 돌고래가 잘 보였다. 그는 고래의 머리에 칼을 꽂아 고물 아래쪽에서 끌어올렸다. 그러고는 발로 누른 채 꼬리 부분부터 턱까지 재빠른 솜씨로 배를 갈랐다. 그런 다음 오른손으로 내장을 전부 끄집어내고 아가미도 깨끗이 뜯어냈다. 밥통이 묵직해서 갈라보니 속에 날치 두 마리가 들어있었다. 아직 싱싱하고 살도 단단해 그것들을 돌고래 옆에 놔두고 다른 내장들은 모조리 바다 속으로 던져버렸다. 인광의 꼬리를 길게 남기며 그건 곧 물속으로 가라앉았다. 별빛 아래서 싸늘하게 놓여있는 돌고래의 비늘이 희끄무레한 색을 띠고 있었다. 노인은 오른발로 돌고래의 머리를 밟고 껍질을 벗겨냈다. 그리고 뒤집어 반대쪽 껍질을 벗긴 후 머리부터 꼬리까지 살을 저며냈다.

노인은 돌고래의 뼈도 바다 속으로 던져버렸다. 그러고는 물에 소용돌이가 생기는지 가만히 쳐다보았다. 그러나 뼈는 허옇게 빛나며 물속으로 천천히 가라앉을 뿐이었다.

그는 몸을 돌려 잘라낸 돌고래의 살점 사이에 날치 두 마리를 끼워 넣고, 칼을 칼집에 집어넣은 다음 살금살금 기어서 다시 이물 쪽으로 돌아갔다. 줄의 무게 때문에 그는 등을 펼 수가 없었다. 게다가 오른손에 고기를 들고 있었다. 이물로 돌아온 그는 나무판자 위에 고기 살점을 올려놓고 그 옆에 날치를 놓았다. 그러고는 어깨에 멘 줄의 위치를 바꾸고, 왼손으로 줄을 꽉 쥐어 잡았다. 그리고 배 밖으로 몸을 기울여 날치를 씻고는 물의 속도를 손으로 주의 깊게 느껴보았다. 돌고래의 껍질을 벗기느라 손에 인광이 묻어있었다. 그는 특히 그곳에 닿는 물결을 예의주시해 바라보았다. 물의 속도가 많이 느려져 있었다. 배 밖의 나무에 손을 문질러보니 인광 가루가 떨어지며 수면에 떠 있다가 천천히 멀리 흩어졌다.

"저놈이 지쳤나? 아니면 쉬고 있는 건가? 어쨌든 나도 돌고래 고기나 좀 먹고 잠을 자도록 해봐야지."

노인은 말했다. 밤이 되자 날씨도 점점 추워지는데 그는 별빛을 받으며 돌고래 고기 한 점을 먹고, 날치 한 마리도 내장과 머리를 따내고 다 먹어치웠다.

"돌고래도 잘 요리해서 먹으면 참 맛있는 고긴데, 날로 먹으니까 맛이 없단 말이야. 다음번에는 소금이나 오렌지를 꼭 가져와야겠어."

진작 생각했더라면 이물의 판자 위에다 바닷물을 부어놓았다가 소금을 만들 수도 있었는데. 하긴 그것 신경 쓰다보면 해질 무렵까지 돌고래는 못 잡았겠지. 어쨌든 아쉽네. 준비를 좀 더 했으면 좋았을 텐데. 그런데 이 고기가 먹고 나도 역겹지는 않구먼. 그는 속으로 중얼거렸다.

동쪽 하늘에 구름이 끼기 시작하면서 그가 알고 있는 별들 몇 개가 모습을 감췄다. 배는 이제 마치 커다란 구름 골짜기 속으로 들어가는 것 같았고 바람도 더 거세게 불기 시작했다.

"3,4일 후엔 날씨가 나빠지겠는데. 그래도 오늘과 내일까지는 괜찮겠어. 자, 늙은이, 고기가 조용히 가만있을 때 잠을 좀 자두라니까."

노인은 오른손으로 줄을 꽉 쥐고 허벅지로 누른 채 온몸에 힘을 주어 이물에 기대섰다. 그리고 어깨의 줄을 좀 내려서 왼손에 걸고 팽팽하게 잡아당겼다. 줄이 팽팽해있는 동안은 오른손이 놓치지 않을 거야. 잠들어 있을 때 줄이 늦춰지면 풀려나가면서 왼손으로 알게 될 거고 그럼 깨어나겠지. 이 허벅지 밑의 오른손이 짓눌리겠지만 오른손이야 워낙 고역에 익숙해져 있으니까 괜찮아. 20, 30분만 자도 좋지. 그는 생각하며 오른손 쪽으로 몸을 지탱하고는 잠이 들었다.

그는 사자 꿈이 아니라 8마일에서 10마일까지 해면을 덮고 있는 돌고래 꿈을 꾸었다. 때마침 교미 기간이었는데, 놈들이 물 위로 높이 뛰어오르더니 다시 물속으로 모두 사라져버렸다. 그는 또 자기 집 침대에서 자는 꿈도 꾸었는데, 세찬 북풍이 불어와 몹시 추웠고 베개가 아니라 오른팔을 베고 있어서 팔이 너무나 저리다는 걸 느꼈다.

그 다음 꿈은 길게 뻗어있는 누르스름한 해안선을 본 것이었고, 또 아직 캄캄하지는 않은 어스름한 해안에 사자 한 마리가 내려오더니 다른 사자들이 그 뒤를 따라 내려오는 것이었다. 그는 계속 꿈속에서, 해질 무렵 해안에 닻을 내려놓고 있었는데, 뱃머리에 앉아 턱을 괴고 바다에서 불어오는 미풍을 받으며 사자가 얼마나 더 많이 내려오나 하고 기대감으로 지켜보며 즐거워하고 있었다.

달이 뜬지 한참 됐는데도 노인은 계속 잤다. 고기 또한 여전히 배를 끌고 가며 구름 터널 속으로 들어가고 있었다.

그런데 갑자기 오른손이 무언가에 세게 끌리며 얼굴을 확 치면서 마치 불이 붙기라도 한 것처럼 줄이 재빨리 풀려나갔다. 왼손엔 별일이 없었다. 그는 오른손을 꽉 쥐면서 줄이 풀려나가는 속도를 줄이기 위해 안간힘을 썼다. 그러나 소용없었다. 줄은 걷잡을 수 없이 풀려나갔다. 급기야 그는 왼손으로 다른 줄을 찾아 등에 대고 버텨봤지만 왼손도 마찬가지로 훅 뜨거워지며 등까지 달아올랐다. 그는 왼손에도 힘을 주려고 했지만 마음대로 되지 않았다. 다행히 예비 낚싯줄은 순조롭게 풀려나가고 있었다. 바로 그때 고기가 큰 소리를 내더니 공중으로 뛰어올랐다가 다시 철버덕 하고 떨어졌다. 그리고 다시 몇 번이나 뛰어올랐다. 줄은 계속 빠른 속도로 풀려나갔다. 노인은 온 힘을 다해 줄을 팽팽히 잡아당기고 있다가 풀려나가면 또다시 팽팽하게 붙잡곤 했다. 그는 마침내 이물에 바짝 끌어당겨진 채 얼굴이 좀 전에 손질해놓은 돌고래 고기 조각에 처박히다시피 돼버렸다. 노인은 그 상태로 꼼짝할 수도 없었다.

그래, 바로 이거야, 내가 기다린 게. 이제 낚싯줄 값을 치르게 되는 거라고. 노인은 생각했다.

그는 고기가 뛰어오르는 것은 보지도 못하고, 마치 바다가 갈라지는 것 같은 소리와 고기가 무겁게 떨어지는 소리만 들렸다.

줄이 무섭게 풀려나가는 바람에 손바닥이 몹시 아팠지만 그건 이미 예상하고 있었던 일이라 그는 가능한 덜 아픈 부분에 줄이 닿도록 신경 쓰면서 손바닥이나 손가락이 다치지 않도록 주의했다.

그 애가 왔더라면 줄을 좀 도와줄 텐데. 그 애가 왔더라면, 그 애가 왔더라면 말이야…… 노인은 그런 생각을 거듭 했다. 줄은 한없이 풀려나가고 있는데 그래도 속도가 조금씩 줄어들고 있었다. 그는 고기가 배를 끌고 가는데 조금이라도 더 힘이 들도록 만들었다. 그러고는 서서히 돌고래 고기 조각에 처박혀 있던 얼굴을 들었다. 그런 다음 무릎을 세우고 천천히 일어났다. 그는 계속 줄을 풀고 있었지만 조금씩 천천히 풀어나갔다. 발로 낚싯줄이 남아있나 더듬어보니 아직도 많이 남아있었다. 고기는 이제 물속으로 풀려 들어간 그 줄을 끌고 가야 한다.

그래, 가뜩이나 열두 번도 더 뛰어올라서 부레에 공기가 가득 찼을 테니, 끌어당길 수 없을 정도로 깊은 곳까지 잠수하지는 못할 거야. 자, 이제 곧 빙글빙글 돌게 될 걸. 그럼 내가 손을 봐주지. 그런데 왜 갑자기 뛰어올랐을까? 배가 너무 고파 몸부림을 친 걸까? 아니면 어둠속에서 무언가에 놀랐던 것일까? 그래, 뭔가에 갑자기 놀랐는지도 모르지. 참 침착하고 겁 없이 용감한 놈이었는데, 이상하군.

"이봐, 늙은이, 자네나 용감하게 자신감을 가지게나."

그는 큰소리로 내뱉었다.

"이놈이 내 손아귀에 있는데도 잡히지가 않는군. 하지만 곧 돌기 시작할 테니 두고 보라고."

노인은 왼손과 어깨로 낚싯줄을 조절하면서 오른손으로 바닷물을 얼굴에 끼얹어 붙어있는 돌고래 고기 조각을 씻어냈다. 계속 놔두면 역겨울지도 모르기 때문이었다. 그는 기운이 빠질까봐 무엇보다 두려웠다. 얼굴을 씻은 다음 그는 다시 오른손을 바닷물에 담가 씻었다. 그러고는 손을 계속 물속에 담근 채 서서히 해가 떠오르는 것을 바라보았다. 아, 저놈 머리가 동쪽으로 향하고 있군. 그럼 지쳐서 조류를 따라 흘러가고 있다는 건데, 잠시 후면 빙글빙글 돌겠는 걸. 자, 이제 한판 승부가 시작되겠군. 그는 생각하며 오른손을 충분히 바다의 소금물에 담가두었다가 꺼내 살펴보았다.

"이 정도면 됐어. 남자한테 이만한 고통은 별 것 아니지."

그는 낚싯줄이 손바닥 상처에 닿지 않도록 조심스럽게 줄을 잡고, 몸의 무게를 오른쪽으로 옮겨 반대쪽 뱃전 밖으로 왼손을 내밀었다.

"이번엔 허튼 짓 하면서 다친 건 아니야. 그런데 한동안은 네가 어디 있는지 모를 때도 있었지."

그는 왼손에게 말했다.

나는 왜 두 손을 튼튼하게 타고나지 못했을까? 그는 속으로 중얼거렸다. 그래, 왼손을 잘 활용하지 않은 게 잘못이었어. 왼손을 충분히 단련시켰어야 했는데 말이야. 어쨌든 밤새 보호해주었고, 쥐도 한 번밖에 안 났어. 한 번만 더 쥐가 나면 그때는 낚싯줄에 잘려나가든지 말든지 내버려둘 거야.

그는 돌고래 고기를 좀 더 먹어야겠다고 생각했다. 영 머리가 개운치 않았기 때문이다. 아니, 안 먹을 거야. 구토증이 나서 기운이 빠지는 것보다는 머리가 어지러운 게 훨씬 나아. 그는 또 그런 생각이 들었다. 얼굴을 고기 조각에 처박았기 때문에 지금 먹으면 분명 구토증이 나서 못 견딜 거야. 그냥 상하더라도 비상용으로 놔둬야겠어. 지금 영양을 섭취한다 해도 기운이 더 솟아나기는 이미 늦었어. 참 너도 바보다. 그냥 날치나 한 마리 더 먹자. 그는 계속 중얼거렸다.

날치는 이미 씻어져 있어 언제든 먹을 수 있도록 준비돼 있었다. 그는 왼손으로 그걸 집어 조심스럽게 씹으면서 통째로 다 먹었다.

날치는 다른 고기보다 영양가가 높지. 자, 그럼 내가 할 수 있는 일은 다 했으니까 고기가 돌기 시작하면 싸울 준비나 해야겠다.

그가 바다로 나온 지 세 번째 해가 솟아오를 무렵, 고기가 둥그렇게 빙빙 돌기 시작했다. 줄이 기울어진 것을 보고 노인은 고기가 돌기 시작한 것을 알았다. 그러나 작업을 개시하기엔 아직 좀 일렀다. 그는 줄이 조금 늦춰져 있다는 걸 느끼고는 오른손으로 살살 당겨보았다. 줄은 여전히 팽팽했지만 금방이라도 끊어질 것 같았다. 그 순간 줄이 다시 느슨해지면서 끌려들어가기 시작했다. 노인은 어깨의 줄을 내려서 천천히 계속 잡아당겼다. 두 손을 움직이면서도 그는 온 몸과 다리로 줄을 잡아당겼다. 노인의 늙은 다리와 어깨는 온통 줄 당기기에 매달려 있었다.

"아주 넓게 돌고 있군. 어쨌든 분명 돌고 있어."

그는 말했다. 그런데 줄이 더 이상 끌려오지 않고 멈춰버렸다. 아침 햇살 아래서 물방울이 반짝거리며 줄에서 뚝뚝 떨어지고 있었다. 이윽고 줄이 다시 풀려나가기 시작했다. 노인은 무릎을 꿇고 줄이 컴컴한 바다 속으로 끌려들어가는 것을 아쉬운 듯 천천히 풀어주었다.

"크게 돌고 있구먼."

그는 말하며 속으로 생각했다. 아무튼 힘껏 당겨봐야지. 그러면 회전하는 거리가 매번 줄어들 거야. 한 시간쯤 지나면 저놈을 볼 수 있을 것 같아. 오기만 하면 네놈을 가만 안 둔다. 죽여버릴 거야.

고기는 계속 천천히 돌기만 했다. 노인은 땀으로 흠뻑 젖은 채 2시간쯤 후에는 뼛속까지 고통이 밀려왔다. 하지만 고기가 도는 원의 거리는 많이 줄어들어 있었다. 줄의 기울기를 봐도 고기가 빙빙 돌면서 서서히 해면으로 떠올라오고 있는 걸 알 수 있었다.

이제 노인은 눈앞이 가물거리며 어두워지기 시작했고 땀을 너무 많이 흘려서 이마에 난 상처가 몹시 쓰라렸다. 그는 눈앞이 가물거리는 건 두렵지 않았다. 그 정도로 힘을 쓰며 줄을 잡아당길 때는 늘 그런 증상이 일어났기 때문이다. 하지만 그는 어지럼증이 두 번이나 일어나면서 아찔하게 느껴지기까지 했다. 그 점이 걱정이 되었다.

"이런 고기를 못 잡고 죽을 수는 없어. 조만간 저놈의 멋진 비늘을 보게 될 거야. 오, 하느님, 힘을 좀 주세요. 천주경과 성모경을 100번이라도 외우겠습니다. 그러나 지금은 도저히 못하겠어요."

어떻게 지금 외울 수가 있겠어. 나중에 외워야지. 그는 생각했다.

바로 그때, 두 손으로 움켜쥐고 있던 줄이 갑자기 억센 힘으로 확 당겨졌다. 그리고 무언가가 날카롭고 무겁게 느껴졌다.

놈이 창날 같은 부리로 낚싯줄을 친 거야. 언젠가는 이런 일이 일어날 줄 알았지. 그럴 수밖에 없어. 자, 그럼 이제 뛰어오를지도 모르겠군. 좀 더 계속 회전해주면 좋겠는데. 그러고 보니 아까는 놈이 공기가 필요해서 뛰어올랐군. 하지만 자꾸만 그렇게 하면 주둥이의 상처가 넓어져서 낚싯줄이 빠져나가버릴지도 모르는데. 그는 생각했다.

"고기야, 뛰지 마라, 뛰지 마."

노인이 말했다. 고기는 계속해 몇 번 더 낚싯줄을 쳤다. 그럴 때마다 노인은 줄을 조금씩 더 풀어주었다.

이놈의 고통도 이쯤에서 덜어줘야지. 노인은 생각했다. 지금 내 고통이 문제가 아니야. 내 고통은 참을 수 있지만 저놈의 고통은 아마 미칠 지경일 거야.

잠시 후, 고기는 낚싯줄을 더 이상 치지 않고 다시 크게 원을 그리며 돌기 시작했다. 노인은 계속 조금씩 줄을 당겼다. 그러다 또다시 그는 어지럼증을 느꼈다. 그래서 왼손으로 바닷물을 떠 머리에 뿌리고, 목덜미도 물을 적셔 문질렀다.

"이젠 쥐가 안 나네. 저놈이 떠오를 때가 됐는데 어찌된 것일까? 나는 끝까지 이겨낼 수 있어. 참아야 돼. 말할 필요도 없어."

그는 뱃머리에 무릎을 꿇고 앉아 줄을 잠시 등으로 옮겨놓았다. 고기가 멀리서 돌고 있는 동안 잠깐 쉬었다가 다시 가까이 오면 싸울 생각이었다. 그는 앉아 쉬면서 줄도 당기지 않고 고기를 제멋대로 한 바퀴 돌게 내버려두고 싶은 마음이 간절했다. 그러나 줄이 당겨진 상태를 보니 고기가 배 가까이 오려고 방향을 바꾼 것이었다. 노인은 일어나 중심을 잡고 팔을 앞뒤로 흔들며 풀어놓았던 줄을 모두 다시 감았다.

이렇게 피곤을 느끼기는 처음이야. 그는 속으로 중얼거렸다. 무역풍이 불고 있군. 저놈을 잡기에 아주 좋은 바람이야. 꼭 필요한 바람이지.

"저놈이 다음 회전을 시작할 때 잠시 쉬자. 기분도 한결 낫군. 저놈이 두서너 번만 더 돌고 나면 끌어들일 수 있을 거야."

그는 혼자 말했다. 그는 밀짚모자를 머리 뒤쪽에 얹어놓고 뱃머리에 웅크리고 앉아 고기가 회전하는 것을 느끼며 줄을 끌어올렸다. 고기야, 너는 지금도 일을 하고 있구나. 그는 생각했다. 저놈이 돌아올 때 기회를 봐서 잡아볼까?

파도가 더 거세게 일었다. 바람은 셌지만 날씨는 좋았다. 집으로 돌아가는 데도 유리한 바람이었다.

"뱃머리를 남서쪽으로 돌리면 돼. 바다에서 길을 잃어버리는 일은 없어. 쿠바는 아주 긴 섬이거든."

고기가 세 번째로 원을 그리기 시작할 때, 마침내 모습이 보였다. 처음에 노인은 배 아래로 지나가는 시커먼 물체를 언뜻 보았는데, 믿어지지 않을 정도로 물체가 길고 지나가는데 한참이나 걸렸다.

"아니겠지. 설마 그렇게 크겠어?"

그런데 고기는 실제로 그렇게 컸다. 원을 다 그린 고기는 배에서 30야드쯤 떨어진 곳에서 수면으로 떠올랐는데 물 밖으로 꼬리가 나왔기 때문에 알 수 있었다. 꼬리는 연한 보랏빛을 띠고 낫처럼 날카롭게 컸으며 짙푸른 물 위에 우뚝 솟아 있었다. 그건 또 뒤로 비스듬히 기울어 있었고, 고기는 수면 바로 아래서 헤엄치고 있었다. 노인은 그 거대한 몸체와 보랏빛 줄무늬를 볼 수 있었다. 등지느러미는 아래로 늘어져 있고 가슴지느러미는 양쪽으로 활짝 나있었는데 엄청나게 컸다.

고기가 다시 회전을 시작하자 고기의 눈과 고기 옆에 바짝 붙어 다니는 두 마리의 회색 상어도 보였다. 회색상어는 몸집 큰 고기 몸에 붙어서 다니기도 하고 어떤 때는 떨어져 따로 헤엄쳐 다니기도 하며, 또 어떤 때는 뒤를 따라 다니기도 했다. 두 마리 모두 3피트 정도 길이였는데 마치 뱀장어처럼 온몸을 날쌔게 움직이고 있었다.

노인은 땀을 뻘뻘 흘리고 있었다. 그건 햇빛 때문만은 아니었다. 고기가 되돌아올 때마다 그는 줄을 잡아당겼는데, 앞으로 두 바퀴만 더 돌면 작살을 찔러 넣을 수 있을 거라는 확신이 들었다. 이제 저놈을 좀 더 가까이 바짝 끌어와야겠어. 그는 생각했다. 하지만 머리를 찌르면 안 되고 심장을 바로 찔러야 해.

"자, 늙은이, 침착하게 행동하고 기운을 내."

그는 스스로에게 말했다.

고기가 다시 회전을 시작할 때, 등이 수면 위로 떠올랐다. 하지만 배에서 거리가 너무 멀었다. 다음 회전 때도 역시 너무 멀었지만 몸이 더 많이 수면 위로 나와 줄을 조금만 더 당기면 고기를 배 옆까지 바짝 끌어올 수 있겠다고 노인은 확신했다. 작살은 이미 준비돼있었고 작살에 달아놓은 가는 줄은 둥근 바구니 속에 들어있었다. 그리고 그 줄 끝은 이물의 말뚝에 단단히 비끄러매두었다.

고기는 회전을 할 때마다 점점 더 가까이 다가왔다. 커다란 꼬리만 움직이는 그 모습이 무척 아름다웠다. 노인은 있는 힘을 다해 꼬리를 배 쪽으로 끌어당겼다. 고기가 잠시 배를 보이며 뒤척이는 듯 하다가 곧 중심을 잡고 또다시 돌기 시작했다.

"내가 고기를 움직였군."

노인은 말했다. 그는 또 한 번 어지럼증을 느꼈지만 안간힘을 다해 고기에 매달렸다. 내가 저놈을 움직였다니까. 그는 또 생각했다. 이번엔 정말 끝장을 낼 수 있을 거야. 자, 손아, 줄을 당겨라. 다리야, 조금만 더 버텨라. 머리야, 이 늙은이를 위해 마지막까지 좀 견뎌주라. 정신을 놓으면 안 돼. 이번엔 꼭 해치울 거야.

고기가 배 가까이 오기도 전에 노인은 사력을 다해 줄을 당기기 시작했다. 그러나 고기는 조금 휘청거릴 뿐 다시 중심을 잡고 헤엄쳐 나가고 있었다.

"고기야, 넌 결국 죽어야 할 운명이야. 그런데 나까지 죽일 생각이니?"

그렇게 할 수는 없지. 그는 생각했다. 입안이 너무 말라 그는 말할 수도 없고, 물병을 당겨 마실 힘도 없었다. 이젠 정말 마지막이야. 저놈을 꼭 배 가까이 끌어와야 돼. 그렇게 네가 자꾸만 돌면 나도 버티지 못한다. 아니야. 견딜 수 있어. 그는 혼자 말을 했다. 그래, 너는 영원히 건재할 거야.

다음 회전을 시작할 때 그는 고기를 거의 잡을 뻔 했다. 하지만 고기는 다시 몸을 세우더니 천천히 물속으로 들어가고 말았다.

네놈이 나를 죽일 작정이구나. 노인은 생각했다. 그래, 너도 그럴 권리가 있다. 너처럼 용감하고 멋지고 침착하고 위풍당당한 놈은 내가 본 적이 없으니까. 자, 나를 죽여라, 고기야. 누가 누구를 죽이든 그게 무슨 상관이겠니.

아, 이제는 머리가 혼란스럽다. 좀 식혀야겠다. 머리를 식힌 다음에 어떻게 이 고통을 더 견딜 수 있을지 생각해봐야겠어. 저놈처럼이라도 견딜 수 있을지. 노인은 생각했다.

"이봐 늙은이, 정신 차려. 정신 차리라고."

노인은 자신도 알아들을 수 없을 만큼 기어들어가는 소리로 말했다.

고기는 또다시 두 바퀴를 더 돌고 왔지만 언제나 똑같았다.

에라, 나도 모르겠다. 노인은 점점 지쳐 이제는 의식도 가물

가물하고 기절할 것만 같았다. 정말 모르겠다. 그래, 한 번만 더 해보자.

그는 다시 한 번 시도해 고기를 뒤집어놓았다. 그럴 때마다 그는 정신이 몽롱해지곤 했다. 그러나 고기는 금방 다시 몸을 뒤집어 커다란 꼬리를 물 위로 세우고는 유유히 헤엄쳐갔다.

한 번 더. 노인은 또다시 용기를 내보았다. 손은 잔뜩 부어 힘이 다 빠져버렸고 어지럼증도 자꾸만 더해 점점 더 주위가 희미하니 잘 보이지 않았다. 그는 다시 시도해보려고 했지만 도저히 맘대로 안 되었다. 힘을 주기도 전에 정신이 아득해지며 곧 쓰러질 것만 같았다. 그래도 다시 한 번 해보자.

노인은 마지막 남아있는 힘과 견딜 수 있는 모든 고통과 옛날에 가지고 있었던 긍지까지 총동원해 최후의 투쟁을 불태웠다. 고기에게도 마지막 고통일 것이다. 고기는 이제 주둥이가 거의 배에 닿을 정도로 바로 가까이에서 헤엄치고 있었다. 몸집이 엄청나게 길고 넓으며 보라색 줄무늬를 하고 있는 큰 덩치가 배 옆으로 지나가고 있었다.

노인은 줄을 놔두고 한쪽 다리에 힘을 주어 딛고는 있는 힘을 다해 작살을 높이 쳐들고, 아니 초인적인 힘을 발휘해 사람의 가슴 높이만큼 물 위로 솟아올라 있는 커다란 가슴지느러미 뒤쪽을 향해 고기의 옆구리를 힘껏 찔렀다. 작살이 놈의 살 속으로 들어간 것을 느낄 수 있었다. 그는 거의 몸을 날리듯 더 힘을 주어 작살을 깊이 밀어 넣었다. 고기는 곧 미친 듯 날뛰며 물 위로 높이 뛰어올랐다. 그리고 급기야 그 거대하고 멋진 몸집의 어마어마한 힘을 드러내 보였다.

　얼마나 높이 떠올랐는지 고기는 배 위에 서 있는 노인보다 더 높은 곳에, 마치 공중에 떠있는 것처럼 보였다. 그러고는 이내 철썩 물속으로 곤두박질치며 물을 사방으로 흠씬 튀겨 배가 물 폭탄을 뒤집어쓰고 말았다.

　노인은 또다시 정신이 아찔해지고 속까지 메스꺼워지며 앞이 잘 보이지 않았다. 그러나 끝까지 작살의 줄을 놓치지 않고 살갗이 벗겨진 두 손으로 조절하며 쥐고 있었다. 겨우 눈 앞이 보였을 때 고기가 은색 뱃가죽을 물 위로 드러낸 채 뒤집혀 있는 것이 보였다. 작살은 고기 어깻죽지에 제대로 꽂혀있었고, 바다는 고기에서 뿜어져 나온 피로 붉게 물들어 있었다. 핏물은 언뜻 1마일 깊이의 푸른 바닷물 속에 고기떼가 몰려온 것처럼 시커멓게 보였지만 이내 곧 구름처럼 널리 퍼져나갔다. 고기는 은빛 배를 드러내놓고 조용히 물 위에 둥둥 떠있었다.

　노인은 희미한 눈으로 가만히 고기를 쳐다보았다. 그리고 작살 줄을 뱃머리의 말뚝에 몇 번 감아놓고 두 손으로 머리를 감싸 쥐었다.

　"정신 차려야 돼. 나는 늙었고 지쳤어. 그래도 난 결국 내 형제인 고기를 죽였으니까 앞으로 할 일이 많아."

　이제 고기를 배에 붙잡아 매려면 올가미와 밧줄을 준비해야겠군. 그는 생각했다. 두 사람이 있다 해도 이 고기를 배에 실을 수는 없어. 배가 도저히 못 버틸 테니까. 그러면 어떻게 한담. 그냥 고기를 배에다 단단히 묶고 돛을 달아서 돌아가는 수밖에 없어.

그는 고기를 뱃전으로 끌어당겨 아가미와 주둥이에 줄을 연결해 머리를 이물에 붙잡아 맬 생각이었다. 정말 내 눈으로 더 확실히 보고 만져보고 확인해보고 싶군. 그는 속으로 생각했다. 이제 이 고기는 내 재산이야. 그래서 만져보고 싶은 건 아니야. 난 이미 이놈의 심장을 만진 거나 마찬가지니까. 작살을 두 번째 찔러 넣었을 때 알았지. 자, 이제 끌어당겨서 꼬리와 허리 부분에 올가미를 걸어 배에 단단히 묶어야지.

"늙은이, 무리하지 말고 천천히 하게나. 싸움은 끝났지만 앞으로 해야 할 자질구레한 일이 아직 한참 남았으니까."

그는 혼자 말하며 물을 들이켰다.

그는 하늘을 한 번 올려다보고 나서 고기를 쳐다보았다. 태양을 보니 정오가 조금 지난 시각이었다. 게다가 무역풍까지 불고 있었다. 자, 이제 낚싯줄은 상관없어. 돌아가서 그 애랑 같이 다시 풀고 작업하면 되니까.

"이리 와라, 고기야."

노인은 말했지만 고기는 꿈쩍도 하지 않았다. 의식을 잃고 물 위에 떠있으니 당연한 일이었다. 노인은 배를 저어 고기 옆으로 다가갔다. 그리고 놈의 머리를 이물에 묶었다. 정말이지 놈이 얼마나 엄청나게 큰지 그는 믿어지지 않았다. 그는 말뚝에 묶어둔 작살 줄을 풀어 아가미 속으로 밀어 넣어 턱까지 뺀 다음 서로 꿰었다. 그리고 창날처럼 날카로운 부리를 한 번 감고 그걸 아가미에 집어넣어 다시 한 번 부리에다 감고는 첫 번째 작살

줄과 연결해 매어 뱃머리의 말뚝에 단단히 비끄러맸다. 그런 다음 줄을 잘라 올가미를 만들어 꼬리를 묶으려고 고물 쪽으로 다가갔다. 고기는 원래 보라색과 은색이 섞여있었는데 이제는 거의 은색으로 변해있었다. 그리고 줄무늬는 꼬리와 같은 엷은 보라색을 띠고 있었다. 줄무늬 하나의 넓이가 자그마치 한 뼘 정도였고, 눈알은 잠망경의 반사경이나 성지순례를 하고 있는 사람처럼 초월한 것 같은 모양이었다.

"죽이려면 이렇게 할 수밖에 없었지."

노인은 소리 내어 말했다. 물을 마시고나자 정신도 많이 맑아졌고 기운도 솟았다. 어지럼증이 다시 생기지는 않을 것 같았다. 저 정도면 1500파운드 이상은 되겠는 걸. 어쩌면 더 나갈지도 모르지. 3분의 2정도 살을 떠서 1파운드에 30센트씩만 받는다 하더라도?

"연필이 없어서 계산을 할 수가 없군. 머리가 아직 말짱하지 못해서 계산이 안 돼. 그 아무리 위대한 디마지오도 오늘의 나한테는 경의를 표해야 할 걸. 발꿈치는 안 아팠지만 손과 등의 고통은 이루 말할 수가 없었지."

그런데 발뒤꿈치 신경통이란 게 도대체 어떤 것일까? 겪어보지 않아서 잘 모르지만 사실 누구나 그런 병이 걸릴 수 있을지도 몰라. 그는 생각했다.

노인은 고기를 이물과 고물, 그리고 배의 중간에 걸쳐 야무지게 비끄러맸다. 고기가 얼마나 큰지 배 한 척을 옆에다 붙여놓은 것 같았다. 그는 줄을 또 하나 끊어 고기의 아래턱을 부리와 연결해 묶었다. 고기의 입이 벌어지지 않도록 해 배가 빨리 나아갈 수 있게 하려는 것이었다. 그 다음 그는 돛대를 세우고 갈고릿대와 가름대를 설치하며 조각조각 기운 돛을 달아 배를 움직이기 시작했다. 그는 고물 쪽에 거의 누운 자세로 이물을 남서쪽으로 돌렸다.

나침반은 없지만 노인은 남서쪽이 어딘지 분간할 수 있었다. 무역풍과 돛이 끌고 가는 방향을 보면 확실했다. 가는 낚싯줄에 미끼를 달아 물고기도 잡고 수분 섭취도 해야겠군. 노인은 생각했다. 그런데 미끼 바늘이 보이지 않고 정어리도 모두 상해있었다. 할 수 없이 그는 누런 해초를 갈퀴로 건져 올려 마구 흔들어보았다. 아닌 게 아니라 속에 들어있던 새우가 뱃바닥으로 떨어졌다. 10여 마리가 넘었는데 모래벼룩처럼 팔딱거리며 살아있었다. 노인은 새우를 집어 머리를 떼어내고 껍질과 꼬리까지 통째로 씹어 먹었다. 작기는 했지만 맛이 좋았다. 무엇보다 새우는 영양가가 풍부했다.

그는 병속에 남아있던 두 모금쯤의 물을 마셨다. 배는 너무 버거운 짐을 싣고도 너끈히 잘 나아가고 있었다. 그는 팔 밑에 있는 키의 손잡이로 방향을 잡았다. 고기의 존재가 분명히 보이고 자신의 손을 펴보며 또 뱃전에 기댔을 때 등이 몹시 아픈 걸 보면 이건 분명 꿈이 아니고 현실이라는 걸 실감할 수 있었다. 그는 사실 고기와의 마지막 싸움 때 워낙 정신이 혼미해지다보니 꿈이 아닌가 하는 생각이 들었었다. 그러다 마침내 고기가 뛰어올라 물속으로 떨어지기 직전, 공중에 떠있는 모양을 봤을 때, 아 기적이 일어났구나 하는 생각이 들었다. 도저히 믿어지지 않는 광경이었다. 이젠 눈도 가물거리지 않고 잘 보였다.

지금 그는 꿈이 아니고 생시라는 걸 정말로 분명히 깨닫고 있다. 손의 상처는 피를 닦아내고 바다의 짠물로 씻었으니까 잘 낫겠지. 이런 깊은 바닷물은 상처를 잘 낫게 하는 약이나 마찬가지니까. 이제 내가 해야 할 일은 정신만 잘 차리는 것이다. 손으로 할 일은 더 이상 없고, 무사히 항구에 도착하기만 하면 된다. 저놈도 입을 다문 채 꼬리를 꼿꼿이 세웠다 내렸다 하고 있군. 자, 우리 형제처럼 사이좋게 항구로 돌아가고 있어. 그는 생각했다. 하지만 그는 순간 머리가 또다시 혼미해지며 고기가 자신을 끌고 가는 것인지 자신이 고기를 끌고 가는 것인지 분간할 수가 없었다. 내가 고기를 끌고 가는 거라면 문제는 아무것도 없어. 또 고기가 모든 힘을 잃고 배 안에 가만히 누워있다면 역시 문제될 건 아무것도 없지. 그런데 고기와 배는 지금 같이 묶인 채 바다를 헤쳐가고 있는 것이다. 그래, 네놈이 나를 끌고 가고 싶다면 맘대로 해라. 노인은 생각했다. 네놈보다 내가 나은 점이라면 머리를 쓸 수 있다는 것뿐인데, 네놈이 나한테 나쁜 마음을 갖고 있을 리는 없으니까……

항해는 무난히 진행되고 있었다. 노인은 두 손을 바닷물에 담그고 정신을 차리려 애를 썼다. 하늘엔 높이 뭉게구름과 새털구름이 떠있었다. 아마도 밤새 미풍이 불어올지도 모른다. 노인은 꿈이 아니라는 걸 또다시 확인하고 싶어 고기를 자세히 바라보았다.

하지만 1시간 후, 배는 처음으로 상어의 습격을 받았다. 상어가 나타난 건 우연이 아니었다. 고기에서 나온 시커먼 피가 구름처럼 흩어져 1마일 바다 깊숙이 퍼졌을 때 상어는 이미 물 위로 떠오르고 있었다. 빠른 속도로 거침없이 깊은 물속에서 솟아올랐다가 햇빛 때문에 다시 물속으로 들어가 고기의 냄새를 맡고 추적해왔던 것이다.

상어는 가끔 냄새를 잊어버리기도 했지만 곧 다시 찾아내거나 지나갔던 흔적을 보고 재빨리 세차게 따라붙었다. 주둥이가 큰 청상아리인데, 덩치가 크고 바다에서는 어느 고기보다 빨리 헤엄치고 날렵했다. 몸집은 주둥이만 빼고 아주 멋진 형태를 하고 있었다. 등은 황새치처럼 푸른색이고 배는 은빛이며 껍질 또한 아름다운 색깔을 띠고 있었다. 날쌔게 헤엄쳐 가는 모습도 날새치와 비슷했으며 등지느러미를 높고 꼿꼿하게 세운 채 그대로 칼날처럼 해면 바로 아래 물속에서 미끄러져 나갔다. 주둥이 안쪽이 이중으로 돼있으며, 여덟 줄의 이빨이 안쪽으로 비스듬히 나있었다. 다른 상어들은 이빨이 피라미드형으로 나있는데, 이건 달랐다. 청상아리의 이빨은 사람 손가락을 매 발톱처럼 오그렸을 때의 모양과 비슷했으며 양쪽이 면도날처럼 날카로웠다. 놈은 바다 속의 고기라면 뭐든 잡아먹을 수 있게 생겼으며 워낙 억세게 힘이 좋기 때문에 덤벼드는 고기가 없었다. 놈은 점점 더 신선한 피 냄새를 쫓아 달려들면서 푸른 지느러미로 세차게 물을 갈랐다. 노인은 상어가 달려오는 걸 보면서 작살을 집어 들고 밧줄을 맸다. 하지만 배에 고기를 묶느라 밧줄을 잘라버려 길이가 너무 짧았다.

노인은 머리도 맑아지고 기운도 새로 솟아나 단단히 마음의 준비를 하고 있었지만 큰 희망은 갖지 않았다. 좋은 일이 있으면 나쁜 일이 또 온다는 걸 알고 있었기 때문이다. 상어가 가까이 다가오는 것을 지켜보며 그는 큰 고기를 한 번 쓱 쳐다보았다. 차라리 꿈이라면 좋겠군. 그는 생각했다. 상어가 달려드는 것을 막을 수는 없지만 어떻게 해봐야 할 텐데. 덴투소(청상아리를 뜻하는 스페인어) 이놈, 망할 놈 같으니라고.

상어는 날쌔게 고물 쪽으로 다가와 고기에게 달려들었다. 그리고는 입을 크게 벌리고 묘하게 눈알을 굴리며 이빨로 이상한 소리를 내면서 고기의 꼬리 부분을 물어뜯었다. 상어의 머리와 등이 물 밖으로 쑥 나왔다. 노인은 놈의 두 눈 사이에 나잇는 선과 코에서 등으로 뻗어있는 선이 만나는 한 곳에 작살을 찔러 넣었다. 그때 큰 고기의 살과 껍질이 물어뜯기는 소리가 들렸다. 사실 그런 선이 상어 머리에 있는 건 아니었다. 날카롭고 길쭉하게 생긴 푸르스름한 머리와 우락부락한 눈과 탐욕스럽게 달려들어 뭐든 먹어치우는 뾰족한 주둥이가 그렇게 보였던 것이다. 하지만 작살을 꽂았던 그 위치가 놈의 골이 있는 부분이기 때문에 노인은 그곳을 노렸었다. 이미 놈의 피가 솟아올라 노인의 손에 묻어 미끈거렸지만 그는 있는 힘을 다해 작살을 더 눌러댔다. 그는 큰 기대는 하지 않았지만 놈을 죽여야 한다는 철저한 살기를 품고 있었다.

상어는 몸을 크게 한 번 뒤틀었는데, 눈엔 벌써 더 이상 생기가 사라지고 없었다. 놈은 한 번 더 뒤척이며 그 바람에 밧줄에 두 번 감기고 말았다. 이미 죽은 건 사실인데 놈은 자신의 죽음을 인정하지 않는 것 같았다. 벌렁 나자빠져 겨우 꼬리로 물을 치며 주둥이는 계속 딱딱거리면서 사납게 몸부림을 쳤다. 꼬리를 하도 세게 치는 바람에 수면 위로 허연 포말이 일어나며 밧줄이 더 이상 버티지 못하고 끊어져버렸다. 이제 놈의 몸뚱이도 4분의 3이나 물 위로 나와 둥둥 떠 있었다.

상어는 한동안 그렇게 물 위에 가만히 떠있다 천천히 물속으로 가라앉았다.

"놈이 한 40파운드는 뜯어먹었군."

노인은 큰 소리로 말했다. 게다가 내 작살과 밧줄까지 모조리 가져가버렸어. 그런데 내 고기에서 계속 피가 흐르니 이게 문제일세. 다른 상어들이 몰려올 거 아니야.

그는 온전하지 못한 고기를 더 이상 쳐다보고 싶지 않았다. 놈의 살이 뜯겨져나갈 때 노인은 마치 자신의 살이 뜯겨져나가는 것 같았다.

하지만 어쨌든 내 고기에 달려든 상어 놈을 내가 죽였지. 그렇게 큰 덴투소는 처음 보는군. 이제까지 큰놈들은 숱하게 많이 봐왔지만 말이야. 아, 좋은 일은 오래 가지 않는 법이라니까. 그는 생각했다. 이게 꿈이면 좋겠군. 내가 이 고기를 잡은 게 아니고 지금 침대에 누워 신문을 보고 있는 거라면 차라리 좋겠어.

"그러나 사람은 패배하려고 태어난 게 아니지. 사람은 죽긴 하지만 늘 패배하는 건 아니야."

그는 혼자 말했다. 그래도 아무튼 내가 고기를 죽인 건 미안한 일이야. 그런데 어쩌지? 아직도 험한 일이 많이 있을 텐데 작살조차 없으니. 덴투소 놈은 무척 잔인하고 억세고 영악한 데가 있지만 나보다 더 영리하지는 못해. 아니, 그렇지 않을지도 몰라. 내 무기가 저놈보다 좀 더 나은 것뿐이었는지도 모른다고.

"이봐 늙은이, 더 이상 생각하지 말게. 그냥 있다가 상어가 다시 달려들면 그때 생각하라고."

그는 크게 소리 질렀다.

하지만 그 생각은 멈춰지지 않았다. 생각할 거라곤 그것과 야구밖에 없었기 때문이다. 위대한 디마지오는 내가 상어 머리통을 찌른 솜씨를 인정해줄까? 그런데 별로 대단한 일도 아니군. 누구라도 닥치면 할 수 있는 일이니까. 그래도 내 손이 얼마나 고통스러웠는지 발뒤꿈치 아픈 것만큼 위태로운 상황이었다는 걸 알겠지? 아니, 그렇지 않을지도 몰라. 내가 발뒤꿈치를 다친 건 수영하다가 오리를 밟아서 물렸을 때 종아리에 경직이 일어나 엄청 아팠을 때뿐이었으니까.

"늙은이, 다른 즐거운 일이나 생각하시지. 이제 집도 점점 가까워지고 있으니 말이야. 게다가 고기가 40파운드나 줄어들었으니 배도 더 가볍게 달릴 수 있잖은가."

그는 자신에게 말했다. 그러나 배가 조류 한가운데에 이르면 어떤 일이 일어날 것인가는 불 보듯 뻔히 알고 있었다. 그래도 지금은 다른 도리가 없었다.

"아니야, 이렇게 하면 돼. 노잡이에 칼을 매다는 거야."

그는 큰소리로 말했다. 그러고는 키의 손잡이를 겨드랑이에 끼고 돛 아래 부분을 발로 밟은 채 그 작업을 했다.

"아, 난 늙었어. 그래도 아무것도 못할 만큼 늙은이는 아니야."

마침 바람이 다시 불기 시작해 배가 잘 나가고 있었다. 노인은 고기의 앞부분만 쳐다보며 약간의 희망을 가졌다. 희망을 놓을 수는 없지. 그는 생각했다. 희망을 버린다는 건 죄악이야. 아니, 죄에 대해서는 생각하지 말자. 지금은 죄를 생각할 때가 아니야. 생각할 다른 문제가 너무 많아. 사실 내가 죄에 대해 아는 게 뭐가 있담.

난 죄가 뭔지 잘 모르고 그걸 믿고 있다는 확신도 없어. 고기를 죽이는 건 죄가 되겠지. 내가 살기 위해서나 다른 사람들이 먹게 하면 그건 죄가 될 거야. 그렇게 치면 모든 게 다 죄지 뭐야. 그러니 죄에 대해서는 더 이상 생각하지 말자고. 그런 걸 생각해봐야 이미 때도 늦었고. 또 고기를 잡아야 생계를 이을 수 있는 사람들도 있으니까. 자, 그런 생각은 이제 그런 사람들이 하게 내버려둬. 고기가 고기로 태어난 것처럼 너는 어부로 태어난 것뿐이야. 산 페드로(예수의 제자 성 베드로)도 위대한 디마지오의 아버지처럼 어부였지.

노인은 자신이 하고 있는 모든 일에 대해 생각하기를 좋아했다. 게다가 읽을거리나 라디오도 없어서 그는 생각하는 일에 몰두할 수밖에 없었다. 그러면서 계속 죄에 대해 생각했다. 네놈을 죽인 건 내가 살기 위해서도 고기를 팔기 위해서도 아니었어. 어부로서의 긍지 때문에, 그리고 내가 어부기 때문에 죽인 거야. 난 네가 살아있을 때도 너에게 감탄했지만 지금도 감탄하고 있단다. 내가 널 죽인 건 죄라고 생각하지 않아. 아니, 죄보다 더한 짓이었을까?

"이봐 늙은이, 생각이 너무 지나치군."

그는 큰소리로 내뱉었다. 하지만 넌 덴투소를 죽인 건 아주 즐거워했지. 그는 계속 생각을 거듭했다. 그놈도 너처럼 산고기를 먹는 동물이야. 다른 상어처럼 썩은 고기든 뭐든 아무거나 게걸스럽게 잡아먹는 그런 동물은 아니지. 멋지고 당당하고 무서움이라곤 모르는 동물이라고.

"하지만 내가 그놈을 죽인 건 정당방위였어. 게다가 한 칼에 죽였지."

그는 혼자 큰소리로 말했다. 동물 세계에서는 어떤 식으로든 한 놈이 다른 놈을 죽이게 돼있어. 그는 생각했다.

어부는 고기를 잡아서 살게 되지만 또 한편으론 고기를 잡느라 내가 죽을 수도 있지. 아니 고기잡이가 나를 살게 해주는 거야. 자신을 속이면 안 돼. 그는 생각했다.

그는 뱃전으로 몸을 내밀어 아까 상어가 물어뜯은 큰 고기의 살점을 조금 떼어냈다. 그러고는 그걸 씹어 먹으며 음미했다. 과연 맛이 좋았다. 쇠고기처럼 살이 단단하고 촉촉했지만 색깔이 붉지는 않았다. 힘줄도 전혀 없어 시장에 내다 팔면 최고의 값을 받을 수 있을 것 같았다. 그런데 피 냄새를 없앨 방법이 없다면 조만간 더 최악의 사태가 닥쳐오는 걸 피할 수는 없었다.

노인이 고물 쪽에 기대앉아 다시 기운을 내려고 마알린 고기를 씹어 먹으며 2시간쯤 지났을 때 두 마리의 상어 중 한 놈이 막 다가오고 있었다.

"앗!"

그는 비명을 질렀다. 어떻게 표현할까. 마치 못이 손바닥을 뚫고 나무에 박힐 때 자신도 모르게 질러대는 소리 같다고 할까.

"갈라노(상어 종류)다!"

그는 다시 절박하게 소리를 질렀다. 다른 한 놈이 첫 번째 놈을 뒤따라오고 있었다. 세모형의 갈색 지느러미로 물결을 가르며 오는 걸로 보아 삽 모양의 코를 가진 가래상어가 틀림없었다. 놈들은 냄새를 맡고 미친 듯 흥분해 있었으며, 이따금 냄새를 놓쳤다가 다시 다가오곤 했다. 두 마리 상어는 계속 줄기차게 달려들었다.

노인은 돛을 가름나무에 단단히 묶고 키의 손잡이를 움직이지 못하게 고정시켜 놓았다. 그런 다음 칼날을 연결시킨 노를 잡고 손바닥 상처가 아프지 않도록 살짝 들어올렸다. 그는 상어가 다가오면 노를 꽉 쥐고 끝까지 버텨야 하기 때문에 손을 쥐었다 폈다 운동하며 배 주위를 노려보고 있었다. 잠시 후 넓적하고 삽처럼 뾰족한 상어의 머리와 끝부분이 흰색으로 넓은 가슴지느러미가 보였다. 아주 거친 상어 종류인데 고약한 냄새를 풍기며 죽은 고기도 마구 닥치는 대로 잡아먹고 먹을 게 없을 때는 노든 키든 아무거나 물어뜯는 놈이었다. 놈은 또 거북들이 해면에 떠서 잠들어있으면 다리나 발을 잘라먹기도 했다. 또 사람을 공격하는 것도 이놈들이었다.

"앗! 갈라노야, 자 오너라."

그는 소리쳤다. 마침내 놈들이 다가왔다. 그런데 청상아리처럼 곧바로 달려들지는 않았다. 그러나 노인이 잘못 본 것이었다. 한 놈이 배 밑으로 들어가 고기에게 접근해 물어뜯고 치고 한 것이었다. 노인은 배가 몹시 흔들리는 줄로 착각했었다. 다른 한 놈은 길게 째진 누런 눈알로 노인의 눈치를 살피다 엄청나게 큰 주둥이를 확 벌리며 재빨리 고기에게 다가가 살점을 물어뜯었다. 그때 놈의 몸뚱이가 물위로 살짝 드러났는데, 짙은 밤색 정수리에서 척추로 이어진 등 쪽의 선이 선명히 보였다. 노인은 순간 노에 매달아놓은 칼로 정수리 부분을 찌르고 다시 한 번 누런 눈알에다 찔러 넣었다. 놈이 기겁을 하며 도망쳐 달아났지만 물어뜯은 고기를 먹으며 벌써 죽어가고 있었다.

하지만 배는 여전히 요동을 쳤다. 또 다른 한 놈의 상어가 배 아래에서 고기를 물어뜯고 있었기 때문이다. 노인은 닻줄을 풀어 배가 옆으로 움직이도록 했다. 상어가 물 위로 드러나도록 하기 위해서였다. 마침 예상대로 상어가 떠오르자 그는 재빨리 몸을 기울여 놈에게 칼을 찔러 넣었다. 그러나 껍질만 조금 찔렀을 뿐 깊이 들어가지는 못했다. 하지만 너무 힘을 주어 찌르는 바람에 어깨까지 욱신거렸다. 상어가 다시 물 위로 머리를 내밀었다. 노인은 놈이 코를 물 밖으로 내밀며 고기의 살점을 물어뜯으려는 찰나, 넓적한 정수리 한가운데를 정확히 찔렀다.

그리고 칼을 빼 다시 한 번 깊이 찔러 넣었다. 그러나 놈은 끄떡도 하지 않고 날카로운 주둥이로 다시 고기에게 접근하려 했다. 노인은 그때 놈의 왼쪽 눈에다 제대로 칼을 꽂아 넣었다. 그래도 상어는 달아나지 않고 계속 고기를 뜯고 있었다.

"아직도?"

이번에 노인은 척추와 정수리 사이를 냅다 찔렀다. 놈도 별수 없었다. 마침내 놈의 뼈가 으드득 하며 부서지는 느낌이 손으로 전달돼왔다. 노인은 노를 빼서 상어 주둥이를 열기 위해 끝에 달린 칼날을 밀어 넣었다. 그리고 칼을 한 번 돌리자 놈이 미끄러지며 바다 속으로 첨벙 떨어져버렸다.

"그래, 잘 가라, 갈라노야. 바다 속 깊이 가라앉으렴. 거기서 네 친구를 만나겠구나. 아니, 네 어미였는지도 모르지."

그는 소리 내어 말했다. 그러고는 칼날을 씻고 노를 내려놓았다. 그는 이제 닻줄을 다시 매고 바람을 따라 해안으로 배를 움직여갔다.

"제일 좋은 고기만 4분의 1이나 뜯어갔군. 아, 이게 다 꿈이고, 이 고기를 잡지 않았으면 좋았을 걸. 그래 미안하다, 고기야. 너를 잡는 게 아니었어."

그는 큰 소리로 말하다 문득 말을 멈췄다. 더 이상 고기를 쳐다보고 싶지도 않았다. 고기는 피를 흘리고 살까지 뜯겼지만 아직도 거울처럼 맑게 빛나고 커다란 줄무늬도 생생히 살아있었다.

"내가 이렇게 멀리까지 나오지 말았어야 했어. 고기야, 우리 모두를 위해서 말이다. 정말 미안하구나. 자, 칼을 연결시킨 부위가 끊어지지 않았는지 봐야겠네. 언제까지 이놈들이 달려들지 모르니까. 손도 더 풀어놓아야겠어."

그는 혼자 중얼거리듯 말했다.

"칼을 갈 숫돌이 있으면 좋겠는데. 숫돌을 가져올 걸."

노인은 칼이 잘 매달려 있나 노 끝을 다시 손보며 말했다. 가져왔어야 할 게 많았네. 하지만 가져오지 않았으니 말해서 뭐해. 이봐, 늙은이, 지금은 안 가져온 물건 따위나 생각하고 있을 때가 아니야. 그냥 있는 걸로 해결할 생각을 하라고. 그는 생각했다.

"그런데 자넨 충고도 참 잘 하는군. 한데 그것도 이젠 지겨워."

그는 큰 소리로 말했다. 그러고는 배가 잘 나아가자 겨드랑이에 키를 끼고 두 손을 물에 담근 채 그대로 있었다.

"제기랄, 마지막 놈이 엄청 많이 뜯어먹었군."

그는 말하고는 살점이 뜯겨나간 고기의 아래쪽을 더 이상 생각하고 싶지 않았다. 배가 흔들릴 때마다 놈이 아래서 살을 뜯고 있었던 것이니, 고기에서 흘러나온 피가 바다에 온통 퍼져있을 것이고, 더 많은 상어 떼들이 몰려올 것은 불 보듯 훤했다.

이 정도 고기 크기면 한 사람이 겨울 내내 먹고 살 수 있을 양인데. 그는 생각했다. 이봐, 그런 생각일랑 그만두게. 편하게 쉬면서 남은 고기나 잘 지킬 생각 하라고. 손도 좀 풀면서 말이야. 하긴 내 손에서 나는 피 냄새쯤이야 바다에 퍼져있는 피 냄새에

비하면 아무것도 아니지. 피도 별로 안 나니까. 이 정도면 큰 상처는 아니야. 그런데 피가 나서 왼손에 또 쥐가 오르는 건 아니겠지.

그럼 이제 뭘 생각하지? 생각할 거리가 아무것도 없구먼. 그러니까 아무 생각도 하지 말고 다음에 올 일이나 대비하고 있으면 돼. 아, 이게 정말 꿈이라면 얼마나 좋을까? 그는 생각했다. 아무것도 모르겠어. 어쩌면 이게 더 잘 된 일일지도 모르지.

또 한 마리의 상어가 다가왔는데 역시 가래상어였다. 만약 돼지의 입이 사람 머리가 들어갈 만큼 크다면 저렇게 여물통으로 달려들 거야. 노인은 그런 생각을 하며 상어가 고기를 물어뜯으려 할 때 끝에 묶여진 칼로 놈의 머리를 찔렀다. 그러나 상어가 순간 몸을 확 비트는 바람에 칼을 놓치고 말았다.

노인은 다시 침착하게 마음을 가라앉히고 키를 잡았다. 상어는 그대로 죽어가면서 차츰 물속으로 빠져 들어갔다. 노인은 그런 장면이야말로 볼 때마다 기분이 좋았지만 지금은 왠지 그것조차도 보고 싶은 마음이 안 들었다.

"그래, 갈고리가 남아있어. 이건 별로 도움은 안 되겠지만. 그리고 노 두 개와 키 손잡이도 하나 있군. 작지만 몽둥이도 하나 있고."

그는 혼자 말했다. 상어 놈들이 나를 죽이겠구먼. 하지만 난 늙어서 놈들을 몽둥이로 때려죽일 힘이 없어. 그래도 노와 키 손잡이와 몽둥이가 있는 한 끝까지 싸워주마. 그는 속으로 생각했다.

노인은 다시 두 손을 짠 바닷물에 담갔다. 바다와 하늘밖엔 아무것도 보이지 않았다. 하지만 바람은 더 많이 불고 있었다. 어쩌면 곧 육지가 보일지도 모른다는 생각이 들었다.

"늙은이, 자넨 지금 녹초가 돼있어. 완전 기진맥진 상태라고."

그는 스스로에게 말했다.

상어 떼가 다시 다가온 건 해지기 직전 무렵이었다. 갈색지느러미들이 고기의 피 냄새가 퍼져있는 궤적을 따라 열심히 헤엄쳐오고 있었다. 놈들은 냄새를 찾아 우왕좌왕하지도 않고 곧장 줄을 이어 배에 덤벼들었다.

노인은 노를 고정시켜 놓고 돛줄을 꽉 잡아맨 다음 얼른 고물에 놓여있는 몽둥이를 집어 들었다. 2.5피트 정도 되는 길이인데, 부러진 노를 잘라낸 것이었다. 그건 손잡이가 있어 한 손으로 잡아야 했다. 노인은 그걸 오른손에 움켜쥐고 손목을 살살 주무르며 상어가 다가오는 것을 노려보았다. 두 마리였는데 모두 갈라노였다. 앞에 오는 놈이 고기를 물면 내버려뒀다가 코뼈나 정수리를 내려쳐야지. 그는 생각했다.

그런데 두 마리가 같이 붙어서 왔다. 곧 가까이 있는 놈이 입을 쫙 벌리고 은빛 고기의 옆쪽을 물어뜯는 순간, 노인은 몽둥이를 높이 치켜들고 놈의 넓적한 머리를 있는 힘껏 내리쳤다. 단단한 고무 같은 탄력성이 느껴지기도 했지만 뼈가 맞았는지 딱딱한 느낌도 들었다. 그는 또 한 번 콧등을 내리쳤다. 그러자 상어는 고기에서 물러나 휘청거리며 물속으로 가라앉았다.

또 한 마리가 주둥이를 크게 벌리고 달려들었다. 그리고 놈이 입을 다물었을 때 입가에서 허연 고기 살점이 빠져나왔다. 노인이 몽둥이를 들고 내리치는데도 놈은 노인을 쳐다보며 계속 살점을 뜯고 있었다. 노인은 상어가 고기를 삼키려고 잠시 물러나 있을 때 다시 몽둥이를 들어 후려갈겼다. 그러나 단단한 탄력만 느껴졌다.

"자, 어서 와라, 갈라노야. 덤벼봐."

노인은 말했다.

놈이 쏜살같이 달려들자 노인은 놈의 주둥이가 닫혔을 때를 이용해 몽둥이를 높이 치켜들고 있는 힘을 다해 내리쳤다. 놈이 맞은 곳은 정수리 뒤쪽 뼈 부분이었다. 그리고 놈이 살을 물어 뜯고 유유히 사라지려 할 때 또 한 번 같은 곳을 후려쳤다.

놈들이 다시 돌아오나 노인은 지켜보고 있었는데 둘 다 더 이상 나타나지 않았다. 잠시 후 한 놈은 물 위쪽에서 헤엄을 치고 있는 게 보였지만 다른 한 놈은 전혀 보이지 않았다.

아직 안 죽었을지도 몰라. 노인은 생각했다. 젊었다면 쉽게 죽였을 텐데. 그래도 심하게 맞았으니까 배겨나진 못하겠지. 만약 두 손으로 몽둥이를 잡고 때렸다면 첫 번째 놈은 분명 죽었을 거야. 아무리 내가 늙어서 힘이 없다 해도 말이지.

그는 이제 고기를 쳐다볼 엄두가 나지 않았다. 살이 거의 반쯤 뜯겨져나갔을 게 뻔했다. 그렇게 상어 떼와 싸우는 동안 어느새 해가 저물어 있었다.

"곧 어두워지겠군. 그럼 아바나의 불빛이 보일지도 몰라. 동쪽으로 너무 나와 있다면 다른 해안의 불빛이 보이겠지."

이제 해안까지도 얼마 안 남았을 거야. 그는 생각했다. 나를 걱정한 사람이 아무도 없어야 하는데. 그 아이는 물론 걱정했겠지. 그래도 그 애는 분명 나를 믿고 있을 거야. 참 나이 든 어부들도 걱정했겠군. 그래, 다른 사람들도 걱정했을지 몰라. 동네 사람들이 좋으니까 말이야.

고기는 너무 많이 뜯겨 꼴이 말이 아니었다. 노인은 이제 고기에게 말을 할 용기조차 없었다. 그러다 문득 이런 생각이 떠올랐다.

"반밖에 안 남았구나. 절반이 되고 말았어. 너무 멀리 나간 게 잘못이었어. 내가 우리 둘 다 이 꼴로 만들었어. 그래도 우리가 상어를 많이 죽이긴 했지. 넌 몇 마리 죽였지? 네 날카로운 주둥이가 그냥 있는 건 아니었겠지?"

노인은 또 이런 상상을 하며 혼자 흐뭇해하기도 했다. 이 고기가 죽지 않고 마음껏 헤엄쳐 다닌다면 상어를 만났을 때 어떻게 싸울까 하는 생각이었다. 주둥이를 묶지 말고 풀어놓을 걸 그랬나. 그런데 이젠 칼도 없고 도끼도 없으니. 노 손잡이에 그런 게 있어서 매달 수 있다면 얼마나 강력한 무기가 되었겠어. 그럼 너랑 함께 싸울 수 있었을 텐데 말이야. 그런데 한밤중에 덤벼들면 어떻게 하지? 어떻게 하면 좋을까?

"무조건 싸우는 거지 뭐. 죽을 때까지 싸우는 거야."

하늘은 이미 어두워졌고 불빛 하나 보이지 않았다. 노을조차도 자취를 완전 감췄다. 다만 계속 꾸준히 달리는 배의 속력과 바람만은 분명하게 느껴졌다. 노인은 순간 자신이 이미 죽었는지도 모른다는 생각이 들었다. 그래서 두 손을 대고 손바닥을 비벼보았다. 아직은 살아있는 게 분명했다. 그는 두 손을 쥐었다 폈다 하며 통증도 느껴보았다. 살아있다는 걸 더 확실히 느껴보고 싶었기 때문이다. 또 고물에 기대보며 자신이 죽지 않았다는 걸 실감할 수 있었다. 어깨가 아픈 것도 그걸 말해주었다.

고기를 잡게 되면 기도도 많이 하겠다고 다짐했지. 그는 생각했다. 하지만 지금은 너무 지쳐서 할 수가 없어. 포대로 어깨를 덮는 게 좋을 것 같군.

그는 고물에 누워 키를 잡고 어디선가 불빛이라도 비쳐오기를 기다렸다. 고기는 아직 반 정도 남아있었다. 앞쪽 반이라도 가지고 돌아갈 수 있어야 하는데. 그 정도 운은 따라주겠지. 아니야, 바다로 이렇게 너무 멀리 나왔을 때 행운은 이미 떠났었어. 그는 속으로 말했다.

"바보 같은 생각은 해서 뭐해? 정신이나 잘 차리고 키를 잡게나. 아직 행운이 많이 남아있는지도 모르지. 어디 행운을 파는 데라도 있으면 조금 사오고 싶구먼."

그는 혼자 말했다.

그런데 무엇으로 사올 수 있겠나? 그는 스스로에게 물었다. 작살과 칼도 잃어버렸고 손은 이렇게 쓸 수도 없는데 도대체 무엇으로 살 수 있겠느냐고?

"아니, 살 수 있을지도 모르지. 그러기 위해 바다에서 84일이나 헤맸으니 말이야. 그리고 행운을 막 손에 쥘 뻔도 했잖은가."

이봐, 쓸데없는 생각은 이제 그만 좀 하시지. 행운은 여러 모습으로 나타날 수 있으니까 알 수가 없는 거야. 그러나 어떤 모습으로 다가오든 욕심 부리지 않고 그것에 마땅한 대가를 치러 줘야지.

불빛이 훤하게 보이면 좋겠는데. 그는 생각했다. 바라는 게 왜 이리 많아. 그래도 지금은 그게 너무나 절실히 필요해. 그는 키를 더 잘 잡으려고 자세를 바꿨다. 통증이 느껴지는 걸 보면 죽지 않은 게 너무나 확실하다고 그는 또 생각했다. 밤 10시쯤으로 짐작될 무렵, 멀리서 도시의 불빛이 하늘에 번져 훤하게 비쳐오는 게 보였다. 처음엔 불빛이 약해 확신을 할 수 없었다. 하지만 곧 바람이 세게 불면서 요동치는 바다 건너편으로 계속해 불빛이 비치고 있다는 것을 알았다. 노인은 키를 그쪽 방향으로 돌렸다. 머지않아 해안에 닿게 될 것 같았다.

아제 끝나가는구나. 그는 생각했다. 상어 떼가 또 몰려올지 모르지만 이젠 도리가 없어. 이렇게 캄캄한데 무기도 없이 뭘 어떻게 하겠어.

몸이 거의 말을 안 들을 만큼 굳어있고 통증도 더 심하게 일어났으며, 근육도 날씨가 차니까 더 쑤셔왔다. 그는 더 이상 싸우고 싶은 마음도 없었다. 육지에 닿을 때까지는 싸울 일이 없어야 하는데…

하지만 상어 떼는 한밤중에 또 다시 몰려왔다. 그러나 싸워봐야 소용이 없었다. 상어 떼의 지느러미가 해면을 빙빙 돌며 고기에 덤벼들어 마구 물어뜯고 있으며 주변으로 인광이 번쩍거렸다. 노인은 그래도 몽둥이를 휘두르며 놈들의 머리를 쳤다. 상어들이 고기의 살을 물어뜯는 소리가 들리고 그럴 때마다 배가 사정없이 흔들렸다. 그는 그냥 느낌과 소리만으로 판단해 몽둥이를 마구 휘둘렀다. 그러나 결국 몽둥이마저 무엇인가에 뺏기고 말았다.

다급해진 그는 키에서 손잡이를 잘라내 두 손으로 꽉 잡고 닥치는 대로 휘둘러댔다. 그러자 상어 떼는 이물 쪽으로 몰려가 허겁지겁 고기 살을 뜯어먹기에 바빴다. 놈들이 다시 뜯어먹으려 덤벼들 때마다 뜯겨져나간 살점들이 물속에 허옇게 떠있었다.

마침내 그 중 한 마리가 고기의 머리 쪽으로 돌격해왔다. 노인은 이제 모든 게 끝났다는 걸 알았다. 머리 부분은 질기기 때문에 잘 뜯기지 않는 곳인데, 상어 놈은 주둥이를 딱 붙이고 뜯고 있었다. 노인은 놈의 골통에 키의 손잡이를 들고 후려쳤다. 한 번, 두 번, 몇 번을 내리쳤는지 모른다. 급기야 키의 손잡이마저 와지끈 하고 부러지는 소리가 들렸다. 그는 부러진 나무 조각을 들고 계속 찔러댔다. 날카로운 나무 끝이 놈의 껍질 속으로 깊이 들어간 것 같았다. 노인은 그게 꽤 날카로운 걸 알고는 다시 더 깊이 찔러 넣었다. 놈은 물어뜯었던 살점을 놓쳐버리고 비실대며 떨어져나갔다. 그렇게 상어 떼와의 마지막 싸움도 끝이 났다. 더 뜯어먹을 살이 남아있지 않았기 때문이었다.

노인은 숨쉬기조차 힘들었다. 그리고 입안에서 이상한 맛이 느껴졌다. 구리 냄새가 나며 달콤한 맛이었다. 순간 그는 겁이 났다. 하지만 그 맛은 이내 입 안에서 사라졌다. 그는 바다에 침을 뱉으며 말했다.

"자, 이것도 먹어라, 갈라노야. 그리고 사람 죽이는 꿈도 꾸어라."

노인은 이제 꿈쩍도 하지 못할 만큼 완전 녹초가 돼버렸다. 그는 고물 쪽으로 기어가 부러진 키 손잡이의 끝을 키의 구멍에 끼워 넣었다. 그걸로 겨우 방향을 잡을 수 있었다. 그는 포대를 어깨에 두르고 배의 방향을 잡았다. 배가 나아가는 동안 그는 지칠 대로 지쳐 아무런 생각도 들지 않고 느낌조차도 없었다. 모든 것을 잊어버리고 배를 잘 몰아 안전하게 해안으로 돌아가고 싶다는 생각만 들었다. 그러나 밤에 한 차례 더 상어 떼가 달려들어 남은 음식 찌꺼기를 주워 먹듯 뼈에 붙어있는 마지막 고기까지 덤벼들어 해치웠다. 노인은 그것조차 무관심해졌다. 그는 열심히 키를 저어야 한다는 생각만 했다. 배는 옆에 달려있던 무거운 고기가 다 없어지자 가볍게 해면을 미끄러져 나가고 있었다. 노인은 그저 물끄러미 바라볼 뿐이었다.

그래도 배는 안전해. 그는 생각했다. 배는 키의 손잡이가 부러진 것 외에는 다행히 모든 게 무사했다. 키만 갈아 끼우면 문제없었다.

배가 서서히 조류 안으로 들어서고, 멀리 해안가에 늘어서있는 집들의 불빛이 보이기 시작했다. 노인은 자신이 있는 위치를 파악했다. 집으로 가는 건 아무 문제가 없었다.

어쨌든 바람이 내게 동무가 돼주는군. 물론 때에 따라 다르지만. 그는 생각했다. 바다엔 친구도 있고 적도 있지. 그리고 침대도 내 친구야. 침대..., 그래, 침대는 훌륭한 물건이지. 온몸이 녹초가 됐을 때 편하게 쉴 수 있는 것이니까. 침대가 이렇게 좋은 것인 줄 미처 몰랐네. 그런데 자넨 무엇에 패배를 당했나?

"패배 같은 건 없어. 너무 멀리 나가서 그랬던 것 뿐이야."

그는 중얼거리듯 말했다.

노인은 마침내 항구에 도착했다. 그러나 테라스 식당의 불은 모두 꺼져 있었다. 사람들이 전부 자고 있는 모양이었다. 바람이 점점 더 거세지더니 강풍으로 변해갔다. 그러나 항구 안은 여전히 조용했다. 그는 바위 아래에 있는 자갈밭에 배를 바짝 끌어다 댔다. 인기척이 전혀 없었다. 노인은 내려서 배를 바위에다 단단히 비끄러맸다.

그는 돛대를 내린 다음 잘 감아 묶었다. 그러고는 돛대를 메고 언덕길을 올라갔다. 그제야 그는 자신이 얼마나 지쳤는지를 비로소 깨달았다. 그는 걷다 말고 잠깐 멈춰 서서 뒤를 돌아보았다. 희미한 불빛 속에서 고기의 거대한 꼬리 부분이 고물 뒤쪽에 뾰족하게 서 있는 것이 보였다. 통째로 드러난 등뼈의 굵은 선과 뾰족한 주둥이가 달려있는 시커먼 덩어리 같은 물체만 보일 뿐 그 사이엔 아무것도 보이지 않았다.

그는 계속해 언덕을 올라갔다. 그러나 거의 다 올라가서 넘어지고 말았다. 그는 돛대를 어깨에 맨 채 한참이나 쓰러져 있다가 일어나보려고 애를 썼다. 그런데 아무리 해도 몸이 말을 듣지 않아 간신히 주저앉은 채로 앞쪽을 바라보았다. 저쪽으로 고양이 한 마리가 지나갔다. 그는 멍하니 바라보고 있다가 이윽고

땅바닥을 쳐다보며 정신을 차렸다.

할 수 없이 그는 돛대를 내려놓고 일어나기로 했다. 그러고는 일어나 돛대를 다시 메고 길을 계속해 올라갔다. 자신의 판잣집에 도착할 때까지 그는 다섯 번이나 쉴 수밖에 없었다.

마침내 집으로 들어선 그는 돛대를 세워놓고 불도 켜지 않은 채 물병을 찾아 한 모금 마셨다. 그런 다음 곧바로 침대에 쓰러져버렸다. 담요로 어깨와 등과 다리를 덮고 두 팔을 벌려 손바닥은 드러내 놓은 채 신문으로 얼굴을 가리고 금방 잠에 빠져들었다.

소년이 아침에 찾아와 문을 열고 봤을 때도 노인은 아직 깊은 잠에서 깨어나지 않고 있었다. 풍랑이 심해 배가 바다로 나가지 못했기 때문에 소년은 늦게 일어나 언제나처럼 오늘도 노인의 집을 찾아온 것이었다. 소년은 노인의 숨소리를 듣고 있다가 그의 두 손을 보고는 울먹이기 시작했다. 그러고는 커피를 가지러 조용히 밖으로 나가 길을 내려가면서 계속 울고 있었다.

어부들이 노인의 배 주위로 몰려와 배에 묶여있는 물체를 구경했다. 한 어부는 바지를 걷어 올리고 물속으로 들어가 남아있는 고기 뼈의 길이를 재보기도 했다.

소년은 그들 쪽으로 가지 않았다. 이미 그걸 보았던 것이다. 또 한 어부는 소년을 대신해 배의 뒷정리를 도와주고 있었다.

"할아버지는 좀 어떠니?"

한 어부가 물었다.

"아직 주무시고 계세요!"

소년은 큰 소리로 대답했다. 아이는 다른 어부들 앞에서 우는 걸 개의치 않았다.

"계속 주무시게 깨우지 마세요."

소년이 걱정스러운 듯 덧붙여 말했다.

"코에서 꼬리까지 18피트나 되네."

고기 길이를 재던 어부가 큰 소리로 말했다.

"그 정도 될 거에요."

소년이 대꾸했다. 그러고는 테라스 식당에 가서 커피 한 통을 주문했다.

"뜨거운 커피에 우유와 설탕을 좀 많이 넣어주세요."

"알았다. 다른 건 더 필요한 것 없고?"

"네 없어요. 이따가 할아버지가 뭘 드실지 물고보고 올게요."

"고기가 엄청 크던데? 그렇게 큰 건 내 생전 처음 봤다. 네가 어제 잡은 두 마리도 꽤 컸지."

카페 주인이 말했다.

"제 고기는 아무것도 아니죠."

소년은 말하며 또 울먹였다.

"뭐 마실 거라도 한 잔 줄까?"

"아니요. 다른 사람들이 산티아고 할아버지 귀찮게 안 하도록 얘기 좀 잘 해주세요. 금방 돌아올게요."

소년이 말했다.

"나도 마음이 참 안 좋다고 할아버지한테 얘기해주렴."

"알겠어요."

소년은 커피를 들고 노인의 판잣집으로 가 노인이 깨어날 때까지 옆에 앉아서 기다렸다. 노인은 잠이 깰듯 하다 다시 깊이 잠들어버렸다. 그 사이에 커피가 식어버려 소년은 커피를 데우기 위해 장작을 찾으러 나갔다 다시 돌아왔다. 그때 마침 노인이 잠에서 깨어났다.

"일어나지 마세요, 할아버지. 자, 커피 드세요."

노인은 소년이 따라주는 커피를 받아 마셨다.

"놈들한테 당했지 뭐냐, 마놀린. 놈들한테 지고 말았어."

"할아버지는 지신 게 아니에요. 고기한테 지신 게 아니라고요."

"그래도 그건 사실이야. 다른 놈들한테 당한 거니까."

"페드리코가 배와 도구들을 정리하고 있어요. 남은 뼈다귀는 어떻게 할까요?"

"페드리코한테 잘라서 고기 미끼로 쓰라고 얘기해라."

"창처럼 생긴 주둥이는 어떻게 하고요?"

"너 갖고 싶으면 가지렴."

"네 그럴게요. 갖고 싶어요. 그럼 이제 다른 일들에 대해 얘기해드릴게요."

소년이 말했다.

"왜, 다들 나를 찾았니?"

"그걸 말씀이라고 하세요? 해안 경비선과 헬리콥터까지 출동했었어요."

"그랬구나. 배가 워낙 작으니 찾기가 힘들었겠지."

노인은 망망대해에서 혼자 떠들다가 말할 사람이 있다는 게 너무 즐거웠다.

　"너 생각 많이 나더라. 그런데 넌 그동안 뭐 좀 잡았니?"

　"첫날 한 마리 잡았고요. 둘째 날에도 한 마리 잡고, 셋째 날에는 두 마리 잡았어요."

　"잘 했네."

　"이제부터는 저랑 같이 나가요."

　"아니야. 내겐 더 이상 운이 없는 것 같다. 운도 다 말랐나 봐."

　"운이 뭔데요? 그럼 제가 운이 있으면 되겠네요."

　"네 부모가 반대하지 않을까?"

　"괜찮아요. 어제 두 마리나 잡았지만 아직 할아버지한테 배울 것도 많고 하니까 같이 나가고 싶어요."

　"날카로운 창을 하나 구해야겠다. 고기잡이 나갈 때 가지고 다니게 말이야. 창날은 중고 포드 자동차 스프링 조각으로 만들면 될 것 같아. 그리고 구아나바코아(아바나 근처에 있는 마을)에 가서 뾰족하게 갈아야겠어. 뾰족하면 잘 부러질지 모르니까 달구는 작업도 해야 돼. 내 칼은 부러져버렸단다."

　"그럼 칼도 새로 구하고 창도 만들어야겠네요. 태풍이 며칠 더 가겠죠?"

　"사흘쯤은 계속 불겠지. 더 불지도 모르고."

　"그럼 제가 그동안 알아볼게요. 할아버지는 쉬면서 손을 잘 치료하세요."

소년이 말했다.

"이거 치료하는 방법은 잘 알고 있지. 그런데 밤에 토했는데 속에서 뭔가 터진 것 같은 생각이 들더구나."

"그것도 치료하셔야겠네요. 좀 누워 계세요, 할아버지. 갈아 입으실 셔츠와 드실 것 좀 갖다드릴게요."

"그동안 내가 못 본 신문 있으면 찾아봐줄래?"

노인이 말했다.

"빨리 회복하셔야 돼요. 할아버지한테 배울 게 많으니까 다 가르쳐 주시려면 빨리 일어나셔야 한다고요. 얼마나 고생이 많으셨겠어요."

"많았지."

노인이 말했다.

"신문도 찾아보고 올게요. 쉬고 계세요, 할아버지. 손 상처 약도 가져올게요."

"페드리코한테 고기 머리뼈 가져가라고 꼭 얘기해라."

"네 알고 있어요."

소년은 집을 나와 닳고 닳은 산호암 길을 걸으며 또 다시 울먹이기 시작했다.

오후 테라스 식당에서 관광객들이 파티를 했다. 그 중 한 여자가 바다를 쳐다보다가 빈 맥주 깡통과 물고기 잔해들이 흩어져 있는 해변에 거대한 고기의 뼈다귀만 앙상하게 남아있는 물체를 보았다. 태풍에 큰 파도가 밀려오면서 항구의 물결이 요동치는 가운데 죽은 고기의 커다란 꼬리가 크게 흔들렸던 것이다.

"아니, 저게 뭘까요?"

여자가 손으로 가리키며 식당 종업원에게 물었다. 고기의 등뼈는 이제 물결에 따라 휩쓸려갈 한낱 쓰레기에 불과했다.

"티부론(스페인어로, 상어를 뜻함)입니다. 상어 종류죠."

종업원이 대답했다. 그러면서 할아버지 얘기를 해주려고 했다. 그때 여자 손님이 다시 말했다.

"상어가 저렇게 멋지고 기가 막힌 꼬리를 가지고 있는 줄은 정말 몰랐네요."

"나도 몰랐네."

옆에 앉아있는 남자가 말했다.

그동안 노인은 다시 잠에 빠져들었다. 소년은 돌아와 노인 옆에 앉아서 줄곧 그를 지켜보고 있었다. 노인은 사자 꿈을 꾸고 있었다.

태양은
다시 떠오른다
The Sun Also Rises

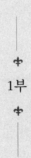

1부

1

로버트 콘은 한때 프린스턴 대학의 미들급 권투 챔피언이었다. 권투 챔피언 타이틀 같은 것을 내가 특별하게 생각하는 건아니다. 그러나 콘 자신에게는 그것이 큰 의미를 지니고 있었다. 사실 그는 권투에 큰 흥미도 없었고 심지어 싫어하기도 했지만, 권투를 하게 된 이유는 프린스턴에서 유대인 취급을 받으며 느낀 열등감과 모멸감을 떨치기 위해서였다. 그래서 고통스러우면서도 참으며 철저하게 배웠던 것이다.

그 후 그는 건방진 녀석들을 보면 죄다 한 방에 날려버릴 수있었고, 그럴 때마다 속으로 큰 만족감을 느끼곤 했다. 하지만그는 본래 수줍음을 많이 타고 마음이 무척 여린 성실한 청년이었다. 그래서 운동을 할 때 외에는 어디서도 주먹을 휘두르는일은 없었다.

그는 스파이더 켈리의 뛰어난 제자였다. 스파이더 켈리는 모든 제자들에게 상대가 105파운드건 205파운드건 언제나 패더급이라 생각하고 싸우라고 말했다. 그 가르침은 로버트 콘에게큰 효과를 발휘했다. 그는 정말 굉장히 빨랐다. 다른 제자들보다 실력이 한참 앞서가자 스파이더는 느닷없이 그를 강한 선수와 경기해보도록 시켰다. 그 바람에 그는 코를 얻어맞아 평생 납작코가 되고 말았다. 그래서 권투가 더 싫어지기도 했지만 한편으론 권투라는 게 이상한 만족감을 주기도 했다.

그는 권투를 계속 하면서 코도 점점 나아졌다. 프린스턴에 머물던 마지막 해에 그는 공부를 너무 많이 해 안경을 끼게 되었다. 나는 그를 기억하고 있는 동창을 한 명도 만나지 못했다. 그들은 콘이 미들급 권투 챔피언이었다는 것조차 기억하지 못했다.

나는 솔직하고 단순한 사람들을 믿지 않는다. 특히 그들이 모두 똑같은 말을 할 때는 더욱 믿지 않는다. 그래서 로버트 콘이 권투 챔피언이었던 게 아니라 말에 얼굴이 짓밟혔다거나 어머니 뱃속에 있을 때 그의 어머니가 뭘 보고 놀랐다든지, 또는 어릴 때 얼굴을 어디에 크게 부딪쳤던 건지도 모르겠다고 의심을 품고 있었다. 그러다 난 결국 어떤 사람을 시켜 스파이더 켈리에게 확인해보라고 했다. 스파이더 켈리는 그를 기억하고 있을 뿐 아니라 가끔 그가 어떻게 살고 있는지 궁금해 했다는 것이었다.

알아본 바에 의하면, 로버트 콘은 아버지 쪽 집안이 뉴욕에서 가장 부유한 유대인 가문 중 하나이고, 어머니 쪽 집안은 가장 오래 된 가문 중 하나라고 했다. 프린스턴 입학 준비반을 다니던 사립학교 시절엔 축구팀에서 가장 우수한 공격선수로 뛰기도 했다. 그러나 아무도 그에게 유대인 민족의식을 일깨워준 사람은 없었다. 그래서 프린스턴에 들어가기 전까지 그는 자신이 유대인이라는 것조차 모르고 있었던 것이다. 따라서 그는 자신이 다른 사람들과 다른 점이 있다는 걸 전혀 생각하지 못했다. 그는 그저 순하고 사교성 좋은 청년이었으며, 수줍음이 많았기 때문에 차별을 받을 때마다 극도로 위축되곤 했다. 그가 권투를 배운 건 그런 감정을 떨쳐내기 위한 수단 같은 것이었다. 그는 고통스런 자의식에 시달리며 납작하게 뭉개진 코를 훈장으로 받아가지고 프린스턴을 졸업했다. 그리고 자신에게 친절히 대해준 첫 번째 여자와 결혼을 했다. 그렇게 5년의 결혼생활을 통해 그는 세 아이를 얻었다. 하지만 유산으로 받은 5만 달러를 잃고, 부동산이 어머니에게 상속됨으로써 유복한 가정 출신의 아내와 끊임없는 불화에 시달리게 되었다. 결혼 생활은 결국 삐걱거리며 무덤덤해지기 시작했다.

하지만 그가 이혼을 결심한 바로 그때, 아내가 먼저 한 세밀화 화가와 눈이 맞아 도망가 버렸다. 어떻게 아내를 떠날까 몇 달 동안 고민을 하면서도 너무 가혹한 일이라 결행을 못하고 있던 참에 아내의 행동은 유쾌한 충격 그 자체였다.

그렇게 이혼을 한 로버트 콘은 태평양 연안 지방으로 떠났다. 캘리포니아에서 그는 어쩌다 문인들과 교제를 하게 되었는데, 얼마 후 전에 잃어버린 5만 달러에서 조금 남아있던 돈으로 한 미술 잡지를 후원하기 시작했다. 그러나 캘리포니아의 카멜에서 창간호를 냈던 그 잡지는 매사추세츠의 프로빈스타운에서 폐간을 하고 말았다. 콘은 순전히 재정적 후원자였지만 고문 중 한 사람으로 편집자 란에 이름이 올라 있었다. 그러다 잡지가 폐간되자 그 혼자만이 편집자로 남게 되었다. 그래서 자신이 투자하고 직접 편집을 하게 된 것이다. 그는 차츰 권위 의식이 생기고 그걸 즐기게 되었다. 하지만 돈이 너무 많이 들어가 결국 문을 닫게 되었을 때 그는 마음이 너무 아팠다.

그리고 그 무렵 그에겐 또 다른 문제가 생겼다. 그 잡지를 통해 명성을 얻으려 했던 한 여자에게 붙잡혔던 것이다. 여자가 워낙 적극적이라 콘은 어찌할 수가 없었다. 그 또한 내심으로는 여자를 좋아한다고 확신했다. 여자는 잡지가 문을 닫게 된다는 걸 알고는 콘을 좀 멀리 하긴 했지만, 그래도 아직은 이용해먹을 것이 남아 있다고 생각하고는 같이 유럽으로 가자고 자꾸만 졸라댔다. 거기 가면 콘이 작품을 쓸 수 있을 거라고 꼬드긴 것이었다. 그래서 그는 여자와 함께 유럽으로 가 3년을 머물렀다. 그동안 여자는 학교를 다녔다. 3년 동안, 처음 1년은 여행을 하며 보냈고, 나머지 2년은 파리에 살며 브래덕스와 나, 두 친구를 사귀게 되었다. 브래덕스는 로버트 콘의 문학 친구로, 나는 그의 테니스 친구로 만났었다.

그를 꼬드긴 여자는 프란시스라는 이름이었는데, 2년째가 끝나갈 무렵, 그녀는 자기 얼굴도 한창 때가 지났다고 생각하고는 로버트에게 결혼해줄 것을 종용했다. 그동안은 남자를 소유하고 이용하는 데만 몰두하고 진심으로 관심 한 번 갖지 않던 그녀였다. 그가 유럽에 있는 동안 생활비는 그의 어머니가 매달 300달러씩 보내주는 것으로 충당했다. 2년 반 동안 로버트 콘은 다른 여자에게 한눈을 팔지 않았던 것 같다. 그도 유럽에 있는 많은

사람들처럼 미국에서 살고 싶다는 생각은 했지만 그것 말고는
대체로 자기 생활에 만족했고, 창작도 해나갈 수 있었다.

그는 소설 한 편을 썼는데, 수준 있는 작품은 아니었지만 나
중에 비평가들이 말한 것처럼 그리 형편없는 작품도 아니었다.
그는 독서를 많이 하고 브리지 게임(트럼프 카드로 할 수 있는 게임
중 하나)도 하며 테니스를 치고 체육관에서 권투도 하며 지냈다.

한 번은 로버트와 그 여자와 함께 셋이서 밤을 보낸 적이 있
었는데, 그때 난 그 여자의 마음을 처음으로 알게 되었다. 우리
는 라브니에서 저녁 식사를 한 후 카페 드 베르사유로 커피를
마시러 갔다. 커피를 마시고 핀(식사후에 마시는 달콤한 브랜디의
한 종류)을 몇 잔 하고는 나는 떠날 생각이었다. 그때 콘이 나와
함께 주말에 어디로 여행을 가고 싶다는 얘기를 꺼냈다. 그는
도시를 벗어나 한없이 걷고 싶다고 했다. 그래서 내가 스트라스
부르까지 비행기로 가서 거기서 생토딜이나 알자스 지방 쪽으
로 걸어보자고 제안했다.

"스트라스부르에 가면 내가 아는 여자가 있는데, 시내 가이
드를 부탁할 수 있어."

내가 말했다. 그때 식탁 아래서 뭔가가 내 다리를 쳤다. 나는
그냥 뭐에 부딪친 줄 알고 계속 얘기를 했다.

"거기서 2년간 살고 있어서 그 도시를 잘 아는 사람이야. 멋
진 여자지."

또 다시 식탁 밑에서 무언가가 나를 쳤고, 프란시스라는 여자
는 턱을 쑥 빼들고 얼굴 표정이 잔뜩 굳어 있었다.

"제기랄, 스트라스부르엔 가서 뭐해? 브뤼주나 아르덴에 가는 게 낫겠다."

내가 말했다. 그제야 콘이 안심하는 표정이었다. 이번엔 나도 다시 차이지 않았다. 나는 그들에게 인사를 하고는 밖으로 나왔다. 콘이 나를 따라 나오더니 신문을 사야겠다며 길모퉁이까지 동행했다.

"아니, 도대체 그 스트라스부르에 있다는 여자 얘기는 뭣 때문에 꺼내가지고. 프란시스 얼굴 못 봤어?"

그가 소리치듯 말했다.

"아니 못 봤는데. 그런데 내가 스트라스부르에 있는 미국 여자를 안다는 게 프란시스에게 도대체 무슨 상관이야?"

"어떤 여자든 그게 문제가 아니라 내가 가도록 내버려두질 않는 거야."

"무슨 그런 한심한 소리가 있어?"

"자네가 프란시스를 몰라서 그래. 여자를 모르는 거야. 프란시스 표정 정말 못 봤어?"

"오케이, 좋아. 그럼 상리스로 가는 건 어때?"

"화내지 마."

"화내는 게 아니라 상리스가 아주 가볼만한 곳이거든. 거기 그랑 셰르프에 묵으면서 숲으로 하이킹 한 번 하고 돌아오면 돼."

"좋아 그럼. 거기 괜찮겠다."

"자 그럼, 내일 테니스 코트에서 만나."

"잘 가게, 제이크."

그는 인사를 하며 카페로 돌아가려고 몸을 돌렸다.

"참 신문 안 샀잖아."

내가 말했다.

"아 참."

우리는 길모퉁이에 있는 신문 가판대까지 같이 갔다.

"화난 거 아니지, 제이크?"

그는 신문을 들고 돌아서며 또 물었다.

"화는 무슨 화."

"그래 내일 테니스 코트에서 만나자고."

그가 말하며 멀어져가는 걸 나는 지켜보았다. 나는 그가 괜찮은 친구라고 생각하고 있었다. 다만 그는 여자에게 꽉 쥐어 살고 있는 게 분명해 보였다.

2

그해 겨울, 로버트 콘은 소설 한 편을 들고 미국으로 돌아갔다. 그의 원고는 꽤 이름 있는 출판사에서 받아들여졌다. 그 사건은 상당히 센세이션을 불러일으켰는데, 때문에 그는 뉴욕에서 여러 여자들로부터 관심을 받게 되었고, 프란시스는 결국 잊어버리게 되었다. 사실 그는 미국으로 돌아왔을 때 전혀 딴 사람이 되어 있었다. 전보다 미국에 대해 열렬한 애정을 갖게 되었고, 단순하던 성격도 바뀌었으며, 무턱대고 착하지도 않았다. 출판사에서 그의 소설에 대해 상당히 높은 평가를 한 게 아무래도 영향을 끼친 것 같기도 했다. 게다가 여자들이 그에게 호의를 보이자 그도 세상눈이 많이 뜨이게 됐던 것이다. 지난 4년 동안은 완전히 자기 애인밖에 볼 줄 몰랐던 그였다. 최소한 3년 동안, 아니 거의 3년 가까운 세월 동안은 프란시스 외에는 어떤 여자도 쳐다보지 않았었다. 나는 그가 프란시스를 만나기 전까지는 연애를 한 번도 해보지 않았을 거라고 확신했다.

아마도 대학시절을 우울하게 보냈기 때문에 그 반발심으로 그는 결혼했던 것 같다. 그런데 아내에게 자신이 전부가 아니라는 걸 알게 됐고, 그 충격에 사로잡혀 있을 때 프란시스가 그를 잡았던 것이다. 그는 누군가를 확실히 사랑하고 있지는 않았지만 자신이 여성들에게 매력적으로 보인다는 걸 알게 됐고, 여자들이 자기에게 관심을 표시하고 같이 자고 싶어 한다는 사실이 그리 신기한 기적 같은 일만도 아니라는 걸 알게 되었다. 그런 사실이 그를 변하게 만들었고, 때문에 그는 여자들을 만날 때 별로 기분 좋은 사람이라는 인상을 주지 못했다. 그는 뉴욕에 있는 친척들과 브리지 게임을 크게 벌이기도 했다. 때로는 돈도 없으면서 배짱 좋게 거금을 거는가 하면 수백 달러를 따기도 했다. 그러다보니 브리지 게임에 다짜고짜 자신감이 생겨 정 급할 때는 언제든지 브리지로 생활을 꾸려갈 수 있을 거라며 나에게 몇 번이나 얘기를 하곤 했다.

언젠가는 또 이런 일도 있었다. 그는 W.H. 허드슨(윌리엄 헨리 허드슨1841~1922. 아르헨티나 태생의 영국 소설가)의 책을 읽고 있었다. 어린애 같은 취향이라고 할지 모르지만 그는 〈녹색의 장원〉을 읽고 또 읽었다. 〈녹색의 장원〉은 나이가 많이 들어서 읽으면 아주 유치한 구석이 있는 작품이다. 배경 묘사는 아주 훌륭하지만 무척 낭만적인 고장에서 전형적인 영국 신사의 너무나도 공상적인 연애 모험담을 그린 소설이기 때문이다.

누구든 이 책을 서른네 살에, 인생의 의미가 무엇인지 알기 위해 읽는다면, 그보다 현실적인 얘기를 담고 있는 앨저(허레이쇼 앨저1832~1899. 미국의 아동 문학가. '미국의 꿈'을 주제로 한 아동 소설을 썼다)의 전집이 꽂혀있는 프랑스의 수도원에서 곧바로 월

가로 가는 것만큼이나 위험한 일이 될 것이다.

　콘은 아마도 〈녹색의 장원〉의 모든 문장들을 R.G. 던(로버트 그레이엄 던1826~1900. 미국의 실업가)의 보고서처럼 써진 그대로 받아들였던 것 같다. 다시 말하면, 그는 약간 의심하기는 했지만 전체적으로 보았을 때 그 책을 훌륭하다고 믿었던 것이다. 이 정도면 그가 행동하는 데 주저할 이유가 없었다. 어느 날 그가 내 사무실에 나타났을 때까지만 해도 그가 어느 정도 발을 내디뎠는지 나는 모르고 있었다.

　"어이, 로버트. 나를 격려해주러 왔나?"

　내가 말했다.

　"제이크, 자네 남미에 가고 싶은 생각 없나?"

　그가 물었다.

　"아니."

　"왜?"

　"글쎄, 난 가고 싶다는 생각을 해본 적이 없는데. 경비도 많이 들고 파리에서도 남미 사람들은 얼마든지 만날 수 있는데 뭘."

　"그자들은 진짜 남미 사람들이 아니야."

　"내가 보기엔 진짜 남미인들 같던데."

　나는 일주일분 기사를 열차 시간에 맞춰 보내야 하는데 아직 반밖에 못쓰고 있었다.

　"무슨 소문 들은 거 없나?"

　내가 물었다.

"무슨 소문?"

"자네 집안의 누구 이름 있는 사람이 이혼을 한다든지 하는 소문 말이야."

"없어. 어쨌든 제이크, 내가 두 사람 경비를 다 지불한다면 같이 남미에 가겠나?"

"왜 굳이 나하고 가려고 그래?"

"자네가 스페인어를 하니까. 그리고 같이 가면 아무래도 더 재미있을 것 같아서."

"싫은데. 나는 여기 파리가 좋고 여름엔 스페인에 갈 계획이거든."

내가 대답했다.

"난 꼭 그런 여행을 해보고 싶어."

콘은 계속 말하며 절실한 듯 자리에 앉았다.

"그런 여행 한 번도 못 해보고 늙어버릴 것 같아."

"그런 게 어딨어. 어디든 가고 싶으면 가면 되지. 자넨 돈도 많이 있잖아?"

내가 말했다.

"알아. 그런데 막상 떠나기가 힘들어서 그렇지."

"기운 내. 다른 나라에 가는 건 꼭 영화 보는 것 같으니까."

내가 말했다. 그러나 난 왠지 그에게 미안했다. 그가 내 말에 충격을 받은 것 같았기 때문이다.

"인생이 왜 이리 빨리 가는지 모르겠어. 이게 사는 건가 하는 생각이 들면 미칠 것 같아."

"투우사 말고 인생을 그렇게 치열하게 사는 사람이 있을까?"

"난 투우사처럼 살고 싶지는 않아. 그건 정상적인 삶이라고 할 수가 없지. 나는 남미의 시골에 가고 싶어. 멋진 여행이 될 것 같아."

"그럼 영연방 동아프리카(케냐의 옛 이름) 나라에 사냥하러 가는 건 어떻게 생각하나?"

내가 그렇게 물었다.

"아니, 별로 재미없을 것 같아."

"거기 간다면 같이 가겠는데."

"아니, 정말 관심 없어."

"그건 자네가 그 나라에 관한 책을 안 읽었기 때문이야. 아름답고 번쩍거리는 흑인 공주와의 러브스토리가 가득한 책을 한 번 읽어봐."

"난 남미에 가고 싶어."

그는 유대인답게 억센 고집이 있었다.

"자, 아래층에 가서 한 잔 할까?"

"일하고 있던 중 아니야?"

"아니."

내가 말했다. 우리는 1층에 있는 카페로 내려갔다. 사실 난 귀찮은 친구를 떼어버릴 심사였는데, 이런 식이 가장 좋은 방법이라는 걸 알고 있었다. 그렇게 한 잔 한 다음 이제 가서 기사를 발송해야 한다고 말하면 별 수 없이 떨어져 나갈 수밖에 없었다. 기자 직업은 남이 눈치 채지 못하게 일하는 것이 중요한 미덕이기 때문에 이런 식으로 간단히 해결할 수 있는 탈출구를 알아두는 것이 꼭 필요했다. 어쨌든 우리는 카페로 가서 위스키소다를 마셨다. 콘은 벽 선반에 놓여있는 술병들을 유심히 쳐다보았다.

"아주 괜찮은 곳인데."

그가 말했다.

"술은 꽤 있지."

내가 맞장구를 쳐주었다.

"이봐 제이크, 자넨 시간이 걷잡을 수 없이 흘러가는데 그걸 잘 활용하고 있지 못하다는 생각은 안 해봤나? 벌써 인생의 반이 지나갔다는 걸 아느냐고?"

그는 카운터에 상체를 기댄 채 말했다.

"뭐 가끔 그런 생각은 들지."

"35년쯤 더 지나면 우리가 죽을 거라는 걸 알아?"

"무슨 그런 쓸데없는 소릴 하나."

내가 말했다.

"농담이 아니야."

"난 그런 걱정은 안 해."

"왜 안 해, 해야지."

"난 다른 걱정거리가 너무 많거든. 그래서 그런 생각은 잊고 살지."

"글쎄, 아무튼 난 남미에 가고 싶어."

"이봐 로버트, 다른 나라에 가도 마찬가지야. 나도 다 해봤거든. 몸이 다른 곳으로 떠난다고 해도 자기 자신을 벗어날 수가 없는 거라고. 아무 효과도 없어."

"뭐 남미에 가본 적도 없다면서?"

"남미는 무슨 개똥같은 소리야! 지금 자네 마음 상태로 거기 가봐야 조금도 달라질 거 없어. 여기가 더 좋은 곳이야. 여기 파리에서 인생을 다시 시작해보는 게 어때?"

내가 말했다.

"이제 파리는 지겹고, 카르티에 라탱도 싫증이 나."

"그럼 카르티에 라탱에 가서 어울리지 말고 혼자 다니면서 구경이나 하면 되잖아."

"구경할 게 뭐 있어? 한 번은 밤새 돌아다닌 적이 있었는데, 자전거 타고 돌아다니는 경찰이 오더니 신분증을 보여 달라고 하더라고. 그뿐이었어."

"그래도 밤에 재미있는 일이 많은 도시잖아."

"어쨌든 난 파리가 더 이상 재미없어."

이 정도면 더 할 얘기가 없었다. 그에게는 미안한 말이지만 달리 어떻게 할 방법이 없었다. 두 가지를 고집부리고 있으니, 즉 남미에 가면 뭔가 달라질 거라는 고집과 파리가 싫어졌다는 고집, 두 가지에 꽉 막히다 보니까 해결책이 없었다. 첫 번째 고집은 책에서 읽고 생긴 거라는 게 확실한데, 두 번째 고집도 결국은 책을 통해 생긴 것 같았다.

"자 그럼, 난 올라가서 기사를 발송해야겠어."

내가 말했다.

"꼭 가야 해?"

"어, 기사를 보내야 하니까."

"나도 같이 가서 그냥 좀 있으면 안 될까?"

"뭐 좋을 대로 해."

그는 사무실 옆방에 앉아서 신문을 읽었고, 편집인이자 발행인인 나는 두 시간 정도 일을 했다. 그러고는 복사한 기사를 정리해 필자 란에 내 이름 스탬프를 찍고 큼직한 마닐라 봉투에 넣어 심부름꾼 편에 생라자르 역으로 보냈다. 그러고 나서 옆방으로 가봤더니 로버트는 큰 소파에 누워 잠을 자고 있었다. 엎드려 팔을 머리 쪽으로 놓은 채였다. 그를 깨우고 싶지는 않았지만 사무실을 잠그고 나가야 했기 때문에 어깨를 살그머니 잡았다. 머리를 흔들며 그가 말했다.

"난 못 해. 못 한다고. 절대로 그렇게 못 해."

그는 머리를 더 깊이 팔에 파묻으며 소리치다시피 했다.

"로버트."

난 그의 어깨를 잡고 흔들었다. 그는 눈을 뜨며 비시시 웃더니 잠을 깨려고 애를 썼다.

"내가 지금 막 큰소리로 잠꼬대 했나?"

"그래, 무슨 소리를 하더라고. 분명하지는 않았지만."

"제기랄, 더러운 꿈이었어!"

"타이프라이터 소리를 들으니까 잠이 슬슬 왔나보구먼."

"그랬던 것 같아. 어젯밤에 한숨도 못 잤거든."

"뭐 하느라고?"

"떠드느라고."

그가 말했다. 난 그때의 장면이 지금도 생생히 기억난다. 다른 친구들의 침실 장면도 쉽게 묘사할 수 있다. 장난 같은 나의 버릇이었다. 우리는 거리의 저녁 풍경을 구경하기 위해 밖으로 나가 카페 나폴리탱에 가서 아페리티프(서양요리의 정찬에서 식욕 증진을 위하여 식탁에 앉기 전에 대기실에서 마시는 와인)를 시켰다.

3

봄날 밤이라 날씨가 푸근했다. 로버트가 떠난 후 난 혼자 나폴리탱의 테라스에 앉아 날이 어두워지며 네온사인이 켜지는 것을 바라보고 있었다. 교통신호등이 빨강색에서 파랑색으로 수없이 바뀌며, 군중들과 택시들 그리고 따각따각 소리를 내며 지나가는 마차들 또한 시야에 가득 들어왔다. 거리엔 손님을 찾느라 두리번거리는 매춘부들도 눈에 띄었다. 예쁘장하게 생긴 한 여자가 내 테이블 바로 옆으로 지나 계속 걸어가는 걸 지켜보았다. 그리고 또 다른 여자 뒤를 난 시선으로 쫓았다. 그런데 먼저 번 여자가 다시 되돌아와서는 또 내 옆으로 바짝 지나가다 나를 힐끗 쳐다보았다. 그러더니 다가와 내 테이블에 앉았다. 웨이터가 얼른 달려왔다.

"뭘 마실까?"

내가 물었다.

"페르노 (아니스 외에 약 15종류의 향료를 사용하여 만든 리큐르)"

"어린 여자한테는 안 좋은데."

"어린 아이는 당신이에요. 이봐요 웨이터, 페르노 한 잔 줘요."

"나도 페르노로 줘요."

"어떻게 된 거에요? 파티에 가시나요?"

"아가씨는 안 가나요?"

"모르겠어요. 여기 파리에서는 무슨 일이 어떻게 일어날지 모르니까요."

"파리를 안 좋아해요?"

"난 싫어요."

"그럼 왜 다른 도시로 안 가나요?"

"갈 데가 있어야죠."

"여기서 그런 대로 만족하는 모양이죠?"

"만족은 무슨 얼어 죽을 만족!"

페르노는 초록색의 알코올 종류로, 압생트(향쑥과 아니스로 만든 알코올 도수가 아주 높은 술)를 흉내 낸 것이었다. 거기에 물을 타면 우윳빛으로 변했다. 감초 맛이 나고 잘 취하게 하는데 뒷맛이 개운치 않았다. 우리는 함께 그걸 마셨는데 여자는 계속 시무룩한 표정을 하고 있었다.

"자, 나한테 저녁 사줄 거에요?"

내가 말했다.

그녀가 배시시 웃었다. 왜 그녀가 잘 웃지 않으려고 했는지 난 그제야 이해를 했다. 웃지 않을 때 얼굴이 더 예뻐 보였던 것이다. 나는 술값을 내고 그녀와 함께 일어섰다. 그러고는 지나가는 마차를 불러 세웠다. 우리는 천천히 매끄럽게 굴러가는 마차 안에서 몸을 기대고 오페라 거리로 갔다. 상점들은 등불을 켜놓은 채 문을 닫았고, 넓고 번쩍거리는 거리엔 사람들이 거의 없어 조용했다. 마차는 창문이 온통 시계로 장식된 〈뉴욕 헤럴드〉 신문사를 지나갔다.

"왜 저렇게 많은 시계를 걸어놓은 거죠?"

여자가 물었다.

"미국 전역의 시간이 다르기 때문이지."

"거짓말."

우리는 큰 길을 통과해 피라미드 거리로 올라간 다음 리볼리 거리의 차와 마차들 숲을 빠져나왔다. 그리고 컴컴한 문을 지나 튈르리로 들어섰다.

여자가 그때 내 가슴에 기대와 난 그녀를 팔로 감싸주었다. 여자는 내게 키스를 해달라며 얼굴을 가까이 대고는 한 손으로 내 몸을 더듬었다. 나는 그녀의 손을 뿌리쳤다.

"잠깐만."

"왜요? 어디 아파요?"

"어."

"모두들 아프군요. 나도 아파요."

우리는 튈르리를 빠져나와 다시 불빛이 환한 곳으로 들어섰다. 그리고 센 강을 건너 생 페르 거리를 지나 오르막길로 접어들었다.

"아플 땐 페르노 마시면 안 돼요."

"아가씨도 마찬가지지."

"난 괜찮아요. 여자는 아무래도 괜찮거든요."

"이름이 뭐지?"

"조젯. 당신 이름은?"

"제이컵."

"플랑드르 식 이름이네."

"미국에도 많이 있는 이름이야."

"플랑드르 출신 아니에요?"

"아니, 미국인이야."

"됐어요. 난 플랑드르 사람들은 싫어하거든요."

마차가 막 레스토랑 앞에 도착해 나는 마부에게 세우라고 했다. 조젯이 마차에서 내리며 말했다.

"근사한 레스토랑도 아니네요."

레스토랑이 마음에 안 드는 모양이었다.

"그래. 그럼 아가씨는 푸아요에나 가는 게 좋겠네. 마차를 계속 타고 그리 가시지 그래?"

내가 비꼬는 어투로 말했다.

난 그저 누구와 함께 식사를 하는 게 좋겠다는 막연한 감상에 젖어 그 여자를 데리고 왔을 뿐이었다. 매춘부와 같이 식사한 지도 워낙 오래 되다보니 그게 얼마나 덧없는 짓이라는 걸 잠시 잊고 있었다. 우리는 레스토랑으로 들어가 카운터에 앉아있는 마담 라비뉴 옆을 지나 작은 홀로 들어섰다. 음식이 나오자 그 때서야 조젯은 기분이 달라졌다.

"여기 괜찮네요. 맛은 별로지만 음식이 좋은데요."

"리에주에서 먹는 것보단 낫겠지."

"브뤼셀 말이군요."

와인을 한 병 더 마시면서 조젯은 장난을 치고 웃어댔다. 그 바람에 못 생긴 이빨이 전부 드러났다. 우리는 계속 술잔을 마주쳤다.

"당신은 나쁜 남자 타입이 아닌데, 어디가 아프다니 유감이군요. 재미도 있는데 말이죠. 그런데 도대체 어디가 아픈 거에요?"

"전쟁에서 다쳤어."

"휴, 그 지긋지긋한 전쟁."

그녀와 대화를 계속 이어갔다면 분명 전쟁에 대해 한없이 얘기를 했을 것이고, 그것이 정말 문명의 재앙이라는 데 의견 일치를 보며 전쟁은 절대 하지 말아야 한다는, 그런 얘기들을 늘어놓았을 것이다. 난 금방 싫증이 났다. 바로 그때, 다른 홀에서 누군가 나를 부르는 소리가 들렸다.

"반스! 이봐 반스! 제이컵 반스!"

"친구가 나를 부르는군."

나는 말하며 그쪽 홀로 갔다. 브래덕스가 아내와 콘, 프란시스 클라인, 그리고 내가 모르는 몇 사람과 함께 앉아 있었다.

"자네도 춤추러 왔군."

브래덕스가 말했다.

"무슨 춤?"

"아니, 춤 말이에요. 우리가 그거 다시 시작하기로 했는데,

모르세요?"

브래덕스 부인이 거들었다.

"같이 가요, 제이크. 우리 모두 가거든요."

이번엔 프란시스가 테이블 끝에 앉아 있다 끼어들었다. 큰 키의 그녀는 미소를 짓고 있었다.

"물론 같이 가겠지. 자 커피 한 잔 들게, 반스."

"좋아."

"친구 분도 데리고 오세요."

브래덕스 부인이 웃으며 말했다. 그녀는 캐나다 사람인데, 캐나다인답게 붙임성이 좋고 사교적이며 우아한 면이 있었다.

"네, 그러지요. 고맙습니다."

나는 말하며 작은 방으로 돌아갔다.

"친구 분들은 어떤 사람들인가요?"

조젯이 물었다.

"작가와 화가들이야."

"강 이쪽엔 그런 사람들 천지네요."

"너무 많지."

"그래요. 그 중엔 돈 버는 사람도 있지만요."

"물론 그렇지."

우리는 식사와 와인까지 모두 끝냈다.

"자 갈까? 저 친구들하고 커피나 마시지."

내가 말했다.

조젯은 백에서 조그만 거울을 꺼내 화장을 고치며 얼굴에 파우더를 다시 두드리고 립스틱을 바르며 모자를 고쳐 썼다.

"좋아요."

그녀가 말했다.

그 방으로 우리가 들어서자 브래덕스와 남자들이 모두 일어섰다.

"내 약혼녀 조젯 르블랑 양입니다."

내가 그녀를 소개했다. 조젯이 놀라 미소를 지으며 사람들과 일일이 악수를 했다.

"가수 조젯 르블랑과 친척 되시나요?"

브래덕스 부인이 물었다.

"모르겠어요."

조젯이 대답했다.

"그래도 이름이 같은데요?"

브래덕스 부인이 다시 친절하게 물었다.

"아니에요. 전혀 아니에요. 내 성은 오뱅이에요."

조젯이 설명을 했다.

"그런데 반스 씨가 조젯 르블랑 양이라고 소개하셨잖아요?"

브래덕스 부인이 계속 따지듯 말했다. 그녀는 프랑스 말로 하다보면 흥분돼서 자신이 무슨 말을 하는지 전혀 모를 때도 있었다.

"이분은 바보예요."

조젯이 말했다.

"아, 그럼 농담이었군요?"

브래덕스 부인이 말했다.

"네, 그냥 웃으려고 그런 거에요."

조젯이 대답했다.

"지금 얘기하는 것 들었어, 헨리? 반스 씨가 약혼자를 르블랑이라고 소개했는데, 진짜 성은 오뱅이래."

브래덕스 부인이 테이블 반대편에 있는 남편에게 큰 소리로 말했다.

"어, 알아 여보, 오뱅 양 맞아. 난 전부터 알고 있었어."

"아, 마드무아젤 오뱅, 파리엔 오래 전부터 사셨나요? 여기 좋아하시나 봐요? 그렇죠?"

프란시스 클라인이 오뱅 양에게 말을 걸었다. 그녀는 프랑스 말을 아주 빨리 구사할 수 있었는데 브래덕스 부인처럼 프랑스 말을 하면서 거들먹거리지도 않고 자랑스러워하지도 않았다.

"저분은 누구시죠? 내가 대답을 해야 하나요?"

조젯이 나를 쳐다보며 물었다. 그러면서 프란시스 쪽으로 몸을 돌리고 미소를 지으며 두 손을 차분히 모아 쥐었다. 그녀는 긴 목을 드러낸 채 머리를 갸우뚱 하며 입을 꼭 다물고 뭔가 말할 태세를 갖췄다.

"아니오, 난 파리를 싫어해요. 생활비도 너무 많이 들고 지저분해서요."

"그래요? 내 생각엔 아주 깨끗한 도신데요. 유럽 전체에서도 가장 깨끗한 도시 중 하나죠."

"내가 보기엔 더러워요."

"이상하네요! 그럼 파리에 오신 지 얼마 안 됐겠죠."

"오래 있었어요."

"하지만 여기는 좋은 사람들이 많아요. 그건 누구나 다 인정할 거예요."

프란시스가 말하자 조젯이 내게로 몸을 돌려 쳐다보았다.

"당신은 좋은 친구들이 많네요."

프란시스는 좀 취해서 계속 얘기를 할 분위기였다. 그런데 커피가 나오고 마담 라비뉴가 리쾨르를 가져오는 바람에 대화는 중단되었다. 우리는 모두 그걸 마시고 밖으로 나가 브래덕스의 댄스 클럽으로 옮겨갔다.

댄스 클럽은 몽타뉴 생트주느비에브 거리에 있었다. 1주일에 5일은 팡테옹 지역의 노동자들이 몰려와 춤을 추는 곳이고, 1주에 하루는 댄스 클럽으로 운영되는 곳이었다. 그리고 월요일 밤엔 문을 닫았다. 우리가 갔을 때는 경찰 한 명이 문 근처에 앉아 있고, 카운터 뒤로 주인 부부가 있었으며, 홀은 아직 손님이 없이 텅 비어 있었다.

그때 주인 딸이 아래층으로 내려왔다. 홀에는 긴 의자들과 테이블들이 놓여있고, 반대쪽 끝에 댄스 플로어가 설치돼 있었다.

"모두 일찍 오면 좋겠는데."

브래덕스가 말했다. 우리가 모두 자리에 앉자 주인 딸이 다가와 음료 주문을 받았다. 주인은 댄스 플로어 옆에 있는 높은 의자로 올라가 아코디언을 연주하기 시작했다. 그는 한쪽 발에 방울을 달고 딱딱 차며 연주 사이로 박자를 맞췄다. 그러자 모두 일어나 플로어로 갔다. 춤을 추면서 안에 있는 열기 때문에 모두들 땀을 흘렸다.

"정말 되게 덥네요."

조젯이 말했다.

"아, 너무 더워."

"휴, 더워 죽겠네."

"모자를 벗어."

"그러게 말이야."

모두들 한 마디씩 했다. 누가 조젯에게 댄스를 청하기에 나는 카운터로 갔다. 정말 엄청 더웠다. 그런데 열기가 있는 밤에는 아코디언 음악이 참 잘 어울렸다. 나는 맥주 한 잔을 들고 문 앞으로 나가 시원한 바람을 좀 쐬었다. 그때 택시 두 대가 경사진 길을 달려 내려오더니 둘 다 댄스 홀 앞에 멈춰 섰다. 스웨터를 입은 사람도 있고 셔츠만 입은 사람들도 있었다. 모두 젊은이들이었다. 홀의 창에서 비치는 불빛에 그들의 손이 자세히 보였으며, 머리도 막 다듬고 나온 듯 했다.

문 옆에 앉아있던 순경이 나를 쳐다보며 빙긋 웃었다. 그들은 우르르 댄스 홀로 몰려 들어왔다. 들어올 때 조명 아래로 그들의 흰 손과 곱슬곱슬한 머리카락, 흰 얼굴, 찌푸린 표정과 요란한 몸짓들, 떠드는 모습들이 모두 한 눈에 들어왔다. 그들 중엔 브렛도 있었다. 브렛은 무척 아름다워 보였고, 그들과 잘 어울리는 것 같았다.

그 중 한 사람이 조젯을 보고는 소리쳤다.

"내 장담하는데, 저 여자는 진짜 매춘부야. 레트, 난 저 여자와 춤출래. 두고 봐."

레트라는 키 크고 가무잡잡한 얼굴의 청년이 말했다.

"너무 덤비지 않는 게 좋을 걸."

먼저 말을 한 그 곱슬머리 금발이 대답했다.

"걱정 마."

브렛도 그들 옆에 같이 있었다. 나는 화가 치밀었다. 왠지는 모르지만 나는 그들만 보면 늘 화가 났다. 그들은 그저 즐기고 있는 것이라 관대하게 봐주면 될 뿐이라는 걸 알면서도 난 그게 맘대로 안 되었다. 그 중 한 놈이라도 후려 갈겨서 그 빼기고 재잘대며 잘난 체 하는 태도를 단단히 손봐주고 싶었다. 그러나 나는 그런 행동을 하는 대신 꾹 참고 거리로 나가 좀 걸어서 다른 댄스 홀로 들어갔다. 그리고 거기서 계속 맥주를 마셨다. 맥주가 맛이 없어 나는 입맛을 바꾸려고 코냑을 시켰다. 그런데 그건 더 형편없었다. 난 다시 댄스 홀로 돌아갔다. 댄스 플로어에 사람들이 꽉 차 춤을 추고 있는데, 조젯이 키 큰 금발 청년과 춤추고 있는 게 보였다. 청년은 머리를 삐딱하게 기울이고 시선은 천장으로 향한 채 엉덩이를 요란하게 흔들며 춤을 추었다. 음악이 바뀌자 재빨리 다른 청년이 다가와 그녀에게 춤을 청했다. 난 그들에게 조젯을 뺏기고 있었던 것이다. 모두들 그녀와 춤을 추고 싶어 했다. 거기 있는 놈들은 모두 그런 부류였다.

나는 테이블로 가서 앉았다. 콘도 앉아있었다. 프란시스는 춤을 추고 있었다. 브래덕스 부인이 한 남자를 데리고 내게로 오더니 로버트 프렌티스라고 소개를 했다. 그는 시카고에서 뉴욕을 거쳐 파리로 온 신진 소설가라고 했다. 그런데 영국 악센트가 약간 묻어났다. 나는 그에게 술을 한 잔 권했다.

"고맙습니다만 방금 한 잔을 했거든요."

그가 말했다.

"그래도 한 잔 더 하세요."

"네 그럼, 한 잔 하겠습니다."

우리는 주인 딸을 불러 핀아로(물을 탄 브랜디)를 한 잔씩 주문했다.

"선생은 켄자스에서 오셨다고 들었는데요."

그가 말했다.

"네, 그렇습니다."

"파리가 맘에 드시나요?"

"네."

"정말요?"

나는 좀 취해 있었다. 많이 취한 건 아니지만 충분히 실수를 할 수 있을 정도였다.

"난 정말 파리를 좋아해요. 당신은 싫어하나요?"

"아 찌푸리시니까 더 매력적으로 보이는데요. 저도 그럴 수 있으면 좋겠는데."

그가 말했다.

나는 댄스 플로어로 갔다. 브래덕스 부인이 나를 따라왔다.

"로버트 때문에 화내지 마세요. 어린애 같으니까요."

그녀가 말했다.

"화낸 게 아니라 짜증이 나더군요."

내가 말했다.

"선생 약혼자가 인기가 좋네요."

레트라는 키 크고 가무잡잡한 청년의 팔에 안겨 춤추고 있는 조젯을 바라보며 브래덕스 부인이 말했다.

"그러네요."

"대단해요."

브래덕스 부인이 부러운 듯 다시 말했다.

그때 콘이 우리 쪽으로 다가왔다.

"제이크, 저리 가서 한 잔 하세. 그런데 자네 기분이 무척 안 좋은 것 같은데."

우리는 카운터로 갔다.

"별 일 아니야. 그냥 이 분위기 전체가 역겨워."

브렛이 우리를 보고 다가왔다.

"여러분들, 여기 있네요."

"브렛, 왜 안취했어?"

내가 물었다.

"이젠 취할 때까지 안마시기로 했거든. 웨이터, 이분한테 브랜디 소다 한 잔 드려요."

브렛은 손에 술잔을 들고 있었다. 로버트 콘은 계속 그녀를 쳐다보고 있었다. 그는 그의 동포가 약속받은 땅을 바라볼 때 그랬을 것 같은 표정으로 그녀를 오랫동안 바라보았다. 콘은 그녀보다 훨씬 나이가 적었다. 하지만 그의 눈빛은 열렬하고도 기대에 가득 차 있는 듯 했다.

브렛은 질투 날 만큼 미인이었다. 소매 없는 스웨터에 트위드 치마를 입고 머리는 젊은 남자처럼 뒤로 빗어 넘긴 스타일을 하고 있었다. 그 스타일은 그녀가 처음 유행시킨 것이었다. 그녀의 몸매는 마치 경기용 요트의 동체 같은 매끈한 곡선을 가지고 있는데, 털스웨터를 입고 있어도 그 곡선미는 그대로 드러났다.

"같이 몰려온 패거리들 모두 좋은 사람들이던데."

내가 말했다.

"다들 매력 있지? 당신도 그래. 그런데 저 여자는 어디서 건졌어?"

그녀가 물었다.

"나폴리탱에서."

"아! 그래 재미 많이 봤어?"

"그럼, 환상이었지."

내 대답에 브렛이 웃으며 말했다.

"제이크, 그런 짓 하면 안 돼. 우리 친구들을 모두 모욕하는 행위야. 저기 프란시스와 조를 봐."

그녀의 말에 콘은 기분이 좋은 모양이었다.

"인신매매는 금지돼있어."

그녀는 또 말하며 웃었다.

"정말 술이 전혀 안 취했군."

"그렇다니까. 저런 패거리들하고 같이 마시면 편안하게 마실 수 있거든."

음악이 새로 바뀌자 로버트 콘이 말했다.

"춤 한 번 추실래요, 레이디 브렛?"

하지만 그녀는 싱긋 미소를 지으며 말했다.

"이 곡은 제이컵과 추기로 약속했는데 어쩌죠? 제이크, 당신 이름에선 성서 냄새가 너무 나."

"그럼 다음 곡에 같이 추시죠."

콘이 또 제안을 했다.

"아니요. 가야 돼요. 몽마르트르에서 약속이 있거든요."

나는 브렛과 춤을 추며 그녀의 어깨 너머로 콘을 바라보았다. 그는 카운터 앞에 서서 아직도 그녀를 쳐다보고 있었다.

"애인 하나 또 새로 생겼네?"

내가 그녀에게 말했다.

"그런 얘기는 하지 마. 가엾은 친구 같으니라고. 난 전혀 눈치 못 챘어."

"아니, 난 당신이 많은 애인을 거느리는 걸 좋아하는 줄 알았지."

"바보 같은 소리."

"사실이 그렇잖아."

"글쎄, 그러면 또 어때서?"

"그냥 그렇다는 거지 뭐."

내가 말했다. 우리는 계속 아코디언에 맞춰 춤을 추었다. 누군가 밴조를 연주하는 소리가 들렸다. 너무 더웠지만 나는 기분이 좋아졌다. 나와 브렛은 조젯이 한 청년과 춤을 추고 있는 옆으로 지나갔다.

"아니, 무슨 신이 들렸기에 저런 여자를 데리고 왔어?"

"몰라, 어쩌다 그렇게 됐어."

"로맨틱한 기분이 들었었나봐?"

"아니, 재미가 없어."

"지금 그렇다고?"

"아니, 지금 말고."

"우리 여기서 나가. 저 여자는 누군가가 챙기겠지 뭐."

"그러고 싶어?"

"그럼 내키지도 않는데 그러자고 할까?"

우리는 댄스 플로어에서 내려왔다. 내가 걸어둔 옷을 찾으러 간 동안 브렛은 카운터로 가 콘과 무슨 얘기를 나누었다. 난 카운터로 다가가 주인에게 빈 봉투를 하나 부탁해, 그 안에 50프랑짜리 지폐를 넣었다. 그러고는 주인 아내에게 내밀며 말했다.

"나와 같이 온 여자가 혹시 나를 찾으면 이걸 좀 전해주세요. 안 그러고 다른 남자랑 나가면 가지고 계세요. 나중에 찾으러 올게요."

"네 그러세요. 그런데 이렇게 일찍 가시게요?"

그녀가 말했다.

"네, 안녕히 계세요."

주인 아내와 나는 출입구 쪽으로 향하며 인사를 나눴다. 브렛과 콘은 계속 무슨 얘기를 하고 있었다. 그러다 브렛이 내게 다가와 팔을 잡았다.

"잘 가게, 콘."

내가 말했다. 우리는 밖으로 나가 택시를 찾았다.

"50프랑 잃어버릴 것 같은데."

브렛이 말했다.

"그럴 것 같아."

"택시가 없네."

"팡테옹까지 걸어가서 잡을까?"

"잠깐만. 저기 가서 한 잔 더하고, 거기서 불러달라고 하면 돼."

"걷고 싶지 않나보군."

"가능한 안 걷고 싶어."

우리는 옆 술집으로 들어가 웨이터에게 택시를 한 대 불러달라고 부탁했다.

"자, 이제 패거리들을 벗어났군."

우리는 금속재로 된 카운터 앞에 서서 말없이 서로를 쳐다보고만 있었다. 잠시 후 웨이터가 안으로 들어오더니 택시가 도착했다고 말했다.

브렛이 내 손을 꽉 잡았다. 나는 웨이터에게 1프랑을 쥐어주었다. 밖으로 나가며 내가 브렛에게 말했다.

"어디로 가자고 할까?"

"어, 그냥 드라이브나 하지 뭐."

나는 기사에게 몽수리 공원으로 가자고 했다. 우리는 옆으로 나란히 앉았다. 브렛은 좌석에 몸을 파묻고는 잠시 눈을 감고 있었다. 택시가 곧 출발했다.

"자기, 나 아주 비참한 기분이었어."

브렛이 말했다.

4

택시는 언덕길을 올라 불빛이 환한 광장을 가로지른 다음 다시 어두운 곳으로 들어갔다. 그러고는 또다시 오르막길을 올라 생테티엔 뒤몽 거리 뒤쪽의 어두컴컴한 곳을 지나 평지로 들어섰다. 그렇게 아스팔트 길을 한동안 달리고는 가로수와 콩트 레스카르프 광장의 버스들을 지나 무프타르 가의 자갈길을 꺾어 들어갔다. 거리 양쪽엔 불 켜진 술집들과 상점들이 늘어서 있었다. 우리는 울퉁불퉁한 길을 갈 때마다 택시가 흔들리는 바람에 몸이 수시로 부딪쳤다. 브렛은 모자를 벗고 머리를 뒤로 기대고 있었다. 거리에서 들어오는 불빛에 그녀의 얼굴이 이따금 보였다 어두워졌다 했다. 그러다 고블랭 가로 들어서자 다시 환하게 보였다. 거리가 파헤쳐져 있고, 인부들이 작업하느라 아세틸렌 불꽃이 여기저기서 터져 불빛이 더 밝아 보였다. 브렛의 얼굴이 하얗게 보이며 목의 긴 선이 불빛 아래서 더 또렷하게 드러났다. 다시 어두운 거리로 택시가 들어서자 나는 그녀에게 키스를 했다. 두 입술이 힘껏 포개진 순간 갑자기 브렛이 얼굴을 돌리며 몸을 빼내 구석 자리로 피했다.

"나 건드리지 마. 건드리지 말라고."

그녀가 말했다.

"왜 그래!"

"참을 수가 없어."

"아니, 브렛!"

"못 하겠어. 잘 알잖아! 그냥 참을 수가 없다고. 자기가 나를 좀 이해해주면 좋겠어."

"나를 사랑하지 않아?"

"사랑이라고? 자기 몸이 닿으면 온몸이 우뭇가사리처럼 녹아내리는 것 같은 걸."

"그런데 왜 그래?"

브렛은 기댄 몸을 일으켜 앉았다. 내가 그녀를 감싸 안았더니 내게로 몸을 기댔다. 우리는 말없이 한동안 그렇게 있었다. 얼마 후 브렛이 독특한 눈빛으로 나를 쳐다보았다. 정말 그녀가 나를 쳐다보는 건지 의심이 들 정도였다. 세상의 모든 눈이 보기를 끝낸 다음에도 그녀의 눈만은 계속 그렇게 뚫어지게 바라볼 것 같았다. 사실 그녀는 두려움이 많은 사람이었다.

"우리가 할 수 있는 일이 한 가지도 없네."

내가 말했다.

"모르겠어. 또다시 힘들어질까봐 두려워."

"그럼 만나지 말아야겠네."

"그래도 난 자기를 만나야 돼. 자기가 아는 게 다는 아니야."

"그렇겠지. 하지만 항상 이렇게 되고 말잖아."

"미안해. 내 잘못이야. 그래도 우리가 한 일의 대가를 지금 충분히 치르고 있는 거야."

말을 하면서도 그녀는 계속 내 눈을 쳐다보고 있었다. 그녀의 눈빛은 수없이 그 깊이가 달라지는데, 지금은 어떠한 깊이도 없이 공허했다. 그래서 그녀의 마음을 읽을 수가 있었다.

그녀가 말을 꺼냈다.

"내가 그동안 남자들을 가지고 놀았던 게, 지금 대가를 치르고 있는 것 같아."

"무슨 그런 소리를 해. 나는 이렇게 만난 게 잘 됐다고 생각하니까 다른 생각은 조금도 안 해."

내가 말했다.

"아, 그렇겠지. 다른 생각은 안하겠지."

"그러니까 그런 얘긴 그만 해."

"나도 한때는 그런 걸 웃기다고 생각했지."

그녀는 나를 쳐다보지 않고 혼자 말했다.

"오빠 친구 한 사람이 몬스(벨기에 중부에 있는 도시. 1914년 8월 최초로 영국군과 독일군의 전투가 있었다)에서 그런 꼴이 되어 돌아왔더라고. 난 처음에 완전히 농담인 줄 알았어. 남자들은 하여튼 아무것도 모른다니까. 안 그래?"

"그런 것 같아. 누구나 다 그런 것 아닐까?"

내가 말했다.

나는 그런 문제에 대해서는 알 만큼 알고 있었다. 한동안은 그 문제를 여러 각도에서 깊이 생각해본 적도 있었다. 어떤 부상이나 불구가 당사자에게는 너무나 심각한 문제지만 다른 사람에게는 우스개 같은 소리가 될 수도 있다는 생각도 해봤던 것 같다.

"그래 웃기는 거지. 정말로 웃기는 소리야. 그런 꼴로 누군가를 사랑한다는 게 얼마나 웃기는 소리냐고."

내가 말했다.

"그렇게 생각해?"

말하는 그녀의 눈빛이 다시 공허해졌다.

"그런 뜻이 아니라 즐길 수 있으면 유쾌한 기분이 든다는 거야."

"글쎄, 아닌 것 같아. 나는 사랑이 지상의 지옥이라고 생각해."

"그래도 서로가 만난다는 건 좋은 것 아닌가?"

"아니, 난 그렇게 생각하지 않아."

"만나고 싶지 않다고?"

"안 만날 수는 없지."

우리는 서먹서먹하니 앉아있었다. 오른쪽으로 몽수리 공원이 보였다. 연못에 송어가 있고, 야외식탁에서 공원이 바로 훤히 보이는 레스토랑은 불이 꺼져 있었다. 택시기사가 우리를 돌아보았다. 어디로 계속 갈지 묻는 몸짓이었다.

"어디로 갈까?"

내가 브렛에게 물었다. 그녀는 여전히 나를 쳐다보지도 않고 대답만 했다.

"아, 셀렉트로 가."

"카페 셀렉트로 가주세요. 몽파르나스 거리에 있는."

내가 기사에게 말했다.

몽루주 왕복 전차를 바라보고 서있는 벨포르의 사자상을 돌아 우리는 계속 내리막길을 달렸다. 브렛은 앞만 바라보며 앉아 있었다. 라스파유 거리에서 몽파르나스 광장의 불빛이 보이자 브렛이 말했다.

"내 부탁 하나 들어줄래?"

"바보 같은 소리 하지 마."

"셀렉트에 도착하기 전에 키스 한 번만 더 해줄래?"

택시가 멈추자 나는 계산을 하고 내렸다. 브렛이 모자를 쓰고 나왔다. 그러고는 곧 내 손을 잡았다. 그녀의 손이 떨리고 있었다.

"내 꼴이 이상하지 않아?"

그녀는 남자용 펠트 모자를 눌러쓰고 카페로 들어갔다. 카운터에 기대 서있거나 테이블에 앉아있는 사람들 대부분은 댄스 클럽에 같이 있던 사람들이었다.

"여러분 안녕! 나 지금부터 한 잔 할래."

브렛이 말했다.

"오, 브렛! 브렛! 재밌는 얘기 하나 해줄게요."

자칭 공작이라는 자그마한 몸집의 그리스인 초상화 화가가 그녀 옆으로 밀치듯 다가왔다. 지지라는 이름의 남자였다.

"아, 지지, 안녕하세요."

브렛이 인사를 했다.

"내 친구 하나 소개할게요."

지지가 한 뚱뚱한 남자를 가리키며 말했다.

"여기는 미피포폴로스 백작이고, 이 분은 내 친구 레이디 애슐리입니다."

"처음 뵙네요."

브렛이 말했다.

"부인은 여기 파리에서 재미있게 지내십니까?"

미피포폴로스 백작이 물었다. 그의 시계줄에는 사슴이빨이 달려 있었다.

"그럼요."

브렛이 대답했다.

"파리도 멋진 곳이지만 런던에서도 재미있게 보내셨겠죠?"

백작이 다시 물었다.

"네 물론이죠. 아주 좋았어요."

브렛이 말했다.

"반스, 이리 와 한 잔 하게. 자네와 함께 온 그 여자가 한바탕 난리를 피웠다네."

브래덕스가 다른 쪽 테이블에서 나를 부르며 말했다.

"왜?"

"주인 딸하고 언성이 있었나봐. 굉장했었지. 한데 그 여자 멋지던데. 노란 카드(윤락 여성이 지니고 다니는 보건증)를 내보이면서 주인 딸에게도 그걸 보이라고 하는 거야. 정말 대단했었어."

"그래서 어떻게 됐는데?"

"누가 집에 바래다줬나봐. 말솜씨가 보통이 아니더라고. 아무튼 괜찮은 여자던데. 자, 앉아서 한 잔 하게."

"아니, 난 돌아가야겠어. 그런데 콘 못 봤나?"

내가 말했다.

"네, 프란시스와 함께 나갔어요."

브래덕스 부인이 대답했다.

"안 됐더군. 풀이 아주 팍 죽었더라고."

브래덕스의 말에 그의 부인도 거들었다.

"정말 그렇던데요."

"그럼, 난 갈게. 모두들 잘 돌아가게."

나는 카운터로 가서 브렛에게도 인사를 했다. 그 백작이라는 사람이 샴페인을 산 모양이었다.

"우리와 와인 한 잔 드시죠?"

나를 보며 백작이 말했다.

"아니오, 고맙습니다만 난 돌아가야겠어요."

"정말 가려고?"

브렛이 물었다.

"어, 머리가 되게 아파서."

"그럼 내일 만날까?"

"그래, 내 사무실로 와."

"그건 좀 그렇고."

"그럼 어디서 만날까?"

"다섯 시쯤 아무데서나."

"어, 그럼 강 건너편에서 만나지."

"좋아, 다섯 시에 크리용(유럽에서 가장 큰 호텔 가운데 하나)에서 만나."

"꼭 나와야 돼."

내가 말했다.

"물론이지. 내가 언제 바람맞힌 적 있었어?"

"마이크한테서는 연락 왔었어?"

"응, 오늘 편지 왔었어."

"자 그럼, 내일 봐."

내가 떠나려 하자 백작이 인사를 했다.

"안녕히 가십시오."

나는 밖으로 나와 생미셸 대로를 향해 걸어내려가 카페 로통드 앞으로 지나갔다. 거리엔 아직 사람들이 많이 있고, 건너편엔 카페 돔이 보였다. 카페들의 테이블은 보도를 거의 차지하며 나와 있었다. 한 테이블에서 누군가 내게 손짓을 했지만 나는 쳐다보지도 않고 그대로 지나쳐갔다. 빨리 집으로 돌아가고 싶은 생각만 들었기 때문이다. 몽파르나스 광장엔 사람이 거의 없었다. 라비뉴의 식당도 문을 닫고, 사람들은 클로즈리 데 릴라 밖에 테이블을 가득 쌓아 올려놓았다. 나는 아크 등 아래 새잎이 돋고 있는 마로니에 나무들 사이에 서 있는 네이 장군(미셸 네이1769~1815. 나폴레옹 1세가 신임하던 장군)의 동상 앞을 지나갔다. 동상 앞에 놓여있는 보라색 꽃이 시들어 있었다. 나는 멈춰 서서 비명을 읽어보았다. 보나파르트 주의자들이 세운 것이며, 지금은 기억나지 않지만 날짜가 씌어 있었다. 마로니에 나무의 푸른 잎들 사이로 칼을 들고 서있는 네이 장군의 모습이 웅장해 보였다.

내 아파트는 생미셸 대로 쪽으로 약간 내려가 골목길 안에 있었다. 관리인 방에 불이 켜있어 노크를 했더니 내 우편물을 내주었다. 나는 그에게 밤 인사를 하고 내 방으로 올라갔다. 편지두 통과 신문들이었다. 나는 주방 가스등을 켜놓고 편지를 열어보았다. 미국에서 온 것이었는데, 하나는 은행에서 온 통지서였다. 잔액이 2432달러 60센트라고 씌어 있었다. 그래서 이달 1일부터 쓴 수표 네 장을 수표책에서 꺼내 계산해봤더니, 그걸 빼면 잔액이 1832달러 60센트가 되었다. 나는 잔액을 통지서 뒷면에 적어두었다. 다른 하나는 결혼 청첩장이었다. '앨로이시어스 커비 부부는 딸 캐서린의 결혼을 알립니다' 라는 내용이었다. 그런데 신부와 신랑 모두 모르는 사람들이었다. 아무에게나다 청첩장을 보낸 모양이었다. 이름도 무척 재미있었다. 그러고보니 앨로이시어스라는 이름을 들어본 것 같기도 했다. 이름 있는 가톨릭 집안일 것이 분명했다. 청첩장에도 가문의 문장이 찍혀 있었다. 그리스의 지지 공작이라는 사람도 그런 부류의 사람이었다. 그 백작이라는 사람도 마찬가지다. 그는 좀 특이해 보였다. 브렛도 무슨 귀족 칭호가 있는 것 같았다. 그래서 사람들이 레이디 애슐리라고 불렀다. 그런데 난 브렛이니 레이디 애슐리니, 아무것도 생각하고 싶지 않았다.

나는 가스를 끄고 침대 머리맡의 불을 켜고는 큰 창문을 열었다. 침대가 창에서 떨어져 있어 나는 침대 옆에 앉아 옷을 벗었다. 새벽시장으로 채소를 운반해가는 차가 전차 길을 달려가는 소리에 밖이 소란스러웠다. 밤에 잠이 안 올 때는 그 화물차 소리가 너무나 시끄러웠다. 침대 옆에 있는 커다란 옷장의 거울 속으로 나 자신을 바라보았다. 가구가 전형적인 프랑스식으로 배치된 방이었다. 매우 실용적이라는 생각이 들었다. 하필이면 이 부위에 부상을 입다니. 참 기묘한 일이었다. 잠옷을 입고 난 침대로 들어갔다. 그 무렵 투우 관련 신문을 두 가지 구독하고 있었는데, 하나는 오렌지 색이고 다른 하나는 노란색이었다. 그런데 두 신문 모두 같은 기사를 싣고 있어 그 중 한 가지만 읽으면 되었다. 나머지는 쓰레기나 마찬가지였다. 그 중 〈르토릴〉이 좀 더 나은 것 같아 나는 그걸 읽기 시작했다. 그리고 단신과 촌평 모두 다 훑고 난 뒤 불을 껐다. 그제야 잠이 들 수 있을 것 같았다.

그런데 아니었다. 다시 머릿속이 어지럽기 시작했다. 항상 그런 식이었다. 이탈리아 같은 너절한 전선에서 어물거리다 부상을 입었으니 정말 한심한 짓이었다. 이탈리아 병원에서는 나처럼 부상을 입은 부상병들로 한 부대를 이루고 있었다. 이탈리아 말로 특이한 표현이 있을 정도였다. 이탈리아인 부상병들은 다른 병원에 있는 것 같았다. 내가 있었던 병원은 밀라노에 있는 마조레 병원의 파디글리오네 폰테 병동이었다. 옆 건물은 파디글리오네 존다 병동이었다. 폰테의 동상이 있었다. 아니 존다의 동상이었는지도 모르겠다.

아무튼 연락장교 대령이 나를 찾아왔다. 정말 이상한 일이었다. 그게 처음 있었던 이상한 일이었다. 나는 전신에 붕대를 감고 있었다. 그런데 의사들이 그 대령에게 내 부상 정도를 설명해주었다. 그러자 대령이 그 자리에서 멋진 발언을 했다. '귀관은 외국인 즉 영국인인데(대령은 외국인을 모두 영국인이라고 불렀다) 생명보다 소중한 것을 바쳐 싸웠습니다.(제이크 반스가 성기에 부상을 입은 것을 말한다)' 하고 말이다. 아, 얼마나 멋진 발언이었던가! 그 발언을 일루미네이션 글자로 써서 내 사무실 벽에 걸어두고 싶을 정도였다. 대령은 또 덧붙여 말했다. 그도 아마 나와 같은 처지가 되어봤는지도 모른다. '재수가 없었군! 재수가 없었어!'

하지만 나는 부상당한 걸 크게 의식하지 않고 지냈다. 대수롭지 않게 생각하며 아무에게도 폐를 끼치고 싶지 않았다. 영국으로 후송되어 브렛을 만나지만 않았더라도 나는 아마 아무런 불편도 느끼지 않았을 것이다. 브렛은 가질 수 없는 것만을 요구했다. 그렇다. 사람들은 모두 그렇다. 사람들은 정말 형편없는 존재들이다. 가톨릭 교회는 그런 문제들에 대해 굉장한 실력을 발휘했다. 아무튼 나에게 좋은 충고를 해주었다. 그래, 가끔은 그 충고도 생각해보자. 그 충고도 생각해보자고.

나는 계속 잠을 못 이루고 이 생각 저 생각 하면서 뒤척였다. 마음이 사방으로 튀었다. 도대체 생각을 떨쳐버릴 수가 없자 나는 브렛 생각에만 집중을 했다. 그러자 다른 생각들이 사라져갔다. 그래도 브렛 생각을 하면 마음이 산만해지지 않고 부드러운 물결 속으로 들어가는 것 같았다. 그러다 잠시 후 나는 갑자기 울음이 나왔다. 그리고 나니까 가슴이 가라앉으며 졸음이 몰려왔다. 무거운 전차가 멀리로 사라져가는 소리가 어렴풋이 들렸던 것 같다.

잠에서 깨어나자 밖에서 소란스런 소리가 들렸다. 가만히 들어보니까 아는 목소리였다. 나는 가운을 걸치고 창문 밖을 내다보았다. 아래층에서 관리인이 떠들고 있었다. 무척 화가 난 목소리였다. 그런데 내 이름이 들렸다.

"반스 씨!"

관리인이 큰 소리로 나를 불렀다.

"네, 왜요?"

"어떤 이상한 여자가 와서 온 동네 사람들을 다 깨웠어요. 이 시간에 무슨 일인지 모르겠는데요, 선생을 꼭 만나야 한다고 그러네요. 주무신다고 했는데도 막무가내에요."

곧이어 브렛의 목소리가 들렸다. 아직 잠이 덜 깬 상태라 난 조젯인 줄 알았다. 그런데 이상했다. 브렛이 내 주소를 알 리가 없었기 때문이다.

"올라오게 해주세요."

내가 관리인에게 말하자 브렛이 곧 층계를 올라왔다. 엄청 취해있는 것 같았다.

"정신없이 내가 시끄럽게 했네."

그녀는 혼자 말하듯 하며 관리인을 향해 큰 소리를 질렀다.

"봐요, 아직 안 잔다니까."

"아니, 그럼 내가 뭘 하고 있을 거라 생각했어?"

"모르지. 지금 몇 시야?"

시계를 보니 4시 30분이었다.

"몇 시쯤 됐는지 전혀 몰랐어. 자기, 나 앉아도 돼? 그렇게 화내지 마. 방금 백작과 헤어지고 왔어. 그가 여기까지 데려다줬거든."

"그 사람 대체 어떤 사람이야?"

나는 브랜디와 소다, 잔을 가져오며 말했다.

"조금만 줘. 나 더 취하게 만들지 말고. 아, 백작? 좋은 사람이지. 우리 친구들 중 한 명이야."

"그 사람이 정말 백작이야?"

"말하자면 그런 셈이지. 난 맞을 거라고 생각해. 어쨌든 그 사람은 백작 자격이 있어. 남들의 소문에 대해 모르는 게 없거든. 어디서 다 주워들었는지 몰라. 미국에 베이커리 체인을 갖고 있다나봐."

그녀는 브랜디를 한 모금 마시며 계속 얘기했다.

"체인점이라고 들은 것 같아. 뭐 그런 비슷한 이름이었어. 모두 하나로 연결돼 있대. 그런 얘기를 좀 해주더라고. 아주 재밌었어. 하여튼 그 사람은 우리와 같은 패거리인 게 분명해. 틀림없어. 보면 알 수 있지."

그녀는 술을 또 한 모금 마시며 덧붙였다.

"어떻게 내가 거짓말을 꾸며대겠어. 그 사람 괜찮지? 지지에게 자금을 대주고 있다나봐."

"지지라는 사람도 정말 공작 맞아?"

"글쎄, 그렇다고 믿어. 그리스인이거든. 그런데 형편없는 화가지. 난 백작이 더 좋더라."

"그런데 그자와 어디를 그렇게 돌아다닌 거야?"

"아, 안 간 데가 없지. 여기로 올 때까지 돌아다녔으니까. 비아리츠에 같이 가면 1만 달러를 주겠대. 파운드로 환산하면 얼마지?"

"2천 정도."

"큰 돈이네. 그런데 못 간다고 했어. 그래도 계속 꼬시더라고. 내가 비아리츠에 아는 사람이 너무 많다고 했지."

브렛은 말하며 한바탕 웃었다.

"내 말을 잘못 알아듣는군."

나는 브랜디 소다를 혀끝으로 맛만 보고 있다가 크게 한 모금 마셨다. 그녀가 또 말했다.

"그런데 너무 웃긴 게, 그럼 칸으로 같이 가재. 그래서 칸에도 아는 사람이 너무 많다고 했더니 이번엔 또 몬테카를로로 가재. 거기도 아는 사람이 너무 많다고 했지. 아무튼 어디를 가도 아는 사람이 너무 많다고 했어. 사실이기도 하고 말이야. 그래서 결국 이리로 데려다 달라고 했지."

그녀는 테이블에 한 손을 올려놓고 잔을 든 채 나를 바라보았다.

"왜 그렇게 쳐다봐? 그 사람 그래도 무척 다정한 데가 있더라고. 내일 자동차로 같이 저녁 먹으러 가고 싶대. 같이 갈래?"

"그러지 뭐."

"나 이제 가야겠다."

"왜?"

"그냥 얼굴 좀 보려고 왔어. 되게 쑥스럽네. 자기도 옷 입고 내려갈래? 그가 길 위쪽에 차 세우고 기다리고 있거든."

"백작이?"

"응, 저기 제복 차림의 운전기사랑 같이 있지. 드라이브 하다가 블로뉴 숲으로 가서 아침을 먹자는 거야. 바구니에 먹을 것도 있어. 젤리 상점에서 몇 바구니나 샀는데 생각 있으면 같이 가. 뮈임 샴페인(프랑스 북부 샹파뉴 지방에서 생산되는 샴페인)도 많이 있으니까."

"난 아침에 일이 좀 있어. 그리고 일이 많이 밀려있어서 지금 어울려 재미있게 놀 때가 아니야."

내가 말했다.

"그렇게 빼지 말고."

"아니야, 정말 안 돼."

"좋아, 그럼 백작한테 뭐라고 할까?"

"알아서 마음대로 말 해."

"그럼 잘 자."

"괜히 감상에 빠지지는 마."

"자기가 그렇게 만든 거지 뭐."

우리는 작별 키스를 했다. 브렛의 몸이 가볍게 떨렸다.

"나 가야 돼, 잘 자."

그녀가 말했다.

"꼭 가야 돼?"

"응."

우리는 층계를 내려가며 또 한 번 키스를 했다. 내가 현관문을 열어달라고 관리인에게 말하자 그녀는 짜증을 냈다. 브렛이 떠나자 나는 방으로 올라와 창문으로 그녀가 걸어가는 걸 지켜보았다. 가로등 아래 보도 옆에 서있는 리무진 자동차를 타고 그녀는 곧 떠났다. 테이블 위에는 빈 잔과 브랜디가 반쯤 남은 잔이 놓여있었다. 나는 잔들을 주방에 갖다 놓고 불을 끈 다음 침대에 앉아 슬리퍼를 벗어던지고는 이불 속으로 들어갔다.

브렛은 언제나 그런 식이었다. 그녀를 생각하면 항상 울고 싶은 마음이 들었다. 그날 밤에 그녀를 본 게 마지막이었다. 그녀의 모습이 지금도 떠오른다. 거리를 걸어가 자동차 안으로 들어가던 그 모습 말이다. 그때 생각을 하고 있는 지금도 난 견딜 수 없을 만큼 서글픈 기분이 든다. 낮에는 모든 일을 견디기가 쉽지만 밤엔 그렇지가 않다.

5

아침에 나는 커피와 브리오슈(버터, 이스트, 설탕을 밀가루에 넣어 만든 프랑스빵)를 먹으려고 수플로 가를 향해 큰 길로 나갔다. 날씨가 화창했다. 뤽상부르 공원의 마로니에 나무에는 꽃이 피어 있었다. 따뜻한 날 아침이라 상쾌했다. 나는 카페로 들어가 커피를 마시며 신문을 읽고, 담배도 한 대 피웠다. 시장엔 꽃 파는 여자들이 장사를 시작하기 위해 꽃들을 추리고 있었다. 카페 앞길엔 법과대학으로 올라가는 학생들과 소르본대학으로 내려가는 학생들이 지나갔다. 대로변으로는 전차와 출근하는 직장인들로 붐볐다. 나는 'S' 버스를 타고 뒤쪽 출입구에 서서 마들렌까지 갔다. 거기서 카퓌신 대로를 지나 오페라 거리까지 걸어서 내 사무실로 갔다.

거리엔 살아있는 개구리를 파는 사람, 장난감 권투선수를 파는 사람도 있었다. 여자 판매인이 권투선수를 손으로 조종하고 있어서 그 실에 몸이 닿지 않도록 나는 옆으로 조심스레 비켜갔다. 그녀는 두 손에 실을 쥔 채 다른 데를 쳐다보고 있었던 것이다. 동료 남자는 두 여행자에게 장난감 권투선수에 대해 열심히 설명하고 있었다. 다른 여행자 세 사람도 가다 말고 멈춰 서서 구경을 했다. 또 롤러를 굴려 보도에 '신차노'라는 상표를 쓰고 다니는 한 남자도 있었다. 나는 그의 뒤를 따라 걸어갔다. 직장으로 향해 걷는 사람들이 줄을 이었다. 기분이 상쾌했다. 얼마간 걷다가 나는 길을 건너 내 사무실로 올라갔다.

오전 동안 난 프랑스 신문을 읽고 담배를 피운 다음 타이프라이터로 기사를 쓰며 기분 좋게 일을 마쳤다. 그리고 11시에는 택시를 타고 외무부로 갔다. 〈누벨 르뷔 프랑세즈〉 같은 고급 문예잡지를 읽을 듯한 인상의 뿔테 안경을 쓴 젊은 외무부 대변인이 약 30분 동안 이야기를 하며 질문에 답변을 했다. 그동안 나는 10여 명의 외국 특파원과 함께 앉아 있었다. 국무총리는 리용에서 연설을 하고 있다고 했다. 아니 연설을 마치고 돌아오고 있는 중이었다. 5,6명의 기자가 자기 의견을 피력하기 위해 질문을 했고, 또 몇 명은 답변을 듣고자 질문을 했다. 뉴스는 없었다. 난 외무부에서 나와 울지, 크럼과 함께 택시를 탔다.

"밤에는 뭐하나 제이크? 도대체 잘 안 보이니 말이야."

크럼이 물었다.

"아, 나 요새 카르티에 라탱에 자주 거지."

"나도 언제 밤에 한 번 그곳에 가봐야겠어. 댕고라는 데가 굉장하다면서?"

"응, 거기나 새로 문을 연 셀렉트가 괜찮지."

"전부터 가보고 싶었는데. 자네도 알겠지만 처자가 있으니 맘대로 돼야 말이지."

크럼이 말했다.

"테니스도 하나?"

울지가 크럼에게 물었다.

"아니, 그것도 못해. 올해 들어서는 테니스도 하는 둥 마는 둥 했어. 빠져나가려고 했는데 일요일마다 비가 온 데다 테니스 코트도 엄청 복잡하더라고."

"영국 사람들은 모두 토요일엔 놀던데."

울지가 말했다.

"팔자 좋은 인간들이야. 나도 언젠가는 이놈의 통신사 일 그만 둘 거야. 그러면 시골에라도 좀 갈 수 있겠지."

크럼이 흥분해 말했다.

"그러면 좋지. 시골에 살면서 작은 차 한 대 있으면 되지 뭐."

울지가 대꾸를 했다.

"그래서 내년에는 차 한 대 구입할까 생각중이야."

크럼이 말했다.

내 사무실 앞쯤에 갔을 때 내가 택시 창문을 치며 세워달라고 했다.

"여기가 내 사무실이야. 들러서 한 잔들 하고 가게."

크럼은 그냥 가겠다고 하고, 울지는 고개를 가로저으며 말했다.

"난 오늘 아침에 발표된 거 정리해야 돼서 말이야."

나는 크럼에게 2프랑짜리 지폐를 건네주었다.

"아니 제이크, 왜이래 내가 낼 건데."

"괜찮아, 회사에서 내는 거니까."

"나도 회사에 경비로 올릴 거야."

나는 떠나는 그들에게 손을 흔들었다. 크럼이 창밖으로 머리를 내밀며 말했다.

"수요일 점심에 만나."

"알았어."

나는 엘리베이터를 타고 사무실로 올라갔다. 로버트 콘이 기다리고 있었다.

"제이크, 점심 먹으러 갈까?"

"그러지. 새로운 게 있나 좀 보고."

"어디로 갈까?"

"아무데나 가지 뭐. 어디로 가고 싶은데?"

나는 책상 위를 대충 훑어보며 말했다.

"웨첼 어떨까? 오르되브르가 괜찮던데."

우리는 웨첼로 가서 오르되브르와 맥주를 주문했다. 웨이터가 맥주를 가지고 왔는데 긴 맥주잔에 이슬이 맺혀 있었다. 오르되브르는 십여 가지가 나왔다.

"그래, 어젯밤엔 재미 좀 봤나?"

내가 말했다.

"아니, 별로 재미없었어."

"글은 잘 돼가고 있고?"

"헤매고 있어. 제2편이 꽉 막혀 안 나가네."

"그럴 때도 있는 거지 뭐."

"그건 나도 아는데, 그래도 영 답답하구먼."

"남미에 간다는 건 어떻게 됐어?"

"그게 말이지."

"아니, 그냥 확 떠나지 그래?"

"프란시스 때문에."

"그럼 같이 가면 되잖아?"

"그러게 말이야. 그런데 그런 걸 안 좋아하잖아. 그 여자는 주변에 사람이 끓어야 좋아하거든."

"내버려 둬 그럼."

"그게 맘대로 안 되네. 나도 의무가 있으니까 말이야."

콘은 가늘게 썬 오이를 한쪽으로 밀어놓고 절인 청어를 먹었다.

"자네 레이디 브렛 애슐리에 대해 잘 알고 있나?"

"그럼. 그녀의 성과 칭호는 레이디 애슐리고, 이름은 브렛이지. 좋은 여자야. 현재 이혼 수속 중인데 마이크 캠벨과 재혼하려고 하나봐. 마이크는 지금 스코틀랜드에 가있다고 하더라고. 그런데 왜?"

"굉장히 매력 있더라고."

"그렇지?"

"어, 어떤 품위랄까, 우아함이랄까, 그런 게 있어. 정말 멋있고 성격도 되게 솔직한 것 같아."

"그렇다니까. 아주 괜찮은 여자야."

"그녀 나름의 그 품위를 뭐라고 표현해야 할까? 교양이 풍긴다고 해야겠지."

콘이 말했다.

"자네 그녀를 무척 좋아하는군."

"응 좋아해. 사랑에 빠지고 싶을 만큼."

"이 주정뱅이야. 그녀는 마이크 캠벨을 사랑하고 곧 그와 결혼할 거야. 마이크가 큰 부자가 될 테니까 말이야."

"그 남자와 결혼할 것 같지 않은데?"

"어째서?"

"모르겠어. 그냥 그럴 것 같지 않은 생각이 들어. 그녀를 안지 오래 됐나?"

"그렇지. 전쟁 때 내가 입원해있던 병원의 지원 간호사였으니까."

내가 말했다.

"그럼 그땐 아주 젊었을 때네."

"지금 서른넷이니까, 그렇지."

"애슐리와는 언제 결혼했는데?"

"전쟁 중에. 원래 애인이 있었는데 이질로 뻗었거든."

"표현이 좀 신랄하네."

"미안해. 그럴 생각은 아니었어. 그냥 사실 그대로를 말해주려고 했던 것뿐이야."

"사랑하지 않는 남자와는 결혼하지 않을 것 같은 생각이 들어."

"글쎄, 이미 두 번이나 했으니까."

내가 말했다.

"그래? 믿어지지 않네."

"사실이야. 나도 말하기 민망하니까 자꾸 묻지 마. 알아봐야 기분도 안 좋을 텐데 뭐."

"그런 걸 물어본 게 아니야."

"브렛 애슐리에 대해 알고 싶다면서?"

"그녀를 모욕하는 표현은 듣고 싶지 않다는 거지."

"제기랄, 지옥에나 떨어지시지."

내 말에 콘의 표정이 잔뜩 굳어지더니 자리에서 일어나버렸다. 그러고는 오르되브르 요리 접시들 뒤에 화가 난 얼굴로 서 있었다.

"앉아. 바보같이 굴지 말고."

"그 말 취소해."

"지랄, 무슨 고등학생 같은 짓거리야."

"취소하라니까!"

"그래 전부 다 취소할게. 브렛 애슐리란 사람에 대해 들어본 적도 없어. 자 됐어?"

"아니 그거 말고 나한테 지옥에 떨어지라고 한 말 말이야."

"아 그래? 그럼 지옥에 가지 말고 여기 있어. 이제 막 점심을 시작했으니까."

콘은 빙그레 웃더니 다시 자리에 앉았다. 내심 재미있는 듯했다. 하긴 앉지 않으면 어떻게 하겠다는 건가. 그는 앉자마자 내게 말했다.

"제이크, 왜 그리 그녀를 모독하는 표현을 써?"

"미안하다니까. 원래 입이 험해서 그래. 표현은 그렇게 해도 내 마음이 그런 건 아니야."

"그건 나도 알아. 너만한 친구 나한테 있나 뭐."

난 콘이 문득 가엽다는 생각이 들었다.

"그래 내가 한 말 모두 잊어버려. 미안해."

내가 큰 소리로 다시 말했다.

"괜찮아. 잠깐 화가 났던 것뿐이야."

"자, 뭐 더 시켜서 먹을까?"

점심을 마친 우리는 카페 드라페까지 걸어가서 커피를 마셨다. 콘은 계속 브렛에 대한 얘기를 하고 싶어 하는 눈치였지만 나는 일부러 다른 얘기만 늘어놓다 혼자 사무실로 올라갔다.

6

5시에 나는 크리용 호텔로 브렛을 만나러 갔다. 그녀가 아직 안 보여 난 홀에 앉아서 편지를 몇 장 썼다. 마음에 드는 편지는 아니지만 크리용 호텔의 편지지에 썼으니까 그래도 괜찮아 보일 것 같은 생각이 들었다. 그런데 편지를 다 쓰고 났는데도 브렛은 오지 않았다. 그래서 6시 15분 전에 바로 내려가 바텐더 조지와 함께 잭로스(1920년대와 1930년대 프랑스에서 유행한 칵테일)를 한 잔 마셨다. 그러고는 다시 홀로 올라가 브렛을 한 번 찾아본 후 택시를 타고 카페 셀렉트로 갔다. 센 강을 건너가는데 수많은 화물배가 텅 빈 채로 강을 따라 내려가고 있었다. 다리 근처에서는 사공이 노를 젓기도 했다. 풍광이 너무나 아름다웠다. 센 강을 건널 때는 언제나 기분이 유쾌해지곤 했다.

택시는 교통신호기 발명자가 신호를 보내는 모습을 조각한 동상을 돌아 라스파유 대로를 돌아 올라갔다. 나는 대로가 끝날 때까지 좌석에 몸을 기대고 있었다. 라스파유 대로는 지나갈 때마다 봐도 언제나 심심하다는 생각이 들었다. 퐁텐블로와 몽트로 사이의 P. L. M. 기찻길처럼 언제나 지루하고 죽은 동네 같이 멋이라곤 없는 거리였다. 여행을 하면서 유난히 싫증나는 장소가 있기 마련인데, 그건 어떤 기억과 연관돼있기 때문인 경우가 많다. 파리에서 라스파유 대로처럼 마음에 안 드는 거리들이 또 있는데, 난 그런 거리들은 절대로 걷지 않는다. 자동차로 지나가는 것조차 싫어한다. 아마도 무슨 책에서 읽은 영향이 있는 것 같다. 로버트 콘에게는 파리 전체가 그랬다. 그는 파리를 완전히 즐길 수 없게 된 게 무슨 영향 때문인지는 모른다고 했다. 멩켄(H.L.멩켄1880~1956). 미국의 문학 평론가이자 저널리스트)이 그에게 영향을 끼쳤는지도 모른다. 멩켄은 파리를 혐오하는 것 같았다. 많은 젊은이들은 멩켄에게서 좋아하거나 싫어하는 것들의 영향을 받곤 했다.

택시는 카페 로통드 앞에 멈춰 섰다. 센 강 우안에서 택시 기사에게 몽파르나스의 아무 카페에나 데려가 달라고 하면 꼭 로통드로 안내해주곤 했다. 10년 전이었으면 아마도 카페 돔으로 안내해줬을 것이다. 어쨌든 거리가 가까워서 좋았다. 나는 로통드 카페 앞길에 놓여있는 검은색 테이블들을 지나 셀렉트로 갔다. 카페 안에는 몇 사람이 있고, 바깥 테이블에는 하비 스톤이 혼자 앉아 있었다. 그는 수염을 깎지 않은 얼굴로 테이블엔 벌써 술잔 받침이 여러 개 쌓여있었다.

"앉아. 안 그래도 만나고 싶었어."

하비가 말했다.

"무슨 일 있어?"

"아니, 그냥 만나고 싶었어."

"경마에 갔었어?"

"아니, 지난 일요일에 가고 그 후로는 안 갔는데."

"미국에서는 소식 좀 있나?"

"아니 전혀 없어."

"왜 그러지?"

"모르겠어. 나도 그 사람들한테 마음 접었어. 완전히 마음 접었지."

그는 상체를 앞으로 내밀고 내 눈을 골똘히 들여다보았다.

"내가 뭐 하나 말해줄까, 제이크?"

"뭔데?"

"나 4,5일 동안 아무것도 안 먹었어."

나는 속으로 급히 기억을 더듬었다. 하비가 뉴욕 바에서 포커 주사위 게임으로 나한테서 200프랑을 딴 게 불과 3일 전이었다.

"아니 왜?"

"돈이 한 푼도 없어. 돈이 아직 안 왔거든."

그는 잠시 말을 끊었다 계속 이었다.

"제이크, 그런데 이상하게 난 이런 상태가 되면 혼자 있고 싶더라고. 그냥 방에 처박혀 있고 싶어. 고양이 같이 말이야."

나는 주머니에 손을 넣었다.

"100프랑이면 우선 괜찮겠나, 하비?"

"그럼."

"가서 뭘 좀 먹어야지."

"천천히 가지 뭐. 한 잔 해."

"그래도 뭘 먹어야 돼."

"아니야. 난 이 정도 되면 먹든 안 먹든 별 상관없어."

우리는 한 잔씩 마셨다. 그는 내가 마신 술잔 받침을 자기 것 위에 합해놓았다.

"하비, 멩켄 알아?"

"어 알지, 왜?"

"어떤 사람이야?"

"사람 괜찮아. 재미있는 말도 잘 하고. 지난번에 같이 저녁을 했는데, 호펜하이머 얘기를 하더라고. 뭐라고 하냐면, '한데 말이야, 그 녀석은 가터 단추처럼 요란한 녀석이거든.' 이러더라고. 하여튼 유머가 좋아."

"재밌는 소리군."

"그런데 이제 다 써먹어서 더 이상 쓸 게 없는 거야. 바닥이 나버린 거지. 그래서 이제는 모르는 걸 써대고 있더라고."

"좋은 작가인 것 같은데 난 읽을 수가 없으니, 원."

내가 말했다.

"아, 지금은 그 친구 작품을 읽는 사람이 없어. 알렉산더 해밀턴 협회(미국 '건국의 아버지' 알렉산더 해밀턴의 정신을 이어받은 협회)에서 발행하는 것을 늘 읽는 사람들 외에는."

하비가 말했다.

"글쎄, 그것도 좋은 글이었지."

"물론이지."

우리는 대화를 중단하고 한동안 각자 생각에 잠겨 있었다.

"와인 한 잔 더 하겠나?"

"그러지."

하비가 대답했다. 그때 막 로버트 콘이 거리를 건너오고 있는 게 보였다.

"저기 콘이 오고 있네."

"머저리 같은 놈."

하비가 빈정거리며 말했다.

콘이 우리 테이블로 다가왔다.

"어이, 건달들."

그가 말했다.

"이봐 로버트, 내가 지금 막 제이크한테 너를 머저리라고 말했어."

하비가 말했다.

"무슨 뜻이야?"

"곧바로 대답해봐. 생각하지 말고. 네가 원하는 건 뭐든 다 할 수 있다면 뭘 하겠어?"

콘이 골똘히 생각했다.

"생각하지 말고 바로 대답하라니까."

"모르겠는데. 그런데 그건 왜 묻지?"

"글쎄, 뭘 하겠느냐고? 그냥 딱 떠오르는 생각이 뭐냔 말이야? 쑥스러운 내용도 상관없어."

"모르겠어. 뭐랄까? 몸이 내 맘대로 된다면 미식축구를 해보고 싶다는 생각?"

콘이 대답했다.

"그럼 내가 널 잘못 본 것 같은데. 그렇다면 너는 머저리가 아니야. 그냥 다만 발육이 좀 덜 된 것뿐이지."

하비가 말했다.

"웃기는 소리 하고 있네. 언젠가는 누가 네 코를 납작하게 만들어놓고 말 거야."

콘의 말에 하비 스톤이 껄껄거리며 웃었다.

"너는 그렇게 생각하지만 아무도 안 그럴걸. 왜냐하면 내가 그런 것에 상관을 안 하니까. 그리고 난 권투선수가 아니잖아."

"그래도 누가 막상 그러면 상관없지 않을걸."

"아니야. 진짜 상관 안해. 네가 크게 잘못 생각하고 있는 거야. 넌 영리하지 못하니까."

하비가 말했다.

"내 얘기는 집어치워."

"그러지 뭐. 나는 아무 상관없어. 너는 나한테 아무런 의미도 없는 존재니까."

하비가 말했다.

"자, 하비, 와인이나 한 잔 더 해."

내가 말했다.

"아니, 난 가서 뭘 좀 먹어야겠어. 나중에 만나, 제이크."

그는 밖으로 나가더니 그 큰 몸집으로 차들이 지나다니는 대로를 천천히 침착하게 건너가고 있었다.

"저 새끼는 항상 약을 올린다니까. 정말 참을 수가 없어."

콘이 말했다.

"내가 보기엔 괜찮은데. 좋은 녀석이야. 화내지 말고 참아."

내가 말했다.

"나도 알아. 그래도 되게 짜증나거든."

"오후엔 글 좀 써?"

"아니, 써지지가 않아. 첫 작품보다 더 어려워. 요즘 아주 씨름하고 있는 중이지."

연초에 그가 미국에서 가지고 있던 일종의 건강한 자신감은 사라지고 없었다. 그때는 자신의 일에 대해 확고한 자신감이 있었고, 모험을 하고자 하는 열망도 가지고 있었다. 그런데 그 모든 것이 사라져 버렸다. 왠지는 모르지만 난 로버트 콘을 제대로 몰랐던 것 같다. 이유는 그가 브렛과 사랑에 빠지기 전에는 사람들을 주목하게 만드는 말 한 마디도 하는 걸 들어보지 못했기 때문이다. 테니스 코트에서 봤을 때 그는 체격이 좋고 몸의 균형도 잡혀있어 보기 좋았다. 밤에 브리지 게임을 해봐도 카드를 다루는 솜씨가 있었고, 학생처럼 순진한 데가 있었다. 여러 사람들과 함께 있을 때 보면 한 번도 기발한 말을 하는 적이 없었다.

그는 학교에서 폴로셔츠라고 불렀고 지금도 그런 이름으로 불리고 있는 셔츠를 즐겨 입었지만 상습적으로 젊은 티를 내려는 건 아닌 것 같았다. 내 생각엔 그가 옷 입는 것에 대해 별로 신경을 안 쓰는 것 같았다. 그의 겉모습은 프린스턴 대학에서 만들어진 것이었다. 그리고 내면은 그를 훈련시킨 두 여인의 손에 의해 빚어진 것이었다. 하지만 그에게는 훈련에 의해서 만들어진 것이 아닌 착하고 소년다운 쾌활함이 있었는데, 아마 내가 그의 이런 점을 밝혀내지 못한 것 같다. 그는 테니스를 할 때 꼭 이기려 했다. 일테면 렝글렌(수잔 렝글렌1899~1938. 여러 번 우승을 거둔 프랑스 여자 테니스 선수) 만큼이나 승부욕이 강했다. 하지만 졌다고 해서 화를 내는 일은 없었다. 그런데 브렛과 사랑에 빠진 후로는 테니스 실력이 엉망이 되어버렸다. 평소엔 상대도 안 되던 사람도 그를 이기곤 했다. 그래도 그는 전혀 짜증내지 않고 매너를 지켰다.

하여튼 우리는 카페 셀렉트의 테라스에 앉아있었고, 하비 스톤은 거리를 가로질러 저쪽으로 갔다.

"릴라로 가자."

내가 말했다.

"난 약속이 있어."

"몇 시에?"

"프랜시스가 7시 15분에 이리 오기로 했어."

"저기 오네."

프랜시스 클라인이 길을 건너 이쪽으로 걸어오고 있었다. 그녀는 키가 큰 데다 몸놀림도 컸다. 우리를 보고 그녀는 손을 흔들며 미소를 지었다.

"안녕하세요, 제이크. 오랜만이네요. 그렇잖아도 얘기 좀 하고 싶었는데."

"안녕, 프랜시스."

콘이 미소를 지으며 말했다.

"안녕, 로버트. 나 정말 지루해서 혼났어. 이 사람이 글쎄 점심 때 집에 안 들어온 거 있죠."

그녀는 콘을 눈짓으로 가리키며 내게 재빨리 말했다.

"집에 들어간다는 말은 안했지."

"아 알아. 그래도 가정부한테 그렇게 말하진 않았잖아. 나도 약속이 있었거든. 폴라는 사무실에 없고. 그래서 리츠 호텔에 가서 기다렸는데 안 오는 거야. 그렇다고 내가 리츠 호텔에서 식사할 형편은 안 되고 말이야."

"그래서 어떻게 했어?"

"그냥 나왔지 물론."

그녀는 계속 미소 띤 얼굴로 말했다.

"난 항상 약속을 지키는 성격이거든. 그런데 요즘은 아무도 약속을 안 지키더라고. 나도 세상을 좀 더 알아야겠어. 하여튼 제이크, 요즘 재밌게 지내요?"

"네 재밌습니다."

"지난번 댄스홀에 데리고 오신 여자분, 좋은 사람이던데요. 그런데 브렛과 같이 나가셨죠?"

"그녀를 안 좋아해?"

콘이 내게 물었다.

"굉장히 매력 있던데, 안 그래?"

프란시스가 콘에게 말했다. 그러나 콘은 아무 대답도 하지 않았다.

"이봐요, 제이크, 얘기할 게 좀 있는데 나랑 돔에 가주지 않겠어요? 로버트, 자기는 여기서 좀 기다리고 있어. 자, 제이크, 가시죠."

우리는 길 건너편에 있는 카페 돔으로 가서 자리를 잡았다. 한 소년이 〈파리 타임스〉를 팔러 다녀서 한 부를 샀다.

"무슨 일이죠, 프란시스?"

"아 별것 아니에요. 로버트가 나와 헤어지고 싶어 한다는 것 외에는요."

"무슨 소리에요?"

"아, 그가 모든 사람들에게 나와 결혼할 거라고 말해서 나도 엄마와 주위 사람들에게 알렸거든요. 그런데 이제 와서 갑자기 결혼하고 싶지 않다네요."

"왜죠?"

"뭐 이제까지 자유롭게 살아보지 못했다나요. 그가 뉴욕에 갔을 때 이렇게 될 줄 알았어요."

그녀는 허공을 바라보았는데 별일 아니라는 식으로 눈빛을 반짝이고 있었다.

"그가 원하지 않는다면 나도 하고 싶은 생각은 없어요. 물론 당연히 안 하죠. 그랑 결혼하는 일은 절대 없을 거에요. 그러나 3년이나 기다렸다가 겨우 이혼이 성립된 지금 와서 그런 말을 하는 건 좀 늦은 것 같거든요."

나는 아무 대꾸도 하지 않았다.

"글쎄 파티를 하려고 했다가 된통 싸우기만 했다니까요. 애들 장난 같은 짓거리지 뭐에요. 그는 울면서 나를 다독이고 용서를 빌었지만 결혼만은 할 수 없다는 거에요."

"속상하시겠어요."

"정말 화가 나요. 2년 반 동안 그 사람 때문에 시간을 잃어버린 꼴이 됐으니까요. 이제 와서 누가 나하고 결혼하자고 하겠어요? 2년 전만 해도 칸에서는 내가 골라 잡아 결혼할 수 있었는데 말이죠. 근사한 여자와 결혼해 안정된 생활을 하고 싶어 하는 좋은 남자들이 줄을 지어 나를 따라다녔거든요. 이제는 나도 누구한테 빠지지 못할 것 같아요."

"왜요? 얼마든지 결혼할 수 있을 거에요."

"아니요. 그런 생각이 안 들어요. 난 그래도 로버트를 좋아해요. 아이도 낳고 싶고요. 늘 어린아이를 갖고 싶다는 생각을 했거든요."

그녀는 여전히 눈빛을 반짝이며 나를 쳐다보았다.

"난 원래 아이들을 안 좋아했는데, 안 가지겠다고 생각하지는 않았어요. 그래도 늘 가질 거라고 생각했고 막상 갖게 되면 좋아할 것 같거든요."

"로버트에게 아이가 있잖아요?"

"그렇죠. 그는 아이도 있고 돈도 있고 돈 많은 어머니도 있고 책도 출간했는데, 내 책을 출판해주겠다는 곳은 아무데도 없네요. 아무도 없어요. 뭐 할 수 없죠. 그것보다는 내가 돈이 한 푼도 없어요. 위자료를 받을 수도 있었는데 빨리 이혼하는 방법으로 했거든요."

그녀는 또 반짝이는 눈빛으로 나를 바라보았다.

"이건 정당하지 못해요. 나한테도 잘못이 있지만 전적으로 내 잘못만은 아니거든요. 내가 세상 물정을 너무 몰랐어요. 그 사람한테 이런 얘기를 했더니 울기만 하고, 어쨌든 결혼은 할 수 없다는 얘기만 계속 하더라고요. 왜 그런지 모르겠어요. 나도 좋은 아내가 될 수 있는데 말이죠. 함께 살기에 아주 쉬운 여자거든요. 그 사람이 하고 싶은 대로 하라고 난 편안히 내버려 두고 있는데도 아무 소용이 없어요."

"참 어렵겠네요."

"그럼요. 너무 어려워요. 무슨 얘기를 해도 소용이 없겠죠? 그렇죠? 자 이제 카페로 돌아가요."

"내가 뭐 도와줄 수 있는 일이 없군요."

"없죠. 그냥 내가 이런 얘기 했다는 거 그 사람한테 말하지 마세요. 그의 속내가 뭔지 내가 알고 있어요."

그녀는 줄곧 쾌활하고 밝은 표정을 짓고 있었는데, 그 대목에서 약간 어두워졌다.

"그는 뉴욕에 혼자 돌아가고 싶은 거에요. 그래서 자신의 책이 출판되고 많은 애송이 같은 여자들이 주변에 들끓는 걸 즐기고 싶은 거죠. 그게 그가 속으로 생각하고 있는 짓거리에요."

"그 책이 출간된다 해도 반응이 안 좋을지 모르죠. 진짜로 그것 때문은 아닌 것 같은데요."

"당신은 그를 나만큼 몰라요, 제이크. 그는 그런 생각을 하고 있다고요. 내 말이 맞아요. 그래서 결혼하고 싶지 않은 거에요.

올 가을에는 혼자 보란 듯이 잘난 체를 하고 싶은 거죠."

"카페로 돌아갈까요?"

"네 그래요."

우리는 카페를 나와 다시 셀렉트로 돌아갔다. 콘은 대리석 테이블 앞에 앉아 우리를 쳐다보며 미소 지었다.

"왜 그렇게 웃고 있어? 기분이 좋은가봐."

프란시스가 콘에게 물었다.

"당신과 당신의 비밀을 알게 된 제이크를 보고 웃었지."

"어머, 난 제이크한테 비밀 같은 거 얘기 안 했어. 곧 모두 알게 될 내용들이지. 그냥 제이크가 제대로 분명히 알라고 얘기한 것뿐이야."

"무슨 얘기였는데? 당신이 영국에 간다는 얘기?"

"참 영국에 간다는 얘기는 잊어버리고 안 했네요, 제이크. 나곧 영국에 가요."

"잘 됐네요!"

"그럼요. 훌륭한 집안사람들은 그렇게 하죠. 로버트가 보내주기로 했거든요. 200파운드 준대요. 그래서 친구들이나 만나보려고요. 재미있겠죠? 친구들은 아직 모르고 있어요."

그녀는 콘을 쳐다보고 웃었다. 그러나 콘은 미소조차 짓지 않았다.

"당신은 나한테 겨우 100파운드 주려고 했잖아. 안 그래? 그런데 내가 200파운드 달라고 했지. 정말 엄청 관대했어. 안 그래 로버트?"

어쩌면 로버트 콘은 바로 그런 사람일지 모르겠다. 절대로 모욕적인 말을 참을 수 없는 사람들 말이다. 그런 말을 들으면 이 세상이 끝난 것처럼, 자신의 눈앞에서 끝장나는 것처럼 반응하는 사람들이 있기 마련이다. 그러나 콘은 아무런 반응도 하지 않고 그냥 듣고만 있었다. 내 눈 앞에서 벌어지고 있는데도 나는 그들을 제지해보려는 생각조차 들지 않았다. 하지만 그 다음에 일어난 일에 비하면 그 정도는 그저 애교 섞인 농담에 지나지 않았다.

"프란시스, 어떻게 그런 말을 해?"마침내 콘이 입을 열었다.

"저 사람 말하는 것 좀 봐요, 제이크. 난 영국으로 갈 거에요. 가서 친구들이나 만나봐야겠어요. 반가워하지도 않는 친구를 찾아가본 적 있어요? 그래도 아마 반가워해줄 것 같아요. '잘 지내니? 정말 오랜만이다. 어머니는 좀 어때, 안녕하시니?' 뭐 이런 말을 물어보겠죠. 그래요, 어머니는 안녕하신지. 우리 엄마는 프랑스의 전시채권에 가지고 있는 돈을 다 바쳤거든요. 이 세상에서 그런 일을 한 사람은 아마 우리 엄마밖에 없을 거에요. 참 로버트에 대해서도 묻겠죠. '로버트도 잘 있니?' 하고요. 그러면 난 이렇게 얘기하겠죠. '그 사람에 대해서는 가능한 얘기하지 말아줘. 불쌍한 프란시스가 최근에 엄청 불행한 일을 겪었거든, 어때 로버트? 재미있을 것 같죠, 제이크?"

그녀는 무섭도록 억지 미소를 지으며 나를 쳐다보았다. 분풀이를 하는데 들어주는 사람들이 있다는 것에 아주 만족하는 표정이었다.

"그런데 로버트, 당신은 어떻게 할 거야? 물론 내 잘못도 있지만 전적으로 내 잘못만은 아니잖아. 잡지사의 그 어린 여비서를 내가 당신한테서 쫓아버렸을 때 나도 결국 훗날 그런 식으로 쫓겨날 거라는 걸 알았어야 했지. 이 얘기는 제이크한테 안 했는데, 해도 될까?"

"프란시스, 제발 입 좀 다물어."

"내가 왜 입을 다물어. 제이크, 얘기해드릴게요. 로버트가 잡지를 할 때 아주 어린 여자애를 비서로 썼어요. 상당히 미인이라 로버트가 반해버렸죠. 그 무렵 내가 로버트를 알게 됐는데, 내가 봐도 아주 예쁘더라고요. 그래서 내가 그녀를 내보내게 했죠. 잡지사가 카멜에서 프로빈스타운으로 옮길 때도 그녀를 데려갔었는데, 글쎄 그녀를 해고할 때는 태평양 연안까지 돌아가는 데도 나 몰라라 하더군요. 나한테 잘 보이려고 일부러 그랬던 거에요. 그때는 나한테 푹 빠져있었으니까요. 맞지, 로버트? 하지만 오해하지는 말아요, 제이크. 그 여비서와는 그냥 플라토닉 러브였으니까요. 플라토닉까지도 아니었어요. 그냥 특별한 마음도 아니었던 것 같아요. 그 아가씨가 되게 예뻤다는 것뿐이에요. 아무튼 로버트는 내 마음에 들게 하려고 그랬던 거죠. 글쎄, 난 칼로 일어선 사람은 칼로 죽는다는 생각을 하고 있는데, 상당히 문학적인 표현 아닌가요? 로버트, 다음번 글 쓰는 데 써먹어도 되니까 기억해둬. 아시겠지만 로버트는 새로운 창작거리를 찾고 있는 중이에요. 그렇지 로버트? 그래서 나랑 헤어질 결심을 한 거지? 로버트는 내가 창작에 별로 좋은 거리가 안 된다고 생각한 거예요. 막상 같이 살 때는 지금 쓰고 있는 책 때문에 정신이 없어서 우리들에 관한 것은 아무것도 마음에 남아있는 게 없었던 거죠. 그래서 결국 이 생활을 떠나 다른 곳으로 가서 새로운 소재를 얻겠다고 마음 먹은 거예요. 글쎄, 굉장히 재미있는 걸 얻게 되면 좋겠네요. 이봐, 로버트, 내 얘기 좀 들어봐, 괜찮지? 어디를 가더라도 젊은 여자들과는 싸우지 않도록 해. 노력하란 말이야. 왜냐하면 당신은 싸웠다 하면 꼭 울면서 자기 자신을 불쌍히 여기고 그 감정에 빠져서 다른 사람이 한 말은 전혀 기억하지 못하더라고. 매번 그런 식으로 하면 어떤 말도 기억에 남아있지 못할 거야. 잠깐만, 내 얘기 들어봐. 나도 그게 무척 어렵다는 건 알아. 하지만 절대 내 말 잊으면 안 돼. 자신의 문학을 위해서 내가 말하는 거니까. 결국 우리는 당신의 문학을 위해 희생해야 하니까 말이야. 나를 봐. 나는 어떤 원망도 없이 영국으로 가려고 하잖아. 그것도 다 당신의 문학을 위해서야. 모든 게 다 그렇지. 제이크, 우리는 이 젊은 작가를 도와야 돼요. 그렇게 생각하지 않으세요? 그런데 로버트, 당신이 젊은 작가라고 생각해? 벌써 서른넷이야. 그래, 대가가 되려면 아직 젊은 나이지. 하디(토머스 하디1840~1928. 영국 소설가이며 시인) 경우를 봐. 아나톨 프랑스(아나톨 프랑수아 티보1844~1924. 프랑스 소설가이며 문학 평론가)도. 죽은 지 얼마 안 됐잖아. 로버트는 아나톨 프랑스가 그렇게 대단한 작가라고는 생각하지 않는대요. 로버트의 프랑스 친구들 몇 명이 그런 말을 하더라고요. 로버트는 프랑스 책을 잘 읽는 편이 아니거든요. 그 사람은 당신 같은 훌륭한 작가가 아니었어. 안 그래 로버트? 아나톨 프랑스도 그럼 글 쓸 거리를 찾으러 떠났던가? 그는 결혼하고 싶지 않을 때 자기 애인들한테 뭐라고 말했을까? 그도 울고불고 했을까? 아, 지금 생각나네요."

그녀는 장갑 낀 손을 입에 갖다 대면서 말했다.

"아 로버트가 나와 결혼하고 싶지 않은 진짜 이유를 알았어요. 제이크, 방금 생각이 났어요. 카페 셀렉트에서 환상적으로 떠올랐네요. 신기하죠? 나중에 언젠가 사람들이 이 신비함을 기록해 액자에 끼워놓을 거예요. 루르드에서처럼 말이죠. 로버트 알고 싶어? 그럼 얘기할게. 간단해. 왜 이 생각이 진즉 안 떠올랐는지 모르겠네. 제이크, 아시다시피 로버트는 항상 애인을 만들려고 해요. 그러니까 나와 결혼하고 싶지 않다는 건, 다시 말해 다른 애인이 있다는 소리죠. 그 여자가 2년 전부터 그의 애인이었던 거예요. 그러니까 나와 헤어지는 게 당연하죠. 왜냐면 로버트가 나와 약속을 지켜서 결혼하게 되면 그에겐 이제 더 이상 로맨스가 없어지고 끝장나는 거니까요. 와, 내가 이렇게까지 풀어내다니, 나도 꽤 영리하지 않아요? 내가 말한 게 다 맞지 로버트? 이 사람을 보세요, 제이크. 그런데 어디 가세요?"

"아 잠깐 들어가서 하비 스톤을 만나야 해서요."

내가 일어나자 콘이 쳐다보았다. 그의 얼굴이 하얗게 변해있었다. 왜 그는 모든 걸 참으며 듣고 있었을까?

카운터를 뒤로 하고 서서 밖을 내다보는데, 창을 통해 그들의 모습이 비쳤다. 프란시스는 계속 유쾌한 듯 웃으며 콘에게 말을 하고 있었는데, 매번 그의 표정을 살피며 '안 그래, 로버트?' 하고 묻는 것 같았다. 아니 이젠 더 이상 그렇게 묻지 않을지도 모른다. 어쩌면 다른 얘기를 하는지도 모르겠다. 내가 문을 통해 나갈 때도 그녀는 여전히 콘에게 얘기하고 있었다. 나는 라스파유 대로를 향해 옆길로 빠졌다. 그리고 집으로 돌아가기 위해 택시를 탔다.

7

내가 막 층계를 올라가려는데 관리인이 나를 보고 창문을 두드렸다. 그녀는 문을 열고 나와 내게 편지 몇 장과 전보 한 장을 내밀었다.

"우편물이에요. 그런데 어떤 부인이 찾아왔었어요."

"명함 남기고 갔나요?"

"아니요. 남자분이랑 같이 오셨는데, 어젯밤에 오셨던 그분이에요. 참 좋은 분이시더군요."

"남자는 누구였나요?"

"모르는 사람이던데요? 여기는 한 번도 안 왔던 분이에요. 키가 굉장히 크던데요. 엄청 크더라고요. 부인은 정말 좋은 분이세요. 굉장히 좋으시더라고요. 어젯밤에는 아마도 좀…"

그녀는 한 손을 머리에 대고 끄덕끄덕 했다.

"반스 씨, 내가 아주 솔직히 말씀드릴게요. 어젯밤에 봤을 때는 그 부인을 좀 이상하게 생각했었어요. 교양 없는 여자라고 생각했었죠. 그런데 오늘 보니까 전혀 다르시더라고요. 굉장히 교양있는 분이세요. 아주 좋은 집안의 부인 같던데요. 척 보면 알 수 있어요."

"무슨 말이라도 남기지 않았나요?"

"한 시간 후에 다시 들르겠다고 했어요."

"그럼, 오면 내 방으로 올라오라고 하세요."

"네 그러죠, 반스 씨. 그런데 그 부인 말이죠. 보통 분이 아닌 것 같아요. 조금 특이하긴 하지만 아마도 높은 분 같아요. 높은 분요!"

관리인은 이곳에서 일하기 전에 파리의 경마장에서 주류 판매 영업을 했었다. 그녀의 삶은 3등 관람석이었지만 일등 관람석 사람들을 항상 보고 살아왔기 때문에 나를 찾아오는 손님들 중에 누구는 교양이 있고, 누구는 좋은 가문 출신이며, 또 누구는 스포츠맨 ─ 맨이라는 발음에 프랑스식 악센트를 하며 ─ 이라는 둥, 그런 걸 알아 맞추는 재주가 있었다. 그런데 곤란한 점은, 위의 세 가지 범주에 속하지 않는 사람이 오면 무조건 내가 집에 없다고 말하면서 돌려보내버리는 것이었다. 심지어 이런 일도 있었다. 내 친구 중 한 사람인데, 그는 얼른 봐도 좀 가난한 티가 나는 얼굴에, 마담 뒤지넬이 보기에도 교양이 있다거나 좋은 가문의 사람이라거나 스포츠맨은 아니었다. 그래서 매번 따돌림을 당하자 그는 마침내 내게 편지를 써 보냈다. 가끔 저녁 때 나를 만나러 오면 관리인이 제발 자기를 좀 통과시켜 주도록 증명서를 하나 써달라는 것이었다.

그런데 브렛이 어떻게 마담 뒤지넬을 구슬렸을까 하는 생각을 하며 나는 2층 내 방으로 올라갔다. 그녀가 준 전보는 빌 고턴이 보낸 것인데, '프랑스' 호 배를 타고 온다는 내용이었다. 나는 우편물을 책상 위에 놓고, 침실로 가 옷을 벗은 뒤 샤워를 했다. 그런데 막 비누칠을 하고 있는데 현관에서 벨소리가 들렸다. 나는 서둘러 가운을 걸치고 슬리퍼를 끌고 가 문을 열었다. 브렛이었다. 뒤에는 백작이 서있었다. 그는 커다란 장미 다발을 들고 있었다.

"안녕. 이봐요, 우리를 계속 서있게 할 거야?"

"아, 들어오세요. 샤워를 하고 있었거든."

"와, 팔자도 좋다. 무슨 샤워야 샤워는."

"그냥 간단히 한 거야. 앉으세요, 미피포폴로스 백작. 뭐 마시겠어요?"

"선생이 꽃을 좋아하는지 모르겠지만 내 멋대로 그냥 장미를 좀 가지고 왔습니다."

백작이 말했다.

"이리 줘보세요."

브렛이 꽃을 받아들고는 내게 말했다.

"제이크, 물 좀 가져다줘."

나는 큰 도자기 항아리를 주방으로 가지고가 물을 담아왔다. 브렛은 거기다 장미를 푹 꽂더니 식당 테이블 위에 내려놓았다.

"오늘 엄청 재미있었어."브렛이 만족한 표정으로 말했다.

"아니, 우리 크리용에서 만나기로 한 것 아니었어?"

"뭐? 우리가 약속을 했었다고? 내가 완전히 취해있었군."

"네 많이 취했었죠."

백작이 말했다.

"내가 취했었구나. 한데 백작님은 아주 호인이세요."

"그런데 브렛, 관리인에게 어떻게 했기에 그녀가 입에 침이 마르도록 자기를 칭찬하지?"

"그럴 만도 하지. 200프랑을 줬거든."

"무슨 그런 짓을 해?"

"백작이 준 거야."

그녀는 턱으로 백작을 가리켰다.

"어젯밤 일이 좀 미안하기도 하고 고마워서요. 굉장히 늦은 시간이었으니까요."

백작이 말했다.

"굉장하시네요. 지나간 일을 전부 다 기억하시니 말이에요."

"당신도 그래요."

백작이 말했다.

"거짓말 말아요. 누가 기억하고 싶겠어요? 이봐, 제이크, 술 한 잔 줘."

"난 가서 옷을 갈아입어야 하니까 알아서 갖다 마셔. 술 있는 데 알잖아."

"물론 알지."

옷을 갈아입는 동안 그녀가 술잔을 가져오고 탄산수 병을 내려놓는 소리가 들렸다. 곧 이어 두 사람의 말소리도 들렸다. 나는 침실에서 천천히 옷을 입었다. 기분도 우울하고 몹시 피곤했다. 브렛이 술잔을 들고 내 방으로 들어와 침대에 걸터앉았다.

"자기 왜 그래, 어지러워?"

그녀는 냉정하게도 내 이마에 키스를 했다.

"오 브렛, 난 자기를 미칠 것처럼 사랑해."

"그럼 좀 있다가 저 백작을 보내버릴까?"

"아니, 좋은 사람이잖아."

"내가 가라고 할게."

"아니야, 내버려둬."

"아니, 보낼 거야."

"자기는 그런 말 못할 텐데."

"내가 왜 못해? 잠깐만. 저 남자 나한테 너무 치근대거든."

그녀는 말하며 거실로 나갔다. 나는 침대에 엎드려 있었다. 기분이 계속 너무 침울했다. 두 사람이 얘기하는 소리가 들렸지만 듣고 싶지 않았다. 잠시 후 브렛이 다시 와 침대에 앉았다.

"가여운 사람."

그녀가 내 머리를 살짝 두드렸다.

"뭐라고 말했어?"

"나는 엎드린 채 물었다. 그녀를 쳐다보고 싶지 않았다.

"샴페인 좀 사오라고 했어. 샴페인을 아주 좋아하거든."

잠시 후 그녀가 또 말했다.

"기분 좀 나아졌어, 자기? 머리 덜 아파?"

"응, 좀 덜 아파."

"가만히 누워 있어. 샴페인 사러 좀 멀리까지 갔으니까."

"우리 같이 살면 어떨까, 브렛? 그냥 같이 살기만 할 수 없을까?"

"안 될 것 같아. 내가 바람 피워서 자기를 실망시킬 거야. 자기가 못 견뎌."

"지금도 견디고 있는데 뭘."

"그건 달라 제이크. 타고난 내 기질이 그래서 안 돼."

"그럼 잠시라도 시골로 갈까?"

"그건 소용없어. 정 원한다면 같이 갈 수는 있어. 하지만 난 너무 조용한 시골에서는 오래 지내지 못해. 아무리 사랑하는 사람과 같이 있다 하더라도 말이야."

"나도 알아."

"기분 잡치지? 내가 자기를 사랑한다고 해도 아무 소용도 없으니 말이야."

"그래도 내가 자기를 사랑하고 있다는 건 알잖아?"

내가 말했다.

"그런 얘긴 하지 마. 말은 다 쓸데없는 거야. 난 곧 자기를 떠날 거야. 마이크도 곧 돌아올 거고."

"왜 떠나려고 해?"

"그게 우리 둘한테 좋으니까."

"언제 떠날 건데?"

"가능한 빨리."

"어디로 가?"

"산 세바스티안."

"같이 가면 안 될까?"

"안 돼. 솔직한 걸 다 얘기해놓고 그런 말 하는 건 좀 그렇지."

"의견이 일치했던 건 아니었으니까."

"내 참. 자기도 잘 알잖아. 고집 부리지마."

"물론 알지. 그리고 자기 말도 맞아. 내가 너무 우울해져서 그랬어. 우울해지면 내가 꼭 이렇게 멍청한 소리를 하거든."

나는 침대에서 일어나 신발을 찾아 신었다.

"그런 눈으로 쳐다보지 마."

"그럼 어떻게 쳐다봐야 돼?"

"하여튼 바보 같은 말 하지 마. 난 내일 떠나."

"내일?"

"그렇다니까. 내가 그렇게 말하지 않았어? 내일 떠난다고."

"그럼 한 잔 해. 백작도 돌아올 테니까."

"그래 돌아올 거야. 샴페인 사는 걸 되게 좋아하더라고. 돈 걱정 없이 사는 사람이니까."

우리는 주방으로 가 브랜디를 한 잔씩 따랐다. 그때 현관 벨이 울렸다. 백작이 돌아온 것이다. 그의 뒤에는 운전기사가 샴페인 든 바구니를 들고 서있었다.

"어디다 놓을까요?"

백작이 물었다.

"주방에요."

"저기다 갖다놓게, 헨리. 그리고 내려가서 얼음 좀 사오게."

백작이 운전기사에게 말하며 우리를 쳐다보았다.

"저 샴페인, 아마 굉장히 좋아하실 겁니다. 요즘은 미국에서 좋은 술 찾기가 쉽지 않죠. 저 술은 내가 술 사업 하는 친구한테서 직접 구해온 거에요."

"아, 당신은 모든 분야에 친구가 있네요?"브렛이 말했다.

"이 친구는 포도를 직접 재배하거든요. 수천 에이커의 포도밭을 운영하고 있죠."

"이름이 어떻게 되는데요? 혹시 뵈브 클리코(프랑스 샹파뉴의 랭스 지방에서 생산되는 고급 샴페인)인가요?"

"아니오. 뮈임이라는 이름인데, 남작이죠."

"굉장하네요. 우리 모두 작위가 있는 사람들이네요. 그런데 제이크, 자기는 왜 작위가 없어?"

브렛의 말에 백작이 내 팔을 잡으며 대꾸했다.

"작위라는 건 아무 소용도 없어요. 항상 돈만 더 들어갈 뿐이죠."

"아, 난 모르겠어요. 때로는 굉장히 편리한 점도 있던데요."

브렛이 말했다.

"내 경우엔 편리할 때가 없었어요."

"제대로 사용하지 않은 것 아니에요? 내 경우엔 큰 신용이 쌓이던데요."

"자 앉으세요. 그 지팡이는 이리 주시고요."

내가 백작의 지팡이를 받아들자 그는 자리에 앉았다. 그러고는 가스등 아래서 앞쪽에 앉아있는 브렛을 골똘히 쳐다보았다. 그녀는 담배를 피우며 카펫 바닥에 그냥 재를 털었다. 내가 못

마땅하게 생각하고 있다는 걸 그녀도 눈치 챈 것 같았다.

"이봐, 제이크, 나도 카펫을 더럽히고 싶지는 않아. 재떨이를 안 주니까 그렇지."

난 재떨이 몇 개를 찾아 여기저기다 늘어놓았다. 운전기사가 소금 뿌린 얼음 한 통을 구해 들어왔다.

"두 병만 그 안에 담가두게, 헨리."

"네. 더 시키실 일은 없습니까?"

"됐네. 자넨 내려가서 차에서 기다리고 있게."

백작은 말하며 나와 브렛을 쳐다보았다.

"저녁식사는 불로뉴 숲에 가서 하실 거죠?"

"좋으실 대로요. 그런데 난 저녁은 못 먹을 것 같아요."

브렛이 말했다.

"그래요? 난 맛있는 거라면 언제든지 좋던데요."

"술 가져올까요?"

운전기사가 물었다.

"그러게, 헨리."

백작은 묵직해 보이는 돼지가죽으로 된 시가 케이스를 열며 내게 권했다.

"자, 오리지널 미국산 시가입니다."

"고맙습니다만 우선 피우던 담배부터 끝내고요."

백작은 시계 줄에 매달려 있는 금가위로 시가의 끝을 잘라 냈다.

"시가는 부드럽게 잘 빨려야 좋은 거죠. 대부분의 시가들을 보면 연기가 빨리지 않거든요."

그는 시가에 불을 붙여 한 모금 빨고는 브렛을 가만히 바라보았다.

"그런데 참 애슐리 부인, 이혼을 하시게 되면 작위를 잃으시겠네요?"

"그렇죠. 유감스럽게도."

"괜찮아요. 당신은 작위가 필요 없어요. 온몸에 기품이 흐르시는데요 뭐."

"고마운 말씀이신데, 엄청 띄우시네요."

"아니 농담이 아니에요. 내가 이제껏 만난 사람 중에 어떤 사람보다도 품위가 있으시거든요. 그렇다는 것뿐입니다."

"아무튼 고맙네요. 우리 엄마가 들으셨다면 되게 좋아하셨을 텐데요. 그럼 그 말을 좀 써주시겠어요? 엄마한테 편지 쓸 때 같이 넣어서 보내드리게요."

"그럼 내가 직접 어머니께 말씀드릴게요. 정말이에요. 난 평생 사람들한테 농담을 한 적이 없어요. 내가 항상 하는 말이지만, 농담 잘못 하면 괜히 원망만 받게 되거든요."

"맞아요. 정말 맞는 얘기에요. 난 평생 농담만 하고 살았더니 친구라고는 하나도 안 남아있더라고요. 이 친구 제이크만 빼고요."

"이분한테는 농담을 안 하셨나 봐요?"

"그래요."

"지금 농담하시는 거죠? 이 친구 분한테도 농담하는 거죠?"

백작이 물었다.

브렛이 나를 쳐다보며 눈을 찡긋 했다.

"아니에요. 정말 농담 아니에요."

"그렇군요."

"싱거운 얘기 그만 두고 샴페인이나 마시죠."

브렛이 말했다.

백작이 일어나 얼음 통 안에 있는 샴페인 병을 잡고 돌렸다.

"아직 덜 찬데요. 당신은 계속 술을 마시려고 하는군요. 그냥 대화만 해도 좋지 않나요?"

"말을 너무 많이 했으니까요. 나 자신에 대해 온통 까발리듯 제이크한테 얘기했거든요."

"나도 당신이 그렇게 진정으로 얘기하는 걸 듣고 싶은데요. 나한테는 한 번도 진지하게 말끝을 맺어준 적이 없잖아요."

"그럼 백작이 알아서 끝맺으시면 돼죠. 누구든지 원하는 대로 알아들으라는 뜻이에요."

"참 재미있는 방법이네요. 그래도 나는 당신이 직접 얘기해 주면 좋겠어요."

백작은 다시 술병을 잡고 돌렸다.

"당신 꼭 바보 같네요."

백작은 아무런 대꾸도 하지 않았다.

"자 이젠 차가워졌어요."

그는 내가 내민 수건으로 병의 물기를 닦았다.

"샴페인은 큰 병이 좋더군요. 난 와인을 더 좋아하는데 차게 하려면 시간이 너무 걸려서요."

그는 병을 들고는 한동안 쳐다보고 있었다. 내가 잔을 가져가자 브렛이 소리쳤다.

"빨리 열어요. 그만 쳐다보고."

"네 그럽시다."

샴페인 맛이 아주 좋았다.

"자 술을 따랐으니 건배를 해야죠. 무엇을 위해 할까요? 국왕의 건강을 위해?"

브렛이 잔을 치켜들며 말했다.

"이 술은 건배를 하기엔 아까운 술이죠. 이런 술에 감정을 섞어 마시고 싶지는 않거든요. 맛이 없어져요."

백작이 말했다.

브렛의 잔은 어느새 비어있었다. 내가 백작에게 말했다.

"술에 관해 책을 한 권 쓰셔야겠는데요."

"반스 씨, 술은 즐기기 위한 것이라고 나는 생각해요. 달리 기대하는 건 없어요."

"자 그럼 이 술을 즐겨보죠."

브렛이 잔을 내밀며 말하자 백작이 조심스럽게 술을 따랐다.

"자, 천천히 드세요. 안 그러면 금방 취하실 거에요."

"취해요? 내가 취할 거라고요?"

"그렇죠. 하지만 당신은 취해도 매력 있어요."

"하하, 이분 말씀 재미있네요."

백작은 내 잔에도 술을 따르며 브렛의 말에 대꾸했다.

"반스 씨, 정말입니다. 이 부인은 술이 취하나 안 취하나 언제나 매력이 있는 분이죠. 내가 아는 사람들 중 유일한 분이에요."

"사람을 많이 안 만나셨겠죠."

"천만에요. 많이 만나봤어요. 나도 무척 많이 돌아다녔거든요."

"자 드시죠. 우리는 전부 많이 돌아다닌 사람들이네요. 제이크도 백작님 못지않게 많이 돌아다녔을 거에요."

"물론 반스 씨도 사람을 많이 만나보셨겠죠. 내가 그렇게 생각하지 않는다는 게 아닙니다. 다른 사람들처럼 나도 많이 돌아다녔다는 얘기죠."

"당연히 그러셨겠죠. 그냥 농담해본 거에요."

브렛이 말했다.

"난 전쟁에 일곱 번, 혁명에 네 번 참가했어요."

백작이 말했다.

"군인이셨나요?"

"한때 그랬었죠. 화살을 맞아 상처도 있어요. 화살 상처 보신 적 있으세요?"

"아니요. 좀 보여주세요."

백작이 일어나 셔츠를 열고 내의를 위로 끌어올렸다. 그러자 가슴께에 툭 불거져 나온 부분이 두 군데 있었다.

"보이시죠?"

갈비뼈 끝 부분에 튀어나온 상처는 유난히 흰색으로 변해있었다. 그는 돌아서서 등도 보여주었다.

"등으로 화살이 빠져나간 상처도 보세요."

허리 부분에도 손가락 크기만큼 튀어나온 상처가 있었다.

"아, 되게 크네요."

"완전히 관통을 했거든요."

백작은 다시 옷을 여몄다.

"어디서 다치신 거죠?"

내가 물었다.

"아비시니아(에디오피아의 옛 이름)에서요. 스물한 살 때였죠."

"그때 뭘 하셨는데요? 군대에 있었던가요?"

브렛이 물었다.

"아니요. 사업차 여행 중이었어요."

"이봐, 제이크. 이분이 우리 친구들 중 한 명이라고 했지?"

브렛이 나를 보며 말했다. 그러고는 백작에게 말했다.

"백작님, 당신이 마음에 들어요. 당신은 귀여운 분이에요."

"무척 기분 좋은 말씀을 해주시는군요. 하지만 그건 진심이
아닙니다."

"무슨 그런 썰렁한 말씀을 하세요?"

"반스 씨, 내가 지금 이렇게 모든 걸 즐길 수 있게 된 건 여러
가지 풍파를 많이 겪었기 때문이에요. 그렇게 생각지 않으세
요?"

"그건 맞는 얘깁니다."

"정말 그렇습니다. 나도 터득을 한 거죠. 중요한 게 뭔지 알

아야 되는 겁니다."

"그럼 백작님의 가치관은 이제 변하지 않나요?"

브렛이 물었다.

"이젠 변하지 않습니다."

"사랑해본 적도 없으신가요?"

"왜요? 항상 하죠. 사랑은 언제나 하고 있습니다."

"그게 가치관에 어떤 영향을 미치나요?"

"네, 사랑도 내 가치관 안에 포함돼있죠."

"당신은 감정이 메마른 분이에요."

"아닙니다. 나는 메마른 사람이 아닙니다."

우리는 샴페인 세 병을 마시고, 남은 건 주방에 갖다 놓았다. 그리고 불로뉴 숲의 레스토랑으로 가서 저녁을 먹었다. 음식이 무척 맛있었다. 백작의 가치관 안에는 훌륭한 식사도 한 자리를 차지하고 있었다. 포도주도 그랬던 것처럼. 식사하는 동안 그와 브렛이 조용한 매너를 지킨 덕에 아주 유쾌한 저녁이 되었다. 식사 후 백작이 물었다.

"어디 가고 싶으세요?"

레스토랑엔 우리 셋밖에 남아있지 않았다. 웨이터 두 사람이 문 앞에 서있었는데, 영업을 끝내고 싶은 눈치였다.

"몽마르트르에나 올라갈까요? 식사도 많이 했으니까요."

브렛이 먼저 말했다. 백작도 아주 만족한 듯 흐뭇한 미소를 짓고 있었다.

"두 분은 참 좋은 분들이십니다. 그런데 왜 두 분이 결혼하지 않으시죠?"

백작이 시가를 꺼내 물며 물었다.

"둘 다 자유로운 생활을 좋아해서요."

내가 대답했다.

"각자 자신의 생활이 있으니까요. 자, 얼른 나가요."

브렛이 맞장구를 치더니 말을 돌렸다.

"잠깐만요. 브랜디 한 잔 더하죠."

백작이 미적거리며 말했다.

"아니, 산에 가서 해요."

"난 여기가 조용해서 좋은데요."

"백작님은 항상 조용한 걸 찾는군요. 도대체 조용한 데서 뭘 느끼는 거에요?"

브렛이 불만 섞인 투로 말했다.

"우리는 조용한 걸 좋아하거든요. 당신이 시끌벅적한 걸 좋아하듯 말이죠."

"좋아요. 그럼 여기서 한 잔 해요."

"웨이터!"

백작이 종업원을 불렀다.

"여기 있는 것 중에서 제일 오래된 브랜디는 뭐가 있죠?"

백작이 웨이터에게 물었다.

"1811년 산입니다."

"그거 한 병만 주세요."

"이봐요, 백작님. 괜히 허세부리지 마세요. 제이크, 좀 말려봐."

"아니오. 난 다른 어떠한 골동품보다도 오래 묵은 브랜디에 돈을 쓰는 게 가치가 있다고 생각합니다."

"아 그래요? 집에 골동품 많은가 봐요?"

"가득 있죠."

브랜디를 마시고 나서 우리는 몽마르트르로 갔다. 젤리 주점은 왁자지껄하고 연기가 가득 차 있었다. 우리가 들어가자마자 음악이 시작됐다. 브렛과 나는 춤을 추었다. 사람이 너무 많아 움직이기가 힘들 정도였다. 그런데 언뜻 보니, 북치는 흑인 남자가 브렛에게 손을 흔드는 것이었다.

"어떻게 지내요?"

"잘 지내요."

"다행이네요."

흑인이 허연 이빨을 드러내며 환하게 웃었다.

"내 친구야. 북을 아주 잘 쳐."

브렛이 얘기해주었다.

음악이 끝나자 우리는 백작이 있는 테이블로 갔다. 그런데 또 음악이 시작돼 브렛과 나는 또다시 춤을 추러 갔다. 멀리서 쳐다보니 백작은 시가를 피우고 있었다. 음악이 끝나고 테이블로 가려고 하는데 곧 또다시 음악이 시작돼 우리는 사람들 속에 겨우 끼어 서서 또 춤을 추었다.

"자기 춤은 순 엉터리야, 제이크. 내가 만난 사람 중에는 마이크가 가장 춤을 잘 추더라고."

"맞아. 그 친구 멋지게 추더라고."

"추는 방법을 알지."

"그 친구 사람 좋아. 나도 그 친구가 좋던데."

"그러니까 그와 결혼하려고 하지. 그런데 웃기는 게, 요즘 1주일 동안 그 사람 생각이 전혀 안 나는 거 있지."

"편지도 안 했어?"

"난 편지 안 써. 전혀 써본 적 없어."

"마이크는 편지 보내지?"

"그럼. 편지를 아주 재밌게 잘 쓰지."

"언제 결혼할 건데?"

"모르겠어. 이혼 되는 대로 곧 하겠지. 어머니한테 맡겨서 처리하고 있나봐."

"내가 도와줄까?"

"관둬. 그 집 사람들 돈 많아."

음악이 끝나 우리는 다시 테이블로 갔다. 백작이 일어서며 말했다.

"좋아 보이네요. 아주 좋아 보이세요."

"백작은 춤 안 추세요?"

"난 안 춰요. 춤추기엔 좀 늙었죠."

"아니 무슨 그런 말씀을 하세요?"

브렛이 말했다.

"정말이에요. 내가 할 수 있다면 왜 안 하겠어요. 그냥 당신들이 추는 걸 보는 게 즐겁네요."

"좋습니다. 다음에 또 백작을 위해 춤을 춰드리죠. 그런데 지라는 친구 분은 어떻게 지내나요?"

"아, 그 청년은 내가 후원을 해주고 있는데, 같이 다닐만한 사람은 아니에요."

"좀 차가운 편이죠."

"나는 그 청년이 잘 될 거라고 기대하고 있어요. 하지만 개인적으로 그리 가깝게 지내는 사이는 아니에요."

"제이크도 그렇게 느끼나 봐요."

브렛이 말해서 나도 솔직히 애기했다.

"사실 그 친구는 만나면 왠지 좀 짜증이 나더군요."

"글쎄요. 그 청년이 어떻게 될지는 아무도 모르죠. 아무튼 그 친구 아버지와 내 아버지가 아주 가까운 사이였어요."

"자 춤추러 가."

브렛이 다시 말했다.

우리는 또다시 사람들 속으로 파고들어갔다.

"제이크, 나 왜 이렇게 기분이 우울한지 모르겠어."

난 언젠가 겪은 일을 다시 되풀이하는 기분이 들었다.

"조금 전까지는 행복했잖아."

북치는 흑인이 큰소리로 노래를 불렀다.

"그대는 배신하지 못하네....."

"모든 게 끝난 기분이야, 제이크."

"왜 그래, 브렛?"

"모르겠어. 기분이 너무 울적해."

"…………"

북치는 남자가 노래를 불렀다. 그리고 다시 북을 두드렸다.

"나갈까?"

나는 뭔가 전부 다시 되풀이되고 있는 것 같은 악몽을 느꼈다. 이미 겪은 과정을 새로 다시 겪어야 한다는 느낌 같은 것이었다.

"그래 나가. 괜찮지, 제이크?"

흑인이 노래를 마치고 브렛을 보며 미소 지었다. 우리는 사람들을 헤치고 빠져나왔다. 브렛이 화장실에 간 사이, 내가 백작에게 가서 말했다.

"브렛이 나가고 싶어 하네요."

"아 그래요? 그럼 내 차를 타고 가세요. 난 여기서 좀 더 있다 갈게요, 반스 씨."

"오늘 밤 좋았어요. 그럼 이건 내가 계산할게요."

내가 주머니에서 지폐를 꺼내자 백작이 말렸다.

"왜 이러세요. 그냥 놔두세요."

브렛이 옷을 걸치며 다가와 백작에게 키스를 하며 일어나지 말라고 했다. 출구 쪽에서 쳐다보니 백작의 테이블에 웬 여자가 세 명이나 앉아 있었다. 우리는 자동차를 타고 브렛이 묵고 있는 호텔로 갔다.

"아니, 올라오지 마."

호텔에 도착하자 그녀가 말했다.

"정말?"

"그래, 그냥 가."

"그럼 잘 자, 브렛. 기분이 그렇게 우울해서 어떡하지?"

"괜찮아. 잘 가, 제이크. 이젠 다시 안 만날 거야."

우리는 입구에서 키스를 했다. 그녀는 나를 피하는 듯 했지만 다시 키스를 했다.

"그만해!"

그녀는 말하며 호텔 안으로 얼른 들어가 버렸다. 나는 그 차를 타고 집으로 돌아왔다. 기사에게 20프랑을 주었더니 그는 모자에 손을 올리며 인사를 하고 떠나갔다. 나는 방으로 올라가 곧장 침대로 들어갔다.

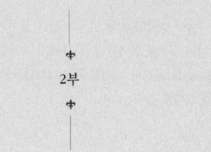

2부

8

그 후 브렛이 산세바스티안에서 돌아올 때까지 난 그녀를 만나지 못했다. 거기서 그녀는 엽서 한 장을 보내왔다. 콘차의 그림이 담겨있는 엽서였다.

"제이크, 난 건강하고 조용히 잘 지내고 있어. 친구들에게 안부 전해줘. 브렛."

로버트 콘도 역시 못 만났다. 프란시스는 영국으로 갔고, 콘은 내게 간단한 편지를 보내왔다. 장소는 아직 정해지지 않았지만 2주일간 시골로 여행을 갈 계획이며, 지난 겨울에 얘기했던 대로 스페인에 낚시 여행 가는 건 동행하고 싶다고 했다. 그가 거래하는 은행에 물어보면 어디에 있는지 언제든 알 수 있다고도 했다.

브렛은 떠났고, 콘도 파혼을 해 귀찮게 하는 일이 없어졌다. 나는 테니스를 즐기지 않아도 충분히 즐거웠다. 일은 바빴지만 경마장에 자주 가 친구들을 만나고 식사도 하곤 했다. 6월 말에 빌 고턴과 함께 스페인에 가려고 난 야간근무를 하며 미리 일을 해두었다. 그는 파리로 와 2,3일간 내 집에 머물다가 우선 빈으로 떠났다. 미국은 지금 무척 활기에 차있다고 빌이 말했다. 그리고 뉴욕은 굉장한 도시로 변모해있다고 했다. 연극무대가 풍성하고, 실력 있는 라이트 헤비급 권투선수도 많다는 것이었다. 그들은 전도유망한 젊은이들이라 중량을 늘리면 뎀프시(젝 뎀프시1895~1983. 사상 최초로 100만 달러 이상의 수입을 올린 미국 프로권투 선수)를 꺾을 수도 있다는 얘기였다.

빌은 아주 좋아 보였다. 신간 출판으로 돈도 많이 벌었고 계속 수입이 좋은 상황이었다. 그가 파리에 머문 동안 우리는 꽤 재미있게 보낼 수 있었다. 그런 다음 그는 빈으로 갔던 것이다. 그리고 3주 후 돌아와 함께 스페인으로 가서 낚시도 하고 팜플로나의 축제도 구경하기로 했다. 그는 빈에서 편지를 보내왔는데, 그곳에서 놀랐다는 내용이었다. 그리고 부다페스트에 가서도 엽서를 보내왔다.

"제이크, 부다페스트는 정말 멋진 도시야."

그리고 이어 전보를 보냈다.

"월요일에 돌아감."

그는 마침내 월요일 밤에 내 아파트에 도착했다. 창밖에서 택시 멈추는 소리가 들려 내다보니 그가 막 내리고 있었다. 손짓을 하며 그를 부르자 그는 나에게 손을 흔들며 가방을 들고 허겁지겁 층계를 올라왔다. 나는 층계로 나가 그의 가방 하나를 받아들었다.

"그래서, 여행이 재미있었다고?"

"그럼 굉장했지. 와, 부다페스트는 정말 멋지더라고."

"빈은 어땠는데?"

"거기는 별로였어. 막상 가보니까 실제로는 별로더라고."

"무슨 뜻이지?"

나는 술잔과 탄산수를 가져왔다.

"취해있었어, 제이크. 내가 취해있었다고."

"왜 그랬어? 이상하네. 자 한 잔 들어."

빌은 이마를 쓱쓱 문질렀다.

"나도 왜 그랬는지 모르겠어. 믿을 수가 없어. 갑자기 그랬으니까."

"언제부터 그랬는데?"

"4일 전부터. 꼭 4일 됐어, 제이크."

"어디서 그랬는데?"

"모르겠어. 기억이 안 나. 너한테 엽서 보낸 건 생각나는데."

"다른 거 뭐 했는지 기억 안 나?"

"가물가물해. 뭔가는 분명 했겠지."

"생각해봐."

"기억이 안 난다니까. 기억나면 내가 얘기하지."

"그거 마시면 기억이 날지 몰라. 가만히 생각해봐."

"잠깐만. 선수권 쟁탈전 어쩌고 했었어. 빈에서 규모가 큰 선수권 쟁탈전이 있었거든. 흑인이었어. 그래 분명 흑인이었어."

"그래서?"

"그 흑인 굉장하더라고. 타이거 플라워스(시어도어 플라워스 1895~1927. 최초의 미국 흑인 미들급 챔피언) 같은 녀석인데, 네 배쯤 체격이 크더군. 그런데 관중들이 갑자기 물건들을 던지기 시작하더라고. 나는 안 던지고 있었고. 그 흑인이 시골에서 온 상대방을 케이오 시켰거든. 그리고 팔을 들어 올렸는데, 뭐라고 말을 하고 싶은 눈치였어. 굉장히 매너 있는 흑인이더라고. 그가 연설을 시작했지. 그런데 그가 말하고 있는 동안 그 상대방 선수가 그를 쳤어. 그러자 그는 상대방 백인 선수를 같이 쳐서 쭉 뻗어버리게 만든 거야. 그래서 모두들 의자를 내던지고 난리가 났지. 흑인은 우리와 함께 차를 타고 돌아왔어. 워낙 다급해 옷도 못 찾아 입고 말이야. 그래서 내 코트를 빌려줬지. 아 이제 전부 기억나네. 정말 대단한 밤이었어."

"그 다음엔 어떻게 됐는데?"

"경기장에서 그 흑인의 옷을 찾은 다음 돈을 구하려고 함께 돌아다녔지. 왜냐하면 경기장을 아수라장으로 만든 책임을 그에게 지라는 거야. 누가 통역을 했는데, 내가 했던가?"

"너는 아니었겠지."

"맞아. 내가 아니었어. 다른 사람이었어. 하버드가 고향이라나, 뭐 그런 사람이었는데, 맞아 기억나. 음악을 했다고 하더라고."

"그래서 어떻게 됐는데?"

"정말 웃기더라고, 제이크. 세상에 그 바닥에도 부정이 득실거리고 있는 거 있지. 프로모터라는 새끼가 주장하는데, 흑인이 그 시골선수를 때려눕히지 않기로 약속했다는 거야. 빈에서는 빈 선수를 케이오 시키지 못한다나. 그 흑인은 이렇게 말하고 싶었을 거야. '고틴 씨, 정말 난 40분 동안 어떻게 하면 그 녀석을 안 넘어뜨릴 수 있나 하는 노력 외에는 아무것도 한 게 없다니까요. 결국 그 녀석은 나한테 덤볐다가 제풀에 넘어진 거에요. 나는 그를 한 방도 안 때렸거든요."

"그럼 돈은 받았나?"

"무슨 돈을 받아. 우리가 찾아낸 건 흑인의 옷뿐이었지. 그의 시계는 누군가 벌써 훔쳐갔더라고. 그 흑인 참 멋있는 사람이었어. 그런데 빈에 간 건 큰 실수였지. 정말 별 볼일 없었으니까."

"그 흑인은 어떻게 됐어?"

"쾰른으로 돌아갔지. 거기서 산다고 하더라고. 결혼도 했고. 나한테 편지하고 돈도 갚겠다고 했는데 모르지. 아주 괜찮은 사람이야. 그런데 내가 주소를 제대로 가르쳐줬는지 모르겠어."

"잘 줬겠지."

"자, 하여튼 한 잔 하자. 여행 이야기 더 듣고 싶어?"

"그래 더 해봐."

"우선 좀 마시고."

우리는 밖으로 나가 훈훈한 6월 저녁의 생미셸 대로로 향했다.

"어디로 갈까?"

"생루이 섬으로 가서 먹을까?"

"좋지."

대로로 들어서자 당페르 로슈로 대로와 만나는 지점에 헐렁한 옷을 입고 서있는 두 남자의 동상이 있었다.

"아, 저 사람들 누군지 알겠다. 제약업을 개척한 사람들이지.

파리에 있다고 해서 나를 바보로 생각지는 말라고."

빌이 동상을 가리키며 말했다.

우리는 계속 걸어 내려갔다. 한 가게 앞에서 빌이 또 말했다.

"박제 파는 가게군. 뭐 사고 싶은 것 없어? 박제 개 하나 살까?"

"그냥 가. 취했군."

"저 박제 개 아주 잘 만들어졌네. 네 방이 훤해질 것 같은데."

"자, 가자."

"박제 개 딱 한 마리라니까. 나는 사든 사지 않든 상관없어. 하지만 이봐 제이크, 박제 개 한 마리만 사."

"가자니까."

"그걸 사면 이 세상의 모든 걸 얻은 기분이 들 걸. 그냥 단지 가치의 교환을 하는 거지. 네가 그들에게 돈을 지불하면 그들은 너한테 박제 개 한 마리를 주는 거고."

"그럼, 이따가 오는 길에 사자."

"좋아, 그러자고. 저 박제 개 안 사면 넌 지옥으로 떨어질 거야. 그렇더라도 내 잘못은 아니야."

우리는 계속 걸어갔다.

"왜 갑자기 개를 보고 그런 생각을 해?"

"개를 보면 항상 그런 느낌이 들어. 그리고 난 박제 동물을 좋아해."

우리는 잠시 쉬면서 술을 한 잔씩 마셨다.

"마시니까 좋네. 제이크, 너도 가끔 연습해봐."

"넌 나보다 144년은 앞서 있어."

"사람들을 주눅 들게 하지 마. 또 남한테 주눅 들지도 말고. 그게 내 성공의 비결이야. 난 절대로 주눅 들지 않아. 특히 여러 사람들 앞에서는 말이야."

"어디서 마시고 왔어?"

"크리용에 갔었어. 조지가 잭로스를 몇 잔 주더라고. 하여튼 그 조지 녀석도 대단한 놈이야. 그 녀석의 성공 비결이 뭔지 알아? 절대로 주눅 들지 않는다는 거지."

"너도 페르노를 석 잔만 더 마시면 주눅 들걸."

"사람들 있는 데선 절대로 안 그래. 더 이상 못 마시겠으면 중단해버리니까. 그런 점에서 난 고양이 비슷하지."

"하비 스톤 봤어?"

"어, 크리용에서 만났어. 그 친구 약간 맛이 갔더군. 3일간 아무것도 안 먹었대. 이젠 습관이 됐다고 하더라고. 고양이처럼 좀 맛이 갔다니까. 아주 울적해보이더군."

"그 친구는 문제 없어."

"그럼 다행이네. 그래도 고양이처럼 슬그머니 사라지지 않으면 좋겠는데. 신경이 쓰이더라고."

"오늘 밤엔 뭘 할까?"

"나는 마찬가지야. 어쨌든 주눅 들지는 말자고. 여기 혹시 삶은 계란 있을까? 있으면 굳이 생루이 섬까지 안 가도 되는데."

"안 돼. 제대로 식사를 해야지."

내가 말했다.

"그냥 해본 소리야. 슬슬 가볼까?"

빌이 말했다.

"그래, 가자."

우리는 대로를 계속 걸어갔다. 마차가 우리 옆으로 지나가자 빌이 말했다.

"저 마차 봤어? 저 마차를 박제해서 크리스마스 선물로 친구들한테 줘야겠어. 난 자연을 좋아하는 작가니까."

그때 지나가는 택시 안에서 누가 손을 흔들며 멈춰 섰다.

"미인인데. 우리를 납치하려나봐."

"안녕! 안녕!"

브렛이었다.

"아, 여기는 빌 고턴이야. 그리고 이쪽은 레이디 애슐리."

브렛이 빌을 보며 미소를 지었다.

"나 지금 막 돌아오는 중이야. 아직 씻지도 못했어. 저녁에 마이크도 올 건데."

"그래? 그럼 우리랑 같이 저녁 먹으러 가자. 그리고 이따가 같이 마이크를 만나면 되지."

"나 씻어야 되는데."

"시시하긴! 자, 같이 가."

"아니야. 난 씻고 싶어. 마이크는 9시쯤 도착해."

"그럼 잠깐 술이라도 한 잔 해."

"그래 그럼. 이제 시시하다는 소리는 안하는 거지?"

우리는 그 택시에 올라탔다. 운전기사가 우리를 돌아다보았다.

"제일 가까운 술집으로 가주세요."

운전기사에게 내가 부탁하자 브렛이 다시 말했다.

"아니야. 클로즈리로 가는 게 좋아. 이 동네 브랜디는 형편없어 못 마셔."

"그럼 클로즈리 데 릴라로 가주세요."

브렛이 빌을 쳐다보았다.

"이 지저분한 도시에 오신지 오래 됐나요?"

"아니오. 부다페스트에서 좀 전에 왔어요."

"그곳은 어때요?"

"아, 멋지죠. 부다페스트는 정말 멋지더라고요."

"빈은 어떤가 물어봐."

내가 브렛에게 말하자 빌이 곧장 대답했다.

"빈은 좀 이상한 곳이에요."

"여기 파리랑 비슷하죠?"

브렛이 그를 쳐다보며 미소를 짓자 눈가에 주름이 잡혔다.

"네, 맞습니다. 바로 이 시각쯤의 파리와 아주 비슷합니다."

빌이 맞장구를 쳤다.

"시작이 좋군."

우리는 릴라의 테라스에 가 자리를 잡았다. 브렛과 나는 위스키를 마시고, 빌은 페르노를 또 한 잔 마셨다.

"재미가 어때, 제이크?"

"좋아. 재미있게 지냈어."

브렛이 나를 바라보았다.

"나 괜히 여기 떠났어. 파리를 떠나는 건 정말 바보 같은 짓이야."

"그래도 재미있었지?"

"그럼, 재미있었지. 뭐 아주 신난 건 아니었지만."

"누구 만났어?"

"거의 아무도 못 만났어. 아예 밖엘 안 나갔으니까."

"아니 수영장에도 안 가고?"

"정말 아무것도 안 했어."

"빈과 비슷한 느낌이 드는군요."

빌이 말했다. 브렛이 또다시 그를 쳐다보며 미소를 지었다.

"빈에서도 그렇게 지냈나보죠?"

"네, 빈에서도 모든 게 그랬습니다."

브렛이 다시 그를 보며 웃음을 지었다.

"좋은 친구를 두었군, 제이크."

"어, 좋은 친구지. 이 친구는 박제상인이야."

내가 브렛을 보며 말했다.

"그건 다른 나라에서 했어요. 동물들이 전부 죽어버렸거든요."

"재밌네요. 한 잔만 더 하고 가야지. 제이크, 웨이터 불러서 택시 한 대만 부탁해줘."

"밖에 택시 많은데 뭘."

"알았어."

우리는 밖으로 나가 브렛을 먼저 보냈다.

"10시쯤에 셀렉트로 같이 와. 마이크랑 나갈게, 제이크."

"네 갈게요."

빌이 말했다. 브렛이 손을 흔들고 떠나자 그가 물었다.

"멋있는 여자군. 정말 미인이네. 그런데 마이크가 누구야?"

"약혼자."

"쯧쯧. 내가 만난 여자들은 전부 그런 상황에 있더라고. 그들에게 뭘 선물할까? 경마 말 한 쌍을 복제해서 보내면 어떨까?"

"자, 밥이나 먹으러 가자."

"저 부인 정말 작위를 가진 사람의 아내란 말이지?"

생루이 섬으로 가는 택시 안에서 빌이 물었다.

"그럼. 모든 서류에 그렇게 기록돼있지."

"에이 쯧쯧."

우리는 생루이 섬 안쪽에 있는 마담 르콩트 레스토랑에서 식사를 했다. 식당엔 미국인들이 꽉 차있고 자리가 없어 45분이나 기다려야 했다. 그곳은 '미국인 여성 클럽'에 소개된 곳인데, 미국인에게 아직 알려지지 않은 독특한 레스토랑으로 알려져 관광객들이 많았던 것이다. 빌은 1918년과 휴전(제 1차 세계대전이 종식한 1918년 11월 11일) 직후에 그곳에서 식사를 한 적이 있어 마담 르콩트가 무척 반가이 맞아주었다.

"그런데 테이블 하나도 안 만들어주는군. 어쨌든 대단한 여자야."

빌이 말했다.

우리는 로스트 치킨과 갓 수확한 강낭콩, 감자 퓌레, 샐러드,

애플파이, 치즈 등으로 식사를 했다.

"세상 사람들이 다 모였네요."

빌이 마담 르콩트에게 말하자 그녀는 손을 들어 올리며 말했다.

"아이고, 맙소사!"

"부자 되겠는데요. 안 그래요?"

"그러면 좋겠네요."

우리는 커피와 핀을 마신 뒤 여전히 석판에 분필로 쓴 계산서를 보고 돈을 냈다. 그 집의 재미있는 점이었다. 주인과 악수를 하자 그 부인이 내게 말했다.

"반스 씨, 다시는 여기 안 오시겠네요?"

"네, 미국인이 너무 많아서요."

"점심 때 오시면 그리 복잡하지 않아요."

"알겠습니다. 그럼 다시 올게요."

우리는 오를레앙 강변의 가로수 아래를 따라 걸어갔다. 강 건너편엔 파괴된 건물들이 벽만 드러낸 채 남아있었다.

"새로 길을 닦을 건가봐."

"그런 것 같군."

강변을 따라 우리는 섬을 한 바퀴 돌았다. 어두운 강 위로 증기선 하나가 눈부실 만큼 환히 불을 켜고 빠른 속도로 조용히 다리 밑으로 지나갔다. 멀리 노트르담 성당이 밤하늘 아래 웅장하게 버티고 있는 게 보였다. 우리는 베튄 강둑에서 보행자용 다리를 좌안 쪽으로 건너가다가 멈춰 서서 노트르담 성당을 바라보았다. 어둠속에서 섬 전체가 시커멓게 보이며 건물들은 높이 솟아있고 숲은 검은 그림자처럼 보였다.

"굉장히 웅장하네."

우리는 다리 난간에 기대서서 강 상류 쪽에 있는 큰 다리의 등불을 바라보았다. 발밑으로 컴컴한 강물이 잔잔히 흐르고 있었다. 물소리도 안 들릴 정도였다. 한 남자와 여자가 우리 옆으로 지나갔다. 그들은 팔짱을 끼고 있었다. 다리를 다 건넌 다음 우리는 카르디날 르무완 거리로 올라갔다. 그 길은 오르막길을 이루다 콩트르스카르프 광장으로 이어졌다. 광장의 나뭇잎들에 아크 등 불빛이 비치며 나무 아래로 'S' 시내버스 한 대가 곧 떠나려고 했다. 네그르 주아유 카페에서는 음악이 흘러나오고, 카페 아마퇴르의 창문으로 기다란 카운터가 들여다보였다. 카페의 테라스에는 직장인들이 술잔을 기울이고 있었다. 주방에서 한 여자가 감자를 튀기고 있으며, 옆에는 스튜를 끓이는 큰 솥이 놓여있었다. 한 늙은 남자가 와인 병을 들고 그녀에게 다가가자 접시에 스튜를 떠서 그에게 내밀었다.

"한 잔 하겠나?"

"아니, 안 할래."

빌이 안 하겠다고 해서 우리는 계속 걸어 광장의 오른쪽 길로 접어들었다. 양쪽에 고풍스런 높은 집들이 늘어선 좁다란 길이었다. 어떤 집은 길로 더 나와 있고, 어떤 집은 안으로 더 들어가 있었다. 우리는 포드페르 거리를 통해 길게 이어진 생자크 거리로 나와 남쪽으로 계속 걸어갔다. 그리고 철책으로 막아져 있는 발드그라스를 지나 포르루아얄 대로로 들어섰다.

"자 어떻게 할까? 이제 카페로 가서 브렛과 마이크를 만날까?"

내가 물었다.

"그래. 그러지 뭐."

포르루아얄 대로에서 우리는 몽파르나스 대로로 꺾어져 카페 뒤 릴라, 카페 라비뉴, 그리고 다른 카페들과 다무아 식당을 지나 길을 가로질러 카페 로통드 옆에 있는 셀렉트로 들어갔다.

마이크가 우리를 보고는 일어나 다가왔다. 그는 얼굴이 그을어 건강해 보였다.

"어이, 제이크! 어이! 오랜만이네, 친구."

"마이크, 아주 건강해 보이는구먼."

"어 무척 건강하지. 걷는 것 말고는 아무것도 안 했으니까. 매일 걸었거든. 술은 티타임 때 어머니랑 한 잔씩만 하고 말이야."

빌은 어느새 바 안으로 들어가고 없었다. 브렛도 바 앞 높은 의자에 다리를 꼬고 앉아 있었다. 빌은 벌써 브렛과 얘기를 나누고 있었다. 그녀는 스타킹을 신지 않고 맨다리였다.

"아무튼 만나서 반가워, 제이크. 나는 벌써 약간 취했어. 웃기지 않아? 내 코 봤어?"

그의 콧등에 핏자국이 조금 남아 있었다.

"어떤 부인의 가방에 긁혔지 뭐야. 가방을 내려주다가 그만 떨어지는 바람에 말이야."

마이크가 말했다.

브렛이 안쪽에서 파이프를 들어 보이며 마이크에게 미소를 보냈다.

"늙은 부인인데 어떡하겠어. 가방이 떨어진 건데. 자, 브렛이 오라는군. 그녀는 정말 멋지지? 브렛, 당신 정말 굉장히 멋져 보이는 걸. 그 모자는 어디서 난 거야?"

마이크가 물었다.

"누가 사줬어. 왜 마음에 안 들어?"

"끔찍해. 좋은 거 하나 사지 그래."

"그래야지. 우리도 이젠 돈이 많으니까."

브렛은 빌을 쳐다보고는 다시 마이크에게로 시선을 돌렸다.

"참 마이크, 빌 모르지? 이 분은 빌 고턴이고, 여기 주정꾼은 마이크 캠벨이에요. 캠벨 씨는 아직 정리를 못한 파산자죠."

"맞습니다. 그런데 어제 런던에서 전에 같이 일하던 작자를 만났지 뭐예요. 날 파산시킨 그 녀석 말이죠."

"뭐라고 하던가요?"

"한 잔 사더군요. 한 잔 얻어먹어도 괜찮겠다고 생각했죠. 브렛, 당신은 정말 미인이야. 어때요? 이 여자 미인이라고 생각 안 해요?"

"미인이라고? 이런 코로?"

"그럼, 아름다운 코지. 자, 브렛, 코를 이리 돌려봐. 정말 멋있어."

"이 사람 스코틀랜드에 가둬버릴까요?"

브렛이 말했다.

"그래, 브렛, 빨리 들어가자."

"마이크, 추태 좀 부리지마. 여기 다른 여자들도 많이 있잖아."

"이 여자, 정말 미인이라고 생각하지 않아, 제이크?"

"오늘 밤에 권투 시합 있는데 같이 갈래요?"

빌이 물었다.

"권투요? 누가 나오는데요?"

마이크가 물었다.

"르두와 다른 선수요."

"르두요? 아주 괜찮은 선수죠. 가보고 싶은데요. 그런데 갈 수가 없어요. 브렛과 데이트 약속이 있거든요. 브렛, 정말 모자 하나 새로 사."

마이크는 술을 깨려고 애를 썼다.

브렛이 모자를 한쪽 눈 위로 기울여 깊숙이 눌러쓰며 빙긋이 웃었다.

"두 분은 권투 보러 가세요. 난 캠벨 씨를 집으로 데리고 가야겠어요."

"나 안 취했어. 조금 취했을 뿐이야. 이봐, 브렛, 당신은 정말 사랑스러워."

마이크가 말했다.

"자, 두 분은 가세요. 캠벨 씨는 점점 더 횡설수설 하고 있어요. 왜 이렇게 갑자기 애정 어린 소리를 늘어놓고 난리야, 마이크?"

브렛이 말했다.

"정말 사랑스럽다니까."

우리는 그쯤에서 헤어졌다.

"같이 못가서 미안해."

마이크가 말했다. 문에서 뒤돌아보자 그는 아직도 브렛 쪽으로 몸을 기울이고 무슨 얘긴가를 하고 있었다. 브렛은 냉정한 표정으로 그를 바라보고 있었다. 그러나 어딘지 눈가에 미소가 감돌았다.

밖으로 나가자 내가 물었다.

"정말 권투시합에 가고 싶은 거야?"

"물론이지. 그런데 더 걷고 싶지는 않아."

우리는 택시를 탔다.

"그는 브렛 때문에 아주 흥분해 있는 것 같던데."

내가 말했다.

"글쎄 말이야. 그렇다고 비난하기도 그렇고."

9

르두와 키드 프란시스의 권투 시합은 6월 20일 밤에 열렸다.
꽤 좋은 경기였다. 다음 날 아침, 나는 로버트 콘이 앙데에서 보
낸 편지를 받았다. 그는 해수욕을 하고 골프를 치며 브리지 게임
을 맘껏 즐기면서 잘 쉬고 있다고 했다. 앙데는 해안이 멋지지만
낚시여행은 언제 하러 갈 거냐고 물었다. 그리고 내려올 때 끝이
뾰족한 쌍줄 낚시를 사오면 그때 값을 지불하겠다고 했다.

난 곧바로 콘에게 답장을 썼는데, 빌과 내가 전보를 보내지
않으면 25일에 파리를 떠나 바욘에서 만나는 걸로 알고 있으라
고 했다. 그리고 함께 팜플로나로 가는 버스를 타자고 썼다. 그
날 저녁 7시에 나는 마이크와 브렛을 만나려고 셀렉트에 들렀는
데 그들은 안 보였다. 그래서 댕고로 갔더니 그곳에 앉아있었다.

"안녕, 제이크."

브렛이 손을 내밀었다.

"이봐, 제이크. 어젯밤에 나 취했었나봐."

"그럼 취했지. 창피하게 말이야."

브렛이 말했다.

"이봐, 스페인엔 언제 가? 우리도 같이 가도 될까?"

마이크가 물었다.

"그럼. 좋지."

"정말 가도 돼? 난 팜플로나에 가봤는데, 브렛이 가고 싶다고 난리네. 괜히 폐 끼치는 거 아니야?"

"무슨 바보 같은 소리를."

"내가 약간 취했나봐. 안 그러면 이렇게 부탁하지 않을 텐데 말이야. 정말 가도 된다고?"

"그만 좀 해, 마이크. 그럼 제이크가 어떻게 안 된다고 말하겠어? 내가 나중에 물어볼게."

브렛이 역정을 냈다.

"그래도 괜찮지, 제이크. 안 그래?"

"나 화나게 하고 싶지 않으면 그만 물어봐. 난 빌과 함께 25일 아침에 떠나기로 했어."

"그런데 참 빌은 어디 있어?"

브렛이 물었다.

"샹티이에서 누구와 약속이 있다고 갔어."

"그 친구, 참 좋은 사람이던데."

"멋진 친구지. 정말이야."

마이크가 맞장구를 쳤다.

"당신, 그 사람에 대해 기억 못할 텐데."

브렛이 말했다.

"천만에. 다 기억 나. 이봐, 제이크, 우리도 25일 밤에 내려갈게. 브렛이 아침엔 일찍 못 일어나거든."

"정말로 그래!"

"우리도 송금을 받고, 정말 괜찮다면 말이야."

"돈은 분명 오지. 내가 알아서 처리할게."

브렛이 거들었다.

"낚시 도구는 어떤 걸 사가야 돼?"

마이크가 물었다.

"릴 달린 낚시대 두세 개 하고 낚싯줄 그리고 가짜 미끼 몇 개 있으면 돼."

"난 낚시 안 할 거야."

브렛이 짜증 섞인 투로 말했다.

"그럼 낚싯대는 두 개만 사. 빌이 안사도 되게."

"좋아. 낚시가게에 전보를 쳐놓을게."

마이크가 말했다.

"와, 멋있겠다, 스페인! 정말 재밌겠는데."

브렛이 소리쳤다.

"25일이라고? 무슨 요일이지?"

"토요일."

"준비를 해야겠네."

"자, 그럼, 난 가서 이발을 해야겠어."

마이크가 말했다.

"난 목욕을 해야겠어. 제이크, 나랑 호텔까지 좀 가줘. 친절하게 말이야."

브렛이 말했다.

"우린 가장 멋진 호텔을 찾았어. 근데 무슨 창녀 집 같다니까!"

마이크가 말했다.

"글쎄 가방을 여기 댕고에 맡겨놓고 처음 거길 갔는데, 카운터에서 우리더러 오후에만 방이 필요하냐고 묻는 거야. 그래서 아니라고, 아침까지 묵을 거라고 했더니 되게 좋아하더라고."

"그런데 꼭 창녀집 같다니까. 확인 좀 해봐야겠어."

마이크의 말에 브렛이 소리를 질렀다.

"제발 좀 입 좀 닥치고, 가서 이발이나 하고 와."

마이크가 나가자 브렛과 나는 카운터에 다시 앉았다.

"한 잔 더 할래?"

브렛이 물었다.

"좋아."

"나도 더 마시고 싶어."

간단히 마시고 우리는 들랑브르 거리로 갔다.

"파리에 돌아온 후 당신을 처음 만났네."

브렛이 말했다.

"그러게 말이야."

"어떻게 지냈어, 제이크?"

"잘 지내."

그녀는 나를 쳐다보았다.

"그런데 스페인에 로버트 콘도 같이 가?"

"응, 왜?"

"그 친구한테 좀 가혹할 것 같아서."

"무슨 뜻이야?"

"내가 누구와 산세바스티안에 간 줄 알아?"

"아, 축하해야겠네."

우리는 계속 걸었다.

"왜 그런 말을 해?"

"모르겠어. 내가 무슨 말 하면 좋겠어?"

우리는 계속 걷다가 길모퉁이를 돌았다.

"그 친구 아주 매너 있었어. 재미는 좀 없었지만."

"그래?"

"그 친구한테 도움이 될 것 같았지."

"차라리 자선사업을 하지 그래."

"왜 그래? 질투하지 마."

"천만에."

"아니, 정말 몰랐어?"

"몰랐지. 로버트 콘과 가리라고는 전혀 생각하지 않았으니까."

"그 친구한테 너무 가혹한 일일까?"

"글쎄, 그가 어떻게 생각하느냐에 달렸겠지. 당신이 간다고 연락해. 콘은 언제든 취소할 수 있을 테니까."

"그럼, 내가 편지를 쓰지 뭐. 그래서 같이 가고 싶지 않으면 그렇게 하도록 해야지."

브렛과 나는 6월 24일 밤에 다시 만났다.

"콘 소식 들었어?"

"물론. 기대가 아주 크던데."

"쯧쯧!"

"내가 생각하기에도 좀 어색할 것 같아."

"나를 되게 보고 싶어 하더라고."

"당신 혼자 가는 걸로 알고 있어?"

"아니. 여럿이 같이 간다고 얘기했어. 마이크랑 다 같이."

"아무튼 희한한 친구야."

"그렇지?"

그들은 다음 날 돈이 오기를 기다리고 있었다. 우리는 팜플로나에서 만나기로 했다. 그들은 산세바스티안으로 바로 가서 기차를 타겠다고 했다. 그래서 우리 모두는 팜플로나의 몬토야 호텔에서 만나는 것으로 정했다. 그들이 만약 월요일까지 도착하지 않으면 우리는 산악지대인 부르게테로 먼저 올라가 낚시를 시작하기로 했다. 부르게테까지 가는 버스가 있어서 그들이 잘 찾아올 수 있도록 나는 자세한 설명을 적어주었다.

빌과 나는 오르세 역에서 아침 일찍 기차를 탔다. 날씨가 화창하고 별로 덥지 않아서 출발부터 아름다운 풍경을 볼 수 있었다. 우리는 식당차에 가서 아침을 먹었다. 나오면서 나는 식당차 차장에게 1회 차 식권을 달라고 했다.

"5회 차 식사 전까지 모두 매진됐습니다."

"네 뭐라고요?"

이 기차에서는 점심을 두 번 이상 제공하지 않지만 두 번 모두 항상 빈자리가 많이 있었던 것이다.

"전부 예약이 되어서요. 3시 반에 5회 차 식사를 드리겠습니다."

차장이 말했다.

"문제가 심각하네."

내가 빌에게 말했다.

"차장한테 10프랑 줘봐."

빌의 말대로 내가 10프랑을 건네주자 차장은 얼른 주머니에 집어넣었다.

"우리는 1회 차 메뉴를 먹고 싶어요."

"고맙습니다. 두 분께 미리 알려드리는데, 샌드위치를 드시고 계세요. 4회 차까지는 회사 직원들이 전부 예약해버렸거든요."

"네, 아주 친절하시군요. 5프랑만 줬다면 기차에서 내리라고 했겠네요."

빌이 그에게 영어로 지껄였다.

"네, 무슨 얘기죠?"

차장이 물었다.

"빌어먹을 새끼! 샌드위치랑 와인이나 좀 달라고 해, 제이크. 네가 말해."

빌이 큰소리로 말했다.

"우리 좌석은 다음 칸이니까 그리로 가져다줘요."

내가 차장에게 말했다.

우리 칸에는 한 부부와 아들도 함께 있었다.

"미국인들이시죠, 맞죠? 여행 재미있습니까?"

그 남자가 우리한테 물었다.

"네, 아주 훌륭합니다."

빌이 대답했다.

"다들 여행을 하고 싶어 하죠. 젊었을 때 많이 하세요. 아내와 나는 늘 오고 싶었는데 막상 떠나기가 쉽지 않더라고요."

"아니, 여기 오려고 마음 먹었다면 벌써 10년 전에 올 수 있었겠지. 당신이 항상 미국을 먼저 돌아봐야 한다고 말했잖아. 어쨌든 우리도 여행은 많이 한 셈이지."

그의 아내가 말했다.

"이 기차에 미국인이 많이 탔더라고요. 오하이오 주 데이턴에서 온 사람들인데 일곱 차량이나 차지하고 있대요. 로마 순례를 하고 오는 사람들인데, 지금은 비아리츠와 루르드로 간다고 하더군요."

남자가 설명했다.

"아, 순례자들이구먼. 퓨리턴 놈들이야."

빌이 내뱉었다.

"당신들은 어느 주에서 왔어요?"

"켄자스 시티에서요. 이 친구는 시카고에서 왔고요."

"두 분도 비아리츠로 가시나요?"

"아니요. 우리는 스페인에 낚시하러 가는 중이에요."

"아, 네. 나는 낚시를 별로 안 좋아하지만 내가 사는 동네에도 낚시하러 가는 사람이 많더라고요. 몬태나 주에 아주 좋은 낚시터가 몇 군데 있죠. 옛날에 친구들과 몇 번 가봤는데 재미있는 줄 모르겠던데요."

"여행 다니면서도 당신은 낚시를 거의 안 했던 것 같아."

아내의 말에 그가 우리를 보며 눈을 찡긋 했다.

"여자들이 이래요. 술병이나 맥주 깡통을 보면 세상이 끝나기라도 하는 것처럼 생각한다니까요."

"남자들은 다 저런 식이에요."

그의 아내가 통통한 허벅지를 손바닥으로 쓸듯 하며 말했다.

"난 집안에서 약간 마시는 건 좋아하기 때문에 금주를 반대하지 않았는데, 저렇게 내가 완전히 반대한 것처럼 말한다니까요. 하여튼 남자들이 결혼하려는 상대를 발견할 수 있다는 게 이해가 안 가요."

"그런데 저 순례단 일행이 오후 3시 반까지 식당차를 점령해버린 건 알고 계십니까?"

빌이 화제를 돌리며 말했다.

"뭐라고요? 아니 무슨 짓이야."

"가서 확인해보세요."

"그럼 여보, 가서 아침을 한 번 더 먹어두는 게 어떨까?"

그의 아내가 일어나 옷을 털었다.

"우리 짐 좀 봐주시겠어요? 휴버트, 자 가자."

세 사람은 식당차로 갔다. 잠시 후 식당차 승무원이 1회 차 식사가 시작되었다고 알리자 순례단원들이 신부와 함께 우르르 몰려나와 복도를 걸어갔다. 우리 칸의 세 사람은 금방 돌아오지 않았다. 웨이터가 곧 우리의 샌드위치와 샤블리 와인 한 병을 가지고 왔다.

"오늘도 바쁘겠네요."

내가 말하자 웨이터가 고개를 끄덕거렸다.

"지금 10시 반인데 벌써 시작이죠."

"우린 도대체 언제 먹을 수 있는 거에요?"

"휴! 저도 언제 먹을 수 있겠어요?"

웨이터가 술잔 두 개를 내려놓자 우리는 값을 계산했다.

"접시를 가지러 올게요. 갖다 주셔도 좋고요."

그가 말했다.

우리는 샌드위치를 먹고 와인을 마시면서 한동안 창밖 풍경을 구경했다. 들판의 밀이 익기 시작하고 양비귀도 사방에 가득했다. 푸른 목장과 울창한 숲을 지나며 강과 성이 숲 사이로 보였다.

도중에 투르 역에서 기차가 서자 우리는 내려 와인 한 병을 더 사가지고 올라탔다. 우리 칸의 몬태나 식구들도 돌아와 있었다.

"비아리츠에 좋은 해수욕장 있나요?"

부부의 어린 아들 휴버트가 물었다.

"이 애는 수영을 못할까봐 안달이에요."

아이 엄마가 말했다.

"좋은 해수욕장이 있지. 그런데 파도가 셀 때는 위험해."

내가 말했다.

"그런데 식당차에 가서 식사 하셨나요?"

빌이 그들에게 물었다.

"네 했어요. 순례단원들이 들어오기 시작했을 때 우리도 앉았기 때문에 같은 일행인 줄 알았나 봐요. 웨이터가 우릴 보고 프랑스 어로 뭐라고 떠드니까 그 일행 중 세 사람이 돌아나가더라고요."

아내가 말하자 남편도 거들었다.

"아마 우리를 욕쟁이 가톨릭 교인이라고 생각했던 것 같아요. 정말 가톨릭 교회의 힘은 대단하네요. 두 분도 가톨릭 교인이었다면 쉽게 식사할 수 있었을 텐데요."

"난 가톨릭 신자예요. 그래서 더 화가 나는 거죠."

내가 말했다. 결국 우리는 4시 15분이 되어서야 점심을 먹을 수 있었다. 빌은 화가 치밀어 폭발할 지경 이었다. 그 전에 순례단의 목사에게 싸움을 걸 뻔 했다.

"신부님, 우리 개신교 신자들은 언제 식사를 할 수 있는 거죠?"

"잘 모르겠는데요. 식권 안 받으셨나요?"

"아니오. 그래서 다들 클랜(쿠클럭스클랜. KKK단. 미국의 가톨릭 교도, 유대인, 흑인, 동양인 등을 배척하기 위해 결성된 백인주의 비밀결사 조직)에 가입하는 모양이군요."

빌이 혼자 말하듯 했다. 그러자 신부가 그를 돌아다보았다.

식당차는 쉴 새 없이 붐비다가 어느덧 5회 차 식사를 차려내고 있었다. 우리 테이블을 맡은 웨이터는 땀까지 흘리고 있었다. 흰색 유니폼의 소맷부리가 보라색으로 변해 있었다.

"와인을 많이 마셔서 저러는 건가?"

"아닌 것 같아. 속에 보라색 내의를 입었나?"

"물어볼까?"

"관둬. 너무 피곤해서 와인이 묻었는지도 모르지."

기차가 보르도에서 30분간 멈춰 섰기 때문에 우리는 좀 걷기 위해 역 밖으로 나갔다. 시내로 들어갈 만큼의 시간은 아니라 그냥 돌아와야 했다. 기차가 랑드를 지나갈 무렵, 해가 지고 있었다. 소나무 숲 사이로 화재가 나 멀리까지 훤히 내다보였으며, 나지막한 산도 보였다. 7시 30분쯤엔 저녁식사를 하며 열린 창문으로 시골 풍경을 내다보았다. 히스가 가득한 언덕과 소나무가 빽빽이 들어찬 모래밭도 있었다. 드문드문 서있는 집들과 이따금 제재소도 지나갔다. 어두워지면서 날씨도 더워졌다. 9시쯤 우리는 바욘에 도착했다. 우리는 몬태나의 세 식구와 악수를 하고 헤어졌다. 그들은 라네그르스까지 가서 거기서 비아리츠 행으로 바꿔 탈 거라고 했다.

"자, 행운을 빕니다. 투우는 조심하시고요."

남자가 말했다.

"비아리츠에서 만나게 될지도 모르죠."

휴버트가 말했다.

우리는 가방과 낚싯대 케이스를 들고 어두컴컴한 역을 빠져

나와 마차와 호텔 셔틀버스들이 줄지어 서있는 곳으로 갔다. 거기서 호텔 안내인과 로버트 콘이 우리를 기다리고 있었다. 콘은 처음에 우리를 못 알아보다가 얼른 다가왔다.

"어이, 제이크. 여행은 재미있었어?"

"좋았지. 여기는 빌 고턴이야."

"처음 뵙네요."

"자, 저기 마차를 예약해뒀으니 가시죠."

콘이 말했다. 그가 시력이 좀 안 좋다는 걸 전에는 몰랐다. 그는 빌이 어떤 사람인지 살피려는 듯 유심히 바라보았다. 소심한 성격 때문이기도 했다.

"내가 묵고 있는 호텔로 가. 아주 괜찮은 곳이야. 흠잡을 데가 없지."

우리가 마차를 타자 마부는 곧 채찍을 휘두르며 출발했다. 컴컴한 다리를 지나 마차는 시내로 들어갔다.

"이렇게 만나게 돼서 반갑습니다. 제이크한테서 얘기는 많이 들었고, 작품도 읽었어요."

로버트가 빌에게 말했다.

"그런데 제이크, 내 낚싯줄은 사왔어?"

호텔에 도착한 우리는 각자 따로 방을 쓰기로 했다. 로버트 말대로 호텔 직원들이 무척 친절하고 좋았다.

10

다음날 아침은 날씨가 화창했다. 거리에선 사람들이 물을 뿌리고 있었다. 우리는 카페로 가서 아침을 먹었다. 바욘은 스페인 풍의 멋지고 깨끗한 도시로 큰 강이 흐르고 있었다. 날씨는 좋았지만 아침부터 덥기 시작했다. 우리는 다리를 건너가 시내를 돌아다녔다.

마이크가 낚싯대를 가져온다고는 했지만 스코틀랜드에서 제대로 올지 알 수가 없어 낚시가게를 찾아보았다. 마침 한 포목점 2층에 가게가 있어 빌이 쓰기 위해 낚시도구를 사두었다. 가게 주인이 자리를 비워 한참을 기다려야 했지만 그래도 질 좋은 낚싯대를 싸게 살 수 있어 빌은 뜰채까지 두 개를 더 구입했다.

우리는 다시 걸어 사원으로 갔다. 콘이 그 건물에 대해 뭐라고 설명을 했는데, 기억이 나지 않는다. 그 사원은 스페인의 교회들처럼 멋진 곳이었다. 내부도 무척 아름다웠는데 어두컴컴해 자세히 보이지는 않았다. 다시 계속 걷다가 우리는 옛 성벽터를 구경하고 지방 관광협회로 갔다. 버스가 그 앞에서 출발하기 때문이었다. 그런데 버스가 7월 1일까지는 운행을 안 한다는 것이었다. 그래서 다시 여행 안내센터로 가 팜플로나까지의 렌터카 비용을 알아본 후 시립극장 근처 렌터카 회사에서 400프랑에 자동차를 빌렸다. 자동차는 40분 후 호텔 앞으로 오기로 했다.

그동안 우리는 다시 카페에 들어가 맥주를 한 잔씩 마셨다. 날씨는 더웠지만 아침 냄새가 풍기며 신선했다. 카페에 앉아 광장을 바라보니 기분도 무척 상쾌했다. 미풍이 불어오기 시작하자 바다냄새가 풍겨왔다. 광장엔 비둘기들이 내려앉아 있고 건너편에 보이는 집들은 햇빛에 바라 누르스름한 색깔을 띠고 있었다. 카페에 계속 앉아있고 싶었지만 호텔로 돌아가 짐을 챙기고 계산도 해야 했다. 맥주 값은 셋이서 동전을 던져 진 사람이 내기로 했는데, 아마도 콘이 계산을 했던 것 같다. 호텔 방값은 10퍼센트의 서비스 요금을 포함해 각자 16프랑씩이었다. 호텔 직원이 짐을 1층으로 내려주는 동안 나와 빌은 로버트 콘을 기다리고 있었다. 방에서 기다리고 있는데 마룻바닥의 나무 조각 틈 사이로 3인치쯤 되는 바퀴벌레 한 마리가 슬슬 지나갔다. 나는 빌에게 그걸 가리켜 보이며 구둣발로 뭉개버렸다. 아마도 정원에서 막 들어온 놈 같았다. 빌도 그런 것 같다고 했다. 무척 깨끗한 호텔이었기 때문에 이유는 그것밖에 없을 것 같았다.

콘이 내려와 우리는 자동차 있는 곳으로 갔다. 차는 큰데 지붕 뚜껑이 열리지 않았다. 운전기사는 칼라와 커프스가 파란색으로 된 흰색 유니폼을 입고 있었다. 우리는 트렁크를 열어 가방을 싣고 곧 출발했다. 차는 금방 도시를 벗어나 시골길을 달리기 시작했다. 아름다운 풍경이 펼쳐지자 우리는 한동안 말없이 창밖만 쳐다보았다. 온통 푸른 들판이 이어지면서 길이 구불구불해지고 오르막길이 시작되었다. 소에 짐마차를 연결해 끌고 가는 바스크 인(스페인 피레네 산맥 서쪽지방에 사는 종족)들이 많이 지나가는 게 보였다. 나지막한 흰색 농가들이 줄지어 서있는 풍경도 스쳐갔다. 바스크 지방은 토지가 아주 비옥해 농사가 잘 되며 농가와 주택들도 부유하고 깨끗해 보였다. 마을엔 곳곳에 펠로타 코트가 있으며 아이들이 더운 날씨 속에도 펠로타 놀이(스페인과 남아메리카에서 하는 공을 벽에 대고 치는 경기)를 하고 있었다. 교회 벽엔 펠로타를 하며 벽을 때리는 건 금지한다고 씌어 있고, 마을의 집들은 전부 붉은색 기와지붕으로 돼있었다. 길이 다시 구부러지며 산기슭을 따라 올라가기 시작했다. 옆으로 계곡이 낮게 보이고 산은 바다 쪽으로 길게 뻗어있었다. 바다는 너무 멀리 있어 보이지 않았다. 산만 첩첩이 보이고 바다는 다만 그 방향에 있다는 것만 알 수 있었다.

우리는 어느덧 스페인 국경을 넘고 있었다. 좁다란 개울 위에 다리가 놓여있는데, 다리 저쪽엔 가죽으로 만든 보나파르트 모자를 쓰고 단총을 등에 멘 스페인 기총병들이, 이쪽엔 케피 모자를 쓰고 콧수염을 기른 프랑스 군인들이 서있었다. 그들은 우리 가방들 중 하나를 열어보더니 여권을 가져가 조사하기 시작했다. 국경선 양쪽엔 각각 가게 겸 여관이 하나씩 있었다. 운전기사가 내려가서 서류를 작성하는 동안 우리는 개울에 송어가 있나 살펴보았다. 빌이 스페인 군인에게 다가가 스페인 말을 시도해보았지만 잘 되지 않았다. 그 다음엔 로버트 콘이 그에게 손짓으로 개울에 송어가 있느냐고 물었더니, 있긴 한데 많지는 않다는 대답이 돌아왔다. 난 그 군인에게 낚시를 해봤느냐고 물었는데 그는 관심이 없다고만 말했다.

바로 그때 저만치서 노인 한 사람이 터벅터벅 이쪽으로 걸어오고 있었다. 그는 햇볕에 그을린 머리칼과 꺼칠한 수염을 기른 모습으로 꼭 마대자루 같은 옷을 입고, 등에는 작은 양 한 마리를 멘 채 지팡이를 들고 있었다. 양의 머리가 땅 쪽으로 축 처져 있었다. 스페인 군인이 대검을 들어 올리며 그에게 오라는 신호를 했다. 그러자 노인은 아무 말도 없이 스페인 땅으로 건너가 계속 걸어갔다.

"어떻게 된 거죠?"

내가 물었다.

"저 노인은 여권이 없거든요."

내가 군인에게 담배를 권하자 그는 한 개비를 뽑으며 고맙다고 했다.

"밀수가 많이 있나요?"

"네, 하지만 많이 빠져나가죠."

운전기사가 서류를 접으며 오더니 주머니 속에 집어넣었다. 우리는 다시 차를 타고 먼지 나는 길을 달려 스페인 땅으로 들어갔다. 한동안은 풍경이 다르지 않았는데 계속 올라가 산을 넘자 그때부터 완전히 다른 풍경이 나타났다. 검붉은 산들이 첩첩이 쌓여있고 산기슭에는 소나무와 너도밤나무 숲이 울창했다.

산을 넘어서부터 내리막길로 이어졌는데 가끔은 길에서 쉬고 있는 당나귀를 만날 때도 있었다. 운전기사는 그놈들을 피하려고 속도를 늦추거나 핸들을 급히 꺾어야 했다. 산을 다 내려가 참나무 숲 사이를 지나는데 흰 소들이 풀을 뜯고 있는 풍경이 펼쳐졌다. 초원이 넓게 펼쳐져 있고 시냇물도 졸졸 흘러갔다. 우리는 개울을 건너 우중충한 작은 마을을 지나 또 오르막길로 들어섰다. 계속 올라가 또 하나의 산을 넘어가자 내리막길이 시작되며 남쪽으로 길게 뻗은 산들이 웅장한 모습을 드러냈다. 산들은 여전히 짙은 갈색에 메말라 보이며 주름이 구불구불 져 있어 인상적인 모습이었다.

한참을 달려 우리는 산을 완전히 빠져나왔다. 도로에 들어서자 밀밭과 시냇가가 보이며 흰색 길이 곧장 길게 뻗어있었다. 다시 약간 오르막길이 시작되면서 왼쪽 언덕에 옛 성이 한 채 보였다. 성 옆에는 집들이 가까이 붙어있었다. 밀밭이 성벽 바로 아래까지 이어졌는데 바람에 일렁이는 모습이 무척 아름다웠다. 나는 운전기사 옆 좌석에 앉아있었기 때문에 풍경 감상하기가 더 좋았다. 콘은 잠이 들어있었고 빌은 나처럼 감상을 하며 고개를 끄덕끄덕 했다. 마침내 우리는 넓은 들판을 횡단해 가로수 사이로 들어섰다. 오른쪽으로 큰 강이 흐르며 햇살에 물결이 반짝거렸다. 그리고 팜플로나 고원이 멀리 보이기 시작했다. 시가지의 성벽과 거대한 갈색 사원 그리고 다른 교회들의 첨탑도 윤곽이 드러났다. 고원 뒤로는 사방이 산으로 둘러싸여 있었다. 길은 계속 직선으로 뻗어 팜플로나로 향해갔다.

고원 뒤쪽으로 해서 도시로 들어가는데 길이 몹시 가파르게 경사져 있고 먼지가 날리며 길 양쪽으로 가로수가 빽빽해 햇빛이 들어오지 않을 정도였다. 길이 다시 평평해지며 성곽 밖에 새로 만드는 시가지가 나타났다. 흰색 높은 벽으로 돼있어 마치 콘크리트 담처럼 보이는 투우장을 지나 우리는 큰 광장으로 들어서서 마침내 호텔 몬토야 앞에 도착했다.

우리가 짐을 내리고 있는데 아이들이 우르르 몰려와 자동차를 구경했다. 날씨가 너무 더워 우리는 햇빛을 피하기 위해 우선 광장을 둘러싸고 있는 회랑 그늘로 들어갔다. 호텔 주인은 우리를 반기며 광장이 잘 내다보이는 전망 좋은 방을 주었다. 우리는 일단 샤워를 하고 옷을 갈아입은 다음 식사를 하러 아래층으로 내려갔다. 운전기사는 식사를 한 다음 다시 바욘으로 돌아갔다.

몬토야 호텔엔 식당이 두 개 있었다. 하나는 2층에 있고 또 하나는 지하층에 있었다. 그곳은 투우장으로 가는 소가 지나가는 뒷골목 쪽으로 문이 나있어 덥지 않고 항상 시원했다. 우리는 거기서 점심을 먹었다. 스페인에서 첫 식사였는데, 오르되브르와 계란, 고기 두 접시, 야채, 샐러드 그리고 과일 디저트로 놀라울 만큼 푸짐했다. 와인 또한 안 마실 수 없었다. 로버트 콘은 두 번째 고기 접시를 취소하려고 했는데 우리가 옆에서 통역을 해주지 않아 종업원이 그에게 찬고기를 가져다주었다. 콘은 바욘에서 만났을 때부터 왠지 초조해 보였다. 브렛과 함께 산세바스티안에 있었다는 걸 우리가 알고 있나 싶어 불편한 것 같았다.

"참 브렛과 마이크가 오늘 밤에 도착할 거야."

내가 말했다.

"안 올지도 모르는데."

콘이 대꾸했다.

"왜 안 오겠어? 올 거야."

빌이 말했다.

"뭐, 항상 늦는 사람들이니까."

내가 말했다.

"왠지 안 올 것 같기도 해."

로버트 콘이 다시 말했다. 우리 둘보다 뭔가 더 알고 있는 것 같은 말투였다. 때문에 빌과 나는 약간 짜증이 났다.

"그럼, 난 그들이 오늘 밤에 온다는 데에 50페세타 걸게."

빌이 느닷없이 말했다. 그는 항상 화나는 일이 있으면 돈을 걸곤 했는데, 대부분은 쓸데없는 짓거리에 불과했다.

"나도 걸게. 제이크, 잘 기억해둬. 50페세타야."

콘이 말했다.

"내가 잘 기억하고 있어."

빌은 애써 화를 억누르는 모습이었다.

"그들은 분명 와. 오늘 밤은 아닐지도 모르지만."

내가 말했다.

"그럼 내기 취소할까?"

콘이 물었다.

"아니 왜 취소를 해? 원한다면 100페세타로 올릴 수도 있어."

"좋아! 그럼 그렇게 하지 뭐."

"자, 그만 둬. 그러다가 책 팔아서 나한테 줘야 할 테니까."

내가 말했다.

"난 상관없어. 어쩌면 브리지 게임에서 네가 다시 따갈지 모르지만."

콘이 빙긋이 웃으며 말했다.

"아직 네가 돈을 딴 것도 아니잖아."

빌이 말했다.

우리는 회랑 아래로 걸어 카페 이루냐로 갔다. 콘은 면도를 하러 호텔로 다시 들어갔다.

"제이크, 내가 이길 것 같아?"

빌이 내게 물었다.

"아니. 하여튼 그 둘은 시간에 맞춰 오는 일이 없거든. 돈이 안 왔으면 오늘 밤에는 분명 못 오는 거지."

"사실 나 말해놓고 후회했어. 그런데 참을 수가 없더라고. 그가 말하는 게 맞겠지만 어떻게 알게 된 걸까? 우리한테는 분명 이리 오겠다고 두 사람이 약속했잖아."

콘이 벌써 저쪽에서 걸어오고 있었다.

"저 녀석이 아는 체 하고 유대인 티내는 거 못 봐주겠다니까."

"이발소가 닫혔네. 4시 이후에 문 연대."

콘이 허겁지겁 오며 말했다.

우리는 시원한 이루냐의 회랑 테이블에 앉아 광장을 바라보며 커피를 마셨다. 잠시 후 빌은 편지를 쓰려고 호텔로 들어가고 콘은 다시 이발소로 갔다. 그런데 이발소가 여전히 닫혀 있어 그는 샤워를 하러 호텔로 올라갔다. 나는 카페에 더 앉아 있다가 시내를 돌아다녔다. 무척 더운 날씨였지만 그늘진 쪽으로 걸어 시장도 보고 여기저기 구경하며 꽤 재미있게 보냈다. 그러고 나서는 시청으로 가 매년 투우장 입장권을 부탁했던 직원을 만났다. 그는 내가 파리에서 부친 돈으로 예약을 해두었다. 그는 이 도시에서 일어나는 모든 일을 기록하는 일을 담당하고 있었다. 그의 사무실엔 사면 벽이 모두 기록문서들로 꽉 차 있었다. 그리고 출입문은 이중으로 돼있었다. 그의 사무실에서 나와 거리로 나서자 경비원이 갑자기 나를 불러 세우더니 다가와 내 옷에 묻은 먼지를 털어주었다.

"자동차를 타셨나보죠?"

재킷 칼라와 어깨에 먼지가 뿌옇게 쌓여있었던 것이다.

"네, 바욘에서 왔어요."

"그런 줄 알았어요. 먼지가 이렇게 많이 묻은 걸 보면 자동차로 멀리서 오신 거죠."

나는 그에게 팁을 조금 주었다.

거리 끝에 이르자 사원이 있었다. 처음 멀리서 봤을 때는 정면이 볼품없다고 생각했는데 가까이서 보니 아주 괜찮았다. 내부는 무척 어둡고 높은 기둥들이 서있었다. 곳곳에 기도하는 사람들이 있으며 향냄새가 진동했다. 크고 화려한 창문도 있었다.

나도 기도를 하려고 무릎을 꿇고 앉았다. 그리고 생각나는 모든 사람들, 특히 브렛과 마이크, 빌, 로버트 콘과 나 자신을 위해 기도했다. 또한 모든 투우사를 위해서도 기도했다. 내가 좋아하는 사람들은 하나씩 따로 따로 생각했고, 그 밖의 사람들은 뭉뚱그려 생각했다. 나 자신을 위해 또 한 번 기도를 하는 동안 졸음이 몰려와 나는 그냥 이번 여행에서 투우를 재미있게 보고 축제도 재미있으며 낚시가 잘 되게 해달라고 빌었다. 그리고 바랄 게 더 있나 하고 생각하다가 돈이 좀 있으면 좋겠다는 생각이 들어 돈을 많이 벌게 해달라고 간청하기도 했다. 그러다 보니 어떻게 돈을 벌 수 있나 하는 생각에 골몰하기 시작했다. 그때 백작이 기억에 떠올랐다. 그는 어디에 있을까. 몽마르트르에서 만난 그날 밤 이후로 그를 못 본 게 좀 후회스러웠다. 브렛이 그에 대해 했던 재미있는 말들이 떠올랐다. 나는 이마를 기둥에 대고 줄곧 이런 저런 생각을 하고 있었는데, 문득 나 자신이 부끄러웠다. 엉터리 가톨릭 신자인 것이 후회스러웠던 것이다. 하지만 지금으로서는, 아니 어쩌면 영원히 거기서 헤어나지 못할 것 같았다. 그래도 가톨릭이 위대한 종교임엔 틀림없었다. 다만 내가 종교적인 사람이 될 수 있기를, 언젠가는 그렇게 될 수 있기를 바랄 뿐이었다. 사원 밖으로 나오자 뜨거운 햇볕이 쏟아지고 있었다. 나는 건물 아래 그늘진 곳으로 가서 골목으로 들어가 호텔로 돌아왔다.

로버트 콘은 샤워와 이발을 하고 머리를 단정히 하기 위해 헤어제품도 바른 후 저녁 식사에 나타났다. 그는 여전히 긴장돼있는 표정이었지만 나는 굳이 아는 체를 하지 않았다. 산세바스티안에서 오는 기차가 9시에 도착하는데, 만약 브렛과 마이크가 온다면 그걸로 올 것이었다. 한참 식사를 하고 있는데, 시간이 벌써 9시 20분 전이었다. 로버트 콘이 일어나더니 역으로 가겠다고 했다. 나는 그를 떠보려고 같이 가겠다고 나섰다. 빌은 식사도 안마치고 갈 생각은 없다고 했다. 나는 곧 돌아오겠다고 빌에게 말했다.

역까지 걸어가는 동안 난 로버트 콘이 굉장히 초조해하고 있는 모습을 보며 속으로 웃음이 나왔다. 난 브렛이 이번 기차로 오길 바랐다. 그런데 역에 도착해보니까 기차가 연착한다는 것이었다. 우리는 할 수 없이 캄캄한 밖에서 기다릴 수밖에 없었다. 나는 로버트 콘처럼 초조해하면서도 열심히 사는 사람을 본 적이 없었다. 가만히 그를 보고 있으니 재미있었다. 야비한 소리인지 모르지만 난 정말 그를 보며 재미있어 했다. 콘은 상대방으로 하여금 나쁜 성질을 드러내게 만들고야 마는 이상한 점이 있었다.

얼마 후 고원 뒤쪽에서 기적 소리가 들리며 언덕을 올라오는 기차 불빛이 보였다. 우리는 역 안으로 들어가 사람들이 몰려서있는 출입구 앞에서 기다렸다. 곧 기차가 멈추며 사람들이 쏟아져 나왔다. 그러나 브렛과 마이크는 보이지 않았다. 사람들이 모두 역 밖으로 빠져나가 마차를 타거나 친구, 가족들과 함께 걸어서 거리의 어둠 속으로 사라질 때까지 우리는 기다려봤지만 그들의 모습은 나타나지 않았다.

"봐, 안 올 것 같다고 했잖아."

로버트가 말했다. 우리는 호텔로 터벅터벅 돌아갔다.

"난 사실 올 거라고 생각했어."

호텔에 들어가자 빌은 혼자 와인과 과일을 먹고 있었다.

"안 왔어?"

"어, 안 왔어."

"100페세타는 내일 아침에 줘도 괜찮겠지, 콘? 내가 아직 환전을 못 했거든."

빌이 말했다.

"아 그거? 그냥 내버려둬. 다른 걸로 내기를 하지 뭐. 투우에 거는 건 어떨까?"

콘이 말했다.

"할 수는 있지. 그런데 그럴 필요 없어."

빌이 대답했다.

"그거야 전쟁 내기 하는 거랑 같지. 경제적 이익은 필요치 않다는 얘기니까."

내가 말했다.

"난 투우가 되게 보고 싶어."

로버트가 말했다.

그때 몬토야 호텔 주인이 전보 한 장을 들고 우리에게로 왔다.

"당신에게 온 거네요."

그는 내게 전보를 내밀었다. 열어보니, '산세바스티안에 투숙'이라는 내용이 씌어 있었다.

"그 친구들이 보낸 거야."

나는 전보를 두 사람에게 보여주지도 않고 그냥 호주머니에 집어넣었다. 다른 때 같았으면 돌려 보았을 것이다.

"산세바스티안에서 자고 온대. 안부 전하라고 하는군."

내가 말했다.

그때 난 로버트 콘을 계속 곯려주고 싶은 충동을 느끼고 있었다. 왜 그랬는지 모르겠다. 아니, 당연히 잘 알고 있다. 나는 그에게 맹목적으로, 용서할 수 없을 만큼 심한 질투를 느꼈고, 그와 브렛 사이에 무슨 일이 일어났는지 전혀 모르고 있었다. 그런데 내 감정을 난 당연하게 생각하고 있었고, 그래서 내가 변해야 할 이유가 없었다. 나는 정말 그에게 질투심이 솟구쳤다. 점심 때 그가 유난히 잘난 체를 하며 요란스럽게 단장을 하고 나타나기 전까지만 해도 내가 정말로 그를 질투했다고는 생각지 않았다. 그래서 전보를 보여주지도 않았던 것이다. 그리고 전보는 다른 사람들이 아닌 나한테 온 것이기도 했다.

"자, 내일 낮 버스로 부르게테로 출발하지 뭐. 그 사람들은 내일 밤에만 와도 우리와 합류할 수 있을 테니까."

내가 말했다.

산세반스티안에서 오는 기차는 하루에 두 번밖에 없었다. 아침 일찍 한 번과 저녁에 한 번이었다.

"그래 그렇게 하는 게 좋겠어."

콘이 말했다.

"어쨌든 낚시는 빨리 갈수록 좋겠지."

"난 언제 가도 상관없어. 그래도 빨리 가는 게 좋겠지."

빌이 말했다.

우리는 이루냐에서 커피를 마시며 한참 노닥거리다가 산보를 좀 한 후 투우장으로 갔다. 투우를 보고나서는 들판을 가로질러 걷다가 언덕 끝에 서있는 나무 아래로 내려가 컴컴한 강을 내려다보았다. 난 피곤해 일찍 호텔로 들어가 잤는데, 빌과 콘은 아마도 늦게까지 카페에 있었던 것 같다.

다음 날 아침, 나는 부르게테 행 버스표 세 장을 샀다. 오후 2시에 떠나는 차였다. 그 전엔 가는 버스가 없었다. 내가 카페 이루냐에 앉아 신문을 읽고 있는데, 로버트 콘이 광장을 건너 내 테이블로 다가왔다.

"이 카페 참 괜찮아. 잘 잤어, 제이크?"

"금방 곯아떨어졌지."

"난 조금밖에 못 잤어. 빌하고 늦게까지 밖에 있었거든."

"어디 있었는데."

"여기 있다가 문 닫기에 딴 데로 갔지. 그 카페 주인은 독어와 영어를 하더라고."

"아, 카페 수이소 거기?"

"맞아. 사람 좋더라고. 여기보다 나은 것 같아."

"낮엔 별로야. 너무 덥더라고. 참 버스표 샀어."

"난 오늘 안 가고 싶어. 빌하고 먼저 가."

"너 표도 샀는데."

"이리 줘. 가서 환불하면 되지 뭐."

258 태양은 다시 떠오른다

"5페세타야."

로버트 콘은 내게 5페세타를 미리 주었다.

"난 여기 좀 있어야겠어. 무슨 오해가 생긴 것 같아서 말이야."

"글쎄, 그런데 그 사람들이 거기서 파티라도 하면 3,4일은 여기 안 올지도 모르는데."

"나도 그런 생각이 들어. 아마 내가 그리로 오길 바라는지도 모르겠어. 그래서 거기 머무는 것 같아."

"무슨 이유로 그런 생각을 하지?"

"브렛에게 그런 암시를 주는 편지를 보냈거든."

"그럼 왜 거기서 그들을 기다리지 않았어?"

난 이 말이 입까지 나왔지만 내뱉지는 않았다. 콘 자신도 당연히 그런 생각을 했을 것이기 때문이다. 그는 자신과 브렛 사이에 무슨 일이 있었다는 걸 내가 알고 있다고 전제하는 것 같았다. 그래서 안 그러면 말할 수 없는 비밀까지도 내게 얘기하고, 심지어 그걸 즐기고 있었다.

"그럼 빌과 나는 점심 먹고 출발할게."

"나도 같이 갈 수 있으면 좋겠는데, 여기 있어야 될 것 같아. 그 사람들 오면 데리고 금방 갈게. 내가 이번 낚시 여행을 얼마나 기다렸어?"

콘은 이제 감상적인 기분에 빠져있었다.

"그런데 빌은 어디 있지?"

"난 이발소에 들러야겠어."

"그럼 점심 때 만나."

빌은 그의 방에서 면도를 하고 있었다.

"아 콘 말이야. 어젯밤에 그 일에 대해 다 얘기해주더라고. 글쎄 산세바스티안에서 브렛과 만나기로 했었대."

"나한테 거짓말 했구먼!"

"아니 잠깐, 화내지 마. 같이 여기까지 여행 와서 화내면 안 되지. 그런데 그 친구는 도대체 어떻게 알게 된 거야?"

빌이 물었다.

"긴 말 필요 없어."

빌은 면도를 하며 비누 거품을 얼굴에 바르면서 거울을 통해 나를 쳐다보았다.

"지난 겨울에 내가 뉴욕에 있을 때 네가 그 친구 편에 편지를 보냈잖아. 내가 주소가 없어서 말이야. 어쨌든 유대인 친구 더 데리고 올 사람 없어?"

그는 면도가 잘 되었나 손으로 문질러보더니 계속 하기 시작했다.

"네 친구들 중에도 엉터리들이 있던데."

"물론이지. 한심한 놈들도 있어. 그래도 로버트 콘과는 비교가 안 되지. 콘이 사람이 좋다는 건 알고 있어. 좀 이상한 구석이 있어서 그렇지. 한데 요즘은 완전히 밥맛 떨어졌어."

"그래 아주 좋은 점이 있더라고."

"안다니까. 그게 바로 밥맛없는 점이기도 해."

나는 말하고 나서 한바탕 웃어버렸다.

"그래 자꾸 그렇게 웃으라고. 넌 새벽 2시까지 그 친구하고 있지 않았으니까."

"어땠는데?"

내가 물었다.

"굉장했지. 그런데 그 친구와 브렛은 도대체 어떤 사이야? 무슨 관계라도 있는 거야?"

빌이 턱을 치켜들고 얼굴을 문지르며 물었다.

"그럼. 브렛이 그 친구 데리고 산세바스티안에 갔었거든."

"저런 쯧쯧. 그 여자는 무슨 그런 머저리 같은 짓을 했대?"

"파리를 벗어나고 싶은데 혼자서는 어딜 못 가는 성격이라 콘에게 같이 가자고 하면 좋아할 것 같았다는 거야."

"사람들은 왜 그리 바보 같은 짓을 할까? 아니, 왜 자기 친구들하고 같이 가지 않았을까? 아니면 너도 있고."

그는 미적거리는 투로 말을 이었다.

"아니면 나도 있잖아. 내가 안 될 것도 없고 말이야?"

그는 거울에 자기 얼굴을 바짝 대고 들여다보며 다시 비누거품을 잔뜩 발랐다.

"정직해 보이는 얼굴이지. 여자들을 안전하게 지켜줄 수 있는 얼굴 말이야."

"브렛이 그걸 못봤으니까 그렇지."

"여자들은 정직한 얼굴이 뭔지 알아야 돼. 자 보라고. 영화배우가 돼도 괜찮은 얼굴 아니야? 모든 여자들은 제단을 떠날 때 이 얼굴을 사진 찍어서 가지고 가야 된다니까. 모든 어머니들은 딸들에게 이 얼굴에 관한 얘기를 해줘야 되고 말이야. 자, 내 아들아."

그는 면도칼을 들어 나를 가리켰다.

"이 얼굴과 함께 서부로 가서 나라를 건설하라."

빌은 세면대에 얼굴을 처박아 씻고 나더니 스킨을 바르고 다시 거울 속에 비친 자신의 얼굴을 한참 들여다보며 길쭉한 윗입술을 잡아당겨 보았다.

"아이고! 참 괴상하게도 생겼네! 그런데 그 로버트 콘 말이야, 그 친구만 보면 솔직히 좀 역겹고 지겨워. 낚시에 그 친구가 안 온다니까 다행이지 뭐야."

"사실 그래."

"그럼 이제 드디어 이라티 강으로 송어낚시를 가는 거네. 점심땐 스페인 포도주에 취하고, 그 다음엔 버스로 출발하는 거야."

"자, 그럼 이루냐로 가자."

내가 말했다.

11

점심을 먹은 뒤 부르게테로 가는 버스를 타려고 가방과 낚싯대를 들고 나왔다. 날씨가 탈 듯이 뜨거웠다. 버스의 2층으로 올라가려면 사다리를 타야 했다. 빌이 올라가 자리를 잡고 로버트는 나 대신 잠시 앉아 있었다. 와인을 몇 병 가지러 내가 호텔로 돌아갔기 때문이다. 버스로 다시 갔을 때는 사람들로 무척 붐비고 있었다. 2층엔 여자와 남자들이 섞여 짐을 놓고 그 위에 앉았다. 날씨가 너무 더워 여자들은 부채질을 해댔다. 나는 로버트가 맡아놓은 자리에 가서 앉았다. 나무의자들인데 지붕에 가로질러 만들어진 것이었다. 로버트 콘은 회랑 그늘 아래 서서 우리가 떠날 때까지 기다리고 있었다.

바스크 사람 하나가 가죽으로 된 커다란 술 주머니를 가지고 우리 다리에 등을 기댄 채 앞에 앉아있었다. 그가 술 주머니를 우리한테 내밀며 마시라고 하자 난 그걸 받아 입에 대고 기울였다. 그때 갑자기 그 남자가 자동차 클랙슨 소리 같은 이상한 소리를 내는 바람에 난 술을 흘리며 웃지 않을 수 없었다. 그는 미안하다고 하며 다시 한 번 마시라고 했다. 그 남자는 나중에 그 소리를 또 한 번 흉내 내며 나를 재차 놀렸다. 그 소리가 너무나 꼭 진짜 같았기 때문이다. 그는 그 장난을 좋아했다. 빌 옆에 앉아있는 사람이 그에게 스페인 말로 말을 걸었지만 빌은 알아듣지 못했다. 그래서 빌은 그에게 와인을 권했다. 하지만 그 사람은 손을 내저으며 거절했다. 날씨가 너무 더운 데다 점심 때 너무 많이 마셨기 때문이라고 했다. 빌이 다시 권하자 그는 한 모금 크게 마시더니 옆 사람들에게 병을 돌렸다. 다들 예의를 갖춰 한 모금씩 마신 다음 마개를 막아 치우게 했다. 그들은 모두 자기들의 가죽 술 주머니에서 한 모금씩 마셔주기를 원했다. 그들은 산으로 올라가는 농부들이었다.

클랙슨을 몇 번 울린 다음 마침내 버스는 출발했다. 로버트 콘이 우리에게 손을 흔들어보이자 옆에 있던 바스크 인들도 그에게 손을 흔들었다. 버스가 시내를 벗어나자마자 공기가 시원했다. 높은 곳에 앉아있으니까 큰 나뭇잎들 바로 아래를 지나가게 돼 훨씬 더 상쾌했다. 버스가 속도를 내면서 바람이 한층 더 시원했다. 먼지를 하얗게 날리며 언덕을 내려가자 멀리 보이는 강 위 절벽에 아름다운 마을의 모습이 드러나 보였다. 내 무릎에 기대 누워있던 바스크 인이 술 주머니로 그 풍경을 가리키며 눈을 찡긋했다. 그리고 머리를 끄덕거리며 말했다.

"경치 멋있죠, 네?"

그러자 빌이 나를 돌아보았다.

"바스크 사람들 좋은데."

좀 전에 말한 바스크인은 햇빛에 얼굴이 그을어 마치 가죽 안장 같은 색깔이었다. 그도 다른 바스크 인들처럼 검은 작업복을 입고 있었다. 가무잡잡한 목에는 주름이 굵게 잡혀있었다. 그가 빌을 돌아보며 술 주머니를 내밀자 빌은 그에게 와인을 권했다. 하지만 그는 와인을 마시지 않고 병마개를 손바닥으로 꾹 눌러 막고는 다시 빌에게 돌려주었다. 그러고는 계속 인심 좋게 술 주머니를 내밀었다.

"자 드세요! 망설이지 말고 드세요."

빌은 술 주머니를 받아 고개를 뒤로 젖히고 술을 입에 부었다. 그리고 가죽 술 주머니를 내려놓았는데 턱에서 술이 흘러내렸다.

"아니! 아니! 그렇게 하면 안 돼요."

바스크 사람이 소리를 쳤다. 그러자 다른 바스크 인이 주머니를 빼앗아 자신이 시범을 보이겠다고 했다. 젊은 사람이었는데, 그는 술 주머니를 높이 들고 손으로 가죽주머니를 짜듯 주무르며 입안으로 술 줄기가 곧바로 쭉 들어가도록 했다. 움직이지 않고 계속 그렇게 하니까 술이 같은 속도로 쉽게 들어갈 수 있었다.

"이봐! 그 술 누구 거지?"

술병 주인이 소리를 질렀다. 그러자 청년은 그에게 새끼손가락을 흔들며 우리를 보고는 눈웃음을 지었다. 그러고는 술 주머니를 더 높이 당기듯 쳐들었다가 내려놓았다. 그는 다시우리에게 눈을 찡긋했다. 주인이 술 주머니를 들고 흔들어보았다. 거의 바닥이 난 모양이었다.

버스가 시내로 들어가더니 한 여관 앞에 멈춰 섰다. 운전기사가 내려 가방 5, 6개를 싣고는 다시 출발했다. 시내를 벗어나면서 오르막길이 시작됐는데, 경작지 사이로 길이 이어지고 한쪽엔 바위산이 자리 잡고 있었다. 밭은 산중턱까지 이어졌다. 꽤높은 곳이라 곡식들이 바람에 출렁거렸다. 버스 뒤로 하얀 먼지가 일어나면서 공기 중에 뿌옇게 남아있었다. 길은 점차 산 정상까지 올라가 경작지가 더 아래로 보일 정도였다. 헐벗은 산허리엔 수로를 끼고 여기저기에 조그만 밭이 있었다. 반대편에서 노새 여섯 마리와 높게 짐을 싣고 포장으로 덮은 짐차가 지나가고 있어 버스는 길 한쪽으로 비켜주었다. 짐마차와 노새는 허옇게먼지를 뒤집어쓰고 있었다. 그런데 또 이어서 짐마차 한 대와 노새 몇 마리가 나타났다. 그 짐마차에는 목재를 싣고 있었는데 노새를 몰고 가던 마부는 우리 버스가 지나갈 때 몸을 뒤로 재끼면서 두꺼운 나무로 만든 브레이크를 걸었다. 바위투성이라 땅이무척 척박하고 진흙땅은 비에 깊이 파여 있었다. 길을 돌아 한마을로 들어가자 갑자기 양쪽에 푸른 계곡이 나타났다. 마을 한복판엔 개울이 흐르고 있고 포도밭이 펼쳐져 있었다.

　버스가 한 여관 앞에 멈추자 사람들이 많이 내리고 운전기사도 짐을 내리느라 바빴다. 빌과 나도 내려서 여관으로 들어갔다. 나지막하고 어두컴컴한 실내엔 말안장과 마구, 흰 목재로만들어진 건초용 갈퀴가 있고, 천장엔 햄과 베이컨, 흰 마늘, 소시지, 그리고 캔버스 천으로 만들어 밧줄로 바닥을 댄 신발들이걸려있었다. 내부는 서늘하면서 약간 음산하기도 했다. 여자 둘이 목제 카운터 뒤에서 주문을 받고 있었다. 바 안의 선반엔 식료품 등이 놓여있었다.

우리는 아가르디엔테(스페인산 브랜디)를 한 잔씩 마시고 40상팀을 냈다. 사실은 팁까지 포함해 50상팀을 냈는데 내가 잘못 계산할 줄 알고 그들은 10상팀을 거슬러 주었다.

우리에게 술을 권했던 바스크인 두 사람이 들어와 한 잔 사겠다고 고집을 부렸다. 그래서 그들의 술을 얻어먹고 우리도 한 잔을 샀다. 그랬더니 그들은 우리 등을 치며 또 한 잔을 사는 것이었다. 우리도 또 그들에게 한 잔을 대접했다. 밖은 여전히 뜨거웠다. 우리는 다시 출발하기 위해 버스 지붕으로 올라갔다. 내린 사람들이 있어서 모두 좌석에 앉을 수 있었다. 양철 지붕 위에 누워있던 바스크인도 이제는 자리에 앉았다. 바에 있던 여자가 수건에 손을 닦으며 나와 버스 안에 있는 어떤 사람과 얘기를 나누었다. 잠시 후 운전기사가 얇은 가죽 우편주머니 두 개를 들고 나와 차에 오르자 모두들 손을 흔들며 버스는 출발했다.

푸른 계곡을 벗어난 길은 다시 오르막길로 해서 산으로 올라갔다. 빌은 술 주머니 주인과 얘기를 하고 있었다. 저쪽 좌석에서 한 남자가 몸을 내밀며 내게 영어로 물었다.

"두 분은 미국인이세요?"

"네, 그렇습니다."

"나도 거기 가봤어요. 40년 전이었죠."

나이가 많은 사람이었는데, 다른 사람들처럼 얼굴이 가무잡잡하고 흰 수염이 덥수룩하게 나있었다.

"그땐 어땠어요?"

"뭐라고요?"

"그때는 미국이 어땠냐고요?"

"아, 난 그때 캘리포니아에 있었는데, 좋았죠."

"그런데 왜 떠나오셨어요?"

"뭐라고요?"

"왜 다시 오셨느냐고요?"

"아! 결혼하러 왔었죠. 난 돌아갈 생각이었는데 아내가 가기 싫어해서요. 미국 어디서 왔어요?"

"캔자스시티요."

"나 거기도 갔었어요. 시카고, 세인트루이스, 캔자스시티, 덴버, 로스앤젤레스, 솔트레이크시티, 그런 데 다 갔었죠."

노인은 지명 하나하나를 정확하게 말했다.

"얼마나 계셨어요?"

"15년이오. 그러고 나서 돌아와 결혼했죠."

"한 잔 드실래요?"

"좋죠. 미국엔 이런 것 없지 않아요?"

그가 말했다.

"돈만 있으면 얼마든지 있습니다."

"그래, 여긴 뭘 하러 오셨나요?"

"팜플로나의 축제 구경을 하러 가는 길입니다."

"아, 투우를 좋아하시나보죠?"

"물론이죠. 아저씨는요?"

"네, 나도 좋아하는 편이죠."

한동안 말이 그쳤다가 노인이 다시 물었다.

"지금 어디로 가는 길이오?"

"부르게테로 낚시하러 가는 중입니다."

"아, 네, 고기 많이 잡으세요."

주변에 있던 다른 바스크 인들이 놀란 듯 노인을 쳐다보았다. 나도 그쪽 풍경을 구경하기 위해 고개를 돌렸는데 노인이 편안히 앉아서 나를 보고 미소를 지었다. 하지만 노인은 오랜만에 영어를 하느라 신경을 써서 피곤을 느끼는 것 같았다. 그 후로는 아무 말도 하지 않았다.

버스는 계속 오르막길을 올라갔다. 땅이 척박하고 진흙길이며 어딜 봐도 바위투성이였다. 길가엔 풀 한 포기도 없었다. 뒤를 돌아보자 풍경이 저 밑에 펼쳐져 있었다. 더 먼 곳 산허리에는 푸른색과 갈색의 네모난 경작지가 보였다. 그리고 갈색 산맥이 길게 지평선을 이루고 있었다. 산맥 모양이 이상해 버스가 높이 올라가면서 지평선 모양도 달라졌다. 올라갈수록 남쪽에 다른 산들의 모습도 나타났다. 길은 이제 산을 넘어 한동안 평지로 이어지다가 산림 속으로 들어갔다. 코르크나무 숲이었는데 울창한 나무 사이로 가느다란 햇빛이 겨우 조금 비치고, 나무들 사이에서 가축들이 풀을 뜯고 있었다. 숲을 벗어난 다음엔 높은 구릉지대를 따라 도는데 앞쪽에 멀리 초록색 들판이 구불구불 나 있고, 그 뒤로는 시커먼 산맥이 가로놓여 있었다. 산맥은 아까 지나왔던 헐벗은 갈색 산과는 달랐다. 이곳엔 숲이 빽

빡하고 정상엔 구름이 피어나고 있었다. 푸른 들판이 넓게 펼쳐져 있는데, 경계에 울타리가 쳐있고 그 사이를 가로질러 길이 하얗게 나있었다. 고원지대를 거의 다 넘어서자 앞쪽에 다시 너른 들판이 보이며, 부르게테의 붉은 지붕을 한 흰 집들이 모여 있는 것도 보였다. 그리고 멀리 보이는 언덕에는 론세스바예스 수도원의 금색 지붕이 우뚝 솟아있었다.

"저기가 롱스보야."

내가 외쳤다.

"어디?"

"저기 산이 시작되는 곳 말이야."

"이 동네는 춥네."

빌이 말했다.

"높으니까 그렇지. 여기가 해발 1200미터쯤 되거든."

"굉장히 추운데."

버스는 부르게테로 통하는 직진 길로 곧장 들어섰다. 사거리를 지나고 다리를 건너자 집들이 양쪽으로 늘어선 부르게테 시가지가 나타났다. 사이로 빠지는 길은 전혀 없었다. 교회와 학교 앞을 지나 마침내 버스가 멈춰 섰다. 우리는 그곳에 내려 가방과 낚싯대를 챙겨들었다. 바로 그때 삼각모를 쓰고 노란색 혁대를 어깨에 가로질러 메고 있는 군인 한 사람이 다가왔다.

"이 속에 뭐가 있죠?"

그는 낚싯대 케이스를 가리켰다. 내가 열어보이자 그는 낚시 허가증도 보여 달라고 했다. 그는 허가증을 펼쳐 날짜를 유심히 살펴보더니 다시 돌려주며 가라는 신호를 했다.

"됐나요?"

"네, 가세요."

우리는 길을 걷다가 가족들이 모두 집 앞에 옹기종기 모여앉아 있는 흰색 돌집을 지나 한 여관으로 들어갔다.

여관 주인인 뚱뚱한 여자가 주방에서 나와 우리를 맞았다. 그녀는 안경을 벗어 닦고는 다시 썼다. 여관 내부는 썰렁하게 춥고 밖에선 바람이 불기 시작했다. 어린 티가 나는 젊은 여자가 위층으로 앞장서며 방을 안내했다. 방엔 침대 두 개와 세면대, 옷장이 있고, 벽엔 론세스바예스의 성모상 동판이 걸려 있었다. 덧창이 바람 때문에 덜커덩거렸다. 방은 여관의 북쪽에 자리하고 있었다. 우리는 샤워를 하고 스웨터를 껴입은 후 아래층 식당으로 갔다. 식당은 바닥이 돌로 돼있으며 나지막한 천장에 벽은 참나무 판자로 둘러져 있었다. 덧창이 모두 닫혀있는데도 어찌나 추운지 입김이 보일 정도였다.

"아이고! 내일은 이렇게 춥지 않겠지. 내일도 날씨가 이러면 난 낚시 가고 싶은 생각 없는데."

빌이 말했다.

그는 식당 한쪽 구석에 피어노가 놓여있는 걸 보고는 가서 치기 시작했다.

"움직여서 몸을 좀 녹여야겠어."

빌이 피아노를 치는 동안 나는 주인 여자에게 가서 숙박비와 식사비를 내려고 값을 물었다. 한데 그녀는 손을 앞치마 밑에 넣고 얼굴을 돌리며 말했다.

"12페세타에요."

"네? 팜플로나에서도 그렇게 비싸지는 않던데요."

그녀는 대답도 안 하고 안경을 벗어 앞치마로 닦았다.

"너무 비싸네요. 큰 호텔도 그렇게는 안 받을 텐데요."

"여기는 욕실이 있잖아요."

"그럼 더 싼 방은 없어요?"

"요즘은 없어요. 지금이 성수기거든요."

하지만 여관에 손님이라곤 우리밖에 없었다. 며칠만 머물 거라 난 그냥 넘어가기로 했다.

"그럼 술도 포함되나요?"

"네."

"좋아요, 그럼."

식당으로 들어가자 빌은 얼마나 추운지 보여주겠다며 입김을 불어보였다. 그러면서 계속 피아노를 쳤다. 나는 의자에 앉아 벽의 그림을 감상했다. 토끼와 꿩, 오리 그림도 있었는데, 모두 죽은 모습이었다. 그림들은 전부 우중충하고 색도 바래있었다. 찬장에 술병들이 가득 차 있어 나는 병들에 붙은 상표들을 모두 읽어보았다. 그러는 동안 빌은 계속 피아노를 치고 있었다.

"아무리 쳐도 몸이 안 녹는구먼. 뜨거운 럼 펀치나 마셔볼까?"

빌이 말했다.

나는 주인여자에게 다시 가서 럼 펀치 만드는 방법을 일러주

며 부탁을 했다. 그러자 2, 3분 후에 어린 여자아이가 김이 모락
모락 나는 그릇을 들고 왔다. 빌과 나는 그걸 마시며 추위를 좀
달래보았다. 그런데 럼이 충분히 들어있지 않았다. 나는 식당
찬장에 있는 럼 술병을 가져와 그릇에 반쯤 따랐다.

"아니, 직접 그렇게 가져오면 도둑질 하는 건데."

내 행동을 보고 빌이 말했다. 그때 젊은 여자가 들어와 저녁
식사를 준비하기 시작했다.

"아, 이 지역은 바람이 정말 세네."

빌이 또 말했다.

잠시 후 젊은 여자는 뜨거운 야채수프가 든 큰 그릇과 와인
한 병을 식탁으로 가져왔다. 그 다음엔 송어요리와 스튜가 나오
고 후식으로 딸기가 나왔다. 우리는 와인까지 다 비우며 맛있게
먹었는데, 가만 생각해보니 와인을 포함하면 그 여관이 비싼 게
아니었다. 우리는 와인을 몇 병이나 더 마셨다. 술 인심이 아주
좋았던 것이다. 주인여자는 잠깐 와서 빈 병을 세어본 후 다시
나가버렸다.

식사 후 우리는 방으로 올라가 담배를 피우며 이불을 둘러쓰
고 책을 읽었다. 바람소리에 한 번 잠이 깼지만 따뜻하게 잘 수
있었다.

12

아침에 일어나자마자 나는 창문으로 가 밖을 내다보았다. 바람도 잠잠해지고 산 위엔 구름 한 점 없이 맑았다. 그런데 여관 앞에 짐마차 몇 대와 지붕이 바람에 찢겨진 낡은 역마차 한 대가 서있었다. 요즘엔 정말 보기 힘든 역마차였다. 염소 한 마리가 짐마차 위로 올라가서는 다시 역마차 위로 뛰어올랐다. 그런 다음 아래에 있는 다른 염소를 쳐다보며 올라오라는 시늉을 했다. 그때 내가 위에 있는 염소에게 손을 흔들자 그는 얼른 아래로 뛰어내리고 말았다.

빌은 여전히 자고 있었다. 나는 옷을 갈아입고 조용히 복도에 나가 신발을 신고는 아래층으로 내려갔다. 아래층에도 아무도 일어난 사람이 없어 난 현관문을 열고 밖으로 나갔다. 이른 아침이라 무척 쌀쌀하고 바람이 지나간 뒤 내린 이슬이 아직 촉촉하게 남아있었다. 나는 여관 뒤에 있는 창고로 가서 괭이 비슷한 연장을 하나 찾아 미끼로 쓸 지렁이를 잡으러 개울로 내려갔다. 개울은 깨끗하고 얕았지만 송어가 있을 것 같지는 않았다. 둔덕의 풀밭을 괭이로 찍어 흙을 파헤쳤더니 안에 지렁이가 있는데 금방 스르르 들어가 버렸다. 그래서 조심스레 흙을 들어 올려 지렁이를 제법 많이 잡았다. 나는 그걸 담배통 안에 넣었다. 언제 왔는지 염소 한 마리가 내 뒤에 서서 흙 파는 것을 지켜보고 있었다.

여관으로 돌아오자 주인여자가 주방에 나와 있었다. 난 그녀에게 지금 아침식사를 준비해주고 점심은 가지고 가도록 싸달라고 했다. 방으로 올라갔더니 빌도 일어나 침대에 앉아있었다.

"창밖을 내다보고 있었어. 조용히 나갔나본데, 뭐 하고 왔어? 어디다 돈이라도 파묻고 왔어?"

빌이 나를 보고는 못마땅한 듯 말했다.

"이 게으름뱅이 같으니라고!"

"우리의 이익을 위한 무슨 일이라도 했어? 아주 멋져! 매일 아침 그렇게 해주면 좋겠는데."

"자, 일어나시지."

"뭐 일어나라고? 난 안 일어날 거야."

그는 다시 침대 속으로 들어가 이불을 턱까지 끌어올렸다.

"나를 일어나게 하려면 설명을 해보라고."

나는 낚시 도구들을 꺼내 한 가방에 집어넣었다.

"왜 안 갈 거야?"

빌이 물었다.

"난 내려가서 밥이나 먹을 거야."

"아 밥? 왜 밥 먹는다는 얘기는 안 했어? 난 그냥 일어나라고 한 줄 알았지. 밥 먹는다고? 좋아. 그럼 말이 되지. 너는 나가서 지렁이나 더 찾아봐. 곧 내려갈 테니까."

"뭐라고? 제기랄!"

"공동의 이익을 위해 일하라고. 그리고 아이러니와 연민을 보이란 말이야."

빌은 훈계조로 말하면서 내의를 입기 시작했다.

나는 낚시도구 가방과 망, 낚싯대를 들고 막 방을 나가려 했다.

"헤이! 잠깐만! 아이러니와 연민도 조금 안 보여주고 간단 말이야?"

나는 엄지손가락을 코에 대며 무시하는 동작을 해보였다. 그가 다시 떠들었다.

"그건 아이러니가 아니잖아."

층계를 내려가는데 빌이 노래하는 소리가 들렸다.

"아이러니와 연민이여. 기분이 내킬 때는… 아이러니를 주고 또한 연민을 주어라. 오오, 아이러니를 주어라. 기분이 내킬 때는… 약간의 아니러니를. 그리고 약간의 연민을…"

그는 계속해 불러댔다. 아래층까지 그의 목소리가 들려왔다. 노래는 '나와 내 애인을 위해 종은 울린다' 라는 제목의 곡이었다. 나는 식당에서 1주일 전의 스페인 신문을 읽고 있었다. 빌이 내려오기에 물었다.

"그런데 아이러니와 연민이라니 도대체 그게 뭐야?"

"뭐? 아이러니와 연민을 몰라?"

"모르겠는데. 그걸 누가 부르기 시작했어?"

"요즘 유행인데. 뉴욕에서는 다들 미친 듯이 불러대고 있지.

전에 프라텔리니(1900년대 말과 1920년에 걸쳐 프랑스에서 폭발적인 인기를 끈 서커스단)가 유행할 때처럼 말이야."

젊은 여자가 커피와 버터 바른 토스트를 내왔다. 아니 버터를 발라 구운 게 아니라 먼저 구워서 버터를 바른 빵이었다.

"잼은 없나? 아이러니를 좀 써봐."

빌이 말하기에 내가 아가씨에게 물었다.

"잼 있어요?"

"그건 아이러니가 아니야. 내가 스페인어를 할 줄 알았으면 좋았을 텐데."

커피 맛이 좋아 우리는 큰 사발로 마셨다. 아가씨가 유리그릇에 딸기잼을 담아 가져왔다.

"고마워요."

"이봐, 그게 아니라니까! 좀 아이러니컬하게 말을 해보라고. 프리모 데 리베라(미겔 프리모 데 리베라 이 오르바네하1870~1930. 당시 스페인의 독재자)에 대해서도 한 마디 해주고 말이야."

"그럼 아프리카의 리프에는 무슨 잼이 있을 것 같으냐고 물어볼까?"

"그건 약해. 너무 약해. 안 되겠다. 넌 아이러니가 뭔지 못 알아듣는구나. 게다가 넌 연민도 없어. 어떤 연민이 담긴 표현을 해봐."

"로버트 콘."

"그거 괜찮군. 그게 나아. 자, 그럼 왜 콘이 연민을 자아내는가? 아이러니컬하게 말해봐."

그는 커피를 홀짝 마셨다.

"내 참, 아침 일찍부터 왜 그래?"

"저렇다니까. 저러고도 작가가 되려고 하다니. 너는 평생 신문쟁이나 해야겠다. 국적도 없는 신문기자 말이야. 침대를 벗어나는 순간부터 아이러니컬해야 되는 거야. 잠에서 깬 순간부터는 입에 가득히 연민을 담고 있어야 한다고."

"횡성수설 하는군. 어디서 주워들은 소리야?"

내가 물었다.

"여러 사람들한테서. 너는 책도 안 읽어? 아무도 안 만나? 너는 자신이 누군지 알고나 있어? 국적 없는 자라고. 왜 뉴욕에서 안 살지? 그랬으면 이런 것 정도는 다 알 텐데. 나더러 어떻게 하란 말이야? 매년 이렇게 와서 너한테 소식을 들려줘야 해?"

"자 커피나 더 마셔."

내가 말했다.

"좋아, 커피는 사람에게 좋은 거니까. 카페인 때문이지. 카페인이여, 우리는 여기 있도다. 카페인은 남자를 여자 말에 태우고, 여자를 남자 무덤으로 보낸다네. 너의 문제가 뭔지 알아? 국적이 없는 거라고. 가장 골치 아픈 문제 중 하나지. 그런 소리 들어봤어? 자기 조국을 버린 자 중에 인쇄할 만큼 가치 있는 글을 쓴 사람은 일찍이 없었다는 거 말이야. 신문에 실리는 글도 마찬가지야."

그는 다시 커피를 마셨다. 그러고는 계속해 떠들었다.

"너는 국적이 없는 자야. 조국 땅을 밟을 수 없는 거라고. 아주 귀한 몸이 된 거지. 가짜 유럽 기준이 너를 망쳤어. 죽도록 술만 마시는 거지. 섹스에 빠져있고 말이야. 넌 모든 시간을 일하는 데가 아니고 지껄이는 데 낭비하고 있거든. 넌 국적을 잃어버린 자야. 알겠어? 카페나 돌아다니고 있잖아."

"아주 멋진 생활이군. 그럼 일은 언제 하나?"

내가 말했다.

"넌 일을 안 한다니까. 어떤 녀석이 그러는데, 여자들이 네 생활비를 댄다고 하더군. 또 네가 성불구자라고 말하는 녀석도 있고."

"그건 아니고 사고로 다친 것뿐이야."

내가 반박했다.

"그런 말은 해봐야 소용없어. 언급할 필요도 없는 얘기지. 그런 건 그냥 미스터리로 남겨두라고. 헨리(헨리 제임스1843~1916. 미국에서 태어나 영국에 정주하여 영국 시민권을 획득했다)의 자전거처럼 말이야."

그는 한참 흥분해 떠들더니 입을 다물어버렸다. 나에게 성불구자니 어쩌니 하면서 내게 상처를 주었다고 생각한 것 같았다. 그래서 나는 그가 계속 지껄이도록 하고 싶었다.

"자전거가 아니라 말이라고 나는 들었는데."

내가 말했다.

"난 세발자전거라고 들었어."

"글쎄, 비행기도 어찌 보면 세발자전거와 비슷한 점이 있지. 조종간이 자전거와 비슷하게 움직이니까."

"그래도 페달은 안 밟잖아."

"그렇지. 페달은 안 밟지."

내가 말했다.

"그 얘기는 그만 하지."

빌이 말했다.

"그러지 뭐. 난 세발자전거 편을 들었던 것뿐이야."

"난 헨리가 좋은 작가라고 생각해. 너도 무척 좋은 친구고. 그런데 너더러 좋은 녀석이라고 말하는 사람 있어?"

"난 좋은 녀석이 아니니까."

"이봐. 너는 아주 좋은 녀석이야. 이 세상의 어떤 사람보다도 난 너를 좋아해. 뉴욕에서는 이런 말을 못했지. 이런 말을 하면 나를 동성애자라고 할 것 같아서 말이야. 남북전쟁도 그것 때문에 일어났잖아. 에이브러햄 링컨도 동성애자였거든. 그는 그랜트(율리시스 그랜트1822~1885. 남북전쟁 당시 북군의 총 사령관. 18대 미국 대통령)장군을 사랑했었지. 제퍼슨 데이비스(제퍼슨 데이비스 1808~1889. 남북전쟁 당시 남부 연합의 대통령)도 마찬가지야. 링컨은 내기를 걸어 노예를 해방시켰어. 드레드 스콧 사건(흑인 드레스 스콧이 시민권을 주장했지만 대법원에서 부결되어 결국 남북전쟁의 한 원인이 됨)도 반주류판매연맹에서 날조한 거라고. 모든 게 다 성적인 문제와 연관돼있어. 대령 부인과 주디 오그래디도 알고 보면 동성애를 했으니까."

그는 말을 멈췄다가 내게 물었다.

"더 듣고 싶어?"

"계속 떠들어봐."

"나도 그 이상은 몰라. 점심 먹으면서 좀 더 얘기해줄게."

"망할 자식!"

도시락과 와인 두 병을 넣은 배낭은 빌이 짊어지고, 나는 낚싯대와 뜰채 등을 챙겨 들었다. 한동안 걷다가 우리는 목장을 통과해 빠른 길로 갔다. 그리고 오솔길로 해서 오르막길을 걷다가 숲으로 들어갔다. 숲을 빠져나오자 모래밭이 이어졌다. 그러고는 다시 양들이 풀을 뜯고 있는 초원이 펼쳐졌는데 언덕 위에 양들이 옹기종기 모여 있었다. 양들을 모는 방울소리가 사방에서 울려 퍼졌다.

우리는 계속 걸어 통나무 다리가 걸쳐진 개울을 건너갔다. 통나무가 닳고 닳았는데 난간은 그저 나뭇가지를 구부려 꽂아놓은 정도였다. 개울 옆 얕은 못에는 올챙이들이 놀고 있었다. 우리는 높이 경사진 강둑을 올라가 울퉁불퉁한 들판으로 들어섰다. 거기서 뒤를 돌아보자 부르게테의 하얀 집들과 붉은색 지붕들이 보이고, 막 트럭이 지나갔는지 희끄무레한 길엔 뿌연 먼지가 잔뜩 일고 있었다.

들판을 가로지른 다음엔 제법 큰 시냇가를 건너야 했다. 그리고 다시 모래 길이 이어지며 야트막한 개울을 건너 숲으로 연결되었다. 개울 옆으로 또 하나의 길이 있었는데, 그곳도 통나무 다리로 연결돼 숲속으로 이어졌다.

숲은 오래된 너도밤나무로 빽빽이 들어차 있었다. 워낙 고목이라 뿌리둥치가 밖으로 불거져 나오고 가지가 복잡하게 엉켜

있는 것들이 많았다. 거대한 나무들 사이로 겨우 비집고 들어온 햇빛이 풀밭 여기저기에 밝은 점들을 뿌리고 있었다. 때문에 숲 속 길이 그리 어둡지는 않았다. 거목들 사이로 부드럽고 싱그러운 풀들이 빽빽이 자라있어 마치 넓은 정원처럼 시원스런 풍경을 이루고 있었다.

"아, 정말 시골이네."

빌이 말했다.

오르막길이 이어지더니 더 울창한 숲이 나타났다. 이따금 내리막길이 있기도 했지만 길은 점점 더 높이 올라갔다. 숲속에서 가축들 소리가 나기도 했다. 마침내 우리는 고원의 정상까지 올라가 있었다. 부르게테에서 봤을 때 저 멀리 보이던 우거진 숲속의 꼭대기에 와있었던 것이다. 한쪽에 보니까 햇빛이 잘 비치는 곳에 산딸기가 무리지어 나있었다.

길은 산등성을 따라 계속 이어져 있었다. 저 앞쪽 산에는 나무가 하나도 없는 노란색 가시금작화만이 들판을 이루고 있었다. 멀리 보이는 나무들도 메마르고 거무스레해 보이며 바위들이 곳곳에 튀어나와 있었다. 그리고 그 아래로 이라티 강으로 이어지는 길이 가파르게 나있었다.

"이 산등성 길을 계속 따라가 저기 보이는 산들을 넘고 그 다음에 숲을 지나야만 이라티 강의 계곡으로 내려갈 수 있어."

내가 빌에게 손가락으로 가리키며 말했다.

"와, 엄청나게 걷는구먼."

"하루 만에 쉽게 갔다 오기는 멀지."

"뭐, 쉽다고? 하루 종일 걸어갔다 걸어오고 낚시까지 해야 하는데."

하여튼 엄청 멀었지만 경치는 그만이었다. 그리고 울창한 숲을 벗어나 리오데라파브리카 계곡으로 이어지는 산등성이 길을 내려갈 때는 무척 힘들었다. 게다가 그 가파른 길은 완전 땡볕이었다. 앞쪽엔 강과 계곡이 펼쳐져 있고 강 건너편엔 다시 가파른 산이 자리하고 있었다. 중턱에 하얀 집 한 채와 메밀밭이 있었다. 너무 더워 우리는 강을 막은 댐 옆 나무 그늘 아래 앉아 잠시 쉬었다. 빌은 아예 짐을 내려놓고 나무에 기댔다. 그리고 함께 낚시할 준비를 했다. 낚싯대를 낀 다음 릴을 연결하고 목줄을 매달았다.

"여기에 송어가 분명 있어?"

빌이 물었다.

"많지."

"난 제물낚시로 해야겠어. 맥긴티제 낚시 있어?"

"그 통 안에 몇 개 있을 거야."

"너는 미끼로 낚을 거야?"

"그럼. 난 여기 댐에서 해야겠어."

"그래. 그럼 제물낚시 통은 내가 가지고 갈게. 그런데 어디로 가는 게 좋을까? 상류가 좋아, 하류가 좋아?"

그는 제물을 낚시에 매달며 물었다.

"당연히 하류가 좋지. 상류에도 좀 있긴 하지만."

빌은 둑을 따라 내려갔다.

"빌, 지렁이 통 하나 가지고 가지."

"아니, 필요 없어. 제물을 안 물면 낚싯대를 휘둘러보지 뭐."

빌은 하류로 가서 강을 한참 지켜보고 서 있었다.

"이봐 제이크, 아까 그 언덕에 있는 샘물에다 와인을 좀 담가 두는 게 어때?"

빌이 댐의 큰 물소리 때문에 고함치듯 말했다.

"어, 알았어."

나는 소리를 질렀다. 빌은 내게 손을 흔들며 계속해 강을 따라 내려갔다. 나는 가방에서 와인 두 병을 꺼내 길 둔덕에 있는 샘물로 가져갔다. 쇠파이프에서 졸졸 흘러나오는 곳이었는데, 나무 널빤지로 코르크 병마개를 탁 쳐서 완전히 막은 다음 물속에 담갔다. 물이 너무 차서 손이 아릴 정도였다. 나는 널빤지로 병을 덮어 다른 사람들 눈에 띄지 않도록 해놓고 다시 내려왔다.

나는 낚싯대와 먹이통, 뜰채를 들고 댐 쪽으로 걸어갔다. 댐은 통나무를 떠내려 보내는 물살을 만들기 위해 막아놓은 것이었다. 수문이 열려있어 난 통나무 위에 앉아 강의 댐 아래로 폭포처럼 떨어지기 직전의 그 맑은 곳을 가만히 지켜보았다. 댐 아래 깊은 곳에 하얀 물거품이 일고 있었다. 난 미끼를 끼며 주위 깊게 살폈다. 바로 그때 송어 한 마리가 하얀 거품 속에서 뛰어오르더니 폭포 속에 다시 묻혀버렸다. 미끼를 아직 못 끼고 있는 동안 또 한 마리가 폭포에서 뛰어올라 멋진 곡선을 그리며 엄청난 소리를 내면서 흘러내려가는 물속으로 사라져갔다. 나는 상당히 큰 납 조각 하나를 낚싯줄에 같이 묶어 댐 아래 하얀 폭포 속으로 던져 넣었다.

워낙 센 폭포 때문에 송어가 걸리는 줄도 모르고 있었다. 그
러다 문득 줄을 당겨보았더니 고기가 걸려있었다. 난 서서히 끌
어당기기 시작했다. 큰 놈 한 마리가 낚싯대가 거의 부러질 정
도로 세게 저항을 하며 매달려 있었다. 댐 위로 끌어올린 송어
는 아주 잘 생긴 모습을 하고 있었다. 하지만 난 놈의 머리를 통
나무에 대고 세게 때려 기절시킨 다음 광주리에 집어넣었다.

그놈을 잡는 동안 폭포 속에서 또 대여섯 마리의 송어가 뛰어
올랐다. 난 얼른 미끼를 달아 던져 또 한 마리를 낚아 올렸다.
그렇게 잠깐 동안 여섯 마리를 잡을 수 있었다. 모두 거의 같은
크기였다. 나는 송어들을 나란히 한 방향으로 눕혀놓고 바라보
았다. 색깔도 아름답고 물이 워낙 차기 때문에 살도 단단해보였
다. 하지만 날씨가 더워 빨리 손질을 하는 게 좋을 것 같아, 배
를 갈라 내장을 모두 빼냈다. 내장은 강물로 던져버리고, 댐 위
로 흐르는 빠른 물살에 고기를 씻어낸 다음 주변의 양치 잎을
뜯어 광주리 바닥에 깔고 그 위에 놓았다. 우선 세 마리를 놓은
다음 다시 그 위에 양치 잎을 덮고 또 다시 세 마리를 놓았다.
그리고 마지막으로 양치 잎을 맨 위에 덮었다. 보기만 해도 흐
뭇했다. 난 가득찬 광주리를 나무 그늘 밑에 갖다 두었다. 날씨
가 점점 더워져 댐 위에 앉아있기도 힘들었다. 그래서 미끼통도
나무 그늘 아래 갖다놓고 빌이 점심 먹으러 오기 전까지 책이나
읽으려고 자리를 찾았다.

아직 오전이라 그늘은 별로 없었지만 큰 나무 두 그루가 붙어

자란 곳이 있어 나는 거기에 기대앉아 책을 펼쳤다. A.E.W. 메이슨(앨프리드 에드워드 우들리 메이슨1865~1948. 영국의 정치가이자 작가)이 쓴 책인데, 알프스에서 눈더미에 파묻혀 행방불명 된 한 남자에 대한 이야기였다. 그의 아내는 남편의 시체를 찾기까지 꼬박 24년간을 기다리고 있었고, 그녀의 새 애인도 그녀와 함께 기다려주었다. 빌이 왔을 때도 난 여전히 그들이 기다리고 있는 장면을 읽고 있었다.

"송어 잡았어, 제이크?"

빌은 낚싯대와 주머니, 망을 모두 한 손에 들고 땀을 흘리며 말했다. 댐의 물소리가 워낙 커서 그가 올라오는 줄도 모르고 있었다.

"어, 여섯 마리 잡았어. 너는?"

그는 망태기에서 큰 송어 한 마리를 꺼내 풀밭에 내려놓았다. 그리고 세 마리를 더 끄집어냈는데 크기가 점점 더 컸다. 그는 나무 그늘 아래에 그것들을 펼쳐놓았다. 여전히 땀을 흘리며 그는 만족한 표정을 짓고 있었다.

"네 것은 어때?"

"그것보다는 작아."

"좀 꺼내봐."

"전부 감싸놓았는데."

"얼마나 큰데?"

"네가 잡은 것 중 제일 작은 것 하고 비슷해."

"왜 안 보여주고 그래?"

"그런 건 아니야."

"전부 지렁이로 잡았어?"

"그럼."

"게으름뱅이 같으니라고!"

빌은 냅다 소리를 지르고는 송어를 다시 광주리에 집어넣고 뚜껑을 닫지 않은 채 흔들거리며 저쪽으로 가버렸다. 그는 허리 아래가 전부 젖어있었는데 강물 속으로 들어간 게 분명했다. 나는 샘물로 가서 와인을 꺼냈다. 충분히 차가워져 나무 아래로 돌아오는 사이에 이슬이 병에 맺힐 정도였다. 나는 신문지를 펴고 도시락과 와인 한 병을 내려놓았다. 빌이 다시 불룩한 광주리를 메고 손을 닦으며 다가왔다.

"그 병 좀 줘봐."

내가 그에게 와인 병을 내밀자 그는 코르크 마개를 빼고 통째로 들어 마시기 시작했다.

"야! 정말 눈이 다 감기네."

"이리 줘봐."

와인이 정말 얼음처럼 차가왔다. 그런데 약간 녹 냄새가 났다.

"아주 형편없는 와인은 아니군."

빌이 말했다.

"차니까 맛이 더 좋네."

우리는 도시락을 풀었다.

"닭고기네."

"삶은 계란도 있군."

"소금 있어?"

"자, 계란을 먼저 먹고 그 다음에 닭고기를 먹는 거야. 브라이언(윌리엄 제닝스 브라이언1860~1925. 미국의 정치가, 웅변가, 창조론 옹호자)도 그 정도는 알 수 있을 거야."

"그 사람 죽었던데. 어제 신문에 났더라고."

"정말?"

"그렇다니까. 그 사람 죽었어."

빌은 계란껍질을 벗기다 말고 내려놓았다. 그러고는 신문지로 싼 닭다리 하나를 들고 말했다.

"신사 여러분, 순서를 바꾸겠습니다. 위대한 하원의원인 브라이언의 명복을 빌며 닭다리를 먼저 먹고 그 다음 계란을 먹겠습니다."

"신이 언제 닭을 창조했는지 몰라?"

"그걸 어떻게 알겠어. 인간은 그걸 알려고 해서도 안 돼. 우리가 세상에 나와 살면 얼마나 산다고. 그냥 즐기고 믿고 감사히 살면 되는 거야."

빌은 닭다리를 열심히 빨며 말했다.

"계란이나 먹어."

빌은 한 손엔 닭다리를 들고 다른 손에는 술병을 들고 있었다.

"우리 함께 이 축복을 즐깁시다. 이 닭고기를 이용합시다. 포도주도 이용하고. 형제여, 자네도 좀 이용해보겠나?"

"자네가 먼저 이용하게, 형제."

빌은 와인을 한 모금 들이켠 다음 내게 내밀었다.

"자네도 좀 이용하게나."

"형제여, 의심하지 맙시다. 원숭이 같은 손가락으로 새둥지의 그 신성한 신비를 건드리지 맙시다. 그저 신앙을 갖고 순수하게 말합시다. 자네도 같이 말하게, 형제."

그는 닭다리를 들고 나를 보며 계속 말했다.

"자, 이렇게 말해보게. 무릎을 꿇고 앉아서 나하고 같이 말해주면 좋겠네. 이 위대한 자연에서 무릎 꿇는 걸 부끄러워 하지 말라. 숲이 하느님의 최초의 사원이었다는 걸 잊지 말라. 자, 무릎을 꿇고 이렇게 말하라. 그건 먹지 마세요, 부인. 그건 멩켄이니까요."

"자, 이것 좀 이용해봐."

내가 말했다. 우리는 와인 병을 또 하나 땄다.

"그런데 너 브라이언 안 좋아했었어?"

내가 물었다.

"좋아했었지. 그와 난 형제처럼 지냈거든."

"그 사람은 어떻게 만났는데?"

"그와 멩켄, 나, 셋이서 홀리크로스(미국 매사추세츠 주 우스터에 있는 대학)에 다녔어."

"프랭키 프리치(프랜시스 '프랭키' 프리치1898~1973. 독일계 미국인 야구 선수)도 같이?"

"아니, 그는 포덤에 다녔지."

"나는 매닝 주교와 함께 로욜라에 다녔지."

내가 말했다.

"거짓말. 매닝(윌리엄 토머스 매닝1866~1949. 영국 태생의 미국 성공회 주교) 주교와 함께 로욜라(시카고에 있는 예수회 대학교)에 다닌 건 나였지."

빌이 말했다.

"넌 취했어."

내가 말했다.

"술 때문에 취했냐고?"

"아니면?"

"그게 아니고 습기 때문이지. 이 빌어먹을 습기는 없애야 하는데."

빌이 말했다.

"한 잔 더 해."

"이게 전부야?"

"두 병만 가져왔어."

"너는 스스로를 어떤 사람이라고 생각해?"

빌이 아쉬운 듯 술병을 들여다보며 물었다.

"모르겠는데."

"넌 반주류판매연맹에 고용된 사람이야."

빌이 내게 말했다.

"나는 웨인 B. 윌러(미국의 변호사로 살롱반대연합의 지지자)와 함께 노트르담에 다녔어."

"거짓말, 내가 웨인 B. 윌러와 함께 오스틴 비즈니스 대학(인디애나 주에 있는 가톨릭 대학)에 다녔지."

빌이 대꾸했다.

"하지만 어쨌든 술집은 없어져야 돼."

내가 말했다.

"그래, 그 말은 맞아, 동무. 술집은 없어져야 돼. 내가 그걸 인수해주지."

빌이 맞장구를 쳤다.

"정말 취했군."

"술 때문이냐고?"

"그럼 술 때문이지 뭐야."

"글쎄, 그럴지도 모르지."

"한숨 자는 게 어때?"

"좋아."

우리는 나무그늘 아래에 누워 나무를 올려다보았다.

"잠들었어?"

"아니, 생각하고 있었어."

빌이 대답했다.

나는 눈을 감았다. 땅바닥에 누워 있으니까 상쾌했다.

"이봐, 브렛과는 어떻게 된 거야?"

빌이 물었다.

"어떻게 되다니?"

"그녀를 사랑했었어?"

"물론이지."

"얼마동안?"

"만났다 헤어졌다 하면서 꽤 오랫동안."

"에그 쯧쯧! 안됐구먼."

"괜찮아. 이제는 특별한 관계 아니니까."

"정말?"

"정말이지. 하지만 그 얘기는 더 이상 하고 싶지 않아"

내가 말했다

"기분 나쁘게 했어?"

"천만에."

"알았어. 이제 잠이나 자야겠다."

그는 신문으로 얼굴을 덮었다.

"제이크, 너 정말 가톨릭 신자야?"

"응, 형식적으로만."

"그건 무슨 뜻이야?"

"나도 잘 모르겠어."

"좋아, 이젠 정말 자야겠다. 남 잠도 못 자게 하면 안 되지."

나는 어느새 잠이 들었다. 깨어보니 빌은 짐을 꾸리고 있었다. 오후 늦은 시각이라 나무그늘이 댐 위에까지 길게 뻗쳐있었다. 땅바닥에서 잤기 때문에 몸이 굳어 뻣뻣했다

"어떻게 된거야? 깼어? 아예 밤새 자지 그랬어?"

빌이 말했다. 나는 기지개를 켜고 눈을 비볐다

"나 멋진 꿈을 꾸었어. 기억은 안 나는데 하여튼 멋진 꿈이었어."

빌이 말했다.

"나는 안 꾼 것 같아."

"꿈을 꿔야지. 성공한 사업가들을 보면 모두 꿈이 많은 사람들이었어. 포드나 쿨리지 대통령도 그렇고, 록펠러도 그랬어. 또 조 데이비드슨도 그랬고 말이야."

나는 낚싯대를 풀어 케이스에 담고 릴은 낚시도구 상자에 넣었다. 빌이 배낭을 꾸리면서 송어 광주리 하나를 그 안에 넣었다. 다른 광주리는 내가 들었다.

"자, 잊은 건 없지?"

빌이 물었다

"지렁이"

"그건 네 것이잖아. 거기다 넣어."

빌이 배낭을 졌고, 나는 바깥 주머니 하나에 지렁이 통을 넣었다.

"이게 다야?"

나는 느릅나무 아래 풀밭을 둘러보며 물었다.

"응, 다야."

우리는 길을 따라 걷다가 숲으로 들어갔다. 부르게테로 돌아오는 길 역시 멀었다. 들판을 가로질러 드문드문 서있는 집들을 지나 여관에 도착했을 때는 이미 늦은 밤이었다.

우리는 그렇게 부르게테에서 5일간 머무르며 낚시를 했다. 밤엔 춥고 낮엔 더웠지만 한낮 더울 때도 항상 바람이 불어댔다. 더울 때는 차가운 개울 속에서 걸어다니며 더위를 식혔는데 물가에 나와 앉아있으면 젖은 옷도 햇볕에 금방 말랐다. 근처엔 수영을 할 수 있을 만큼 깊은 못도 있었다. 저녁엔 여관에서 해리스라는 영국인과 함께 브리지 게임을 하기도 했다 그 사람은 생장피에드포르에서 걸어와 우리처럼 그 여관에 묵으며 낚시를 하고 있었다. 그는 무척 쾌활한 성격이었는데 우리와 함께 이라티 강으로 낚시를 간 적도 두 번이나 있었다. 그동안 로버트 콘에게서는 아무런 소식도 없었고, 브렛과 마이크도 마찬가지였다.

13

하루는 아침을 먹으러 여관 아래층으로 내려갔더니 영국인 해리스가 벌써 식탁에 와있었다 그는 안경을 끼고 신문을 읽고 있었다. 내가 그에게 눈인사를 했다

"잘 주무셨습니까? 편지가 와있네요. 우체국에 내 편지 찾으러 갔더니 같이 주더군요."

해리스가 말했다.

편지는 내 자리 커피 잔에 기대어 놓여있었다. 그는 다시 신문으로 눈길을 돌렸다. 편지는 팜플로나에서 돌아온 것이었는데 산세바스티안에서 일요일 날짜가 찍혀 있었다

친애하는 제이크

금요일에 여기 도착했는데 브렛이 기차 여행에 너무 지쳐 옛 친구들이 있는 곳에서 3일 정도 쉬려고 여기로 왔어. 우린 화요일에 팜플로나의 몬토야 호텔에 도착할 것 같은데 정확한 시각은 아직 모르겠어. 수요일에 모두를 만나려면 어떻게 해야 하는지 버스 편에 간단히 적어 보내줘. 늦어서 대단히 미안해. 브렛은 이

제 괜찮아졌고 화요일쯤엔 완전히 나을 것 같아. 사실은 지금도 아주 괜찮아. 내가 그녀를 잘 아는 만큼 돌봐주려고 하지만 그리 쉬운 일은 아니야. 친구들에게도 안부 전해줘.

마이크

"오늘 무슨 요일이죠?"

내가 해리스에게 물었다.

"수요일 같은데요. 네 수요일 맞아요. 이렇게 산속에 들어와 있으면 날짜 가는 걸 모르겠더라고요. 참 이상하죠."

"그러고 보니 거의 1주일이나 여기 있었네요."

"떠나려고 하시는 게 아니면 좋겠는데요."

"네, 오후 버스로 떠나야 할 것 같아요."

"섭섭하네요. 이라티 강에 한 번 더 같이 가려고 했는데."

"저희가 팜플로나로 가야 해서요. 거기서 친구들을 만나야 하거든요."

"내가 운이 없군요. 여기 부르게테에서 같이 재미있게 보냈는데."

"팜플로나로 오세요. 거기서 같이 브리지 게임도 하고, 굉장히 재밌는 축제도 열리거든요."

"네 가고 싶네요. 초대해주셔서 감사합니다. 하지만 아무래도 여기 있는 게 더 좋을 것 같아요. 앞으로 낚시 할 수 있는 날도 얼마 안 남았으니까요."

"이라티 강에서 큰 걸 잡고 싶으신 거죠?"

"네, 물론이죠. 거기 송어는 정말 크거든요."

"나도 한 번 더 가고 싶긴 해요."

"그럼 하루만 더 계세요. 내 말대로 해보세요."

"그런데 정말 가야 돼요."

내가 말했다

"유감스럽네요."

아침을 먹은 다음 여관 앞 벤치에 앉아 햇볕을 쬐면서 빌과 함께 얘기를 나누고 있는데 한 여자아이가 우리 쪽으로 걸어오고 있었다. 아이는 우리에게 다가오더니 치마 앞에 붙어있는 가죽주머니에서 전보를 한 장 꺼내 내밀었다.

"맞죠?"

받아보니 '반스, 부르게테'라고 씌어 있었다.

"그래, 나한테 온 거 맞다."

아이는 수첩을 내밀며 서명해달라고 했다. 나는 동전 몇 개를 아이에게 주었다. 전보는 스페인 어로 씌어 있는데 콘이 보낸 것이었다.

'목요일 도착, 콘'

내가 그걸 빌에게 보여주었다.

"뭐 이렇게 썼을까? 이 요금 내고 열 자는 쓸 수 있잖아. 그런데 목요일 도착이라니, 이건 정말 어떤 의미가 있는 것 같지 않아?"

"콘은 자기에게 흥미 있는 정보를 모두 알려주고 있는 셈이지."

"어쨌든 우리가 가자고. 브렛과 마이크가 여기까지 왔다가 축제 전에 또 그리 가고 할 필요가 없으니까. 답장을 보내는 게 좋을까?"

내가 물었다.

"그러는 게 좋겠지. 괜히 약 올릴 필요는 없잖아."

우리는 우체국으로 가서 전보를 신청했다

"뭐라고 쓸까?"

빌이 물었다

"오늘 밤 도착, 그렇게 쓰면 되지 뭐."

우리는 전보를 친 후 다시 여관으로 돌아와 해리스와 함께 론세스바예스까지 걸어가 수도원 구경을 했다

"굉장한 곳이네요. 그런데 난 이런 곳에 별 흥미가 없어서요."

해리스가 말하자 빌이 자신도 그렇다고 했다.

"그래도 어쨌든 굉장한 곳이에요. 이렇게 안 왔으면 구경 못할 뻔 했네요. 날마다 오려고 생각은 했거든요."

해리스가 다시 말했다

"그래도 낚시만큼 재미는 없죠?"

빌이 물었다. 그는 해리스를 좋아했다

"솔직히 그래요."

우리는 수도원 밖으로 나왔다.

"저기 건너편에 있는 거, 술집 아닌가요?"

해리스가 물었다

"네, 술집 같은데요."

빌이 대답했다.

"술집 맞는 것 같아요."

나도 말했다.

"자, 그럼 저기를 이용해봅시다."

해리스는 빌에게서 '이용하다'는 말을 배워 따라했다 그래서 우리는 그 술집으로 들어가 각자 와인 한 병씩을 마셨다. 해리스는 우리가 계산을 하겠다고 하자 말렸다. 그는 스페인어를 제법 잘해 술집 주인이 우리한테서 돈을 못 받게 했다.

"난 정말 여기서 당신들을 만나 굉장히 재밌었는데 당신들은 내 맘 모를 거에요."

"우리도 굉장히 즐거웠어요, 해리스."

해리스는 좀 취해 있었다.

"정말이라니까요. 당신들은 잘 몰라요. 전쟁 이후로 난 재밌는 일이 없었어요."

"나중에 또 만나 낚시합시다. 약속할게요, 해리스."

"그래요. 아무튼 굉장히 재밌게 보냈으니까요."

"한 병만 더 마실까요?"

"좋죠."

해리스가 말했다.

"이번엔 내가 살게요. 안 그러면 안 마실 거에요."

빌이 먼저 나서서 말했다.

"그래도 계산은 내가 하도록 해주세요. 난 그게 기분이 좋거든요."

"아니오. 나도 이번엔 내가 내야 기분이 좋습니다."

빌이 말했다.

술집 주인이 한 병을 더 내왔다. 우리는 각자 잔에 따라 해리스가 잔을 들자 같이 들었다.

"술은 정말 이용할 만하죠."

해리스가 말했다.

빌이 해리스의 등을 치며 말했다.

"좋은 친구야, 해리스."

"이봐, 내 이름은 해리스가 아니고, 윌슨-해리스야. 가운데 붙임표를 넣은 한 이름이지."

"그래. 좋은 친구야, 윌슨-해리스. 우리는 당신을 친근하게 생각하니까 그냥 해리스라고 부르겠어."

"이봐 반스, 이 모든 게 나한테는 얼마나 소중한지 당신은 모르고 있어."

"자, 그럼 또 한 잔 이용합시다."

내가 말했다.

"반스, 정말이야 반스, 당신은 몰라. 그뿐이야."

"자, 마셔, 해리스."

우리는 론세스바예스에서 길을 따라 걸어 여관으로 돌아왔다. 그리고 점심을 먹은 후 버스 정류장으로 갔는데, 해리스도 우리를 배웅하러 같이 나왔다. 그는 런던의 집주소와 그가 소속돼있는 클럽, 사무실 주소 등을 우리에게 건네주었다. 그리고 우리가 버스에 올라타자 무슨 봉투 한 개씩을 주었다. 그 안엔 파리낚시가 몇 개 들어있었다. 해리스가 직접 매달은 것이었다. 그는 파리낚시를 모두 직접 손으로 맸다.

"이봐, 해리스!"

내가 소리를 쳤다.

"아냐! 아냐!"

그는 이렇게 말하며 버스에서 내렸다.

"일류제품은 아니지만 그래도 나중에 그걸로 낚시할 때 우리가 얼마나 재미있는 시간을 보냈는지 기억날 거 아니야."

버스가 움직이기 시작했다. 해리스는 우체국 앞에 서서 우리에게 손을 흔들었다. 버스가 떠나자 그도 여관 쪽으로 걸어갔다.

"저 해리스 말이야. 참 좋은 친구야."

빌이 말했다.

"정말 즐거웠나봐."

"물론이겠지."

"저 친구도 팜플로나로 오면 좋을 텐데."

"낚시가 더 좋다잖아."

"그러게 말이야. 영국인은 자기들끼리 만나면 아주 친해지고 싶어 하는 게 있더라고. 넌 잘 모를 거야."

"글쎄."

우리는 오후 늦게 팜플로나에 도착해 몬토야 호텔 앞에서 버스를 내렸다. 광장엔 벌써 축제를 준비하기 위한 전깃줄이 설치돼 있었다. 버스가 멈추자 아이들이 몰려왔고 세관직원도 다가

와 내리는 사람들의 짐을 길옆에 놓아두게 했다. 우리가 호텔로 들어가자 마침 몬토야가 나오고 있었다. 그는 늘 그렇듯 약간 수줍은 미소를 지으며 악수를 청했다.

"친구 분들이 도착해있어요."

그가 말했다.

"캠벨 씨가 왔나요?"

"네, 콘 씨와 캠벨 씨, 그리고 레이디 애슐리도요."

무슨 다른 말이라도 더 할 것처럼 그는 미소를 지으며 서 있었다.

"언제 도착했죠?"

"어제요. 손님들이 쓰시던 방은 그대로 놔뒀어요."

"네, 고맙군요. 캠벨 방도 광장 쪽으로 주었나요?"

"네, 전부 다 광장 쪽으로 드렸죠."

"그 사람들 지금 어디 있죠?"

"아마 펠로타를 하러 가셨을 거에요."

"투우는 언제 하나요?"

몬토야가 빙그레 웃으며 대답했다.

"오늘 밤에요. 7시에 비야르 황소들이 들어오고, 내일은 미우라 황소들이 들어올 겁니다. 모두 가보시게요?"

"그럼요. 친구들이 아직 데센카호나다(투우사와 싸울 황소들을 투우장에 풀어 놓는 것)를 못 봤거든요."

몬토야가 내 어깨에 손을 올렸다.

"그럼, 거기서 만나기로 하죠."

그는 또 은근히 미소를 지었다. 마치 투우가 우리 두 사람만이 알고 있는 무슨 비밀이라도 되는 것처럼 그는 계속 그런 미소를 지었다. 그 비밀은 정말 놀랍고도 아주 중요한 어떤 것이라는 듯 말이다. 또한 그 비밀엔 음란한 어떤 것이 있다고 여겨질지 모르지만 사실은 우리 두 사람만이 이해하고 있는 뭔가가 있다는 식으로 늘 그렇게 미소를 지었다. 그걸 이해하지 못하는 사람들한테는 얘기해봐야 아무 소용도 없다는 투였다.

"친구 분도 아피시오나도인가요?"

몬토야는 빌에게도 미소를 지으며 물었다.

"그럼요. 산페르민(매년 7월 팜플로나에서 열리는 산페르민 축제)을 보러 뉴욕에서 여기까지 왔는데요."

"아 그러세요? 그래도 반스 씨만큼 아피시오나도는 아니겠죠."

몬토야는 예의를 갖춰 말했지만 왠지 믿지 못하겠다는 눈치였다.

그는 또 내 어깨에 손을 얹었다.

"맞아요. 이 친구도 진짜 아피시오나도에요."

"하지만 당신만큼 아피시오나도는 아닐 것 같은데요."

스페인어의 '아피시온'은 열정을 의미하며, '아피시오나도'는 투우를 열정적으로 좋아하는 사람을 뜻한다. 모든 최고 투우사들은 몬토야 호텔에 머물렀다. 다시 말해 투우에 열정적인 사람은 몬토야 호텔에 묵었다. 상업적인 투우사도 한 번 정도는 거기서 묵지만 두 번 다시 오지는 않는다. 그러나 유명한 투우사

들은 매년 그곳에 왔다. 호텔 방에는 그들의 사진이 있었다. 그
들이 후아니토 몬토야와 그의 누나에게 바친 것이었다. 그중 몬
토야가 가장 좋아하는 투우사의 사진은 액자에 들어있었다. 일
반 상업 투우사들도 몬토야에게 사진을 주었지만 그 사진들은
몬토야의 책상서랍에 들어있을 뿐이다. 게다가 그런 투우사들
은 온갖 아첨 투의 말을 사진에 적어주곤 했다. 정말 쓰레기 같
은 것들이었다. 몬토야는 그런 사진들을 모두 꺼내 쓰레기통에
던져버리곤 했다. 놔두고 싶지도 않았던 것이다.

   내가 그의 호텔에 묵기 시작한 지도 벌써 5,6년이나 되었다.
우리는 가끔 투우와 투우사에 대한 얘기를 나눴다. 한 번도 오
랜 시간 동안 얘기한 적은 없었지만 각자가 느낀 점들을 서로
이야기하며 함께 즐거움을 나누는 정도였다. 팜플로나의 축제
를 위해 먼 곳에서 여행 온 사람들도 그곳을 떠나기 전에 몬토
야 호텔에 들러 투우 이야기를 하곤 했다. 그들은 진정한 애호
가들이라고 할 수 있었다. 몬토야는 그런 사람들에게는 아무리
호텔이 복잡할 때도 방을 내주었다. 그런 애호가들 중 몇 명에
게 한 번은 몬토야가 나를 소개시켰다. 그들은 물론 예의를 잘
지키는 사람들이었지만 내가 미국인이라는 게 재미있는 모양이
었다. 이유는 알 수 없지만 미국인은 투우에 대한 열정이 없는
사람들이라고 그들은 생각하고 있었다. 열정이 있는 체 하지만
그건 일시적인 흥분의 감정일 뿐 진정한 열정을 가질 수는 없다
는 것이었다. 그래서 내가 매우 열정적인 사람이라는 걸 알았을
때도 그들은 나에게 구체적인 질문을 한다거나 그걸 인정하는

게 아니라 결코 믿지 않는다는 듯이 계속 소극적이고 겉도는 질문만 했다. 일테면 나의 진짜 마음을 테스트 해보려는 것 같았다. 그러면서 어설픈 확신으로 내 어깨를 잡는다든지 그냥 '참 좋은 분이네요' 하고 말하는 정도였다. 그들은 거의 언제나 내 몸에 손을 대는 걸 주저하지 않았다. 마치 그래야만 확인이라도 된다는 식이었다.

몬토야는 열정이 있는 투우사에게는 무엇이든 용서해줄 수 있었다. 신경질을 부리든 발작을 하든, 못된 짓을 하든, 뭐든 상관하지 않았다. 투우에 열정을 갖고 있는 애호가에게도 마찬가지였다. 그래서 내가 데리고 가는 모든 친구들도 무조건 용서해주었다. 그는 한마디도 하지 않았지만 때로 창피하게 노는 친구들에 대해서도 그와 나 사이를 약간 난처하게 만드는 존재로 여길 뿐이었다. 말하자면 투우를 할 때 말의 배를 찌르는 것과도 같았다.

빌은 2층 자신의 방으로 올라가 씻고 옷을 갈아입었다.

"그래, 스페인어로 많이 떠들었어?"

그가 물었다.

"오늘 소가 들어온다는 얘기를 해주더라고."

"그럼, 이 친구들 어디 있나 찾아봐야지."

"아마 카페에 있겠지."

"표는 구했어?"

"물론. 소 내릴 때 가봐야지."

"어떨까? 넌 봤어?"

그는 턱 아래에 면도 안 된 부분이 있나 하고 얼굴을 쳐들어 만져보았다.

"굉장히 재미있지. 한 마리씩 우리에서 내보내는데 놈들이 사나워지지 않도록 울타리 안에 거세된 수소들을 같이 몰아넣는 거야. 그래서 황소들이 덤벼들더라도 거세된 소들은 마치 노처녀처럼 그놈들을 달래면서 주위를 빙빙 돌기만 하는 거지."

"거세된 소들을 떠받지는 않고?"

"왜 떠받지. 가끔은 덤벼들어 죽이기도 하는 걸."

"거세된 소들은 정말 아무 저항도 못한단 말이야?"

"못하지. 힘도 못 쓰고 그냥 옆에 있기만 하니까."

"그럼, 왜 그 거세된 소들을 울타리 안에 넣어두는 거야?"

"황소들이 벽에 뿔을 들이대서 부러뜨리거나 저들끼리 서로 덤벼들어 죽이지 않도록 성질을 부드럽게 달래주기 위해서지."

"거세된 소라는 게 참 멋있구먼."

우리는 광장 건너편에 있는 카페 이루냐로 갔다. 광장엔 썰렁해 보이는 매표소가 두 군데 있었는데, 창문에 '맑음, 맑은 후 흐림, 흐림'이라고 씌어 있으며 아직 굳게 닫혀 있었다. 축제 전까지는 열지 않는 것 같았다.

이루냐는 회랑도 모자라 거리에까지 흰색 등나무 테이블과 의자를 늘어놓았다. 아나나 다를까, 브렛과 마이크, 로버트 콘 모두 그곳에 있었다. 브렛과 마이크는 바스크 인들이 쓰는 베레모를 쓰고 있었다. 콘은 모자는 쓰지 않고 머리 위에 안경을 올려놓고 있었다. 우리가 다가가는 걸 보고 브렛이 손을 들어 흔들었다. 그녀는 눈가에 주름을 지으며 빙긋이 웃었다.

"안녕, 친구들!"

그녀는 아주 즐거운 표정이었다. 마이크는 악수를 하며 반갑다는 감정을 전했고, 로버트 콘 또한 손을 내밀며 반가워했다.

"넌 도대체 어디에 있었어, 콘?"

"이 친구들을 이렇게 데리고 왔잖아."

"에이 말도 안 돼! 당신이 안 왔으면 우리가 좀 더 일찍 여기로 왔을 걸."

브렛이 목소리를 높였다.

"아니지. 결국 여기 못 왔겠지."

"말도 안 돼! 그런데 두 사람은 많이 탔네. 빌이 특히."

"어때, 낚시는 재미있었어? 같이 가고 싶었는데."

마이크가 물었다.

"그럼 재밌었지. 너 생각나더라고."

그때 콘이 끼어들어 말했다.

"나도 가고 싶었는데 이 친구들을 데리고 와야 해서."

"아니, 당신이 우리를 데리고 왔다고? 말도 안 되는 소리!."

"정말 재밌었어? 많이 잡았냐고?"

마이크가 다시 물었다.

"어떤 날은 각자 열 마리도 잡은 적이 있었지. 영국인도 한 사람 있어서 같이 했고."

"해리스라는 사람인데, 혹시 그 사람 알아, 마이크? 그도 참 전했다고 하던데."

빌이 물었다.

"참 운좋은 사람이군. 그때가 재밌는 시절이었는데. 다시 돌아갈 수 있으면 좋겠어."

마이크가 말했다.

"참전했었다고, 마이크?"

콘이 놀라며 물었다.

"그럼, 참전했지."

"훌륭한 군인이었지. 당신 말이 피커딜리 거리에서 달렸다는 그 얘기 좀 해봐."

브렛이 말했다.

"싫어. 그 얘기는 벌써 네 번이나 했잖아."

"나는 한 번도 못 들었는데."

로버트 콘이 말했다.

"아니, 그 얘기는 이제 그만 하고 싶어. 내 신용이 떨어지거든."

"그럼 당신 훈장 얘기 해봐."

"그 얘기도 싫어. 내 신용에 해가 되는 걸 왜 해."

"무슨 이야긴데?"

내가 물었다.

"브렛한테 물어봐. 내 신용에 해가 되는 얘기면 뭐든 다 해줄 테니까."

"그럼 얘기해봐, 브렛."

내가 다시 말했다.

"꼭 얘기해야 할까?"

"그럼 내가 직접 할게."

마이크가 작심한 듯 말했다.

"무슨 훈장 받았어, 마이크?"

내가 또 물었다.

"아니, 훈장은 안 받았어."

"그럼 뭘 받았다는 거지."

"뭐, 다들 받는 훈장은 나도 받았겠지. 그런데 그걸 받으러 간 적은 한 번도 없어. 그러다 한 번은 아주 큰 만찬회가 열렸는데 황태자도 온다는 거야. 그러면서 안내장에, 훈장을 꼭 달고 오라고 씌어 있더라고. 나는 당연히 훈장을 갖고 있는 게 없었지. 그래서 단골 양복점에 들러 그 얘기를 했더니 주인이 안내장을 보고는 크게 감동을 하지 뭐야. 나는 잘 됐다 싶어 양복에 훈장을 몇 개 달아달라고 했지. 그가 묻더군. '무슨 훈장을 달까요?' 하고. 내가 말했어. '아무거나 다세요. 두 개 정도 적당히 달면 되죠 뭐.' 그런데 그가 또 묻는 거야. '무슨 훈장을 받으셨는데요?' '내가 어떻게 알아요!' 그 친구가 나를 그 빌어먹을 관보나 읽으면서 하릴없이 노는 놈쯤으로 알았나봐. 그래서 내가 말했지. '뭐든지 좋은 것으로 달면 되잖아요. 당신이 알아서 그냥 고르시라고요.' 얘기가 그렇게 됐던 거야. 결국 작은 훈장 몇 개를 상자에 넣어주더라고. 그런데 그걸 주머니에 넣고는 완전히 잊어버렸어. 그리고 만찬회에 갔지. 그런데 그날 밤에 헨리 윌슨의 살해 사건이 일어나 황태자와 국왕 모두 안 온 거야. 그래서 모두들 훈장을 안 달고 왔더라고. 난 내 훈장을 주머니에 넣어둔 채 쓰지도 않았고 말이야. 그 얘기였어."

마이크는 말을 그치고 우리가 웃기를 기다렸다.

"그게 다야?"

"어, 다야. 아마 내 기억이 틀릴지도 모르지만."

"틀렸어. 그래도 괜찮아."

브렛이 말했다.

우리는 모두 웃고 말았다.

"아 맞아, 맞아. 이제 생각났어. 그 만찬회가 하도 재미가 없어서 도저히 더 있을 수가 없더라고. 그래서 나와 버렸지. 주머니에 넣어둔 훈장도 늦게 발견했고 말이야. 처음엔 뭔지도 모르고 꺼냈는데, 세상에, 꼴도 보기 싫은 군대 훈장이더라고. 난 그걸 전부 헝겊리본에서 뜯어내 아가씨들한테 나눠줘 버렸어. 기념품으로 말이야. 그들이 나를 어떻게 생각했겠어? 나이트클럽에서 훈장을 줘버리는 군인이니, 완전히 망나니라고 생각했을 거 아니야."

"나머지 얘기도 해봐."

브렛이 또 부추겼다.

"재미있지 않아?"

마이크가 물었다. 우리는 또 웃고 있었다.

"정말 재미있었어. 하여튼 양복점 주인이 내게 연락을 해 훈장을 돌려달라는 거야. 사람을 보내고 또 편지로 독촉을 하고 난리를 하더라고. 한 몇 달간 계속 그랬을 거야. 아마 누가 달아

달라고 놓고 간 훈장이었나 봐. 그 녀석도 철저한 군인정신이 있었던 모양이지. 훈장을 그렇게 애지중지 한 걸 보면."

마이크는 잠깐 말을 멈췄다가 마저 덧붙였다.

"어쨌든 양복점 주인만 아주 혼이 났지."

"뭐 그랬겠어. 양복점 입장에서도 재밌는 일이었겠지."

"굉장히 친절한 양복점이었지. 이제는 만날 일도 없지만 말이야. 아무튼 그 친구에게 보상으로 1년에 100파운드씩 지불했어. 그래서 내게 청구서를 보내지는 않더라고. 하지만 내가 파산했을 때는 큰 타격을 입었을 거야. 훈장 사건이 있은 직후였거든. 그가 편지를 보내왔는데 아주 침통한 사연을 적었더군."

"어떻게 파산을 한 건데?"

빌이 물었다.

"두 가지 방법으로 파산했지. 서서히, 그러다 갑자기 무너진 거야."

마이크가 대답했다.

"왜?"

"친구 때문이었어. 친구는 많았는데 다 엉터리 친구였거든. 그리고 채권자들도 있었고. 영국에서 아마 나만큼 채권자가 많은 사람도 없었을 거야."

"법정에서 있었던 일도 좀 얘기해봐."

브렛이 말했다.

"그건 기억이 안 나. 좀 취해있었거든."

"좀이라고! 잔뜩 취해있었지 뭐."

브렛이 큰 소리로 말했다.

"전에 같이 사업했던 사람을 우연히 만났는데 한 잔 사겠다는 거야."

"당신의 그 잘난 변호사 얘기도 해봐."

"싫어. 내 변호사도 잔뜩 취해있었거든. 관둬. 다 울적한 얘기들뿐이야. 자, 소 내리는 거 구경하러 갈 거야, 안 갈 거야?"

"그래 가자."

우리는 웨이터를 불러 계산을 하고 거리로 나갔다. 내가 브렛 옆에서 같이 걷고 있는데 로버트 콘이 그녀 옆으로 다가와 걷기 시작했다. 우리 셋은 나란히 걸으며 발코니에 깃발이 드리워져 있는 시청 앞을 지나 시장을 통과해 아르가 강으로 이어지는 가파른 길을 계속 갔다. 많은 구경꾼들이 서로 밀치며 아르가 강의 다리를 건너가고, 마차들은 열심히 언덕을 달려 내려갔다. 마부와 말과 회초리가 군중들의 머리 위로 솟아올라 있었다. 다리를 건너 우리는 황소 울타리로 가는 길로 접어들었다. 한 와인 가게 창문에 '좋은 와인 1리터에 30상팀'이라고 써진 간판이 매달려 있었다.

"돈 떨어지면 이 집으로 와야겠네."

브렛이 말했다.

그 가게 문 앞에 서있던 여자가 지나가는 우리를 계속 쳐다보았다. 그러더니 집안에 대고 큰 소리로 뭐라고 외치자 세 여자가 우르르 창가로 몰려와서는 또 우리를 지켜보았다. 특히 브렛을 유심히 바라보았다.

황소 울타리로 들어가는 입구에서 두 사람이 입장객들에게 표를 받고 있었다. 우리는 곧 안으로 들어갔다. 내부엔 나무들과 나지막한 돌집이 한 채 있었다. 안쪽 끝에 황소 울타리를 둘러싼 돌담이 있었고, 돌담에는 울타리마다 벽 앞쪽에 총구멍 같은 구멍이 뚫려있었다. 관객들은 울타리 지붕으로 올라가는 사다리를 타고 두 개의 울타리 사이에 있는 벽 위에 자리를 잡았다. 사다리를 올라가기 전 잔디밭을 지날 때 보니까 회색으로 칠해진 커다란 우리 안에 황소가 들어있었다. 그 운반용 우리가 여러 개 있으며, 각 우리마다 황소가 한 마리씩 들어있었다. 그 황소들은 카스티야 지방의 투우사육장에서 기차로 운반돼온 것인데, 역에서 뚜껑 없는 화물차에 실려 다시 그곳으로 와 운반용 우리에서 직접 울타리 안으로 옮겨졌다. 운반용 우리마다 투우사육자의 이름과 상호가 스텐실로 찍혀있었다.

우리도 다른 사람들처럼 벽을 기어 올라가 울타리 안을 내려다볼 수 있는 장소를 찾았다. 내부를 보니까 벽은 흰색으로 칠해져 있고 바닥엔 짚이 깔려있으며, 한쪽 구석에 나무로 만든 구유와 물통이 담에 기대어 놓여있었다.

"저기 좀 봐."

내가 말했다.

강 건너편에 높게 자리 잡고 있는 시내가 보였는데, 그곳 성벽 위에도 사람들이 줄지어 서 있었다. 세 겹으로 돼있는 보루 위에 사람들이 세 줄로 빼곡하게 늘어서있는 것이었다. 또 성벽 위쪽에 있는 집들도 창문마다 사람들의 머리가 보였다. 언덕의 나무 위에는 아이들이 올라가 있었다.

"뭘 구경하려는 걸까?"

브렛이 말했다.

"황소들이 나오는 걸 보려고 그러겠지."

마이크와 빌은 건너편 담 위에 서있었다. 그들이 우리를 쳐다보며 손을 흔들었다. 늦게 도착한 사람들은 우리 뒤에 서있었는데 관중들이 계속 올라오자 서로 밀쳐냈다.

"왜 아직 시작 안 하는 거지?"

로버트 콘이 물었다.

사람들이 노새 한 마리를 운반용 우리에다 매어 울타리 벽 쪽으로 끌고 갔다. 그들은 지렛대를 이용해 운반용 우리를 울타리의 문 앞까지 밀어 올렸다. 담 위에 서있는 인부들이 울타리 문을 들어 올리고 나서 곧 우리 문을 열 준비를 했다. 그때 울타리 반대쪽 문이 열리면서 거세된 수소 두 마리가 머리를 흔들고 홀쭉한 뱃살을 출렁이며 재빨리 안으로 들어왔다. 그러고는 한구석에 모여 서서 황소들이 들어올 문 쪽으로 머리를 향하고 있었다.

"못마땅해 보이는데."

브렛이 말했다.

담 위에 서있던 인부들이 울타리의 문을 힘껏 들어올렸다. 그러고는 운반용 우리의 문도 들어올렸다.

나는 담 위에서 몸을 앞으로 내밀어 우리의 안쪽을 보려고 했다. 그런데 캄캄해 잘 보이지 않았다. 어떤 사람이 쇠막대기로 우리의 지붕을 탁탁 쳤다. 우리 안쪽에서 뭔가 마구 부딪치는 소리가 들렸다. 황소가 돌아다니며 나무 벽에다 뿔을 부딪쳐 내는 소리였다. 잠시 후 시커먼 코와 뿔 그림자가 보이더니 황소가 울타리 마당으로 돌진해 들어갔다. 그러고는 앞발을 짚 속에 넣어 미끄러지지 않게 버티면서 머리를 들어 돌담 위에 모여 있는 사람들을 올려다보았다. 놈의 목에 굵은 근육이 팽팽히 잡히며 온몸을 부르르 떨었다. 거세된 수소 두 마리는 황소를 경계하며 머리를 가만히 숙이고 담 쪽으로 바짝 붙어 섰다.

황소가 거세된 소들을 보며 덤벼들었다. 그때 한 남자가 우리 뒤에서 소리를 치며 모자로 벽을 탁 치자 황소는 가다 말고 그를 돌아다보았다. 그러고는 잔뜩 노려보며 남자에게 돌진해왔다. 놈은 오른쪽 뿔을 대여섯 번 날쌔게 휘두르며 벽 뒤에 있는 남자를 받으려고 했다.

"와, 멋있어!"

브렛이 말했다. 우리는 놈의 바로 위에서 내려다보고 있었다.

"저놈이 뿔을 얼마나 잘 쓰는지 보라고. 꼭 권투선수처럼 왼쪽 오른쪽을 자유자재로 쓰잖아."

"정말?"

"잘 보라고."

"너무 빨라서 잘 모르겠는데."

"좀 있어봐. 또 한 마리가 나올 거니까 그때 자세히 봐."

인부들이 운반용 우리 또 하나를 울타리 입구에다 밀어붙였다. 인부 한 사람이 저쪽 구석 대피용 판자 뒤에서 황소의 주의를 끌고 있다가 황소가 못 보는 사이에 문을 들어 올려 울타리 안으로 들어가게 했다.

황소는 곧바로 거세된 수소에게 달려들려고 했다. 그러자 인부 두 명이 판자 뒤에서 뛰어나와 못 가도록 소리를 질러댔다. 그래도 황소가 계속 덤비려고 하자 인부들은 팔을 휘두르며 고함을 쳤다. '하아! 하아! 토로!' 거세된 소 두 마리는 황소를 피하며 슬슬 방향을 돌렸다. 그러나 결국 황소는 그 중 한 마리를 떠받아버리고 말았다.

"쳐다보지 마!"

내가 브렛에게 소리쳤다. 그러나 브렛은 눈을 떼지 못하고 지켜보기만 했다.

"그래 쳐다봐. 저놈이 당신만 공격하지 않으면 쳐다보라고."

"봤어. 정말 왼쪽 뿔에서 오른쪽 뿔로 바꾸네."

"그래, 엄청 잘했군!"

거세된 수소는 머리가 뒤틀린 채로 쓰러져 누워있었다. 그놈이 그대로 꼼짝 않고 있자 황소는 이제 저쪽 구석에서 머리를 흔들며 그 광경을 쳐다만 보고 있던 또 한 마리의 거세된 소에게 덤벼들었다. 거세된 소는 어설프게 피했지만 별 수 없었다. 황소가 녀석의 옆구리를 가볍게 들이받은 것이다. 그러고는 지붕 위에 있는 관중을 향해 돌아서더니 목을 쳐들어 올려다보았다. 거세된 소는 주저앉지 않고 황소에게 다가가 놈의 냄새를 맡는 건지 코를 가까이 댔다. 황소도 뿔을 들이밀며 위협을 했다. 그러고는 서서히 그 거세된 소에게 코를 갖다 댔다. 그때 또

한 마리의 황소가 들어왔다. 그러자 두 마리는 합세해 그놈에게 재빨리 달려들었다. 세 마리 즉 황소 두 마리와 거세된 소는 이제 나란히 같이 서서 새로 들어오는 황소를 향해 뿔을 세우고 있었다. 그러더니 2,3분쯤 후 거세된 소가 새로 들어온 황소에게 접근해 부드럽게 달래며 제 편으로 끌어들였다. 거세된 소는 잠시 후 두 마리의 황소가 마지막으로 더 들어오자 그놈들도 제 편으로 만들어버렸다.

앞서 들이받혀 누워있던 거세된 소가 서서히 일어나 벽을 등지고 서있었다. 그러나 황소들은 한 마리도 그 거세된 소에게 다가가지 않고 거세된 소도 그들과 어울리려 하지 않았다.

우리는 담에서 내려와 벽에 뚫려있는 구멍을 통해 그 소들을 마지막으로 한 번 더 들여다보았다. 놈들은 모두 머리를 숙인 채 가만히 서있기만 했다. 우리는 그곳을 나와 마차를 타고 카페로 갔다. 30분쯤 지나자 빌과 마이크도 카페로 들어왔다. 그들은 오는 도중에 이미 술을 한 잔 하고 온 것 같았다.

"그런데 뭐가 이상하더라고."

브렛이 말을 꺼냈다.

"그러게. 왜 나중 놈들은 먼저 들어온 놈들처럼 안 싸우는 거지? 금방 수그러들면서 가만히 있잖아."

로버트 콘이 말했다.

"놈들이 이미 다 알고 있는 거지. 한 마리만 있을 때나 두세 마리가 같이 공격할 때만 위험해."

내가 말했다.

"위험하다니? 전부 다 위험한 거 아니야?"

빌이 말했다.

"한 마리만 따로 있으면 죽이려고 덤벼들게 되지. 그러니까 만약 그 패에서 한 마리를 떼어낸다면 바로 그놈은 위험하게 되는 거야."

"되게 복잡하네. 나를 이 패에서 떼어낼 생각은 하지 마, 마이크."

빌이 말했다.

"아, 그 뿔들 봤지? 정말 멋있더군."

마이크가 말했다.

"그럼 봤지. 전엔 상상도 못했다니까."

브렛이 말했다.

"황소가 거세된 소를 공격할 때 봤어? 정말 대단하더라고."

마이크가 다시 말했다.

"거세된 소가 너무 불쌍하던데. 그건 이미 죽은 목숨 아니야."

로버트 콘이 말했다.

"그렇게 생각하나, 로버트? 난 자네가 거세된 소처럼 되고 싶어 하는 줄 알았는데."

마이크가 말했다.

"그게 무슨 뜻이야, 마이크?"

"그 거세된 소들은 그냥 조용히 있기만 하잖아. 아무 소리도 안내고 따라다니고만 있단 말이야."

그 말에 모두가 놀라고 있는데 갑자기 빌이 낄낄거리며 웃었다. 로버트 콘은 당연히 화가 난 얼굴이었다. 그래도 마이크는 계속 지껄여댔다.

　"난 자네가 그걸 좋아하는 줄 알았지. 한 마디도 안 하고 가만히 있는 것 말이야. 이봐, 로버트, 그래도 말을 좀 하게. 가만히 있지만 말고 말이야."

　"말 했잖아, 마이크. 기억 안 나나? 좀 전에 거세된 소에 대해 얘기했잖아."

　"좀 더 해보게. 재밌는 말도 하고 말이야. 우리 모두 재밌게 놀려고 여기 온 거니까, 안 그런가?"

　"그만 해, 마이크! 취했나봐."

　브렛이 소리를 질렀다.

　"나 안 취했어. 정말이야. 로버트 콘은 밤낮 거세된 소처럼 브렛 꽁무니만 쫓아다닐 건가?"

　"닥쳐 마이크! 예의 없게 그게 무슨 소리야."

　"예의는 무슨 얼어 죽을 예의야. 황소 말고 이 세상에 예의 있는 인간은 없어. 황소는 귀여운 데가 있잖아? 빌, 너도 황소 싫어하지 않지? 로버트, 자네는 왜 가만히 있기만 하나? 마치 장례식에 온 것 같은 표정으로 가만히 있기만 하지 말란 말이야. 브렛이 자네와 잤다고 한들 그게 어떻다는 거야? 브렛은 자네보다 더 잘난 사람들과도 여러 번 잤거든."

　"닥쳐! 닥치지 못해, 마이크!"

　콘이 소리치며 자리에서 일어나버렸다.

"아, 나를 한 대 칠 것 같은데, 진정해, 진정하라고. 난 눈 하나 깜짝하지 않을 거니까. 로버트 말해보게. 왜 자네는 거세된 소처럼 불쌍하게 브렛 뒤만 졸졸 따라다니나? 내가 자네를 싫어하는 것도 눈치 못 채나? 나는 누가 날 싫어하면 금방 알겠던데. 왜 자네는 남이 자네를 싫어하는 것도 모르냔 말이야. 눈치도 없이 산세바스티안까지 와서 그놈의 거세된 소처럼 가련하게 브렛만 졸졸 쫓아다녔잖아. 그게 잘한 짓일까?"

"닥치지 못해! 완전히 취했구나."

"어, 그래 취했겠지. 자네도 취할 때 있잖아. 왜 자네는 절대 안 취하나 로버트? 산세바스티안에서 우리 친구들 중 아무도 자네를 파티에 초대하지 않아 별로 즐겁지 못했나본데, 그렇다고 해서 그 친구들을 비난할 수는 없어, 안 그런가? 난 그들한테 자네를 초대하라고 부탁했어. 그런데 안 한 걸 어떻게 하겠어. 어쩔 수 없는 거 아니야? 대답해보게. 그들을 비난해야 되는 거냐고?"

"망할 자식, 지옥에나 가라!"

"난 그들을 비난할 수 없어. 자네는 비난할 수 있나? 왜 브렛 꽁무니만 쫓아다니는 거야? 자넨 예의도 없나? 내 기분도 생각 안하냐고?"

"참, 예의를 운운하다니. 대단히 훌륭한 분이시구먼. 예의가 아주 잘 갖춰진 분이야."

브렛이 말했다.

"자, 가지, 로버트. 그래 뭣 하러 그렇게 브렛을 쫓아다니는 거야?"

빌도 일어나 콘을 잡으며 말했다.

"잠깐만. 로버트 콘이 한 잔 사겠다는데."

마이크가 말했다.

하지만 빌은 콘을 데리고 나가버렸다. 콘은 어리둥절해 있었다. 마이크가 계속 지껄이자 브렛도 질렸다는 표정을 지었다.

"이봐, 마이크. 왜 그리 열등감에 빠졌어? 로버트는 나한테 아무 짓도 안했어."

브렛이 말하며 나를 쳐다보았다. 마이크의 목소리도 담담해졌다.

"내가 취한 것처럼 보이지만 사실 안 취했어"

"나도 알아"

"사람은 모두 취한 척 할 때가 있지."

내가 말했다.

"솔직히 내가 그냥 한 말은 아니었어."

"그래도 그렇게 말하는 게 아니지."

브렛이 허탈하게 웃으며 말했다.

"하지만 병신 같은 새끼지. 저를 좋아하는 사람도 없는데 산세바스티안까지 뭣 하러 와. 그냥 브렛 옆에 붙어 앉아 쳐다보고만 있더라고. 세상에, 속이 다 뒤틀리더라니까."

"그래 좀 어처구니가 없었지."

브렛도 맞장구를 쳤다.

"그렇다니까. 브렛은 전에도 여러 차례 남자들과 그런 일들을 일으킨 적이 있어. 나도 다 알고 있었지. 브렛이 다 얘기해줬으니까. 그리고 콘이 보낸 편지까지 내게 보여주더라고. 읽어보지는 않았지만 말이야."

"무척 고상하시군."

"정말이야, 제이크. 브렛은 남자와 도망친 적도 있었어. 그래도 유대인과 그런 적은 없었고, 끝난 다음에도 계속 쫓아다닌다거나 그런 일은 없었지."

"그래 모두 좋은 사람들이었어. 이제 그런 얘기는 그만해. 그래도 자기와 내가 서로를 이해하고 있으니까."

브렛이 말했다

"글쎄 로버트 콘의 편지를 보여주더라니까. 읽어보진 않았지만."

"자기는 어떤 편지도 안 읽잖아. 심지어 내가 보낸 편지도 안 읽으면서 뭘."

"난 편지를 못 읽어. 웃기지?"

"편지뿐 아니라 아무것도 못 읽잖아."

"아니야. 그건 잘못 안 거야. 난 책을 꽤 읽어. 집에 있을 때는 읽거든."

"그럼, 다음엔 이제 쓰겠네. 이봐, 마이크, 정신 좀 차리시지. 제발 아까처럼 그런 말 좀 하지 마. 그 사람 앞에서 그러면 어떡해. 축제를 망치지 말란 말이야."

"그러면 그 녀석한테 시끄럽게 하지 말라고 해."

"알았어. 내가 말할게. 그 사람 조용히 있을 거야."

"아니야. 제이크, 네가 말해. 조용히 있든지 떠나든지 하라고."

"알았어. 그러는 게 낫겠다."

"브렛, 로버트가 당신을 뭐라고 부르는지 제이크에게 말해봐. 하여튼 웃긴다니까."

"싫어. 안할래."

"해봐. 우리 다 친구 사이잖아. 안 그래, 제이크?"

"내 입으로는 못 하겠어. 너무 웃겨서"

"그럼 내가 말할게"

"하지마, 마이크. 바보같이 왜 그래?"

"글쎄 로버트가 브렛을 뭐라고 부르냐 하면, 키르케(그리스 신화에 나오는 마녀. 오디세우스의 부하들에게 술을 먹여 모두 돼지로 변하게 한다)라고 부르는 거야. 브렛이 남자들을 돼지로 만든다는 거지. 아주 멋진 표현이야. 나도 그렇게 문학을 아는 사람이 되고 싶다니까."

"그 친구는 잘 될 거야. 편지를 잘 쓰거든"

브렛이 말했다

"그건 나도 알아. 산세바스티안에서 나한테도 편지를 보냈더라고."

"그건 아무것도 아니야. 정말 재미있게 잘 써."

브렛이 또 말했다

"브렛이 편지를 쓰게 만들었지. 몸이 안 좋다고 하면서 말이야"

"정말 몸이 안 좋았었잖아."

"자, 이제 밥이나 먹으러 갑시다."

내가 말했다.

"콘을 만나면 어떻게 해야 할까?"

마이크가 물었다.

"아무 일도 없었던 것처럼 하는 거지 뭐."

내가 말하자 마이크도 흥분한 목소리로 투덜거렸다.

"사실 난 아무렇지도 않아. 어색할 것도 없다고."

"그 친구가 뭐라고 하면 그냥 취했다고 해."

"자, 갑시다. 그러니까 유쾌하지 못한 일을 벌이면 찝찝한 거야. 난 밥 먹기 전에 목욕 좀 해야겠어."

브렛이 말했다.

우리는 광장을 건너갔다. 날이 어두워지면서 광장 주위의 회랑 아래와 카페들엔 불빛이 눈부시게 켜 있었다. 가로수 아래 자갈길을 걸으며 우리는 호텔로 들어갔다. 두 사람은 방으로 올라가고 난 몬토야와 함께 얘기를 나눴다.

"소를 보니까 어땠어요?" 그가 물었다.

"좋던데요. 소가 멋지더라고요."

"멋지긴 한데 아주 좋은 소들은 아니에요."

몬토야가 머리를 흔들며 말했다.

"뭐가 안좋은 거죠?"

"모르긴 하지만 어쨌든 별로 안 좋은 것 같더라고요."

"아, 무슨 말인지 알 것 같네요."

"그래도 그 정도면 좋은 편이죠."

"그래요. 좋아 보이더라고요."

"친구 분들은 뭐라고 하셨어요?"

"다들 재밌었다고 하죠."

"잘 됐네요."

나도 위층으로 올라갔다. 빌은 발코니에 서서 광장을 내다보고 있었다.

"콘은 어디 있어?"

"자기 방에."

"기분 좀 어때 보여?"

"당연히 안 좋지. 마이크도 참 못됐더군. 아무리 취했다고 그렇게까지 지독하게 말할 필요는 없잖아."

"취하지도 않았더라고."

"물론 안취했을 거야. 카페에 오기 전에 조금밖에 안 마셨다고 하더라고."

"너희 둘이 떠나고 난 후 보니까 전혀 안 취했더구먼."

"정말 그렇다면 그 친구 참 독한 놈이네. 나도 물론 콘이 마음에 안 들긴 해. 산세바스티안엔 뭐 하러 가냐고, 글쎄. 정말 바보 같은 짓이지. 아무리 그래도 마이크가 그렇게 말하는 건 아니지."

"소를 보니까 어땠어?"

"멋있더군. 소를 울타리로 몰아넣는 그 방법이 아주 교묘하던데."

"내일 미우라가 온다네."

"축제가 언제 시작되는데?"

"모래부터."

"마이크를 안 취하게 해야겠어. 그런 식은 정말 곤란해."

"저녁 먹으러 가기 전에 세수나 해야겠다."

"오늘 저녁 식사가 맛있겠구먼."

"그렇겠지?"

식사는 정말 재미있었다. 소매 없는 검은색 드레스 차림으로 온 브렛은 무척 아름다워 보였다. 마이크는 아무 일도 없었던 것처럼 태연하게 행동했다. 내가 로버트 콘의 방으로 가 그를 데리고 내려왔는데, 처음엔 말도 없이 냉랭한 얼굴로 창백하기까지 했지만 결국엔 기분을 풀고 같이 어울렸다. 그는 여전히 브렛을 바라보곤 했다. 그녀를 바라볼 때면 행복한 것 같았다. 아름다운 브렛과 같이 여행을 하고, 그런 사실을 모두가 알고 있다는 것이 어쨌든 그에게는 즐거운 일인 듯했다. 아무도 그의 행복감을 뺏을 수는 없었다. 빌이 재미있는 소리를 많이 하자 마이크도 열심히 동조를 했다. 그들은 죽이 잘 맞았다. 그날 밤은 무슨 싸움터에서 만찬을 즐기는 것 같은 기분이었다. 와인도 넉넉해 우리는 모두 긴장을 풀어놓고 있었는데, 마치 막을 수 없는 어떤 일이 다가오고 있는 느낌이 들었다. 아무튼 와인 덕분에 나는 불쾌했던 기분을 모두 털어버리고 즐겁게 보낼 수 있었다. 모두가 좋은 사람들이라는 생각이 들었다.

14

몇 시에 잠이 들었는지는 모르겠다. 다만 잠옷으로 갈아입고 발코니에 서있었던 기억은 난다. 그리고 많이 취했는데도 침대로 들어가 머리 옆에 있는 등을 켜고 책을 읽었었다. 투르게네프(이반 세르게예비치 투르게네프1818~18883. 러시아 작가)의 작품이었다. 그런데 같은 페이지를 대여섯 번 계속 읽고 있었던 것 같다. 〈사냥꾼의 일기〉 부분이었는데, 전에도 읽은 책이지만 또다시 아주 새롭게 느껴졌다. 전원 풍경을 묘사한 대목은 눈앞에 훤히 펼쳐지는 기분이 들었고, 뭔가 답답하게 느껴졌던 감정도 사라지고 없었다. 엄청 취해있어서 눈을 감으면 금방 앞이 빙빙 도는 것 같아 나는 눈을 감지 않으려 애썼다. 그래서 더욱 책을 읽으려 했던 것이다.

브렛과 로버트 콘이 위층으로 올라오는 소리가 들렸다. 콘이 브렛에게 밤 인사를 한 후 떠나는 소리도 들렸다. 브렛의 방이 바로 내 옆이라 곧 방문 여는 소리가 들려왔다. 마이크는 이미 자고 있는 모양이었다. 하긴 1시간 전에 그는 나와 함께 올라왔었다. 그녀가 들어가는 소리에 깼는지 마이크는 한동안 그녀와 얘기를 나누는 것 같았다. 웃는 소리도 들렸다. 나는 결국 불을 끄고 자려고 시도했다. 눈을 감으면 방이 빙빙 돌아가는 느낌이 더 이상 없어 책을 안 읽어도 되었기 때문이다. 그런데 잠이 오지 않았다. 어둠속에 있다고 해서 밝을 때와 생각이 다른 것은 아니다. 절대 그렇지 않다. 전에는 다르다는 생각을 하며 6개월간 불을 안 끄고 잔 적도 있었다. 그것도 나쁘진 않았다. 어쨌든 여자들은 모두 꺼져버려! 브렛 애슐리, 너도 꺼져버려!

여자는 친구 사이로는 좋다. 아주 좋다. 그러나 좋은 우정의 기본을 알려면 사랑도 해봐야 한다. 나는 브렛과 친구로 지내왔다. 하지만 그녀 입장에서 깊이 생각해본 적은 없었다. 그저 아무런 대가도 치르지 않고 무엇인가를 얻어왔던 것이다. 다만 계산서를 아직 받지 않았을 뿐이었다. 그러나 계산서는 늘 날아들었다. 그것만은 예측 가능한 멋진 일이었다.

그렇긴 해도 난 그 대가를 모두 치른 것으로 생각하고 있었다. 여자들을 통해 치른 것도 있지만 그렇다고 해서 그걸 벌이라거나 응보라고 생각지는 않았다. 그저 가치의 교환이랄까. 어떤 건 포기하고 어떤 건 얻는 거라는 생각을 했던 것이다. 또는 어떤 걸 얻기 위해 일하는 것이다. 뭔가 가치가 있다고 생각되면 어떤 방법을 쓰든 그걸 얻기 위해 대가를 지불하는 것이다. 나는 내가 원하는 것을 얻기 위해 충분한 값을 치렀다고 생각했다. 그래서 그걸 즐기곤 했다. 즉 뭔가를 배운다든지, 경험한다든지, 위험을 무릅쓴다든지, 또는 돈을 쓰면서 값을 치렀던 것이다. 삶을 즐기는 것은 투자한 만큼 획득하는 방법을 배우는 것이고, 그걸 얻었을 때 얻었다는 것을 아는 것이다. 누구나 투자하는 만큼의 것을 얻을 수 있다. 세상 어디나 그렇다. 이건 무슨 훌륭한 철학처럼 보인다. 하지만 5년만 지나면 내가 그전에 깨달았던 모든 훌륭한 철학이 그랬던 것처럼 이것도 그저 우스꽝스런 생각에 지나지 않을 것이다.

하지만 이 생각도 틀린 것일지 모른다. 살아가면서 실제로 내가 터득한 어떤 것일지도 모른다는 것이다. 이것이 맞든 틀리든 중요하지 않다. 다만 내가 알고 싶은 건, 어떻게 살아가느냐 하는 문제다. 만약 이 세상에서 어떻게 살아나갈 것인가를 알아낸다면, 그것이 무엇인지는 자연히 알게 될 것이다.

나는 마이크가 콘에게 너무 지독하게 굴지 않기를 바랐다. 마이크는 술버릇이 고약한 주정뱅이였다. 브렛은 그렇지 않았다. 빌도 술버릇은 좋고, 콘은 절대 취하는 일이 없었다. 마이크는 항상 어느 정도 술이 들어가면 불쾌해지기 시작했다. 나는 그가 콘을 어떻게 약 올리나 보고 싶었다. 그러나 나중엔 그런 자신에 대해 불쾌해지기 때문에 그가 콘을 괴롭히지 않길 바랐다. 그것이 옳은 일이라는 생각이 들었다. 나중에 불쾌한 감정이 들게 된다면 그건 결코 도덕적인 일이 못된다. 그건 틀림없는 진실이다. 밤이 되면 우리는 얼마나 쓸데없는 생각을 많이 하는가! 브렛이 이렇게 말하는 목소리가 들리는 듯하다. 시시한 소리! 영국인들과 같이 있으면 생각을 할 때도 영국식 영어 표현을 쓰게 된다. 영국인들의 상류층 일상용어는 에스키모 말보다도 어휘 수가 적을 것이다. 물론 나는 에스키모 말을 전혀 모른다. 어쩌면 에스키모 말은 아주 훌륭한 언어일지도 모른다. 예를 들어 체로키(북아메리카 원주민 부족의 하나) 말이라고 한다면, 난 체로키 말에 대해서도 아무것도 모른다. 영국인은 다양한 어휘를 쓰긴 하지만 하나의 어휘로 모든 의미를 표현하는 경우가 많다. 그러나 난 영국인들을 좋아한다. 그들이 말할 때 발음을 듣는 게 특히 좋다. 해리스도 그랬다. 그는 상류층은 아니지만 악센트가 듣기 좋았다.

나는 다시 불을 켜고 책을 읽기 시작했다. 브랜디를 많이 마셔 취한 상태로 투르게네프를 다시 읽으면서 기억나는 곳도 있었고, 몇몇 장면들은 실제로 나에게 일어난 일처럼 착각될 때도 있었다. 언제나 그런 식이었다. 그런 것도 대가를 치르고서야 얻는 또 다른 좋은 것이었다. 날이 서서히 밝아올 무렵이 되어서야 나는 겨우 잠이 들었다.

그 후 팜플로나에서의 이틀 동안은 조용하고 아무런 소동도 일어나지 않았다. 축제날이 다가오면서 거리 곳곳에선 준비를 서두르고 있었다. 아침에 황소들이 울타리 밖으로 나가 거리를 달려 투우장으로 갈 때 옆 골목으로 빠져나가지 못하도록 일꾼들이 말뚝을 박고 있었다. 일꾼들은 구덩이를 파고 각각 일련번호가 쓰여 있는 말뚝을 세웠다. 시내 저쪽 언덕에서는 투우장 인부들이 투우장 뒤쪽 햇볕에 말라 딱딱해진 들판에서 기마투우사의 말을 가볍게 훈련시키며 전속력으로 달려 팽팽해진 다리를 풀어주고 있었다. 투우장의 거대한 문이 열려있고, 내부의 원형극장은 깨끗이 청소가 돼있었다. 투우장 바닥은 흙이 고르게 다듬어져 물이 뿌려져 있으며, 담의 갈라진 부분이나 손상된 나무판자도 새로 바뀌어져 있었다. 판판하게 손질된 모래흙 한쪽 끝에 서서 나는 텅 빈 관람석을 올려다보았다. 노인 몇 사람이 특별석을 손질하고 있었다.

투우장 밖은 거리 끝에서 투우장 입구까지 울타리를 쳐 기다란 담처럼 만들어져 있었다. 투우가 시작되는 첫날 아침엔 군중들이 소에 쫓기며 그 길을 달릴 것이었다. 들판 저쪽은 말과 가축시장이 들어서는 곳인데, 아직은 집시들 무리가 나무 그늘 아래서 캠핑을 하고 있었다. 포도주와 아가르디엔테 장사들은 벌써 가게 열 준비를 하고 있었다. 한 가게는 '황소의 아니스 술'이라는 광고를 붙여놓았다. 그리고 천으로 된 깃발들이 뜨거운 햇빛을 받으며 판자에 매달려 있었다. 시내 중앙광장은 아직 어떤 변화도 없이 조용했다. 우리는 카페 테라스의 흰 등나무 의자에 앉아있었는데 버스가 들어와 서더니 시장에 오는 시골 농부들을 잔뜩 내려놓고 또 물건을 한 짐 사들인 농부들을 꽉 차게 태우고는 곧 떠나갔다. 광장에 움직이는 물체라곤 비둘기와 물 뿌리는 사람 외에 그 높다란 회색 버스가 유일한 것이었다.

저녁엔 행렬이 시작되었다. 식사 후 1시간쯤 지나자 카페엔 언제나 그렇듯 한 잔 하러온 사람들로 금방 자리가 없어졌다. 그들은 모두 행렬을 위해 광장을 걸어가는 미인들과 수비대 장교들, 도시의 유명 인사들을 바라보고 있었다.

오전시간엔 난 대체로 카페에 앉아 마드리드의 신문을 읽은 다음 거리를 산책하거나 교외로 나가곤 했다. 빌이 가끔 동행할 때도 있었다. 그는 보통 자신의 방에서 글을 쓰며 보냈다. 로버트 콘은 스페인어를 공부하거나 이발관에 가는 걸 즐겼다. 브렛과 마이크는 오전 시간엔 아예 일어나질 않았다. 우리는 자주 카페에 모여 베르무트를 마셨는데 아무도 취하지 않아 조용히 지낼 수 있었다. 나는 서너 번 성당에 갔고, 브렛과 간 적도 한번 있었다. 브렛은 내가 고해하는 걸 듣고 싶어 했다. 하지만 그건 불가능하며 생각보다 별 재미도 없고, 또 그녀가 알아듣지 못하는 언어로 한다고 얘기해 주었다. 그녀와 함께 성당에서 나오는데 콘과 맞닥뜨렸다. 그가 우리를 미행한 게 틀림없었다. 그러나 아무 일도 아니라는 듯 그는 기분 좋게 인사를 건넸다. 우리 셋은 집시들의 캠프장까지 산책을 갔고, 브렛이 거기서 한 집시에게 점을 보기도 했다.

상쾌한 아침이었다. 산 위에는 흰 구름이 뭉실뭉실 떠있고, 밤에 약간 비가 내려 나무들이 싱그러우며 공기도 시원했다. 무척 아름다운 풍경이었다. 우리의 기분마저 환해지는 것 같았다. 나는 콘에게 무척 친근감이 들었다. 그런 날은 어떤 일이 일어나더라도 마음이 그리 산란하지는 않을 것 같았다. 그날은 축제 바로 전날이었다.

15

7월 6일 일요일 정오에 축제는 폭발하듯 시작됐다. 그렇게밖에는 달리 표현할 말이 없다. 근교 시골에서 하루 종일 사람들이 모여들었지만 인파 속에 묻혀 눈에 잘 띄지도 않았다. 시내한복판 광장은 여느 날이나 다름없이 뜨거운 햇볕아래 조용하기만 했다. 농부들은 그곳으로 오지 않고 변두리 술집으로 가기 때문이었다. 그들은 거기서 술을 마시며 축제에 적응하고 있었다. 산과 들에서 이제 막 도시로 들어온 그들은 차츰 도시생활에 익숙해질 시간이 필요했던 것이다. 그리고 카페의 술값은 그들에게 부담스러웠다. 그들은 우선 저렴한 술집에서 시작해야했다. 그들에게 있어 돈의 가치는 아직도 노동시간과 판매한 곡식의 양으로 가늠되었다. 축제 끝 무렵이 되면 얼마를 썼든 어디서 무엇을 샀든 그런 것은 문제 삼지 않았다.

산페르민의 축제가 시작되는 날, 농부들은 아침 일찍부터 골목의 선술집으로 갔다. 아침 미사를 보려고 성당으로 가고 있는데 한 선술집의 열린 창문으로 그들의 노랫소리가 들려나왔다. 그들은 목청껏 소리를 질러댔다. 11시 미사엔 많은 사람들이 모여들었다. 산페르민은 종교적인 축제이기도 했기 때문이다.

미사가 끝난 후 나는 언덕을 내려와 광장에 있는 카페로 갔다. 12시 조금 전이었다. 로버트 콘과 빌이 한 테이블에 앉아 있었다. 대리석 테이블과 등나무 의자는 없었고, 금속테이블과 접는 의자들이 놓여있었다. 카페는 마치 곧 전투를 시작할 태세를 갖춘 전함 같았다. 내가 가서 자리에 앉자 웨이터가 다가왔다.

"지금 마시는 게 뭐지?"

내가 빌과 로버트에게 물었다.

"세리."

콘이 대답했다.

"그럼 나도 세리로 주세요."

웨이터가 세리를 가지고 오기 전에 축제를 위한 불꽃들이 하늘로 솟아오르는 게 보였다. 불꽃은 광장 건너편 가야레 극장 위에서 회색 연기로 뭉게뭉게 피어올랐다. 연기 덩어리는 유산탄이 폭발한 것처럼 하늘에 떠있었다. 그것이 사라지기 전에 또 다른 불꽃이 올라가 햇빛의 광선속에서 연기처럼 뿌려졌다. 매번 하나의 불꽃이 터져 섬광을 뿌릴 때마다 또 하나의 연기가 구름으로 솟아올랐다. 두 번째 불꽃이 터질 무렵부터 한가하던 회랑에 갑자기 사람이 몰려들어 웨이터가 술병을 머리 위로 들고 사람들을 헤치며 어렵게 테이블까지 와야 했다. 사람들은 사방에서 점점 더 몰려들었고 거리 저쪽에선 피리와 북을 둥둥 쳐대며 오는 행렬 소리가 들렸다. 그들은 리오 곡을 연주하며 왔는데 피리 소리가 무척 날카롭게 울리며 북소리는 진동을 하는 것 같았다. 그들 뒤에는 어린아이와 어른들이 춤을 추며 따라왔다. 그들은 걷다가 피리 부는 사람이 멈춰서면 그 자리에 주저앉았고, 피리와 북치는 사람들이 다시 연주를 시작하면 모두 일어나 걷고 춤을 추었다. 워낙 사람들이 많아 잘 보이지는 않지만 그들이 춤을 출 때마다 머리가 위로 올라오는 게 보였다.

광장에서 한 남자가 구부정한 자세로 피리를 불며 지나가자 한 무리의 아이들이 그의 뒤를 따라가며 놀리고 옷을 잡아당기고 했다. 남자는 아이들 떼를 이끌고 광장의 카페를 지나 골목으로 접어들었다. 그는 계속 피리를 불며 갔는데 아무리 아이들이 소리를 지르고 옷을 잡아당기고 해도 표정 하나 변하지 않으며 얼굴이 심하게 얽어있었다.

"저 사람은 이 마을의 바보인가보네. 쯧쯧!"

빌이 말했다.

춤추는 행렬도 가까이 다가왔다. 거리엔 그들 춤추는 남자들밖에 없었다. 그들은 여러 개의 피리 소리와 북 소리에 맞춰 각각 다른 춤을 추었다. 그리고 일종의 어떤 클럽 회원인 듯 그들은 모두 똑같은 푸른색 작업복에 목에는 붉은색 손수건을 두르고 있었다. 깃대 두 개에는 커다란 깃발을 매달아 들고 있었다. 그들이 군중에 둘러싸여 내려오는데 깃발이 아래위로 흔들리며 춤을 추었다.

"포도주 만세! 외국인 만세!"

깃발엔 그렇게 쓰여 있었다.

"외국인이 어디 있지?"

로버트 콘이 물었다.

"우리가 외국인지지 뭐야.

빌이 말했다.

불꽃은 계속해 올라갔다. 카페의 테이블에도 더 이상 자리가 없었다. 사람들이 모두 광장에서 카페로 들어온 것이었다.

"브렛과 마이크는 어디 있지?"

빌이 물었다.

"내가 가서 찾아볼게."

콘이 말했다.

"찾으면 이리로 데리고 와."

축제는 본격적으로 막이 올라 1주일간 밤낮없이 계속되었다. 그 기간 동안 일어나는 일들은 축제 동안에만 일어날 수 있는 일들이었다. 그 동안엔 마치 모든 것이 완전히 비현실적인 일들처럼 느껴지고 또 보잘것없는 것처럼 되어갔다. 그래서 어떤 중요한 일에 대해 진지하게 생각하는 건 전혀 맞지 않는 일인 것만 같았다. 축제 동안엔 조용할 때에도 큰 소리를 질러야 자신의 목소리가 들릴 것 같은 느낌마저 들었다. 행동할 때도 마찬가지였다. 그런 게 바로 축제였고, 그런 축제가 무려 1주일간이나 계속되었다.

그날 오후엔 성대한 종교행렬이 있었다. 산페르민 축제가 한 교회에서 다른 교회로 옮겨졌는데, 그 행렬에는 시민들과 종교계의 고위층들이 모두 참가했다. 사람들이 너무 많아 행렬은 잘 보이지 않았다. 행렬은 격식 있게 진행됐지만 행렬의 앞뒤에서는 리오의 춤을 계속 추었다. 보도까지 빽빽이 들어찬 군중들 사이로 겨우 보인 것은 커다란 거인들뿐이었다. 30피트나 되는 높이로 제작된 인디언 인형과 무어 인, 왕과 왕비 등이었는데 그들은 모두 리오 음악에 맞춰 엄숙한 자세로 빙빙 돌며 왈츠를 추었다.

종교계 고위층들은 교회 안으로 들어가고 호위병들과 일반 시민들은 밖에서 기다리고 있었다. 거인 인형 속에 들어가 있던 사람들도 인형을 벗고 쉬며, 난장이는 풍선을 들고 군중들 사이를 돌아다녔다. 우리도 교회 안으로 들어가려고 막 출입구에 섰는데 짙은 향냄새가 풍기며 다른 사람들도 몰려들었다. 그런데 브렛이 모자를 쓰지 않아 들어갈 수가 없었다. 할 수 없이 우리는 문 앞에서 되돌아 나올 수밖에 없었다. 거리로 들어서자 지나가는 행렬을 보려는 사람들이 보도에서 제자리를 지키며 길 양쪽에 늘어서 있었다. 춤추던 사람들 몇 명이 브렛을 에워싸며 춤을 추기 시작했다. 그들은 목에 흰 마늘을 꿰어 만든 커다란 화환을 걸고 있었다. 그러면서 빌과 내 팔도 잡아끌며 자기네들 무리에 끼게 했다. 빌도 그들과 함께 춤을 추었다. 그 패거리들은 모두 노래를 불렀다. 브렛도 춤을 추고 싶어 했는데 그들이 못 추게 했다. 그들은 브렛을 한가운데 모셔놓고 돌면서 춤을 추고 싶었던 것이다. 큰 소리로 리오!를 외치며 노래를 부르더니 그들은 급기야 우리를 술집으로 떠밀고 갔다.

술집 안으로 들어가자 그들은 브렛을 술통 위에 앉게 했다. 소리를 지르며 노래하는 남자들로 술집은 가득 차 있었다. 그들은 카운터 뒤에 있는 술통에서 와인을 따랐다. 내가 술값을 카운터에 놓자 그 중 한 남자가 그 돈을 다시 내 주머니에 집어넣었다.

"가죽 술 주머니가 있으면 좋겠군."

빌이 말했다.

"거리를 내려가면 파는 곳이 있어. 내가 가서 사올게."

내가 말했다.

그런데 춤추던 사람들이 나를 못 가게 말렸다. 세 남자는 술통 위 브렛 옆에 앉아서 가죽 술 주머니로 술 마시는 법을 그녀에게 설명해주고 있었다. 그러고는 브렛의 목에 마늘 화환을 걸어주었다. 어떤 사람은 한 잔 사겠다고 하고, 또 어떤 사람은 빌에게 노래를 가르쳐주었다. 그는 빌의 귀에 입을 대고 노래를 불러주었다. 동시에 그 남자는 브렛의 등을 두드리며 박자를 맞췄다.

나는 그들에게 갔다 오겠다고 말한 후 밖으로 나가 거리를 걸으며 가죽 술 주머니 만드는 집을 찾아보았다. 보도에 워낙 사람들이 많이 들어서있고 문 닫은 가게들이 많아 그 가게를 찾을 수가 없었다. 나는 길 양쪽을 열심히 살피며 교회까지 걸어갔다. 마침내 거기서 어떤 사람에게 물었더니 그가 가게까지 안내해주었다. 가게의 덧문은 내려져 있었지만 문은 아직 열려있었다.

안으로 들어가자 새로 무두질한 가죽과 뜨거운 타르 냄새가 코를 찔렀다. 한 남자가 이제 막 만들어진 가죽 술 주머니에 글자를 새겨 넣고 있었다. 그리고 천장엔 술 주머니가 가득 매달려 있었다. 그는 위에서 주머니 하나를 내려 바람을 불어넣더니 주둥이를 막고 공중에 띄워보았다.

"자 보세요! 안 세죠?"

"하나 더 주세요. 큰 걸로요."

그는 1갤런 이상 들어갈 만큼 큰 주머니를 천장에서 내렸다. 그러고는 볼이 불룩해지도록 바람을 불어 넣은 다음 의자 위에 놓고 그 위에 올라섰다.

"이건 뭐에 쓰려는 거죠? 바욘에 가지고 가서 파실 건가요?"

"아니요. 거기다 술을 넣어서 마시려고요."

남자가 느닷없이 내 등을 탁 쳤다.

"좋은 분이시군요. 두 개에 8페세타만 주세요. 최저 가격입니다."

"정말이에요. 8페세타면 아주 싼 가격이에요."

새 술 주머니에 글자를 새겨 넣고 있던 남자가 그 주머니를 작업이 끝난 주머니 무더기 쪽으로 던지며 말했다.

나는 계산을 하고 나와 술집으로 돌아갔다. 술집 안은 더 캄캄하고 복작거렸다. 그런데 브렛과 빌이 보이지 않았다. 누군가 그들이 뒤쪽 홀에 있다고 얘기해주었다. 카운터를 맡고 있는 여종업원이 내가 내민 가죽 술 주머니 두 개에 포도주를 채워주었다. 하나는 2리터짜리고 또 하나는 5리터짜리였다. 값은 3페세타 60상팀이었는데 웬 모르는 사람이 그걸 계산하겠다고 나서는 바람에 간신히 말려야 했다. 내가 값을 치르고 나자 그는 기어이 포도주를 한 잔 샀다. 나도 그에게 한 잔 사려고 했으나 그

는 거절하면서 대신 술 주머니의 술을 한 모금 마시고 싶다고
했다. 결국 그는 술 주머니를 들어 올려 마개를 열고 한 모금 시
원스럽게 들이켰다.

"좋습니다."

술 주머니를 돌려받고 나는 뒤쪽 홀로 갔다. 브렛과 빌이 춤
추는 사람들에게 둘러싸여 술통 위에 앉아있었다. 사람들은 서
로 어깨동무를 하며 노래를 부르고 있었다. 마이크는 셔츠 차림
의 남자 몇 명과 테이블에 앉아 마늘과 식초를 뿌린 다랑어를
먹고 있었다. 그들은 와인을 마시며 빵조각으로 접시에 남은 소
스를 묻혀 먹었다.

"이봐, 제이크! 이리 와서 같이 앉아. 우리 지금 오르되브르
를 먹고 있거든."

마이크가 나를 보더니 불렀다. 그는 같이 있는 사람들을 소개
해주었다. 한 사람씩 돌아가며 그들은 자신의 이름을 마이크에
게 말해주더니 나를 위해 새 포크를 가져오라고 했다. 브렛이
마이크를 보며 소리를 질렀다.

"남의 식사 빼앗아 먹지 마, 마이크."

누군가 내게 포크를 내밀기에 내가 말했다.

"난 당신들 식사를 뺏어먹지 않겠습니다."

그러고는 가죽 술 주머니 마개를 열어 그들에게 돌렸다. 모두
들 주머니를 들고 한 모금씩 마셨다.

밖에서 행렬들의 음악소리가 워낙 크게 들려 술집의 노랫소
리가 묻힐 정도였다.

"아니, 저거 행렬 소리 아니야?"

마이크가 말했다.

"아니에요. 아무것도 아니에요. 술이나 드시죠."

누군가가 그렇게 말했다.

"넌 어디 있다 왔어?"

내가 마이크에게 물었다.

"너희들이 여기 있다고 누가 얘기하기에 왔지."

"콘은 어디 있어?"

"곯아떨어졌는지 어딘가에 누워있을 거야."

브렛이 또 큰 소리로 대답했다.

"어디 있는데?"

"모르겠어."

"우리가 어떻게 알겠어. 죽었을지도 몰라."

빌이 대답했다.

"아니야. 죽지는 않았어. 아니스 델 모노를 마시고 뻗어버린 거지."

마이크가 말했다.

아니스 델 모노라는 말이 나오자 테이블에 앉아있던 한 남자가 일어나 재킷 속에서 술병 하나를 꺼내 내게 내밀었다.

"고맙습니다만 이러지 않으셔도 되는데요!"

"자 드세요! 그냥 병째 들고 마셔요!"

한 모금 마셨더니 감초 맛이 느껴지면서 목구멍이 확 달아올랐다. 위장까지 화끈해지는 게 느껴졌다.

"콘은 도대체 어디 있지?"

"모르겠어."

마이크가 대답하며 스페인어로 다른 사람들에게 물었다.

"우리 친구 중에 술 취한 사람 어디 있는지 아세요?"

스페인 사람 하나가 내게 물었다.

"만나고 싶은가요?"

"그럼요."

그때 마이크가 끼어들어 말했다.

"나는 아니고, 이 친구가 만나고 싶대요."

아니스 델 모노를 준 사람이 입을 닦으며 일어섰다.

"이리 오세요."

그를 따라 갔더니 뒤쪽 홀 술통 위에서 콘은 잠이 들어 있었다. 방안이 어두워 그의 얼굴은 거의 보이지 않았지만 재킷으로 몸을 덮고 옷을 접어서 머리에 베고 있었다. 목과 가슴엔 찌그러진 커다란 화환이 놓여있었다.

"놔둬도 괜찮아요."

그 사람이 말했다.

콘은 결국 2시간 후 일어나 우리를 찾아왔다. 그는 여전히 마늘 화환을 목에 걸고 있었다. 스페인 사람들이 그를 보고는 일제히 환호를 질렀다. 콘은 멋쩍어 하며 빙그레 웃었다.

"내가 잠들었나보네."

"아니 안 잤어"

브렛이 말했다

"잔 게 아니라 잠시 죽었었지"

빌이 장난을 쳤다

"저녁 먹으러 안가나?"

콘이 물었다

"왜 배고파?"

"그럼 배고프지."

"그 마늘 먹으면 되잖아. 아니, 정말 그 마늘을 먹으라고"

마이크가 말했다

콘은 아무 말도 없이 그대로 서있었다 술이 완전히 깬 것 같았다.

"식사하러 가. 난 목욕 좀 해야겠어."

브렛이 말했다.

"그래 가자. 브렛을 호텔에 데려다줘야 되니까."

우리는 스페인 사람들과 악수를 하고 그곳을 나왔다. 밖은 아미 어두워졌다.

"몇 시쯤 됐어?"

콘이 물었다

"벌써 내일이야. 자넨 이틀이나 잤거든."

마이크가 말했다

"그럴 리가. 지금 몇 시야?"

"10시야."

"엄청 마셨군."

"우리는 엄청 마셨지만 넌 잠만 잤잖아."

호텔로 가려고 어두운 거리를 내려가는데 광장 쪽에서 또 불꽃이 올라가는 게 보였다. 광장으로 연결되는 저쪽 길에 사람들이 아직도 빽빽이 모여 있고 춤추는 사람들도 많았다.

우리는 호텔에서 식사를 했는데 최고급 수준이었다. 축제 기간 동안 값이 두 배로 올랐기 때문에 새로 바뀐 요리가 5,6가지 코스로 이어졌다. 식사 후 우리는 다시 거리로 나왔다. 다음날 아침 6시에 소가 거리를 지나가는 걸 구경하려고 난 그때 밤 샐 생각을 했던 것 같다. 그런데 너무 졸려 결국 새벽 4시쯤 잠이 들어버렸다. 다른 친구들은 모두 밤을 새웠던 모양이다.

내 방문 열쇠를 찾을 수 없어 난 할 수 없이 콘의 방으로 가서 자야 했다. 밤에도 축제는 계속되었지만 난 아무것도 구경하지 못했다. 시내 변두리 울타리에서 황소들을 내몰기 시작했다는 신호로 불꽃을 터뜨렸는데, 그 소리에 난 겨우 잠이 깼다. 황소들은 거리를 달려 투우장으로 가게 돼있었다. 나는 그때까지도 깊이 잠들어 있다가 후닥닥 일어나 콘의 재킷을 걸치고 발코니로 나갔다. 바깥 좁은 골목은 아직 조용했다. 하지만 집집마다 발코니에 사람들이 서있는게 보였다. 그러다 별안간 거리에 사람들이 몰려나왔다. 그들은 벌써 우르르 몰려 뛰어갔다. 투우장 쪽으로 달리고 있었는데 점점 더 많은 사람들이 와자지껄 몰려들어 뛰어가고 있었다. 늦게 온 사람들 몇몇은 거의 필사적으로 뛰고 있었다. 얼마쯤 뒤 이번엔 소들이 머리를 흔들며 달려왔다.

그 모든 행렬은 건물 모퉁이를 돌아 시야에서 멀어져갔다. 한 남자가 달리다 넘어져 그 자리에 누워있었는데도 소들은 아랑

곳 하지 않고 그대로 지나쳤다. 소들은 모두 한 무리를 지어 앞만 보고 달리고 있었다.

잠시 후 투우장에서 커다란 함성이 들려왔다. 그리고 이어서 소가 투우장 안 울타리로 들어갔다는 것을 알리는 불꽃이 올라갔다. 나는 그제야 방으로 돌아와 곧바로 다시 침대에 들어가 버렸다. 맨발로 한동안 돌로 된 발코니에 서있었기 때문에 추웠던 것이다. 난 그대로 다시 잠에 빠져들었다. 그때 친구들은 모두 투우장에 가있었다.

콘이 들어와 깨울 때까지 나는 계속 잤다. 그는 옷을 벗기 시작하다 건너편 집 발코니에 사람들이 서있는 걸 보고는 창문을 닫았다.

"구경 좀 했어?"

"그럼. 다들 거기 있었지."

"다친 사람은 없었고?"

"소 한 마리가 관람객들 사이로 뛰어들어서 예닐곱 명을 쳤지."

"브렛도 재밌다고 했어?"

"갑자기 벌어진 일이라 다른 사람에게 신경 쓸 겨를이 없었지."

"나도 갔어야 했는데."

"네가 어디 있는지 몰랐지. 네 방으로 가봤는데 문이 잠겨있더라고."

"밤은 어디서 새웠어?"

345

"한 클럽에 가서 춤추면서 있었지."

"난 하도 졸려서 못 참겠더라고."

내가 말했다.

"난 이제 졸리네. 맙소사! 이 소란은 언제 그치는 거야?"

콘이 말했다.

"1주일 내내 이렇겠지."

그때 빌이 방문을 열었다.

"어디 갔었어, 제이크?"

"난 발코니에서 구경했지. 재밌었어?"

"굉장하더군."

"어디 가는데?"

"잠을 자려고."

친구들은 모두 12시가 넘어서야 일어났다. 우리는 회랑에 마련돼 있는 테이블로 가서 식사를 했다. 그 테이블도 한참을 기다린 후 차지할 수 있었다. 거리엔 벌써 사람들이 가득했다. 식사 후 우리는 카페 이루냐로 갔다. 벌써 사람들로 혼잡했는데 투우 시간이 다가오면서 카페는 자리가 없을 정도였다. 투우가 시작되기 바로 전엔 늘 그렇게 와자지껄한 소음이 계속되었다. 축제가 없는 날엔 그 카페에 아무리 사람이 많아도 그렇게 소란스럽지는 않았다. 그 웅웅거리는 소음 속에서 우리도 일부분이 될 수밖에 없었다.

나는 모든 투우경기마다 여섯 개 자리를 예약해두었다. 그 중세 경기는 바레라로 링 사이드의 첫 번째 줄에 있는 좌석이고,

나머지 세 경기는 소브레푸에르토로 원형 극장의 중간쯤 줄에 있는 나무 등받이 좌석이었다. 마이크는 브렛이 투우경기를 처음 보기 때문에 높은 곳에 있는 좌석이 좋다고 했는데, 콘은 그들과 같이 앉아 있고 싶어 했다. 그래서 빌과 나는 바레라에 앉고, 남은 표는 웨이터에게 팔라고 주었다. 빌이 콘에게 말을 쳐다보지 않고 어떻게 구경하는 게 좋은지를 설명해주었다. 그는 전에 한 번 투우를 구경한 적이 있었기 때문이다.

"나는 말을 보는 게 걱정되는 게 아니라 오히려 지루할까봐 걱정되는데."

콘이 말했다.

"황소가 말을 치고 난 다음엔 특히 말을 쳐다보지 마. 그냥 황소가 덤벼드는 것만 보라고. 기마투우사가 와서 황소를 떼어 놓으려고 하는 것만 쳐다보란 말이야. 그리고 말이 받히고 난 다음엔 그놈이 죽을 때까지 쳐다보지 마."

내가 브렛에게 말했다.

"좀 불안하네. 내가 끝까지 볼 수 있을지 걱정이야."

"괜찮을 거야. 보기 힘든 건 말밖에 없어. 황소가 그걸 치는 것도 2,3분 잠깐이거든. 너무 잔인하면 안보면 되지 뭐."

"그래 괜찮아. 내가 도와줄게."

마이크가 말했다.

"정말 지루하지는 않겠는데."

빌이 장난하듯 말했다.

"호텔에 가서 쌍안경과 가죽 술 주머니를 가져와야겠어."

내가 말했다.

"그럼 여기서 이따가 만나. 너무 마시지 말고."

"나도 같이 갈게."

빌이 말하며 나를 따라 나오자 브렛이 우리에게 미소를 보냈다. 우리는 광장의 햇빛을 피해 회랑 아래로 돌아서 갔다.

"콘 말이야, 정말 밥 맛 없네. 그놈의 유대인이라는 우월감이 어찌나 강한지, 투우에 대해서도 심드렁하니 마치 지루하다는 식이니 말이야."

빌이 말했다.

"쌍안경으로 그 녀석을 자세히 봐야겠네."

"하여튼 지옥에 떨어질 녀석이라니까."

"안 그래도 지금 지옥에서 많은 시간을 보내고 있잖아."

"아예 거기서 나오지 않으면 좋겠구먼."

호텔 계단에서 우리는 몬토야를 만났다.

"참, 손님, 페드로 로메로를 만나고 싶으시죠?"

몬토야가 물었다.

"그럼요."

빌이 대답했다.

우리는 몬토야를 따라 위층으로 올라갔다.

"지금 8호실에 있는데, 투우복으로 갈아입고 있는 중이죠."

몬토야는 그렇게 말하며 그의 방문을 한 번 노크한 후 살며시 열었다. 좁은 거리 쪽에 있는 방이라 햇빛이 겨우 들어와 방안이 어둑했다. 그리고 마치 수도원의 방처럼 침대 두 개 사이에

칸막이가 세워져 있었다. 페드로는 투우복을 입은 채 꼿꼿한 자세로 미소도 짓지 않고 서있었다. 그의 재킷은 의자에 걸려 있었다. 측근들이 막 장식 띠를 둘러 주고 난 참이었다. 불빛 아래로 그의 검은색 머리가 반짝거렸다. 그는 흰색 리넨 셔츠 차림으로, 검잡이가 그의 띠를 다 둘러준 다음 일어나 자리를 비켜 주었다. 페드로 로메로는 우리에게 악수를 청했다. 그 모습이 무척 초연하고 품위가 있어 보였다. 몬토야가 그에게 투우 애호가라고 우리를 소개하며 그를 응원하기 위해 왔다고 설명했다. 로메로는 아주 진지한 자세로 듣고 있었다. 그러고는 나를 쳐다보았다. 그는 내가 일찍이 본 투우사 중에 가장 잘 생긴 얼굴이었다.

"투우를 보러 가시는군요."

그가 영어로 말했다.

"영어를 아시네요."

나는 그렇게 말하고는 곧 멍청한 소리를 했다고 생각했다.

"아니에요."

그는 웃으며 말했다.

침대에 앉아있던 세 명 중 한 사람이 우리에게 프랑스어를 할 줄 아느냐고 물었다.

"페드로 로메로에게 물어볼 말이 있으면 내가 통역해드릴 수 있는데요."

우리는 고맙다고만 말했다. 물어보고 싶은 건 딱히 없었기 때문이다. 페드로 로메로는 열아홉 살로 검잡이와 세 명의 측근들을 데리고 다녔다. 투우는 20분 후에 시작될 예정이었다. 우리는 페드로에게 행운을 빌며 악수를 하고 방을 나왔다. 그는 우리가 문을 닫을 때까지도 반듯한 자세로 서있었다.

"멋진 청년이죠. 안 그래요?"

몬토야가 물었다.

"네, 아주 미남이군요."

"투우사답게 생겼죠. 모범적인 투우사에요."

몬토야가 말했다.

"정말 훌륭해 보여요."

"그럼, 이따가 투우장에서 하는 걸 보죠."

몬토야가 말했다.

우리는 내 방에 가서 벽에 기대 둔 큰 가죽 술 주머니와 쌍안경을 챙겨들고 아래층으로 내려갔다.

투우는 정말 좋았다. 빌과 나는 페드로 로메로에게 열광했다. 몬토야는 열 좌석 정도 떨어진 곳에 앉아있었다. 로메로가 처음 소를 죽이자 몬토야가 나를 쳐다보더니 고개를 끄덕였다. 그건 진정한 투우였다. 오랫동안 그렇게 진짜 투우를 본 적이 없었다. 다른 투우사가 두 명 더 있었는데 한 사람은 보통이었고 또 한 사람은 겨우 낙제점을 면할 정도였다. 둘 다 로메로와는 비교가 안 되었다. 그러나 로메로가 상대한 소도 썩 좋지는 않았다.

투우가 진행되는 동안 나는 쌍안경으로 마이크와 브렛, 콘을 계속 지켜보았다. 다들 별일 없는 것 같았다. 브렛도 그리 충격을 받은 것 같지는 않았다. 그들은 모두 앞에 있는 콘크리트 난

간에 몸을 기대고 있었다.

"쌍안경 좀 이리 줘봐."

빌이 말했다.

"콘이 지루해 하는 것 같아?"

내가 물었다.

"망할 자식!"

빌이 투덜거렸다.

투우가 끝나자 거리는 움직일 수가 없을 정도로 사람들로 꽉 차있었다. 도저히 헤치고 나갈 수가 없었다. 우리도 군중 속에 섞여 마치 거대한 빙하 덩어리처럼 천천히 움직여 나갈 수밖에 없었다.

투우를 본 다음날은 마음이 항상 복잡해지곤 했는데, 멋지고 훌륭한 투우를 보고나면 오히려 큰 감동이 일어났다. 축제는 계속되었다. 북소리가 울리고 날카로운 피리소리도 사방에서 들려오며 어느 곳이나 인파로 들끓었다. 그 중엔 춤추는 사람들도 많았는데 그들의 현란한 발동작은 군중 속에 파묻혀 보이지 않았다. 그들의 머리와 어깨만이 올라갔다 내려갔다 하는 게 보였다. 마침내 우리는 군중 속에서 겨우 빠져나와 카페로 갔다. 우리가 들어가자 웨이터는 다른 친구들의 자리를 남겨주었다. 우리는 압생트를 한 잔씩 주문하고 광장에서 춤추는 사람들과 군중들을 구경했다.

"저 춤은 무슨 춤이지?"

빌이 물었다.

"호타 춤의 일종이지."

"그런데 모두 다르네. 모두가 다른 곡조에 맞춰 춤을 다르게 추고 있단 말이야."

"아무튼 멋지군."

우리 바로 앞에 있는 빈 공간에서 한 떼의 청년들이 춤을 추기 시작했다. 그들은 긴장된 표정으로 무척 집중하며 복잡한 스텝을 밟고 있었다. 그러느라 자연히 아래를 내려다보며 춤을 추었다. 구두 바닥 소리가 따닥따닥 소리를 냈다. 발바닥이 닿았다가 뒤꿈치가 닿았다가 하는 소리였다. 음악도 구두 소리에 맞춰 점점 더 커졌다. 한참을 추던 그들은 스텝 밟는 걸 마치고는 춤을 추면서 다른 거리로 옮겨갔다.

"양반님들이 오시는군."

친구들이 길을 건너오고 있는 걸 보고는 빌이 말했다.

"안녕, 친구들."

"안녕, 친구들."

브렛과 내가 인사를 건넸다.

"아니, 우리 자리까지 잡아뒀네. 엄청 고마운 걸."

브렛이 즐거워하며 말했다.

"그 로메로 뭔가 하는 친구는 정말 멋있던데, 안 그래?"

마이크가 앉자마자 말했다.

"아 정말 멋있던데. 그리고 그 초록색 바지도 말이야."

브렛이 말했다.

"브렛은 눈을 못 떼더라고."

"정말 내일은 쌍안경을 좀 빌려야겠어."

"그래 어땠어?"

"안 볼 수가 없었지."

"말에서도 눈을 못 떼더라고. 아무튼 말괄량이지 뭐야."

마이크가 말했다.

"말들이 너무 불쌍하게 당하더라고. 그래도 안쳐다볼 수가 없었어."

"기분은 괜찮았어?"

"응, 기분 나쁘진 않았어."

"로버트 콘은 기분 나빴던 것 같던데. 안 그랬나, 로버트? 자네 얼굴이 아주 창백해지던데?"

마이크가 끼어들어 참견했다.

"첫 말을 볼 때는 기분 더럽던데."

콘이 말했다.

"지루하지는 않았지?"

빌이 묻자 콘이 껄껄거리며 웃었다.

"아니 지루하진 않았어. 아까 한 말은 용서해."

"괜찮아. 지루하지 않았다니 됐어."

빌이 말했다.

"지루해하지는 않는 것 같더라고. 그런데 구역질난다는 식으로 굴더군."

마이크가 또 참견을 했다.

"아니, 그렇게 나쁘지는 않았어. 아주 잠깐 안 좋았지."

"난 자네가 구역질나는 줄 알았네. 아무튼 재미없진 않았지, 로버트?"

"그 말 좀 그만 하게, 마이크. 미안하다고 했잖아."

"아니, 자네 정말 안색이 안 좋다니까."

"제발 그만 좀 해, 마이크."

브렛이 말했다.

"처음 보는 투우에서 지루하면 곤란하지, 로버트. 그러면 아주 엉망이 되거든."

마이크가 말했다.

"제발 그만 좀 하라니까, 마이크."

브렛이 말했다.

"로버트가 브렛을 새디스트라고 했어. 그런데 브렛은 새디스트가 아니야. 오히려 활발한 말괄량이지."

마이크가 말했다.

"당신이 새디스트라고, 브렛?"

내가 물었다.

"아니길 바라지."

"글쎄 브렛이 튼튼한 위를 가졌기 때문에 새디스트라는 거야."

"계속 그렇게 튼튼하지는 못할 거야."

마이크가 다른 얘기를 하도록 빌이 화제를 돌렸다. 웨이터가 그제야 주문한 압생트를 가져왔다.

"콘, 정말 투우 좋아해?"

빌이 콘에게 물었다.

"아니, 그렇게 좋아하지는 않아. 그래도 볼만한 경기라고 생각해."

"정말 그래! 볼만 했지!"

브렛이 맞장구를 쳤다.

"다만 말을 가지고 그렇게 하는 부분만 없으면 좋겠더라고."

콘이 말했다.

"그건 중요한 게 아니야. 몇 번만 보면 불쾌한 느낌도 없어지게 되니까."

빌이 말했다.

"처음에 시작할 때 좀 보기 힘들더라고. 황소가 말을 향해 덤벼들 때 말이야. 그때는 정말 오싹했지."

브렛이 말했다.

"황소들이 아주 멋지던데."

콘이 말했다.

"그래 좋았지."

마이크가 대꾸했다.

"다음번엔 아래쪽 자리에 앉고 싶어."

브렛이 압생트를 마시며 말했다.

"브렛은 투우사들을 가까이에서 보고 싶은가봐."

마이크가 거들었다.

"너무 멋지더라고. 그런데 로메로는 아직 어리던데."

브렛이 말했다.

"굉장한 미남이지. 그의 방에 가서 직접 봤는데 그렇게 잘 생긴 청년은 처음 봤어."

내가 말했다.

"몇 살이나 됐을 것 같아?"

"열아홉이나 스물."

"아, 멋져."

그 다음 날 투우 경기는 첫날 것보다 훨씬 더 멋있었다. 나와 브렛, 마이크는 바레라 좌석에 앉았고, 빌과 콘은 위쪽 좌석으로 올라갔다. 브렛은 나와 마이크 사이에 앉았다. 다들 로메로를 쳐다보느라 바빴다. 브렛은 아예 다른 투우사는 쳐다보지도 않는 것 같았다. 투우 전문가들 외에는 다른 사람들도 마찬가지였다. 모두 다 로메로에게 열광했다. 다른 투우사 두 사람은 거들떠보지도 않았다. 나는 경기를 보면서 브렛에게 일일이 설명을 해주었다. 황소가 기마투우사를 공격할 때는 말은 보지 말고 황소만 쳐다보고, 기마투우사가 황소를 창으로 찌를 때 그 순간을 잘 봐야 왜 그걸 하는 것인지 이해할 수 있으며, 그건 그냥 단순히 아무 이유도 없이 공포의 장면을 보여주려는 것이 아님을 알게 될 거라고 말했다. 그리고 로메로가 케이프를 휘두르며 황소를 쓰러져 있는 말에서 떼어낼 때 다루는 솜씨가 워낙 유연하고 매끄러우므로 그걸 잘 쳐다보라고도 설명해주었다. 과연 로메로는 허풍스런 동작은 일절 하지 않고 황소를 잘 다루고 돌려서 녀석의 혼을 빼놓지 않으면서 단지 지치게 만듦으로써 마지막에 찌르는 순간까지 소를 아낄 줄 알았다. 로메로는 황소

바로 가까이에서 다루고 있었는데, 다른 두 명의 투우사들은 바짝 접근해 다루는 것처럼 하지만 사실은 여러 가지 속임수를 쓰고 있었다. 브렛은 로메로가 케이프를 쓰며 하는 동작은 아주 좋아했지만 다른 투우사들이 하는 건 싫어했는데 왜 그러는지 이유를 알았다고 했다.

로메로는 절대 몸을 구부리지 않고 언제나 꼿꼿하게 서있었는데 그 선이 무척 자연스럽고 아름답게 보였다. 그러나 다른 투우사들은 팔을 휘두르며 마치 코르크 병마개 따는 시늉으로 몸을 비틀어 소의 뿔을 피하면서 동시에 소의 등에 기대는 식으로 하며, 마치 위험한 동작을 한다는 듯 위장된 쇼를 보여주었다. 그들의 동작이 가짜라는 걸 차츰 알게 되면 결국 불쾌감이 들었다. 하지만 로메로의 투우는 그렇지 않고 진정한 어떤 감동을 느끼게 했다. 그의 동작은 언제나 선의 절대적인 순수함을 유지하며, 조용하고 침착하게 뿔을 피하고 있었다. 그는 정말로 뿔을 아슬아슬하게 피하고 있었기 때문에 거짓 동작을 할 필요가 없었다. 그렇기 때문에 로메로의 동작은 아름다웠지만 뿔에서 떨어져 하는 다른 투우사들의 동작은 억지스러워 보일 뿐이었다.

호셀리토가 죽은 이후부터 부쩍 투우사들의 그런 가짜 동작이 늘어났는데, 사실은 안전한데도 쇼를 보여주기 위해 그렇게 위험한 척 꾸미는 기교를 부리는 것이었다. 하지만 로메로는 원래 방식 그대로를 하고 있었다. 최대한 위험을 무릅쓰면서도 선의 순수함을 유지하고, 소에게 결코 잡을 수 없다는 것을 알게 해주면서 놈을 완전히 지배해 제압하는 것이었다.

"로메로는 정말 꾸미는 동작이 하나도 없더라고."

브렛이 말했다.

"그렇지. 그가 당황하면 몰라도 그런 일은 없을 것 같아."

내가 말했다.

"절대로 당황하지 않을 걸. 투우에 대해 너무 잘 알고 있으니까."

마이크가 말했다.

"그런 것 같아. 시작했을 때부터 다 알고 있었지. 다른 녀석들은 그의 타고난 재능을 결코 못 따라갈 거야."

"아, 정말 잘 생겼더라."

브렛의 말에 마이크가 대꾸했다.

"브렛이 저 투우사한테 쏙 빠진 게 분명해."

"그럴 수 있지 뭐."

"자, 들어봐 제이크. 브렛한테 더 이상 그 녀석 얘기는 하지 마. 투우사는 제 어머니도 때린다는 그런 얘기나 해주라고."

"아주 술주정뱅이라고 얘기하지 그래."

"그렇다니까. 무서운 놈들이야. 매일 술만 마시면서 불쌍하고 늙은 자기 어머니를 마구 때린다니까."

마이크가 말했다.

"저 투우사도 그렇게 보여."

브렛이 말했다.

"그렇지?"

내가 말했다.

죽은 황소는 노새들에 묶여 끌려 나갔는데, 머리가 꺾인 채 모래를 쓸면서 미끄러지듯 붉은색 문으로 들어가고 말았다.

"이제 다음 경기가 마지막이야."

"아 그래?"

브렛이 말했다. 그녀는 바레라에 앉아 앞으로 몸을 내밀고 있었다.

로메로가 다시 등장해 기마투우사들에게 신호를 하며 케이프를 앞으로 들고 황소가 나올 문을 쳐다보며 서있었다.

투우가 끝난 후 우리는 관중에 떠밀려 밖으로 나왔다.

"투우란 게 참 보기 힘든 구경이네. 난 아주 기운이 다 빠져 버렸어."

브렛이 말했다.

"아아, 그래도 한 잔 해야지."

마이크가 말했다.

그 다음 날은 로메로의 경기가 없었다. 미우라가 했는데 그의 투우는 정말 시시했다. 그 다음 날은 투우 경기가 아예 없었다. 그러나 축제는 밤낮없이 계속되었다.

16

아침에 비가 내렸다. 바다에서 안개비가 산을 넘어 몰려왔다. 산들은 안개에 가려 보이지 않고 언덕도 희미하게만 보일뿐 나무와 집들도 잘 보이지 않았다. 나는 날씨를 제대로 보려고 시내 밖까지 나가보았다. 어디나 안개가 침침하게 끼어있었다.

광장에 늘어서있던 깃발들이 젖어서 축 쳐져있고 건물들마다 걸어놓은 깃발들도 축축하게 늘어져있었다. 안개비가 계속 내리다 가끔 비바람이 몰아치기도 해 사람들은 모두 회랑 아래로 피해 들어갔다. 광장에도 빗물이 흥건하고 사람들은 점점 발길을 끊으며 거리는 어둑하기만 했다. 축제는 아직 끝나지 않았지만 참여하는 사람이 없었다. 군중들은 비를 피해 안으로만 들어갔다.

투우장에서는 바스크와 나바라 지방 사람들의 춤과 노래 행진이 있었는데, 지붕이 있는 좌석에만 사람들이 몰려들었다. 그리고 얼마 후에는 발 카를로스의 무용수들이 의상을 갖춰 입고 비를 맞으며 거리에서 춤을 추었다. 북소리가 눅눅하니 공허하게 울렸고, 악장들은 터벅터벅 걷는 큰 말을 타고 맨 앞줄에 섰다. 그들의 옷과 말의 안장도 모두 비에 젖어버렸다. 그들은 행렬이 끝난 다음엔 카페로 들어가 각반으로 졸라맨 다리를 뻗고 앉아 모자의 빗물을 털어내고 빨강색과 자주색이 섞인 재킷을 벗어 의자에 널어 말렸다. 밖에는 계속 비가 세차게 내리고 있었다.

나는 카페를 나와 저녁 식사 전에 면도를 하려고 호텔로 돌아갔다. 방에서 면도를 하고 있는데 누가 문을 두드렸다.

"들어오세요."

몬토야였다.

"기분이 좀 어떠신가요?"

그가 물었다.

"좋습니다."

"오늘은 투우가 없죠."

"그렇죠. 비오는 것 말고는 아무것도 없네요."

내가 말했다.

"친구 분들은 다 어디 가셨나보죠?"

"이루냐에 있어요."

몬토야는 어색한 듯 미소를 지었다.

"참, 혹시 미국 대사 아시나요?"

그가 물었다.

"그럼요. 미국대사는 모두들 알고 있죠."

"그분도 이 축제에 오셨더군요."

"네. 다들 봤어요."

"나도 그 분을 봤어요."

몬토야가 말했다. 그러고는 계속 그 자리에 서있었다. 나는 면도를 계속했다.

"앉으세요. 술 한 잔 하실래요?"

내가 말했다.

"아니에요. 난 가봐야 해서요."

나는 면도를 끝내고 세수를 했다. 몬토야는 아까보다 더 어색한 표정을 지으며 그 자리에 계속 서있었다. 그러더니 입을 열었다.

"좀 전에 그분이 그랜드 호텔에서 연락을 해왔는데, 페드로 로메로와 마르시알 랄란다를 오늘 저녁 커피 타임에 초대한다는 거에요."

"글쎄요, 마르시알은 가도 좋겠죠."

내가 말했다.

"마르시알은 하루 종일 산세바스티안에 가있어요. 오늘 아침에 마르케스와 같이 자동차로 떠났는데, 오늘 안으로는 안 올 것 같거든요."

몬토야는 계속 그 표정으로 서있었다. 그는 내 생각을 듣고 싶은 것 같았다.

"로메로한테는 그 소식을 전하지 마세요."

내가 말했다.

"그렇게 생각하세요?"

"물론이죠."

몬토야는 기분이 좋은 것 같았다.

"손님이 미국인이라 한 번 물어보고 싶었어요."

"나라면 그렇게 하겠어요."

"사람들은 로메로를 제대로 모르고 항상 추켜세우려고만 하거든요. 그의 진가를 잘 모르고 있는 거죠. 누구라도 그를 우쭐하게 만들 수는 있어요. 그랜드 호텔로 초청하느니 어쩌니 하면서 떠들썩하게 말이죠. 하지만 1년만 지나면 완전히 잊어버리죠."

"몬토야가 말했다.

"알가베노처럼 말이죠."

"맞습니다."

"어떤 미국 여자는 여기 와서 투우사를 수집한다고 하던데요."

"나도 들었어요. 젊은 남자들만 찾는다고 하더라고요."

"그렇겠죠. 나이 든 투우사들은 금방 살이 찔 테니까."

"아니면 갈로처럼 미치광이가 되든가요."

"어쨌든 로메로에게 그 소식을 전하지 않으면 돼요. 간단하죠."

"로메로는 정말 좋은 젊은이에요. 자기 패거리들과 함께 있어야지 그런 사람들과 어울리면 안 됩니다."

몬토야가 말했다.

"정말 한 잔 안 할래요?"

"아니에요. 그만 가봐야 돼요."

몬토야는 방을 나갔다.

나는 호텔 밖으로 나가 회랑 아래로 해서 광장을 한 바퀴 걸었다. 비는 아직도 내리고 있었다. 친구들은 카페 이루냐에 없었다. 그래서 광장을 한 바퀴 더 돌아 호텔로 돌아왔는데, 아래층 식당에서 그들이 저녁을 먹고 있는 게 보였다.

그들이 나보다 훨씬 먼저 식사를 시작했기 때문에 같이 맞출 수는 없었다. 빌이 마이크의 구두 닦는 값을 계산해주고 있었다. 구두닦이가 지나갈 때마다 빌은 불러들여 마이크의 구두를 닦게 했다.

"지금 열한 번째로 내 구두를 닦고 있어. 빌은 정말 바보 같아."

마이크가 말했다.

구두닦이가 소문을 냈는지 또 다른 구두닦이가 들어왔다.

"구두 닦으세요?"

소년이 빌에게 물었다.

"아니, 이분 것 닦아드리렴."

소년은 지금 닦고 있는 구두닦이 옆에 앉아 아직도 번쩍거리는 마이크의 구두 한 짝을 닦기 시작했다.

"하여튼 빌은 웃긴다니까."

나는 식사 도중이었기 때문에 그렇게 자꾸만 구두를 닦게 하는 장난이 조금 불쾌했다. 나는 포도주를 마시며 식당을 둘러보았다. 옆 테이블에 페드로 로메로가 앉아있었다. 내가 그를 보고 아는 체를 하자 나에게 그쪽 테이블로 오라는 손짓을 했다.

나는 그의 친구라는 마드리드의 투우 비평가와 인사를 나눴다. 몸이 왜소하고 얼굴도 마른 사람이었다. 내가 로메로에게 그의 투우를 무척 좋아한다고 했더니 기분 좋은 모양이었다. 우리는 스페인어로 얘기를 했는데 그 비평가는 프랑스어를 조금 할 줄 알았다. 내가 친구들 테이블에서 포도주를 가져오려고 했더니 비평가가 내 팔을 잡아당겼다. 로메로도 웃으며 말렸다.

"여기 술 드세요."

로메로가 영어로 말했다. 그는 영어를 할 때 쑥스러워 하면서도 무척 즐거워했다. 그리고 말하다가 확실히 알지 못하는 표현에 대해서는 나한테 물어보곤 했다. 그는 '코리다 데 토로스 (corrida de toros)'를 영어로는 어떻게 번역하는지 궁금하다고 했다. 영어 '불파이트'로는 어색하다는 것이었다. 그래서 영어 '불파이트'를 스페인어로 하면 '리디아 데 토로(lidia de toro)'라고 그에게 설명해 주었다. 그러자 투우 비평가가 스페인어 '코리다 (corrida)'는 소의 질주를 의미하는데, 프랑스어로는 '쿠르스 드 토로'(course de taureaux)라고 한다고 덧붙여 설명했다. 즉 '불파이트'에 해당하는 스페인어는 없다는 것이다.

페드로 로메로는 지브롤터에서 영어를 조금 배웠다고 했다. 그는 론다에서 태어났는데, 지브롤터에서 그리 멀지 않은 곳이다. 그리고 말라가의 투우 학교에서 처음 투우를 배워 3년간 거기 있었다는 것이다. 투우 비평가는 로메로가 말라가 특유의 억양을 많이 쓴다면서 농담을 했다.

로메로는 열아홉 살이라고 했다. 형은 반데리예(황소의 목에

창을 찌르는 보조 투우사) 로서 자기를 도와 일하는데 몬토야 호텔에 머물지는 않는다고 했다. 형은 로메로를 위해 일하는 다른 사람들과 함께 작은 호텔에 있다는 것이었다. 로메로는 나에게 자신의 투우 경기를 몇 번 보았느냐고 물었다. 세 번이라고 대답했는데 사실 두 번을 잘못 말한 것이었다. 그러나 난 다시 설명하지 않았다.

"전에는 어디서 보셨습니까? 마드리드에선가요?"

"네."

그건 거짓말이었다. 투우 신문에서 그가 마드리드에서 두 번 했다는 기사를 읽고 그렇게 대답한 것뿐이었다.

"첫번째 경기를 보셨나요, 두 번째 걸 보셨나요?"

"첫번째 경기였죠."

"그건 정말 형편없었는데. 두 번째가 나았어요. 기억나세요?"

그는 비평가를 돌아보며 말했다. 하지만 조금도 부끄러워하지는 않았다. 자신이 한 것에 대해 마치 자기와는 거리가 먼 얘기처럼 담담하게 말했다. 그에게는 자만이나 허세 부리는 태도가 조금도 없었다.

"제 투우를 좋아해주셔서 고맙습니다. 그러나 아직 저의 기술을 다 못 보신 겁니다. 내일 만약 좋은 소가 걸리면 보여드리도록 하겠습니다."

그는 말을 하면서도 투우 비평가나 내게 혹 잘난 체 한다고 여겨질까 봐 걱정이 되는 듯 살짝 미소를 지었다.

"네 꼭 보고 싶네요. 자신이 있으신 것 같군요."

투우 비평가가 말했다.

"이분은 제 투우를 별로 좋아하지 않으시죠."

로메로는 비평가를 가리키며 내게 말했다. 무척 진지한 표정이었다. 그러자 비평가는 그의 투우를 좋아하긴 하지만 기술이 아직 완전하지는 못하다고 설명했다.

"내일 한 번 보세요. 좋은 황소를 만나게 되면."

"내일 나올 황소 혹시 보셨습니까?"

비평가가 내게 물었다.

"네, 내릴 때 봤습니다."

페드로 로메로가 몸을 앞으로 기울였다.

"어떻던가요?"

"좋던데요. 26아로바 정도 되는 것 같더라고요. 뿔이 아주 짧던데요. 아직 안 보셨나요?"

"저도 봤습니다."

로메로가 대답했다.

"26아로바까지는 안 될 것 같던데요."

비평가가 말했다.

"네, 안될 것 같아요."

로메로도 동의를 했다.

"그건 뿔이 아니라 바나나 같더라고요."

비평가가 말했다.

"아니 그게 바나나 같다고요? 그렇지는 않죠?"

로메로가 나를 보고 웃으며 물었다.

"아니죠. 그 정도면 훌륭한 뿔이죠."

"아주 짧은 건 사실인데, 그렇다고 바나나는 아니죠."

로메로는 계속 반박을 했다.

그때 브렛이 나를 불렀다.

"이봐, 제이크, 우리를 무시하는 거야?"

"아니, 잠깐 소 얘기 하고 있었어."

"아주 유명한 분이시네."

브렛이 빈정거리듯 말했다.

"황소한테는 불알이 없다고 거기 친구들한테 얘기해줘."

마이크가 큰소리를 질렀다. 취해있는 게 분명했다.

로메로가 무슨 일인가 싶어 나를 쳐다보았다.

"저 친구 취해서 그래요. 술꾼이거든요. 지독한 주정뱅이죠."

"친구들을 좀 소개해주지 그래."

브렛이 또 말했다. 그녀는 페드로 로메로에게서 눈을 떼지 못했다. 그래서 내가 두 사람에게 우리 테이블로 가서 커피를 한잔 하겠느냐고 물었다. 두 사람은 좋다며 자리에서 일어났다. 로메로의 얼굴은 짙은 갈색을 띠고 있었다. 그는 아주 예의가 갖춰져 있었다.

나는 두 사람을 친구들에게 소개했는데, 그들이 앉을 자리가 없어 우리는 벽 쪽에 있는 큰 테이블로 옮겨가야 했다. 마이크가 훈다도르 한 병과 인원수대로 잔을 갖다 달라고 주문했다. 우리는 술을 마시며 얘기를 나누기 시작했다.

"글 쓰는 작업이 참 너절한 일이라고 그 친구한테 얘기해줘. 내가 작가라는 걸 부끄러워한다고 말이야."

빌이 내게 말했다.

페드로 로메로는 브렛 옆에 앉아서 그녀의 이야기에 귀를 기울이고 있었다.

"말해달라니까!"

빌이 재촉했다.

로메로도 눈치를 챘는지 우리를 쳐다보며 미소를 지었다.

"아, 이 친구는 작가에요."

내가 빌을 소개하자 로메로는 감명 깊은 눈빛으로 그를 바라보았다.

"이 친구도 그렇고요."

나는 또 콘을 가리키며 말했다.

"비얄타와 많이 닮으셨네요. 라파엘, 저 분 비얄타와 닮지 않았어요?"

로메로가 빌을 가리키며 비평가에게 말했다.

"글쎄, 잘 모르겠는데요."

로메로가 이번엔 스페인어로 물었다.

"정말로 비얄타를 꼭 닮으셨어요. 저 취하신 분은 무슨 일을 하시나요?"

"아무것도 안 해요."

"그래서 술을 드시나요?"

"아니요. 이 부인과 곧 결혼할 거에요."

마이크가 몹시 취한 채 테이블 저쪽에서 다시 큰소리로 외쳤다.

"황소는 불알이 없다고 그 친구한테 얘기해!

"뭐라고 하시나요?"

로메로가 물었다.

"취해서 그래요."

"제이크, 황소한테는 불알이 없다고 얘기하라니까!"

마이크가 또다시 소리를 질렀다.

"알아들었어요?"

내가 물었다.

"그럼요."

로메로는 그렇다고 대답했지만 정말로 그가 이해한 건 아니었다. 오히려 잘 된 일이었다. 마이크가 또 엉뚱한 소리를 지껄였다.

"그 친구가 초록색 바지 입는 걸 브렛이 보고 싶어 한다는 것도 얘기해."

"그만 떠들어, 마이크."

"브렛이 그 초록색 바지를 어떻게 입는지 궁금해서 죽으려 한다고 얘기해보라니까."

"이제 그만 좀 해."

로메로는 술잔을 만지면서 브렛과 다시 얘기를 나누고 있었다. 브렛은 프랑스어로 하고, 로메로는 스페인어와 영어를 섞어서 말하며 웃고 있었다.

빌이 술잔을 채우고 있는데 마이크가 또 말을 꺼냈다.

"브렛이 들어가고 싶다고……"

"아, 마이크 제발 그만 떠들어."

그때 로메로가 다시 우리를 쳐다보며 미소를 지었다.

"그만 떠들어! 그 말은 저도 알아듣겠어요."

그가 말했다. 바로 그때 몬토야가 식당으로 들어왔다. 그는 나를 보고 미소를 지으려다 말고 나가버렸다. 로메로가 큰 코냑 술잔을 들고 어깨를 드러낸 여자 옆에 앉아있으며, 테이블 위에 술병들이 늘어져 있는 걸 보고는 못마땅한 표정이었다. 그는 아는 체도 하지 않았다.

몬토야가 나가버린 후 마이크가 자리에서 일어나더니 건배를 하자고 했다.

"자 건배합시다……"

하지만 내가 그의 말을 가로채버렸다.

"페드로 로메로를 위해서!"

모두가 일어났다. 로메로는 무척 진지한 표정으로 서있었다. 우리는 잔을 부딪치고 마셨다. 마이크가 건배를 제의했던 건 로메로를 위한 게 아니라는 걸 알았기 때문에 나는 일부러 빨리 그의 말을 가로챘던 것이다. 그러나 어쨌든 그 일은 별 일 없이 끝났다. 페드로 로메로는 우리와 악수를 한 후 비평가와 같이 식당을 나갔다.

"정말 너무 멋지다! 옷을 어떻게 입는지 되게 궁금하네. 구두 주걱도 사용할 것 같아."

브렛이 말했다.

"내가 그 녀석한테 말하려고 했지. 그런데 제이크가 계속 방해를 하더라고. 왜 나를 그렇게 방해했어, 제이크? 네가 나보다 스페인어를 잘 한다고 생각해?"

"그만 둬, 마이크! 누가 너를 방해한다고 그래."

"아니, 난 이 문제에 대해 얘기를 좀 하고 싶어."

마이크는 그렇게 말하며 이젠 콘에게로 시선을 돌렸다.

"콘, 자네는 잘난 줄로 아는 모양인데, 우리가 자네를 친구로 삼을 거라고 생각하나? 우리는 여기서 즐겁게 지내려고 왔으니까 제발 입 좀 다물고 있게!"

"그만 지껄이시지, 마이크."

콘이 말했다.

"자네가 여기 있는 걸 브렛이 바란다고 생각하나? 우리 패에 들어왔다고 생각하느냐 말이야? 왜 대답을 안 하나?"

"내가 하고 싶은 말은 며칠 전 밤에 다 했네, 마이크."

"난 자네들처럼 문학인이 아니라 현명하진 못하네. 그래도 누가 나를 싫어하는 것쯤은 알거든. 그런데 자네는 그런 눈치도 없나, 콘? 여기서 사라져주게. 제발 좀 떠나줘. 그 유대인다운 밥맛없는 짓은 그만 두라고. 다들 내 말이 틀렸다고 생각해?"

마이크는 비틀대며 일어나더니 우리를 둘러보았다.

"그럼 틀렸지. 자, 이루냐로 갑시다."

내가 말을 돌렸다.

"잠깐, 내 말이 옳다고 생각하지 않아? 난 이 여자를 사랑하고 있거든."

"아아 또 시작이네. 제발 그만 좀 해, 마이크."

브렛이 비명을 지르듯 말했다.

"제이크, 대답해봐. 내 말이 옳지 않아?"

콘은 그대로 자리에 앉아있었다. 그의 얼굴은 모욕을 당해 창백한 빛을 띠면서도 어딘지 모르게 이 상황을 즐기고 있는 듯 보였다. 아마도 술에 취해 괜한 영웅심 같은 걸 품고 있었는지도 모른다. 작위를 갖고 있는 여자와의 연애니까 말이다.

"제이크, 넌 내가 옳다는 걸 알 거야."

마이크는 나를 부르며 거의 울분을 삼키는 표정이었다. 그러더니 갑자기 콘을 쳐다보며 소리를 질렀다.

"이봐, 가라고! 당장 꺼지라니까!"

"난 안 갈 거야, 마이크."

콘도 지지 않았다.

"그럼 내가 손을 봐줘야겠구먼!"

마이크는 테이블을 돌아 콘에게로 다가가고 있었다. 콘은 자리에서 일어나 안경을 벗었다. 그러고는 심각한 표정으로 두 손을 앞에 놓고 단호한 자세를 취했다. 사랑하는 여자를 위해서라면 그까짓 건 아무래도 좋다는 식이었다.

내가 마이크를 붙잡았다.

"마이크, 카페로 가자. 여기 호텔에서 그럴 수는 없잖아."

"좋아! 좋은 생각이야!"

그도 동의를 했다.

우리는 밖으로 나갔다. 마이크는 층계에서 넘어질 뻔 하고, 콘은 다시 안경을 썼다. 빌은 아직 자리에 앉아 훈다도르를 마시고 있고, 브렛은 무표정하니 앉아있었다.

밖엔 비가 그치고 구름 사이로 달빛이 어렴풋이 보였다. 바람이 조금 불고 있었다. 광장에서는 군악대가 연주를 하고 불꽃 풍선을 올리는 사람과 그 아들 주변으로 구경꾼들이 모여 있었다. 그 아들이 불꽃 풍선을 올렸는데 기우뚱거리며 올라갔다가 바람에 터지거나 건물에 부딪쳐 터지곤 했다. 또 어떤 것은 사람들 속으로 떨어지기도 했다. 터질 땐 마그네슘이 번쩍거리며 사방으로 튀었다. 춤추는 사람들은 없었다. 바닥이 아직도 젖어 있었기 때문이다.

잠시 후 브렛과 빌도 우리 있는 데로 왔다. 우리는 불꽃 풍선 놀이의 왕 돈 마누엘 오르키토가 높은 단 위에 올라서서 풍선을 바람에 실어 올리려고 막대기로 조심조심 다루고 있는 것을 바라보았다. 그러나 풍선이 매번 떨어져버리는 바람에 그는 흩어지는 불꽃 아래서 땀을 흘리고 있었다. 때로 풍선은 사람들 속으로 떨어져 지직거리며 타기도 하고 타닥타닥 불똥이 튀기며 사방으로 흩어지기도 했다. 그래도 사람들은 새로 풍선이 올라가 터지고 떨어질 때마다 환호를 질렀다.

"사람들이 돈 마누엘을 놀리고 있어."

빌이 말하자 브렛이 물었다.

"그의 이름이 돈 마누엘이라는 걸 어떻게 알아?"

"축제 프로그램에 쓰여 있어. 돈 마누엘 오르키토, 불꽃 풍선의 기사라고."

"조명 풍선이야. 조명 불꽃의 모든 것. 신문엔 그렇게 나와 있던데."

마이크가 말했다.

군악대의 악기 소리가 더 크게 들려왔다.

"하나만 좀 올라가면 좋겠네. 돈 마누엘이라는 저 사람 지금 화가 잔뜩 나있는 것 같거든."

브렛이 말했다.

"아마도 저 사람 몇 주일간은 '축 산페르민' 이라는 글자를 불꽃으로 쓰는 연습을 했을 텐데."

빌이 말했다.

"저건 엉터리 조명 풍선이야."

마이크가 말했다.

"그만 가. 언제까지 여기 서있을 거야."

브렛의 말에 마이크가 대꾸했다.

"아, 부인은 한 잔 하시려고요?"

"어쩌면 그렇게도 잘 아실까?"

카페로 갔는데 너무 복잡하고 시끄러웠다. 우리가 들어가도 아무도 모를 정도였다. 좌석은 전혀 없었다.

"자, 나가자."

빌이 말했다.

광장에 있던 행렬이 회랑 아래로 들어가고 있었다. 카페 테이블엔 비아리츠에서 관광 온 미국인과 영국인들이 트레이닝복 차림으로 진을 치고 있었다. 여자들 중엔 코안경을 걸치고 구경하는 사람들도 있었다. 우리도 비아리츠에서 온 빌의 친구라는 여자와 만났는데, 그녀는 다른 여자 친구와 그랜드 호텔에 묵고 있다고 했다. 친구가 두통 때문에 누워있어 혼자 나왔다는 것이었다.

"저기 술집이 있네."

마이크가 손으로 가리키며 말했다. 이름이 '바 밀라노'였는데 식사도 할 수 있고 춤도 출 수 있는 작고 초라한 곳이었다. 우리는 자리를 잡고 훈다도르를 한 병 주문했다. 사람들은 그리 많지 않고 특별한 행사도 없었다.

"별 볼일 없는 곳이네."

빌이 말했다.

"시간이 너무 일러서 그렇겠지."

"그럼 병을 들고 나갔다가 이따가 다시 오는 게 어떨까? 이런 데서 계속 있고 싶지도 않고."

빌이 말했다.

"그럼 가서 그 영국인들이나 구경하지 뭐. 난 영국인들 구경하는 게 재밌더라고."

마이크가 말했다.

"촌사람들이던데. 어디서 그렇게들 몰려왔을까?"

빌이 물었다.

"비아리츠에서 왔다는데. 이 괴상한 스페인 축제의 마지막 날을 구경하러 왔겠지."

마이크가 말했다.

"그들을 좀 구경해야겠네."

빌이 말했다.

"무척 미인이시군요. 이곳엔 언제 오셨나요?"

마이크가 빌의 친구라는 여자에게 말을 건넸다.

"그만해, 마이크."

"정말로 미인이십니다. 그동안 난 어디에 있었나? 여태껏 어디서 찾고 있었던 거야? 아주 미인이세요. 우리 언제 한 번 만나지 않았었나요? 자, 저와 빌과 함께 나가시죠. 가서 영국인들을 구경하자고요."

마이크가 횡설수설 떠들었다.

"그래, 그 인간들 좀 구경 가자. 그자들이 이 축제에 와서 뭘하나 한 번 보자고."

빌이 맞장구를 쳤다.

"갑시다. 우리 셋이서 가자고요. 그 지겨운 영국인을 구경하러 가는 거야. 당신 영국인 아니시죠? 난 스코틀랜드 사람이에요. 영국인을 싫어하죠. 그 인간들은 구경을 해줘야 돼요. 자, 가자, 빌."

마이크가 계속 떠들었다.

세 사람이 팔짱을 끼고 카페 쪽으로 걸어가는 게 창문으로 보였다. 광장에선 아직도 불꽃이 올라가고 있었다.

"난 그냥 여기 있을래."

브렛이 말했다.

"나도 같이 있을게."

콘이 말했다.

"아니, 그러지 마! 어디 다른 곳으로 좀 가. 제이크와 할 얘기가 있는데 눈치도 없나봐?"

"아 몰랐어. 좀 취해서 그냥 여기 앉아있을까 했던 것뿐이야."

"취해서 여기 있겠다고? 취했으면 가서 눕지 그래. 가서 누우라고."

브렛은 그렇게 말하더니 나를 보고 물었다.

"아니 내가 틀렸어?"

콘은 이미 다른 데로 가버렸다. 브렛이 말을 이었다.

"정말 지겨워!"

"자꾸만 저러면 짜증나지."

"아니, 정말 우울해지네."

"저 친구 점점 더 힘들어지는구면."

"그러게 말이야. 눈치도 없이. 너무 고약해."

"아직 밖에서 기다리고 있는지도 몰라."

"그럴지도 몰라. 저 친구 성격을 다 알겠어. 내 행동이 아무런 의미도 없었다는 걸 도대체 믿으려 하지 않아."

"나도 알고 있어."

"저렇게 이상한 사람은 아마 세상에 없을 거야. 난 이제 모두가 싫어졌어. 마이크도 이상해지고. 전에는 사람이 참 점잖았거든."

"그에게 충격이 컸나봐."

"그랬나봐. 그래도 그건 너무 비열하잖아."

"누구나 다 그렇게 고약해질 때가 있는 거지. 그에게 정당한 기회를 줘봐."

"당신은 절대 고약한 행동은 안하던데."

브렛이 나를 보며 말했다.

"콘처럼 멍청하다는 소리는 듣기 싫으니까 그렇지."

"이봐, 이제 그런 한심한 얘기는 그만두자고."

"좋아. 그럼 좋아하는 다른 얘기를 해봐."

"그렇게 얘기하니까 또 너무 딱딱하네. 아무튼 당신은 내가 만난 사람 중 가장 편해. 오늘밤엔 하여튼 기분 되게 안 좋네."

"마이크도 있는데 왜 그래?"

"그래, 마이크가 있지. 그 사람 엄청 훌륭했지?"

"마이크 입장에서는 정말 피곤했을 거야. 콘이 늘 당신 옆에 붙어 다니는 것을 보는 게 얼마나 괴롭겠어."

"제이크, 내가 그걸 모르겠어? 제발 내 기분을 더 이상 비참하게 만들지 말라니까."

브렛이 그렇게 신경질적으로 말하는 걸 난 처음 보았다. 그녀는 심지어 몸을 돌려 앞쪽 벽만 쳐다보고 있었다.

"산책 갈까?"

"그래, 가."

나는 훈다도르 병의 마개를 닫아 바텐더에게 맡겨놓았다.

"잠깐, 한 잔만 더해. 기분이 너무 안 좋아서."

우리는 부드러운 아몬틸라도를 한 잔씩 더 마시고 밖으로 나갔다. 바로 그때 저쪽 회랑에서 콘이 걸어오고 있는 게 보였다.

"저기 있었군."

브렛이 말했다.

"거봐, 당신 주위를 안 떠난다니까."

"불쌍한 사람 같으니라고!"

"뭐가 불쌍해. 나도 이젠 저 친구가 싫어."

"나도 싫어. 정말 어처구니가 없잖아."

그녀는 진저리를 치듯 말했다.

우리는 팔짱을 끼고 광장의 구경꾼들과 불빛을 피해 옆 골목으로 들어갔다. 거리는 어둑하고 젖어있으며, 우리는 길 끝에 있는 성벽까지 걸어갔다. 그리고 옆으로 계속 이어지는 골목으로 꺾어지자 불빛이 켜있고 음악소리가 울려나오는 술집들이 늘어서 있었다.

"들어가 볼까?"

"아니."

브렛이 원하지 않아 우리는 젖은 풀밭으로 들어가 성벽 담에 가서 앉았다. 들판 저쪽으로 컴컴한 산들이 보였다. 달빛이 구름에 가려있는데 바람이 세차게 불면서 구름을 헤쳐 놓았다. 성벽 아래를 보니까 캄캄한 낭떠러지였다. 성벽 뒤로는 성당과 숲이 자리하고 있으며, 달빛 아래 마을의 풍경이 마치 어둑한 묵화처럼 보였다.

"너무 짜증내지 마."

내가 말했다.

"너무 짜증나는 걸 어떡해. 그 얘기는 꺼내지 마."

우리는 가만히 앉아 들판을 바라보았다. 길게 늘어서있는 숲의 선이 시커먼 그림자처럼 보였다. 건너편 산 위로 자동차 한 대가 불을 켜고 올라가고 있었다. 산꼭대기의 요새에도 불이 켜져 있었다. 왼쪽으로는 강이었다. 비가 와서 물이 불어있었다. 강둑에 늘어서있는 나무들도 검은 색을 띠고 있었다. 우리는 계속 앞만 바라보고 있었다. 브렛이 춥다면서 몸을 떨었다.

"그럼 돌아갈까?"

"공원으로 돌아서 가."

우리는 길을 확인하며 걷기 시작했다. 구름이 달빛을 가리는지 더 어두워지고 있었다. 공원의 나무 아래도 컴컴해 거의 보이지 않았다. 브렛이 갑자기 내게 물었다.

"아직도 나를 사랑해, 제이크?"

"그럼."

"내 성격이 유별나다는 거 알고 있어."

"왜 그런 말을 해?"

"성격이 격한 데가 있잖아. 나 로메로한테 빠진 것 같아. 미칠 듯한 기분이야."

"글쎄, 나 같으면 안 그러겠는데."

"어쩔 수가 없어. 내 성격이 이렇게 종잡을 수 없다니까. 마음이 찢어질 것 같아."

"그러지 마."

"할 수 없어. 늘 이런 식으로 할 수 없다 그러면서 살아왔지만 말이야."

"이제는 그만 해."

"어떻게 그만 두냐고? 난 항상 끝까지 가고 마는 성격인데. 알겠어?"

브렛의 손이 떨리고 있었다.

"항상 이래."

"그러니까 그만 하라고."

"어쩔 수가 없어. 내가 성격파탄자라니까. 이상한 거 모르겠어?"

"아니."

"무슨 수를 써야 할 것 같아. 뭐든 하고 싶다 생각하면 못 참거든. 난 자존심도 다 잃어버렸어."

"그러면 안 되지."

"제발 그런 말 좀 하지 마. 유대인이 지겹게 쫓아다니지 않나, 마이크도 난리를 떨지 않나, 내 기분이 어떻겠어?"

"그래, 알아."

"계속 술 마시면서 잊어버릴 수도 없고 말이야."

"그렇지."

"제이크, 나랑 좀 같이 있어줘. 제발 내가 이 상황을 견뎌내도록 좀 도와줘."

"알았어."

"내가 지금 이러는 게 옳다는 건 아니지만 지금은 어쩔 수가 없어. 정말 이런 기분이 드는 건 처음이네."

"내가 어떻게 하면 좋겠어?"

"그 사람 찾으러 같이 가."

우리는 우거진 나무 아래 자갈길을 걸어서 공원을 빠져나와 시내로 들어가는 거리로 꺾어들었다.

페드로 로메로는 카페에 있었다. 그는 다른 투우사들, 투우 비평가들과 함께 앉아있었다. 그들은 담배를 피우다 우리가 들어가자 모두들 고개를 돌려 쳐다보았다. 로메로는 미소를 지으며 고개를 끄덕거려 인사를 했다. 우리는 그들 사이로 가서 앉았다.

"이리 와서 한 잔 하자고 말해봐."

브렛이 내게 말했다.

"좀 있다가 저 친구가 스스로 올 것 같은데."

"그의 얼굴을 못 쳐다보겠어."

"쳐다봐. 미남이잖아."

"난 항상 내가 하고 싶은 건 기어이 했다니까."

"알고 있어."

"그런데 기분 되게 나쁘네."

"정말?"

"그렇다니까. 하여튼 여자 입장이란 게!"

"뭐라고?"

"너무 자존심 상해."

나는 테이블 저쪽을 건너다보았다. 페드로 로메로가 나를 보고 미소 지었다. 그는 옆 사람들에게 무슨 말을 속삭이더니 자리에서 일어났다. 그러고는 우리 쪽으로 왔다. 나도 일어나 그와 악수를 했다.

"한 잔 할까요?"

"네, 그러시죠."

그는 브렛에게 눈짓으로 양해를 구하고 자리에 앉았다. 언제나 그렇듯 예의 있는 태도였다. 그는 시가를 꺼내 피웠다. 그에게 어울린다는 생각이 들었다.

"시가를 좋아하시나보죠?"

"네 늘 피웁니다."

그건 위엄 있게 보이려는 의도적인 행동 중 하나인 것 같았다. 시가를 물면 나이 들어 보이기 때문이었다. 얼굴 피부는 아직 깨끗하고 부드러워 보이며 검붉은 색깔이었다. 그리고 광대뼈에 삼각형 모양의 흉터가 있었다. 그는 브렛을 유심히 바라보았다. 그들 사이에 뭔가 통하는 것을 그가 느끼는 것 같았다. 브렛이 그에게 손을 내밀었을 때 분명 느꼈음에 틀림없다. 그는 더 주의 깊은 태도를 보였다. 확신은 하고 있지만 실수하고 싶지는 않았을 것이다.

"내일 경기에 나가는 거죠?"

내가 물었다.

"네, 알가베노가 오늘 마드리드에서 부상당했어요. 소식 들으셨어요?"

"아니오. 많이 다쳤나요?"

"아니, 여기 조금요."

그는 고개를 저으며 손을 내보였다. 그러자 브렛이 팔을 뻗어서 그의 손가락을 잡고 폈다.

"오오! 손금을 보시나요?"

그가 영어로 물었다.

"가끔요. 괜찮죠?"

"그럼요. 저 손금 보는 거 좋아하거든요. 오래 살고 돈도 많이 번다고 얘기해주세요."

그는 테이블 위에 손을 펴서 올려놓았다. 아주 겸손한 투로 말했지만 그는 어딘지 모르게 아까보다 더 자신감에 차 있었다.

"자, 보세요. 손금에 황소라도 보이나요?"

그는 웃으며 말했다. 손이 무척 예쁘고 손목도 가늘었다.

"아니, 소가 수천 마리나 보이네요."

브렛도 농담으로 대답했다. 그녀는 이제 마음도 가라앉고 아름다워 보였다.

"좋군요. 한 마리에 1천 두로니까."

로메로는 웃으며 내게 스페인어로 말했다.

"좀 더 말해 주세요."

"좋은 손금이에요. 아주 오래 살 것 같아요."

브렛이 말했다.

"저한테 얘기해주세요. 친구 분께 얘기하지 말고요."

"네, 오래 살겠다고 얘기했어요."

"그건 저도 알고 있어요. 일찍 죽고 싶은 마음은 전혀 없으니까요."

로메로가 말했다.

나는 손끝으로 테이블을 톡톡 두드렸다. 로메로가 내 동작을 보고는 고개를 흔들었다.

"아니에요. 그건 아니에요. 소는 나에게 둘도 없는 친구거든요."

나는 브렛에게 통역을 해주었다.

"그럼 당신은 친구들을 죽이는 거에요?"

그녀가 물었다.

"항상 그러죠. 그러니까 소들이 나를 죽이지는 않죠."

로메로는 영어로 말하며 빙그레 웃었다.

"영어 잘 하네요?"

"네, 가끔은 잘해요. 다른 사람들한테는 얘기하지 마세요. 투우사가 영어로 말하면 안 좋거든요."

"왜죠?"

브렛이 물었다.

"사람들이 안 좋아하니까요. 아직까진 그래요."

"왜 그럴까요?"

"투우사가 그러면 안 된다고 생각하는 거죠."

"그럼 투우사가 어때야 되는데요?"

그는 웃으며 모자를 푹 눌러 썼다. 그러고는 시가를 다른 쪽으로 물고 얼굴 표정도 바꿨다.

"저기 테이블에 앉아있는 사람들과 비슷한 거죠."

그가 가리키는 쪽을 쳐다봤더니 나시오날이 앉아있었다. 로메로는 바로 그 사람을 흉내 낸 것이었다. 그는 이내 다시 미소를 지으며 원래 표정으로 돌아왔다.

"그래서 저는 영어를 하면 안 됩니다. 잊어버려야 돼요."

"아직 잊어버리지 마세요."

브렛이 말했다.

"왜요?"

"어쨌든 안돼요."

"좋습니다."

그는 말하며 또 미소를 지었다.

"난 그런 모자가 좋아요."

브렛이 말했다.

"좋습니다. 하나 구해드리죠."

"정말이요? 꼭 구해줘야 돼요."

"그럼요, 정말이죠. 오늘 밤에 하나 구해드릴게요."

내가 일어서자 로메로도 같이 일어났다.

"자, 앉아계세요. 가서 친구들을 찾아 이리로 데려올게요."

내가 말하자 그는 나를 쳐다보았다. 그의 눈빛은 마치 양해가 잘 되었는지를 확인하는 듯 했다. 물론 그렇게 된 것이었다.

"앉아요. 스페인어를 좀 가르쳐줘요."

브렛이 그에게 말했다.

그는 앉더니 테이블 건너로 그녀를 바라보았다. 내가 곧바로 나가자 같이 있던 다른 투우사들이 날카로운 눈빛으로 나를 쳐다보았다. 별로 기분이 좋지 않았다. 난 20분 후 카페로 다시 돌아왔는데 두 사람은 이미 보이지 않았다. 우리가 마시던 커피잔과 코냑 잔만이 테이블에 그대로 남아있었다. 웨이터가 행주를 들고 와 그것들을 치우고 테이블을 닦았다.

17

 '바 밀라노' 밖에서 나는 빌과 마이크, 그리고 에드나를 만났다. 에드나는 빌의 친구인 그 여자의 이름이다.

 "쫓겨나왔어요."

 에드나가 말했다.

 "경관들이 쫓아내더라고. 나를 기피하는 사람들이 몇 명 있었어."

 마이크가 설명했다.

 "네 번이나 싸우려고 했는데 내가 말렸죠. 날 좀 도와줘야겠어요."

 에드나가 말했다.

 빌도 안 좋은 표정으로 말했다.

 "다시 들어가 보자, 에드나. 들어가서 마이크와 댄스를 해 봐."

 "창피해. 또 난리를 치면 어떡하라고."

 "돼지 같은 비아리츠 새끼들!"

 빌이 내뱉었다.

"어쨌든 들어가자고. 술집인데 지들 멋대로 다 차지할 수는 없잖아."

마이크가 말했다.

"이봐, 마이크. 영국 돼지새끼들이 떼거지로 몰려와서 너를 내쫓고 축제를 망쳐놓고 있는 거야."

빌이 말했다.

"빌어먹을 새끼들! 난 영국인들이 지겨워."

마이크도 맞장구를 쳤다.

"아니, 마이크를 이렇게 모욕하다니, 마이크가 얼마나 멋진 남잔데. 도저히 참을 수가 없군. 그래, 파산자면 그게 무슨 상관이야?"

빌의 목소리가 갈라졌다.

"상관없지. 그런데 파산을 했다고요?"

에드나가 물었다.

"네, 그래요. 넌 상관하지 않지, 빌?"

마이크가 말했다. 빌이 마이크의 어깨를 끌어안았다.

"나도 파산자라면 좋겠네. 그래야 저 빌어먹을 것들한테 보여줄 텐데."

"저 녀석들은 영국인이야. 영국인들이 뭐라고 하든 난 신경 안 써."

마이크가 말했다.

"더러운 돼지새끼들. 내가 가서 깨끗이 쓸어버릴 거야."

빌이 말했다.

"들어가지 마, 빌. 멍청한 인간들한테 뭘 신경 써."

에드나가 말했다.

"맞아. 멍청한 것들. 그 말이 꼭 맞네."

마이크가 말했다.

"그러니까 저것들이 마이크한테 그딴 소리를 하면 안 된다는 거지."

빌이 말했다.

"너 그 사람들 알아?"

내가 마이크한테 물었다.

"아니. 본 적도 없는 사람들이야. 그런데 지들은 나를 안다는 거야."

"참을 수가 없어."

빌이 말했다.

"자, 가자. 스위조로 가자고."

내가 말했다.

"그자들은 비아리츠에서 몰려온 에드나의 친구들이거든."

빌이 말했다.

"다들 멍청해서 그래."

에드나가 말했다.

"그 중 한 놈은 시카고에서 온 찰리 블랙먼이라는 작자지."

빌이 말했다.

"난 시카고에 간 적이 없어."

마이크가 말했다.

에드나가 웃음을 터트렸다. 그러면서 말했다.

"파산자 분들, 날 어디로든 좀 데려다 줘."

우리는 광장을 가로질러 스위조 쪽으로 걸어갔다. 빌은 어디 갔는지 보이지 않았다. 내가 에드나에게 물었다.

"무슨 소동이었나요?"

"모르겠어요. 어쨌든 누가 경찰을 불러서 마이크를 쫓아내게 한 거에요. 마이크를 칸에서 만났다는 사람들이 몇 명 있었고요. 마이크한테 무슨 일이 있었나보죠?"

"돈 문제가 있었는지도 모르죠. 그러니까 그렇게 난리를 쳤겠죠."

광장의 매표소 앞에는 사람들이 두 줄로 늘어서 기다리고 있었다. 신문을 깔고 바닥에 앉아있는 사람들도 있었다. 내일 아침에 문을 열면 투우 경기 표를 사려고 밤부터 기다리고 있는 것이었다. 날씨가 맑아 달이 떠있었다. 가만 보니 담요를 깔고 자는 사람도 있었다.

카페 스위조에 가서 훈다도르를 주문하고 있는데 로버트 콘이 나타났다.

"브렛은 어디 있어?"

그가 물었다.

"모르겠는데."

"너하고 같이 있었잖아?"

"자러 갔나본데."

"아니야."

"하여튼 난 모르겠어."

불빛 아래서 그의 얼굴이 창백해보였다.

"어디 있는지 말해."

"앉아봐. 난 그녀가 어디 있는지 정말 몰라."

"설마 모를 리가!"

"입 다물어."

"그럼 브렛이 있는 곳을 얘기하라고."

"너한테는 얘기해주고 싶지 않아."

"어디 있는지 아는군"

"그래, 알아도 얘기해주고 싶지 않다니까."

마이크도 그를 보고는 큰소리로 말했다.

"이봐, 콘, 지옥으로 꺼져버려! 브렛은 그 투우사 녀석하고 도망쳐버렸어. 신혼여행을 떠났다고."

"입 닥치지 못해!"

"빌어먹을 자식!"

마이크는 어이없다는 듯 말했다.

"정말이야?"

"그렇다니까!"

"너랑 같이 있었잖아. 그게 정말이냐고?"

"망할 자식!"

"말해. 이 뚜쟁이 같은 새끼야."

콘은 내게 바짝 다가서며 윽박질렀다. 내가 그를 한 대 치려고 주먹을 들자 그는 몸을 피하면서 나를 쳤다. 난 시멘트 바닥에 그대로 나가떨어졌다. 일어나려고 하는데 그가 또 한 번 나를 쳤다. 난 일어설 수가 없었다. 일어나 그를 쳐야 한다는 건 알았지만 다리가 말을 듣지 않았다. 마이크가 나를 부축해 겨우 일어났다. 그때 누가 내 머리에 물을 쏟아 부었다. 정신을 차리고 보니 난 의자에 앉아있고 마이크가 나를 붙잡고 있었다. 마이크가 내 귀를 잡아당기며 말했다.

"이봐, 제이크, 너 정신이 나갔었어."

"넌 어디 있었는데?"

"아, 여기 있었지."

"왜 싸움에 휘말리고 싶지 않았어?"

"저 사람이 마이크도 쳤어요."

에드나가 말했다.

"난 나가떨어지지 않았어. 그냥 누워있었던 것뿐이지."

마이크가 말했다.

"당신들은 저녁마다 이런 일 벌여요? 아까 그 사람 로버트 콘 아니에요?"

에드나가 물었다.

"맞아요. 난 이제 괜찮아요. 머리가 좀 띵한 것 외에는."

종업원들과 구경꾼들이 몰려와 우리를 구경하고 있었다.

"저리 가요. 저리 가!"

마이크가 소리를 질렀다.

종업원들이 구경꾼들을 몰아냈다.

"저 사람 권투선수 맞죠? 대단하던데요."

에드나가 말했다.

"별 거 아니에요."

"빌도 있었으면 한 방 얻어맞았을 텐데. 난 그 친구가 나가떨어지는 걸 보고 싶었거든요. 덩치가 크니까요."

에드나가 말했다.

"난 그 녀석이 웨이터를 때려눕혀서 체포됐으면 했어요. 그리고 감옥에 들어가는 것도 보고 싶었고."

마이크가 말했다.

"그건 아니지."

내가 대꾸했다.

에드나도 그렇게 말했다.

"아니겠지. 정말 그러길 바라는 건 아니죠?"

"정말이에요. 난 그렇게 싸움질 하는 거 좋아하지 않아요. 게임 같은 것도 하지 않는 걸요."

마이크가 술을 마시며 말했다. 그러고는 덧붙였다.

"난 사냥도 좋아하지 않아. 말 타는 것도 안 좋아하고. 떨어질 위험이 언제나 있으니까. 제이크, 좀 어때?"

"괜찮아."

"좋은 분이신데, 정말 파산했어요?"

에드나가 마이크에게 물었다.

"엄청 크게 했죠. 빚을 졌으니까요. 당신은 빚 없나요?"

"나도 빚 많아요."

"난 게다가 여러 사람한테 빚을 졌거든요. 아까도 몬토야한테 100페세타 빌렸어요."

"참 잘도 했군."

내가 말했다.

"갚을 거야. 난 항상 갚으니까."

마이크가 말했다.

"그래서 파산하신 거군요? 맞죠?"

에드나가 또 물었다.

나는 일어나버렸다. 그들이 하는 소리를 도통 이해할 수 없었다. 싸구려 연극을 보는 것만 같았다.

"난 호텔로 가야겠어."

내가 말하고 돌아서는데 그들이 뒤에서 내 얘기를 했다.

"저래가지고 괜찮을까요?"

에드나가 묻자 마이크가 말했다.

"같이 가야겠어요."

그래서 내가 돌아보며 말했다.

"괜찮다니까. 안 와도 돼. 나중에 보자고."

나는 카페를 나왔다. 그들은 그냥 자리에 앉아있었다. 나오면서 보니까 카페 안이 어느새 텅 비어있었다. 웨이터 한 사람은 턱을 괴고 앉아있었다.

광장을 건너 호텔로 가는데 모든 것이 새롭고 달라진 것 같았다. 그동안 못 봤던 나무도 보이고 깃대와 극장 정면 모습도 처음 보는 것 같았다. 모든 것이 전과는 달랐다. 언젠가 한 번 축구시합을 하고 집으로 돌아갈 때도 이런 기분을 느낀 적이 있었다. 축구화 등을 넣은 가방을 들고 태어나면서부터 계속 살아온 동네 거리를 걷는데 모든 것이 새롭게 느껴지는 것이었다. 사람들이 잔디밭에 떨어져있는 낙엽을 긁어모아 태우고 있는 장면을 한참동안 서서 망연히 바라보기도 했다. 참 이상한 일이었다. 그리고 나서 다시 걸어가는데 내 발이 저 멀리에 떨어져 있고, 모든 사물들이 먼 곳에서 오고 있으며, 내 발걸음 소리도 아주 먼 곳에서 들려오는 것 같았다. 그날 축구경기 도중 머리를 부딪쳤는데 아마도 그래서였는지 모르겠다. 광장을 건널 때 다시 그런 상황이 찾아온 것이었다. 호텔에 들어가서도 그 기분은 계속되었다. 충계를 걸어 올라갈 때도 오랜 시간이 걸리는 것 같았고, 계속 가방을 들고 있는 것 같았다. 방에 불이 켜져 있었다. 빌이 복도로 나왔다.

"이봐, 제이크. 콘이 너를 찾고 있어. 무척 괴로워하는 것 같아."

"망할 새끼."

"가서 만나봐."

나는 그의 방으로 올라가고 싶지 않았다. 충계를 오르는 것도 힘들었다.

"왜 그렇게 나를 쳐다봐?"

"너를 쳐다보는 게 아니라 올라가서 콘을 만나보라는 거야. 무지 힘들어하고 있다니까."

"그런데 너 아까 취해있었잖아."

내가 빌에게 말했다.

"지금도 취해있어. 하여튼 가서 콘을 좀 만나봐. 너를 만나고 싶대."

"좋아 그럼."

한 층만 더 올라가면 되니까 큰 문제는 아니었다. 나는 눈에는 안 보이지만 가방을 하나 들고 층계를 올라갔다. 그리고 콘의 방으로 가 노크를 했다.

"누구?"

"반스."

"들어와, 제이크."

나는 안으로 들어가 가방을 내려놓았다. 방에는 불이 켜있지 않았다. 콘은 침대에 누워있었다.

"어때, 제이크?"

"나더러 제이크라고 부르지 마."

나는 문 옆에 그냥 서있었다. 축구경기를 마치고 집으로 갔을 때도 그랬다. 뜨거운 물에 목욕을 하고 싶은 마음밖엔 들지 않았다. 그냥 물속에 몸을 담그고 누워있고만 싶었다.

"욕실이 어디야?"

내가 물었다.

콘은 울고 있었다. 그는 프린스턴에 다닐 때 입고 있던 흰색 폴로셔츠를 입고 있었다.

"미안해, 제이크. 용서해줘."

"뭐 용서? 제기랄."

"용서해, 제이크."

나는 아무 대답도 하지 않고 계속 서있기만 했다.

"내가 미쳤었나봐. 기분이 아주 안 좋았어. 네가 이해해주면 좋겠다."

"그런 건 괜찮아."

"브렛에 관해 참을 수가 없어서 그랬던 거야."

"나더러 뚜쟁이라며?"

"잊어버려. 내가 헛소리 한 거니까."

"됐어."

다 상관없고 정말 뜨거운 물에 목욕이 하고 싶었다. 뜨거운 물속에 들어가고 싶은 생각밖에 없었다. 콘은 계속 울고 있었다. 베개에 머리를 파묻고 흰색 폴로셔츠를 입은 채 흐느끼고 있었다. 그러다 말을 꺼냈다.

"난 내일 아침에 떠날 거야. 브렛에 관해서는 도저히 참을 수가 없었어. 제이크, 난 지옥에 있는 것 같아. 지옥 외엔 다른 표현이 없어. 브렛은 여기 온 후로 나를 전혀 낯선 사람처럼 대하는 거야. 난 그걸 도저히 참을 수가 없었지. 산세바스티안에서 같이 있었던 거 너도 알고 있지만 그녀가 왜 그러는지 더 이상 참을 수가 없었던 거야."

"그런데 난 목욕 좀 해야겠어."

"너는 내 유일한 친구야. 난 브렛을 너무 사랑하고 있어."

"알았어. 난 그만 가볼게."

"그런데 아무 소용도 없겠지. 안 될 거야."

"뭐가?"

"모두 나를 용서해주면 좋겠어."

"괜찮다니까 그러네."

"정말이지 너무 괴로웠어. 지옥에 있는 거 같았다고, 제이크. 이제 모든 게 끝나버렸어."

"잘 자. 난 가볼게."

콘은 일어나 침대 끝에 잠시 앉아 있다가 일어섰다.

"너도 잘 자라, 제이크. 악수나 하자."

방안이 어두워 그의 얼굴이 잘 보이지 않았다.

"그럼 내일 아침에 만나."

"그래 난 아침에 떠나야겠어."

"알았어."

내가 방을 나오자 그는 문간에 서서 나를 바라보았다.

"정말 괜찮아, 제이크?"

"그럼, 괜찮지."

한참만에야 난 욕실을 찾아냈다. 돌로 된 욕조였다. 그런데 물이 나오지 않았다. 나는 욕조 가에 앉았다. 그리고 얼마 후 일어났는데 신발이 없이 맨발이었다. 그래서 신발을 찾아 들고 아래층으로 내려갔다. 그런 다음 내 방을 찾아 들어가 옷을 벗고 침대로 들어갔다.

잠이 깼을 땐 두통이 몰려오고 밖에서는 악기 소리가 요란하게 들려왔다. 그때서야 난 에드나에게 황소가 거리를 지나 투우장으로 들어가는 걸 구경시켜 주겠다고 했던 약속이 떠올랐다.

나는 부리나케 옷을 챙겨 입고 아침이라 아직 쌀쌀한 밖으로 나갔다. 사람들이 벌써 광장을 지나 투우장으로 걸어가고 있었다. 매표소 앞에도 여전히 많은 사람들이 두 줄로 서있었다. 나는 재빨리 걸어 카페로 갔다. 웨이터가 나를 보고는 친구들이 벌써 왔다 갔다고 했다.

"몇 명이었나요?"

"남자 두 분과 여자 한 분이요."

그럼 빌과 마이크가 에드나와 함께 온 것이었다. 어제 밤 상황으로 보면 그들도 취해서 못 올 것 같았는데 다행이었다. 그래서 내가 에드나를 구경시켜 주겠다고 했던 것이다. 나는 얼른 커피 한 잔을 마시고 구경꾼들과 함께 빠른 걸음으로 투우장으로 갔다. 두통도 사라지고 없었다. 모든 게 뚜렷하고 맑게 보였으며 아침 공기가 신선하게 느껴졌다. 그러나 신경은 몹시 쓰였다.

투우장까지 이어지는 길은 쭉 뻗어있지만 아주 질척거렸다. 이미 많은 구경꾼들이 울타리에 붙어 서있거나 발코니에 나와 바라보고 있고, 투우장 지붕으로 올라간 사람들도 있었다. 아무래도 제시간에 투우장 안으로 들어갈 수 없을 것 같아 난 구경꾼들이 서있는 울타리 쪽으로 파고 들어갔다. 그러다 결국은 울타리에 바짝 붙어있게 되었다. 관람객들은 거의 뛰다시피 투우장으로 들어가고 있었다. 어떤 사람은 술에 취했는지 미끄러져 넘어지기도 했다. 경찰 두 명이 그를 일으켜 세워 울타리 안으로 밀어 넣었다. 사람들은 점점 더 서둘러 뛰어갔다. 그러다 별안간 큰 함성이 울려왔다. 머리를 길 쪽으로 더 빼고 보니까 마침내 황소들이 달려오는 게 보였다. 놈들은 금방 구경꾼들을 추월했다. 그때 술 취한 사람 또 하나가 블라우스를 들고 울타리 안에서 거리로 튀어나왔다. 투우사를 흉내 내 블라우스로 소를 막아내려는 것이었다. 경찰이 또 뛰어와 그를 붙잡고 울타리까지 끌고 갔다. 그리고 군중들과 황소가 다 지나갈 때까지 그를 막고 있었다. 투우장 입구엔 한꺼번에 사람들이 몰려 정체돼있었다. 그 뒤를 이어 한 무리의 황소가 흙탕물에 튀긴 채 뿔을 흔들며 달려왔는데, 그 중 한 마리가 튀어나가 앞에 가는 군중 한 사람을 들이받았다. 그는 뿔에 찔려 몸이 공중으로 솟았다가 두 팔을 축 늘어뜨리고 머리는 뒤로 젖혀진 채 땅으로 곤두박질치면서 떨어졌다. 그 소는 또 한 사람을 치려고 하다 그가 피하는 바람에 멈춰 섰다. 군중들과 황소들은 투우장 문 안으로 밀려서 들어갔다. 마침내 투우장의 빨간색 문이 닫히고 관중들이 함성을 질러댔다.

뿔에 찔린 남자는 흙탕물 속에 누워있었다. 사람들이 워낙 많아 그는 거의 보이지도 않았다. 투우장 안에서는 계속 함성이 울려나왔다. 그럴 때마다 소는 관중에게로 덤벼들려고 했다. 함성 소리를 들으면 어떤 일이 일어나고 있는지 짐작되었다. 잠시 후 거세된 소가 황소들을 투우장에서 울타리 안으로 데리고 들어간다는 신호로 불꽃이 올라갔다. 나는 길에 쳐놓은 울타리를 벗어나 거리로 나갔다. 그러고는 카페로 돌아갔다. 커피 한 잔을 더 마시고 버터 바른 토스트도 먹고 싶었던 것이다. 웨이터 한 사람이 주문을 받으러 왔다가 물었다.

"거리에서 무슨 일이 있었나보죠?"

"아, 자세히는 못 봤는데, 어떤 사람이 뿔에 찔렸어요."

"어디를요?"

"여기를요."

나는 한 손으로는 허리를, 또 한 손으로는 가슴을 가리키며 뿔이 꿰뚫은 모양을 해보였다. 그는 고개를 끄덕이며 테이블에 남아있던 빵부스러기를 닦아냈다.

"크게 찔렸네요. 구경하다가 그렇게 됐으니."

그는 잠시 후 손잡이가 긴 커피주전자와 우유주전자를 들고 왔다. 그러고는 양손에 주전자를 들고 잔에 따라주었다.

"등을 많이 찔린 거네요."

그는 말하며 주전자를 내려놓더니 의자에 앉았다.

"그 정도면 중상이죠. 무슨 구경거리 삼아 그런 일을 벌인다는 게 말이 된다고 보세요?"

"모르겠어요."

"그런 거 아니에요? 단지 재미를 위해서 말이죠. 안 그래요?"

"당신은 투우애호가가 아니군요?"

"저요? 소가 뭔데요? 동물이에요. 짐승이라고요. 그런데 그 짐승에게 등을 완전히 꿰뚫어 찔린 거에요. 그냥 재미를 위해서요. 그걸 왜 좋아하죠?"

그는 고개를 저으며 커피와 우유 주전자를 갖고 돌아갔다. 두 남자가 거리를 지나가는 게 보였다. 웨이터가 그들을 보고는 뭐라고 소리쳤다. 그러자 두 남자는 어두운 표정으로 머리를 흔들며 '죽었어'라고 말했다. 웨이터가 고개를 끄덕거렸다. 그러고는 내게로 다시 왔다.

"들었어요? 죽었다는군요. 죽었대요. 재미삼아 했다가 죽었다니, 참 불쌍하게 됐죠."

"안됐네요."

"난 투우 싫어요. 재미도 없고요."

웨이터가 말했다.

그날 늦게 우리는 죽은 사람이 비센테 지로네스라는 이름의 타파야 근처에 살던 사람이라는 걸 알았다. 그리고 다음 날 신문에 났는데, 나이는 스물여덟이고 농장을 운영하며 아내와 두 아이가 있는 사람이었다. 그는 결혼 후 매년 그 축제에 왔다는 것이다. 그의 아내가 유해를 지키려 왔고 산페르민 성당에서는 예배가 열렸으며, 그의 영구는 타파야의 한 댄스회 회원들이 운반했다. 장례식으로 가는 길엔 악대가 북과 피리를 불며 따라갔고 그의 아내와 두 아이도 함께 따라갔다. 그리고 팜플로나, 에스테야, 타파야, 산게사 등에서 온 댄스회 회원들도 있었다. 영구는 기차 화물칸에 싣고 그의 아내와 두 아이는 삼등석 열차에 올라탔다. 기차는 곧 출발해 고개를 넘어 내리막길을 달리다 들판을 지나 타파야로 향했다.

비센테 지로네스를 죽인 황소는 보카네그라라는 이름을 가진 산체스 타베르노 사육장의 118번 소였는데, 그날 오후에 세 번째 투우로 나왔다가 페드로 로메로의 칼에 죽었다는 것이다.

그 소의 귀는 관중들의 요구로 인해 잘려서 로메로에게 증정되었는데, 그가 다시 브렛에게 주었다고 한다. 브렛은 그걸 내가 준 손수건에 싸 몬토야 호텔의 그녀 방 서랍에 넣어두었다는 것이다.

호텔로 돌아오자 한 경비원이 홀 의자에 앉아있었다. 밤새 근무하느라 몹시 졸린 얼굴이었다. 그는 나를 보더니 일어났다. 웨이트리스 세 명도 내 뒤에 곧 들어왔다. 그들은 투우장에 구경 갔다가 온 모양이었다. 그들을 따라 나도 위층으로 올라가 내 방으로 들어갔다. 나는 곧바로 신발을 벗고 침대로 들어갔다. 발코니의 창문이 열려있어 밝은 햇빛이 들어왔다. 그래서인지 잠이 오지 않았다. 결국 오후 세시 반에야 잠이 들었는데, 여섯시 악대 소리에 다시 깨고 말았다. 그런데 턱이 아팠다. 손으로 만져보다가 그때서야 다시 콘 생각이 났다. 처음에 모욕을 당했을 때 누구라도 한 대 치고 일찍이 떠나버렸으면 좋았을 걸. 브렛이 자기를 사랑한다고 믿었던 모양이다. 떠나지 않고 남아있으면 언젠가는 진정한 사랑이 이길 수 있으리라고 생각했을 것이다. 그때 누군가 문을 두드렸다.

"들어오세요."

빌과 마이크가 들어왔다. 그들은 침대에 걸터앉았다. 그리고 빌이 먼저 말을 꺼냈다.

"울타리에서, 울타리에서 말이야."

"제이크, 넌 거기 없었어?"

마이크가 물었다. 그러고는 빌에게 말했다.

"빌, 거기 벨 눌러서 맥주 좀 주문해."

"아무튼 오늘 아침은 영 재수가 없었어. 세상에 원! 재수가 이렇게 없다니! 그런데 친애하는 제이크는 여기 있었군. 친애하는 제이크 말이야. 인간 펀칭 백이지."

빌이 말하며 얼굴을 문질렀다.

"왜 무슨 일이 있었어?"

"아니! 무슨 일이 있었냐고? 마이크 말해봐."

빌이 말했다.

"글쎄 소들이 막 들어오는데 그 바로 앞으로 관중들이 달려가다가 한 사람이 넘어지자 뒤로 줄줄이 걸려 넘어진 거야."

마이크의 말에 빌이 설명을 덧붙였다.

"그러다 소들이 그 위를 짓밟으면서 몰려들었지."

"그래 막 소리 지르는 건 들었어."

"에드나도 소리 질렀어."

빌이 말했다.

"투우사들이 여러 명 뛰어나오면서 셔츠를 흔들더라고."

"황소 한 마리가 바레라 석으로 달려들어 여러 명 떠받았지."

"한 20명 정도 병원으로 실려 갔다니까."

마이크가 말했다.

"하여튼 재수 되게 없었어! 경관들이 뛰어나와 황소에 떠받쳐 자살하려는 사람들을 잡아가고 난리를 했지."

"결국 거세된 수소들이 나와서 그 황소들을 몰고 들어가더라고."

마이크가 말했다.

"한 시간 정도 그런 상황이었어."

"아니야, 15분 정도밖에 안 그랬어."

마이크가 반박을 했다.

"무슨 소리야! 너는 전쟁에 갔다 와서 그런가본데, 나는 2시간 반이나 지난 것 같던데."

빌이 말했다.

"그런데 맥주 주문한 건 왜 안 오지?"

마이크가 물었다.

"예쁜 에드나는 어디에 있어?"

내가 물었다.

"방금 전에 데려다줬어. 아마 잘 거야."

"재밌었다고 해?"

"그럼. 매일 아침 그런 일이 일어난다고 했지."

"아주 인상적으로 느꼈나보더라고."

마이크가 말했다.

"그녀는 우리가 투우장으로 내려가는 걸 보고 싶어할 거야. 와일드하거든."

빌이 말했다.

"그래서 내가 내 채권자들한테는 유감스런 일이 될 거라고 말했지."

마이크가 말했다.

"아무튼 오늘 아침은 끔찍했어! 밤도 그렇고!"

빌이 또 말했다.

"턱 좀 어때, 제이크?"

마이크가 물었다.

"쓰려."

마이크가 껄껄대며 웃었다.

"왜 의자를 들어 같이 때리지 그랬어?"

빌이 말하자 마이크가 반박을 했다.

"넌 입으로만 때리지. 너도 현장에 있었으면 나가떨어졌을 거야. 난 어떻게 맞았는지도 모르겠어. 느닷없이 뭐가 날아오면서 그만 주저앉아버렸으니까. 그리고 제이크는 테이블 밑에 뻗어있고 말이야."

"그 녀석은 그러고 나서 어디로 갔어?"

내가 물었다.

"아 오셨네. 아름다운 아가씨가 맥주를 가지고 오셨어."

마이크가 종업원 아가씨에게 말했다.

종업원은 맥주와 잔들을 테이블에 내려놓았다.

"세 병 더 갖다 줘요."

마이크가 종업원에게 말했다.

"콘이 나를 친 다음에 어디로 갔냐고?"

내가 빌에게 다시 물었다.

"그거 모르고 있었어?"

마이크가 말하며 맥주병을 열었다. 그러고는 한 잔 가득 따랐다.

"어디 있었는데?"

빌도 물었다.

"정말 몰라? 글쎄 녀석이 투우사 방으로 가서 브렛과 투우사
가 같이 있는 걸 보고는 그 투우사를 반 죽였지 뭐야."

"설마."

"정말이야."

"끔찍한 밤이었군!"

빌이 말했다.

"그 불쌍한 투우사가 하마터면 죽을 뻔 했다니까. 콘은 녀석
에게서 브렛을 데려가려고 했던 거지. 그녀가 제정신이 아니라
고 생각했을 거 아니야. 엄청 감동적인 장면이었지."

마이크는 맥주를 들이키며 계속 말했다.

"하여튼 멍청한 녀석이야."

"그래서 결국 어떻게 됐는데?"

내가 물었다.

"브렛이 야단을 쳤지. 안 그랬겠어? 당연하지."

"그랬겠지."

빌이 말했다.

"그러자 콘은 울음을 터트리면서 투우사와 화해를 하겠다고
했다는 거야. 브렛과도 화해하겠다면서. 그런데 두 사람 다 거
절했대. 투우사 그 친구 아주 괜찮더구먼. 아무 말도 않고 일어
나서는 얻어터지고 또 일어나다 맞고 했다는 거야. 콘은 결국

그를 완전히 눕히지는 못했지. 그랬으면 정말 볼만했을 텐데."

마이크가 말했다.

"그런데 그 얘기는 다 어디서 들었는데?"

"브렛한테서 들었지. 오늘 아침에 만났거든."

"그래서 결국은 어떻게 됐어?"

"투우사는 침대에 앉아있었나 보더라고. 콘이 계속 열다섯 번 정도를 쳤는데도 녀석이 포기하지 않고 덤벼들었대. 그래서 브렛이 보다 못해 투우사를 못 일어나게 말렸는데 물리치고 또 일어났다는구먼. 그쯤 되자 콘도 때리는 걸 포기하고 그만 뒀다는 거지. 더 때릴 수가 없어서 말이야. 그랬더니 이젠 투우사가 비틀거리면서도 콘에게 덤벼들었다는군. 그래서 콘이 물러서는 상황이 된 거야. 투우사가 그러더래. '왜 안 치는 거지?' 그랬더니 콘 대답이 '창피해서 그런다.' 그러더라는 거야. 그러자 이번엔 투우사가 콘의 얼굴을 냅다 치고는 바닥으로 나뒹굴었대. 그러고는 못 일어났다는구먼. 콘이 그를 일으켜 세워 침대에 눕히려고 했더니, 콘을 죽이려고 하더래. 그러면서 콘에게 오늘 아침까지 이곳을 안 떠나면 죽이겠다고 했다는 거야. 콘은 결국 울고 말았고, 브렛도 폭발을 했던 거지. 그래서 화해를 신청했던 거고 말이야. 그 얘기는 아까도 했지만."

"마저 다 얘기해봐."

빌이 말했다.

"투우사는 계속 방바닥에 주저앉아 있었어. 그는 다시 일어나 콘을 때리려고 숨을 고르고 있었던 거지. 콘은 브렛이 악수하자는 걸 받아들이지 않자 울면서 그녀에게 사랑을 호소했다는 거야. 그러자 브렛은 그에게 못난 짓을 한다며 더 성질을 냈대. 콘이 이번엔 투우사에게 미안하다며 악수를 하려고 허리를 구부렸는데 그만 투우사가 그의 얼굴을 또 한 번 때리고 말았다는 거야."

"끈질긴 녀석이군."

빌이 말했다.

"아주 버릇을 고쳐주려고 했던 거지. 콘이 이제는 두 번 다시 주먹을 휘두르기 힘들 거야."

마이크가 말했다.

"브렛을 언제 만났다고?"

"오늘 아침에. 뭘 가지러 들렀더라고. 그 투우사를 계속 돌봐주고 있대."

마이크는 말하며 맥주를 또 한 병 열었다. 그러면서 말을 이었다.

"그러면서도 브렛은 괴로워하고 있어. 그녀는 누구에게 한번 빠지면 그런 식이야. 그래서 우리도 함께 돌아다니게 됐거든. 그녀가 나를 돌봐줘서 말이야."

"그런 것 같아."

내가 말했다.

"아, 취하네. 차라리 계속 취해있으면 좋겠어. 재밌는 일이 벌어졌지만 그리 유쾌한 일은 아니니까. 어쨌든 나한테는 유쾌한 일이 아니야."

마이크는 허탈한 듯 말하며 맥주를 거듭 마셨다.

"나도 브렛에게 야단을 쳤어. 유대인이니 투우사니 그런 따위들과 놀아나면 시끄러운 일이 일어나게 마련이라고 말이야."

그는 계속 말하며 고개를 앞으로 쑥 뺐다.

"그 맥주 내가 마셔도 돼, 제이크? 종업원이 또 가지고 올 거니까."

"마셔. 손도 안 댄 거야."

마이크는 맥주병을 열려고 했는데 잘 안 되었다.

"병 좀 열어줘."

그래서 내가 열어 그의 잔에 따라주었다. 그는 말을 이어갔다.

"그랬더니 브렛이 뭐라고 했는지 아나? 아주 훌륭한 말씀을 하더라고. 항상 훌륭했지만 말이야. 유대인이니 투우사니 그런 녀석들과 어울린다고 내가 되게 뭐라 했더니, 그녀 왈, '그래, 영국 귀족과는 엄청 행복하게 살았지!' 그러는 거야."

그는 맥주를 한 모금 들이켰다.

"얼마나 훌륭하던지. 참, 작위를 갖고 있는 그 애슐리라는 사람은 원래 해군 출신이었대. 그러다 지금 9대째 준 남작인데, 침대에서 안 자려고 해서 브렛도 항상 방바닥에서 잤다는 거야. 그러다 둘 사이가 점점 악화되고부터는 남자가 항상 그녀를 죽이려고 하더래. 잘 때도 늘 권총을 쥐고 있을 정도였다니까. 그래서 브렛은 남자가 잠이 든 후 언제나 탄환을 몰래 빼버렸다는 거야. 정말 행복한 생활을 못해본 거지. 브렛에게는 불행한 일이었어. 그녀는 즐길 줄 아는 여자니까 말이야."

마이크는 자리에서 일어났다. 그런데 손이 약간 떨리고 있었다.

"난 가서 자야겠어. 다들 잘 자."

그는 빙긋이 웃었다.

"축제 때문에 매일 잠을 설쳤더니 아주 안 좋아. 지금부터 실컷 자야겠어. 잠을 못 자니까 굉장히 신경질적으로 되더라고.

"그래. 정오에 이루냐에서 만나."

빌이 말하자 마이크는 바로 떠났다. 그의 방은 바로 옆이었는데 뭔가 부스럭거리는 소리가 들려왔다. 그러더니 곧 벨을 누르는 것 같았다. '맥주 여섯 병과 훈다도르 한 병만 갖다주세요.' 마이크가 주문하는 소리가 들렸다.

"나도 자러 가야겠어. 불쌍한 마이크 녀석. 어젯밤에는 그 친구 때문에 한바탕 소동이 벌어졌지."

"어디서? 그 밀라노에서?"

"그래. 전에 칸에서 브렛과 마이크가 돈을 빌렸는데, 그 빌려준 사람이 거기 와 있었거든. 형편없이 고약한 녀석이더군."

"그 이야기는 나도 들었어."

"난 몰랐거든. 아무도 마이크에 관해 말할 자격은 없어."

"그렇게 되면 상황이 더 나빠지지."

"어쨌든 그들이 그렇게 할 권리는 없어. 정말 없어. 하여튼 나도 가서 자야겠어."

"투우장에서는 죽은 사람 없었어?"

"죽지는 않고 중상을 입었을 거야."

"투우장으로 들어가기 전에는 한 사람이 뛰다가 죽었거든."

"아 그래?"

빌이 말했다.

18

정오에 우리는 모두 카페로 갔다. 카페엔 사람들이 꽤 많았다. 우리는 새우를 까먹으며 맥주를 마셨다. 거리도 사람들로 북적거렸다. 비아리츠와 산세바스티안에서 오는 관광객들의 자동차가 연신 광장으로 몰려들었다. 그들은 투우를 관람하러 온 사람들이었다. 대형 버스들도 들어와 멈춰 섰다. 한 버스는 영국인 25명이 타고 왔는데, 그들은 버스 안에 앉아서 쌍안경으로 축제를 구경하기도 했다. 춤추는 사람들은 벌써 술에 취해 있었다. 오늘은 축제의 마지막 날이다.

축제는 계속 이어졌고 사람들은 자동차와 관광버스를 구경하느라 빙 둘러 서있었다. 그러다 자동차가 떠나면 다시 군중 속으로 섞여 들어갔다. 카페엔 검은색 작업복을 입은 농부들이 테이블마다 차지해 웅성거리고 있는데, 그 속에서 운동복 차림을 하고 드나드는 사람들은 누가 봐도 관광객들이었다. 비아리츠에서 온 영국인들이라 해도 축제 속에서는 눈에 띠지도 않았다. 때문에 그들이 앉아있는 테이블 옆으로 가지 않고는 그들을 볼 수도 없었다. 거리엔 언제나 음악이 흐르고 있었다. 북소리가 울리고 피리 소리도 그치지 않았다. 카페 안에서는 사람들이 테이블에 기대거나 서로 어깨동무를 하고 큰 소리로 노래를 불러댔다.

"저기 브렛이 오네."

빌이 말했다.

브렛은 고개를 한껏 쳐들고 축제가 마치 자기를 위해 베풀어지고 있는 것처럼 신나고 당당한 걸음걸이로 광장을 걸어오고 있었다.

"안녕, 친구들! 정말 목이 마르네."

그녀가 말했다.

"맥주 큰 잔으로 하나 더 주세요."

빌이 바로 웨이터에게 주문했다.

"콘은 떠났어?"

브렛이 물었다.

"응, 갔어. 자동차를 빌려서."

빌이 대답했다.

맥주가 와서 브렛은 잔을 들려고 하다가 손이 떨리자 그대로 놓은 채 입을 갖다 대고 한 모금 길게 들이켰다. 그러고는 어렴풋이 미소를 지었다.

"맥주 맛이 좋군."

"그러게. 아주 괜찮은데."

내가 말했다. 난 마이크가 걱정 됐다. 잠을 통 안 잤을 것 같았기 때문이다. 밤새 술을 마셨던 것 같은데 흐트러지지 않으려고 자신을 억누르고 있는 듯 했다.

"제이크, 콘이 당신을 때렸다면서?"

브렛이 물었다.

"아니, 한 대 친 것 뿐이었어."

"그가 페드로 로메로도 흠씬 때린 거 알아?"

"그래서 지금은 어때?"

"괜찮아질 거야. 지금은 그냥 방에 있고 싶대."

"상처가 커?"

"그럼. 많이 다쳤지. 당신들을 만나고 싶어서 나 혼자 나온 거야."

"투우는 계속 할 건가?"

"물론이지. 나도 당신들과 같이 가려고."

그때 마이크가 물었다.

"어이, 남자친구는 어떠신가?"

그는 우리의 대화를 전혀 못 들은 것 같았다.

"브렛이 투우사를 잡아먹었구먼. 콘이라는 이름의 유대인도 잡아먹었는데, 안 좋게 끝났지."

마이크가 술 취한 소리로 지껄이자 브렛이 자리에서 확 일어나버렸다.

"마이크, 그 더러운 소리 닥치지 못해."

"당신 남자친구가 어떻게 됐느냐 말씀이야."

"아주 힘이 넘치지. 오후에 투우하는 거나 보라고."

브렛이 쏘아붙였다.

"브렛은 투우사를 잡아먹었지. 미남투우사를 말이야."

마이크가 또 지껄여댔다.

"제이크, 나랑 같이 산책하지 않을래? 얘기할 게 좀 있어서."

"제이크한테 당신의 투우사 얘기를 전부 털어놔봐. 빌어먹을 놈의 투우사!"

마이크는 씩씩거리며 테이블을 엎어버렸다. 맥주병과 새우 접시가 떨어지며 박살이 나고 말았다.

"빨리 나가자."

브렛이 말했다.

나는 브렛과 함께 그곳을 나와 광장을 건너갔다.

"도대체 어떻게 된 거야?"

"점심 후 투우가 시작될 때까지 그이를 안 만나기로 했어. 보조원들이 와서 옷을 입힐 거니까. 그런데 그 사람들이 나 때문에 화를 냈다고 그이가 그러더라고."

브렛의 얼굴에 환한 빛이 감돌았다. 행복해 보였다. 날씨도 맑게 개어있었다.

"난 아주 다른 사람이 된 것 같은 기분이야. 당신은 잘 모르겠지만, 제이크."

브렛이 말했다.

"내가 뭐 도와줄 일이라도 있어?"

"아니. 나랑 투우 구경이나 같이 가."

"그럼, 점심 때 만나면 되겠어?"

"아니. 점심은 그이랑 같이 먹기로 했어."

우리는 호텔 앞까지 갔다. 사람들이 회랑 아래로 테이블을 옮기고 있었다.

"공원 한 바퀴 돌고 올까? 아직은 안 들어가도 돼. 그이도 지금 자고 있을 거야."

브렛이 말했다.

우리는 극장 앞으로 해서 노점들이 늘어서있는 거리를 지나 막사처럼 생긴 시장 건물을 따라 걸었다. 그런 다음 파세오데사라사테로 나가는 사거리까지 걸어갔다. 유행하는 옷을 차려입은 많은 사람들이 공원 위쪽에서 모퉁이를 돌아가고 있었다.

"그쪽으로는 가지 마. 사람들이 쳐다보는 게 싫어."

브렛이 말했다.

우리는 그냥 햇빛 아래 서있었다. 바다에서 비와 구름이 몰려온 다음이라 날씨가 맑고 상쾌했다.

"바람이 없어야 되는데. 그이한테는 바람 부는 게 안 좋거든."

"그러면 좋겠군."

"그이는 황소들이 마음에 든대."

"좋은 소들이더라고."

"저기 보이는 게 산페르민인가?"

브렛이 노란색 성당을 가리키며 물었다.

"그렇지. 일요일에 축제를 시작했던 곳이잖아."

"가볼까? 괜찮지? 그이를 위해 기도라도 올려보고 싶어."

무거워 보이는 성당의 가죽 문이 의외로 아주 가볍게 열렸다.

어둑한 성당 안에서 많은 사람들이 기도를 하고 있었다. 우리도 긴 나무 의자 앞에 무릎을 꿇었다. 브렛은 똑바로 정면을 응시하며 한참동안 꼼짝도 안하고 앉아있었다. 그러다 잠긴 목소리로 말했다.

"그만 나갈까? 신경이 너무 피곤해."

바깥 날씨는 어느덧 뜨거워졌다. 브렛은 바람에 흔들리는 나무를 올려다보았다. 기도가 잘 안 된 모양이었다.

"난 성당에 있으면 신경이 아주 날카로워져. 왜 그런지 모르겠어. 기도도 잘 안 되고 말이야."

우리는 그저 걷기 시작했다. 브렛이 입을 열었다.

"난 종교적 분위기에 적응이 잘 안 돼. 문제가 있는 것 같지 않아? 사실 난 그이에 대해서는 전혀 걱정 안 해. 그냥 같이 있는 게 좋은 것뿐이야."

"좋겠네."

"그래도 바람이 잠잠해야 하는데."

"다섯 시쯤엔 가라앉을 거야."

"그러기를 바라지."

"그럼 마음속으로 빌어."

말하면서 나는 웃었다.

"그래봐야 소용없어. 난 빌어도 안 되더라고. 빌어서 잘 된 적 있었어?"

"그럼 있지."

"거짓말. 그래도 기도 효험을 보는 사람들도 있겠지. 제이크,

당신은 별로 믿음이 깊은 것 같지 않은데."

"아니야, 꽤 깊어."

"거짓말. 오늘 나를 개종시키려는 것은 아니겠지. 오늘 좋지 않은 일은 지금까지 겪은 걸로도 충분하거든."

그녀는 콘과 떠났던 그 이후로 지금처럼 행복하고 느긋해 보인 적이 없었다. 우리는 다시 호텔로 돌아왔다. 호텔 식당은 테이블이 전부 차려져 있고 몇 군데에서는 사람들이 벌써 식사를 하고 있었다.

"마이크 좀 돌봐줘. 너무 난리 치지 않도록 말이야."

브렛이 말했다.

"친구분들은 모두 위층으로 올라가셨어요."

우리를 본 독일인 지배인이 영어로 말했다. 그는 항상 남들이 얘기하는 걸 엿듣는 버릇이 있었다. 브렛이 그를 향해 몸을 돌리며 말했다.

"고마워요. 우리한테 또 할 말 있어요?"

"아니요, 손님."

"좋아요."

"세 사람 자리 좀 예약해주세요."

내가 그 독일인에게 말했다. 그는 묘한 미소를 지었다.

"부인도 예약하실 겁니까?"

"아니요."

"그럼 2인용 테이블이면 되겠군요."

"마이크는 내버려둬. 지금 아주 안 좋을 거야."

브렛이 계단을 올라가며 내게 말했다. 마침 그때 몬토야가 계단을 내려오고 있었다. 그는 우리를 보고 고개만 숙일 뿐 미소도 짓지 않았다.

"그럼 이따가 카페에서 만나. 고마웠어, 제이크."

브렛이 말했다. 그러고는 복도를 걸어 로메로의 방으로 곧장 들어갔다. 노크도 하지 않고.

나는 마이크의 방문을 두드렸다. 대답이 없었다. 손잡이를 돌려보니 열렸다. 방안은 정신없이 어질러져 있었다. 가방이 열려 있고 옷들이 사방에 흩어져 있었다. 그리고 침대 옆에는 빈 술병들이 나뒹굴고 있었다. 마이크는 죽은 사람처럼 침대에 누워 있었다. 그러다 눈을 뜨고 나를 쳐다보았다.

"제이크, 잠 좀 자고 싶었어. 오래전부터 자고 싶었거든."

그는 축 처진 말투로 중얼거렸다.

"그래, 뭘 좀 덮어줄게."

"아니, 안 추워. 가지 마 아직. 잠 안 들었으니까."

"좀 자 마이크. 걱정하지 말고."

"브렛이 투우사를 잡아먹었어. 유대인 녀석은 떠나버렸고. 잘 됐지. 안 그래?"

"그래. 이제 좀 자, 마이크. 넌 자야 돼."

"막 자려고 했던 참이야. 좀 자야겠어."

그는 다시 눈을 감았다. 나는 그의 방을 나왔다. 내 방에선 빌이 신문을 읽고 있었다.

"마이크 만났어?"

"응."

"자, 밥 먹으러 가자."

"난 그 독일 지배인이 있는 아래층에서는 먹고 싶지 않아. 마이크를 방으로 데리고 갈 때도 녀석이 어찌나 건방지게 구는지 말이야."

"우리한테도 그렇게 건방지게 굴더라고."

"밖으로 나가서 먹자."

우리가 계단을 내려가는데 여종업원이 식사쟁반을 들고 올라오고 있었다.

"브렛의 점심인가 봐."

빌이 말했다.

"그 녀석 것도 있겠지."

우리가 막 회랑으로 나가자 독일인 지배인이 테라스로 다가와서는 발그레한 얼굴로 정중히 말했다.

"두 분 자리 예약돼있습니다."

"당신이나 가서 앉지 그래요?"

빌이 쏘아붙이듯 말했다. 우리는 광장을 벗어나 좀 떨어진 곳의 골목으로 가서 한 식당으로 들어갔다. 식사하고 있는 손님들은 모두 남자들뿐이었다. 담배연기가 자욱하고 술 마신 사람들의 노랫소리로 소란스러웠다. 그래도 음식과 포도주는 썩 괜찮았다. 우리는 별 대화도 하지 않고 식사를 마치고는 다시 카페로 가서 축제의 마지막 분위기를 구경하며 즐겼다. 점심 후 브렛이 다시 나왔다. 그녀는 마이크의 방을 열어봤는데 계속 자고 있더라고 했다.

축제가 절정으로 올라가자 우리는 구경꾼들 속에 섞여 투우장으로 걸어갔다. 우리는 링사이드에 앉았는데 브렛은 나와 빌 사이에 자리를 잡았다. 바로 앞에는 칼레혼이라고 부르는 관중석과 바레라석 사이에 놓여있는 붉은색 벽으로 된 통로가 있었다. 그리고 우리 뒤로는 콘크리트로 된 스탠드가 세워져 있었다. 투우장의 모래바닥은 롤러로 밀어 편편하게 다져져 있고 노란색을 띠었다. 검잡이들과 투우장의 종업원들이 투우용 케이프와 물레타를 넣은 바구니를 어깨에 메고 칼레혼 안으로 들어왔다. 그 천들은 바구니에 가득 들어있는데 핏자국으로 얼룩져 있었다. 검잡이들이 담 아래에 세워둔 가죽통을 열자 붉은색 손잡이가 달린 칼들이 보였다. 그들은 붉은색 플란넬 물레타를 하나 펼쳐 투우사가 펴서 쥐기 좋게 거기에 막대기를 매달았다. 브렛은 그 모든 과정을 하나하나 열심히 지켜보았다.

"그이는 케이프와 물레타에 전부 자기 이름을 써놓았대. 그런데 왜 물레타라고 부르는 걸까?"

브렛이 물었다.

"글쎄, 모르겠는데."

"다시 빨아서 쓸까?"

"안 그럴 것 같은데. 색이 바래지 않겠어?"

"피가 묻어서 뻣뻣할 것 같아."

빌이 말했다.

"피를 보고도 아무렇지 않게 생각하다니, 참 이상한 사람들이지."

브렛이 다시 말했다.

검잡이들은 그렇게 칼레혼에서 투우경기 준비를 하고 있고, 모든 좌석은 이미 꽉 차 자리가 없었다. 특별석도 마찬가지였다. 대회장 자리만 비어 있는데, 그가 들어와 자리에 앉으면 이제 투우가 시작될 것이었다. 투우장의 높다란 우리 입구 앞에서는 투우사들이 케이프를 든 채 팔짱을 끼고 수다를 떨고 있었다. 출발 신호가 울리면 곧 투우장으로 나갈 준비가 돼있는 것이었다. 브렛은 쌍안경으로 그들을 자세히 지켜보았다.

"자 이걸로 볼래?"

브렛이 내민 쌍안경으로 나도 세 명의 투우사를 자세히 살펴보았다. 로메로가 가운데에 서있고 벨몬테가 왼쪽에 그리고 마르시알이 오른쪽에 서있었다. 그들 뒤에는 조수들이 서있으며 조수들 뒤의 넓은 곳에는 기마투우사들이 준비하고 있었다. 로메로는 검은색 투우복을 입고 삼각형 모양의 모자를 푹 눌러쓰고 있었다. 모자 때문에 얼굴이 잘 보이지는 않았지만 제법 큰 상처가 있는 것 같았다. 그는 정면을 응시하고 서있었다. 마르시알은 천천히 담배를 피우고 있고, 벨몬테는 마르고 누런 얼굴로 늑대처럼 뾰족한 턱을 앞으로 쑥 내밀며 앞을 바라보고 있었다. 그는 아무것도 쳐다보지 않고 허공을 응시하고 있었다. 그들은 다른 사람들과 아무런 공통점도 없는 것 같았다. 그들은 모두 외롭게 혼자였다. 마침내 대회장이 입장하자 관중석에서 박수소리가 터져나왔다. 나는 쌍안경을 브렛에게 돌려주었다.

박수소리에 이어 음악이 시작되었다. 브렛은 다시 쌍안경으로 쳐다보았다.

"자, 이걸로 봐."

브렛이 다시 준 쌍안경으로 들여다보는데 벨몬테가 로메로에게 뭐라고 속삭이고 있었다. 마르시알은 담배꽁초를 버리고 허리를 쭉 폈다. 그리고 세 투우사는 한 팔을 앞뒤로 흔들며 똑바로 앞을 바라보고 걸어나왔다. 그 뒤에는 큰 간격을 두고 조수들이 따라나왔으며, 모두들 한 손에 케이프를 들고 한 팔만 흔들며 성큼성큼 걸어나왔다. 그들 뒤로는 기마투우사들이 창을 세우고 말을 타며 나왔다. 또 그들 뒤에는 노새와 투우장 종업원들이 두 줄로 늘어서서 나오고 있었다. 투우사들은 맨 먼저 대회장 앞에 멈춰 서서 모자를 쓴 채 인사를 하고 관중석 바로 아래까지 다가왔다. 페드로 로메로는 금실로 장식된 무거운 케이프를 담장 너머로 검잡이에게 건네주었다. 그러면서 검잡이에게 무슨 말인가를 했다. 그러자 검잡이는 우리 있는 곳으로 올라와서 그걸 브렛에게 전해주었다. 로메로가 가까이 왔을 때 보니까 입술이 부풀어 있고 두 눈두덩이엔 시퍼런 멍이 들어있었다. 얼굴 전체도 부어있었다.

"브렛, 앞으로 펼쳐서 들고 있어."

내가 말했다.

브렛은 그걸 펼쳐 들고 몸을 앞으로 내밀었다. 케이프가 꽤 무겁기 때문이었다. 그걸 본 검잡이가 고개를 저으며 무슨 말을 했다. 그러자 내 옆에 있던 사람이 브렛에게 말했다.

"그렇게 펼쳐들고 있지 말래요. 그냥 접어서 놔두라는데요."

브렛이 케이프를 다시 접어 무릎 위에 내려놓았다.

로메로는 우리를 쳐다보지 않고 벨몬테와 얘기를 나누고 있었다. 벨몬테는 그의 케이프를 친구들에게 전달하며 미소를 지어보였다. 하지만 표정이라곤 없이 입만 웃는 늑대 같은 웃음이었다. 로메로는 바레라에 기대 서서는 물병을 요청했다. 검잡이가 물을 가져오자 그는 투우용 케이프에 물을 뿌리고 나서 그걸 모래바닥에 대고 아래쪽 부분만 구두 신은 발로 한 번 밟았다.

"왜 저렇게 하는 걸까?"

브렛이 물었다.

"바람이 불 때는 케이프를 무겁게 만들려고 그러는 거야."

"얼굴이 아주 안 좋은데."

빌이 로메로를 가리키며 말했다.

"기분도 아주 안 좋아. 사실 지금 누워 있어야 할 정도지."

브렛이 말했다.

벨몬테가 첫 투우사로 출전했다. 그는 역시 노련했다. 출전수당으로 3만 페세타를 받고, 관중들도 그를 보려고 밤새워 기다려 표를 샀으니 그만한 기량을 보여주는 건 당연한 것이었다. 벨몬테의 특별한 매력은 그가 유난히 소에게 바짝 붙어서 묘기를 한다는 점이었다. 투우에는 소의 영역이 있고 투우사의 영역이 있다고들 말한다. 다시 말해 투우사가 자신의 영역에 있을 때는 안전하지만 소의 영역으로 들어갈 때는 위험을 각오해야 한다는 것이다. 벨몬테는 언제나 소의 영역 안으로 들어가 싸우는 걸 즐겨 해왔다. 그렇게 하는 건 곧 관중들에게 극적인 흥을 돋궈주려는 것이었다. 관중들이 벨몬테를 보려고 오는 건 아마도 그런 극적 장면들을 보기 위해, 그리고 그가 죽는 장면을 보기 위해서인지도 모른다. 15년 전만 해도, 벨몬테를 보려면 그가 아직 살아 있을 때 빨리 가봐야 한다는 말들을 했었다. 그 이후로 그는 1000 마리 이상의 황소를 죽였다. 은퇴한 후에는 투우의 전설이 될 정도였다. 얼마 후 그는 다시 복귀했는데 예전에 그가 했던 것처럼 소 가까이 다가가서 하는 묘기는 더 이상 보여주지 못했다. 그건 어느 누구도 하지 못했던 벨몬테만의 능력이었다. 사람들은 자연히 그에게 실망하고 말았다.

그는 또 까다로운 조건을 주문하곤 했다. 소가 너무 커도 안되고 뿔이 너무 위험하게 생겨도 안 된다는 것이었다. 그래서도 어떤 극적인 효과를 주는 요소들이 더 줄어들게 되었다. 게다가 그는 뿔에 찔린 관통상 후유증을 앓고 있어서, 그에게서 전보다 세 배는 더 기대했던 관중들로서는 기만당하고 있다는 느낌을 갖게 되었다.

벨몬테는 그러한 관중의 반응에 대해 경멸심을 품고 턱을 더 치켜세우며 무시하듯 바라보았다. 사실 그는 병이 더해가면서 몸도 제대로 움직이기 힘들 정도였기 때문에 관중들도 점점 더 그에게 적대감을 표현했으며, 그 또한 관중에게 완전히 무관심하게 되었다. 그는 오늘 오후 뭔가 대단한 것을 보여주고자 했지만 결과는 반대가 되고 말았다. 관중들이 그에게 욕과 야유를 퍼부으며 방석이라든지 빵 조각, 야채 등을 던지며 모욕을 주었기 때문이다. 그는 턱을 더 위로 치켜세웠다. 그리고 계속 이어지는 냉소와 고함들에 그는 얇은 입술이 없어질 만큼 이빨을 드러내며 경멸스런 미소를 지어보였다. 게다가 몸의 통증 때문에 얼굴색이 누런 양피지처럼 변해갔다. 그는 두 번째 소가 죽고 관중석에서 빵 조각과 방석들이 더 이상 날아오지 않자 억센 턱과 경멸스런 눈빛으로 대회장 앞으로 다가가 인사를 하고는 자신의 검을 닦아 상자에 넣도록 바레라 너머로 넘겨주었다. 그러고는 칼레혼을 지나 우리가 앉아있는 바로 앞 담에 기대 얼굴을 팔에 묻고는 한동안 가만히 있었다. 한참 후 그는 얼굴을 들더니 물을 한 모금 마시고 다시 투우장으로 들어갔다.

벨몬테에게 반감을 갖고 있던 관중들은 자연히 로메로를 응원했다. 두 번째 투우사로 로메로가 소를 향해 다가가자 박수소리가 터져나왔다. 벨몬테도 로메로를 주시하고 있었다. 신경 쓰지 않는 체 하지만 그는 언제나 로메로를 지켜보았다. 그러나 마르시알에게는 신경 쓰지 않았다. 그에 대해서는 너무 잘 알고 있기 때문이다. 벨몬테가 복귀를 할 때는 마르시알을 견제하기 위해서였는데, 경쟁해서 이길 자신이 있었던 것이다. 그는 또 마르시알 뿐 아니라 전반적으로 퇴폐적인 분위기에 물들어 있는 다른 투우사들도 견제하기 위해서 복귀를 결정했었다. 자신의 투우에 대한 성실함은 퇴폐적인 다른 투우사들의 스타일과는 다르기 때문에 다시 복귀하면 충분히 승산이 있겠다고 믿었던 것이다.

그러나 그의 희망은 로메로 때문에 물거품이 되고 말았다. 지금은 벨몬테가 더 이상 할 수 없는 것을 로메로는 부드럽고도 조용히 그리고 아름다운 모습으로 해내고 있었다. 일반 관중들은 물론 비아리츠에서 온 관광객들까지도 그걸 느꼈고 또한 미국 대사도 그렇게 보았다고 했다. 벨몬테는 지금 로메로와 경쟁을 한다면 뿔에 받혀 큰 부상을 당하거나 죽거나 할 것이기 때문에 별로 내키지 않았다. 한마디로 벨몬테는 이제 한물 간 것이었다. 그래서 투우장에서 위대한 순간을 가질 수가 없었다. 그런 생각조차도 할 수 없었다.

그는 이제 예전의 그가 전혀 아니었다. 자신의 황소와 싸울 때는 예전과 같은 대단한 묘기를 보여주었지만 그건 친구의 투우 사육 농장에 가서 직접 보고 안전한 소로 고른 것이기 때문에 미리부터 다 알고 하는 것일 뿐이었다. 그 소들은 뿔도 위험하지 않고 순하며 크기도 작은 것들이었다. 그 자신도 그런 황소와 싸움을 하며 만족감을 느끼지는 못했다. 투우를 통해 위대한 순간을 맛보려 했던 그는 더 이상 투우를 위대한 것으로 느낄 수는 없었다.

하지만 페드로 로메로는 대단한 투우사였다. 그는 투우를 진정으로 사랑했고, 어쩌면 소 자체를 사랑했으며 또 브렛을 사랑하기에 이르렀다. 그녀가 보는 바로 앞에서 오후 내내 그는 거침없이 마음껏 황소를 상대했다. 그는 브렛을 단 한 번도 바라보지 않고 경기에만 몰입했다. 그래서 더욱 강렬한 인상을 주었다.

첫 번째 '떼어내기'를 한 것은 바로 우리 앞에서였다. 황소가 기마투우사를 공격하면 투우사 세 명이 돌아가면서 소를 상대하는 것이었다. 벨몬테가 가장 먼저 하고 마르시알이 두 번째, 그리고 로메로가 마지막 차례였다. 세 사람은 모두 말 왼쪽에 서있었다. 기마투우사가 날카로운 창끝을 소에게 겨누고 왼손엔 고삐를 쥔 채 소를 향해 말을 달렸다. 소는 달아나지 않고 그대로 서있었다. 놈은 말을 쳐다보는 게 아니라 세모 모양으로 뾰족한 창끝을 노려보고 있었다. 마침내 로메로가 상대할 때쯤 소는 머리를 돌려버렸다. 공격을 중단하는 것이었다. 그는 소가 케이프의 붉은 색깔을 보도록 하기 위해 들고 흔들었다. 그러자 소가 반사적으로 덤벼들었는데 펄럭이던 케이프의 색깔은 순간 사라져버리고 소에겐 흰색 말만 보였다. 바로 그때 기마투우사가 말 위에 앉아 호두나무 손잡이가 길게 달린 날카로운 창날을 소의 튀어나온 어깨부분에 찔러 넣었다. 그건 벨몬테를 위해 소가 피를 흘리게 만들려는 것이었다.

그러나 소는 창날이 꽂힌 채 꼬리를 세우고 계속 덤벼들었다. 로메로는 조용하고 부드럽게 소 바로 앞에 서서 케이프를 또 흔들었다. 그리고 소 머리 위로 팔을 돌리며 그 자리에 선 채 몸을 빙그르 돌았다. 물에 젖어 무거운 케이프가 활짝 펴질 때는 마치 돛처럼 둥그렇게 되었다. 그는 매번 소 앞에 바짝 서서 케이프를 흔들며 소를 스쳐 보냈다. 그러면서도 그의 동작은 너무나 여유가 있고 매끄러웠다. 마치 소를 잠재우기 위해 달래는 것 같았다. 그는 그렇게 베로니카를 네 번이나 했고, 마지막에는 베로니카를 절반만 하며 소에게 등을 돌리고 한 손을 허리에 얹은 채 팔에 케이프를 감고 나서 관중들의 박수소리를 들으며 끝을 맺었다.

　그리고 이어서 로메로는 자신의 소와 대결을 하게 되었는데 정말이지 완전한 경기였다. 첫 번째 소는 시력이 좋지 않았다. 그는 케이프를 두 번 흔들며 소를 스쳐 보내고 나서 소가 시력이 무척 안 좋다는 걸 알아차렸다. 그래서 별로 볼만한 투우는 되지 못했다. 그냥 쉽게 했을 뿐이었다. 그러자 관중들이 그에게 소를 바꾸라며 큰소리를 질렀다. 하지만 대회장은 바꾸라는 오더를 내리지 않았다.

　"왜 소를 안 바꿔주는 거지?"

　브렛이 물었다.

　"이미 소 값을 냈으니까 그렇지."

　"그래도 로메로에게는 불공평하잖아."

　"그가 색깔 못 보는 소를 얼마나 잘 다루나 보라고."

　"난 보고 싶지 않아."

　투우 하는 사람이 걱정된다면 그건 볼만한 장면은 아니었다. 케이프의 색깔과 물레타의 붉은색 천이 보이지 않는 소를 다루려면 몸의 움직임으로 소가 알게 해야 했다. 로메로는 소가 그를 보고 덤벼들도록 바짝 다가가 케이프를 대면서 그걸 따라 소가 스쳐가도록 하는 옛날 방식을 쓸 수밖에 없었다. 그러나 비아리츠에서 온 관광객들은 그 방식에 대해 불만을 토로했다. 그들은 로메로가 위험을 피하기 위해서 그런 걸로 생각했던 것이다. 그들은 오히려 벨몬테가 예전에 하던 방법을 써먹거나 마르시알이 벨몬테의 방법을 흉내 내는 걸 더 좋아했다. 우리 바로 뒷줄에도 그런 사람들 세 명이 요란스럽게 떠들어댔다.

"아니 왜 소를 겁내고 있는 거지? 소도 엄청 느리게 케이프 뒤에서 헤매고 있는데 말이야."

"저 투우사가 아직 어리잖아. 경험이 부족한 거지 뭐."

"아까 케이프 묘기는 잘 하던데."

"지금 하는 건 겁나는 모양이지."

로메로는 혼자 투우장 한복판에서 같은 동작을 계속 하고 있었다. 소가 확실히 볼 수 있도록 바짝 다가가 몸을 드러내 보이면 소는 멍하니 보고 있다가 덤벼들었다. 그러면 뿔에 찔리기 직전 붉은 케이프를 휘두르면서 슬쩍 비키는 것이었다.

"이제 곧 죽일 때가 됐어. 그런데 소가 아직 기운이 다 안 빠졌어. 지치지도 않았으니까."

로메로는 이제 소 옆으로 돌아서면서 칼을 빼들고 칼날을 한번 쳐다보았다. 그가 소에게 달려들자 소도 공격을 해왔다. 그는 물레타를 소의 코 위로 가리면서 소가 안 보이도록 했다. 그런 다음 재빨리 소의 어깨 사이로 칼을 쭉 찔러 넣었다. 그는 소와 떨어져 한 팔을 들고 소 바로 정면에 섰다. 그의 셔츠자락이 찢겨져 바람에 나부꼈다. 소는 칼이 꽂힌 채 머리가 곧 수그러지며 가만히 멈춰 섰다.

"죽는구나."

빌이 말했다.

로메로는 다시 소 가까이 다가갔다. 그는 아직 팔을 든 채 소에게 뭐라고 말을 했다. 소가 머리를 앞으로 내밀더니 천천히, 그러다 갑자기 푹 넘어지며 네 다리를 공중으로 들고 뻗어버렸다.

검잡이들이 소에서 칼을 뽑아 로메로에게 전달하자 그는 한 손엔 칼을, 다른 한 손엔 물레타를 들고 대회장 앞으로 걸어가 인사를 한 다음 당당한 걸음으로 물러났다. 그러고는 담 아래로 다가와 검잡이에게 칼과 물레타를 넘겨주었다.

"소가 힘들었지?"

검잡이가 로메로에게 물었다.

"땀이 다 나더구면."

그는 땀을 닦아냈다. 검잡이가 그에게 물병을 내밀자 그는 우선 입술을 적셨다. 그러나 여전히 우리가 있는 곳을 쳐다보지 않았다.

마르시알에게는 행운의 날이었다. 관중들은 그에게 박수갈채를 보냈다. 그리고 이어서 로메로의 마지막 소가 들어왔다. 그 소는 다름 아닌 아침에 투우장으로 달려 들어갈 때 뛰쳐나와 사람을 죽인 바로 그 소였다.

그가 소와 싸울 때는 얼굴에 난 상처가 뚜렷이 잘 보였다. 콘과의 싸움은 그의 정신까지 상처내지는 않았지만 얼굴은 몹시 상하게 만들었다. 그래서인지 그는 모든 걸 깨끗이 씻어내려는 듯 하나하나의 동작에 집중을 했다. 따라서 그의 동작은 점점 더 완벽하게 되어갔다. 게다가 그 소는 잘 생기고 몸집도 크며 뿔도 훌륭하게 생긴 소였다. 녀석은 움직임도 좋고 용맹스러웠다. 로메로가 좋아하는 그런 소였던 것이다.

이제 물레타로 하는 묘기를 끝내고 그가 소를 죽일 준비를 하자 관중들은 계속 더 하라며 함성을 질렀다. 그 또한 아직 소를 죽이고 싶지는 않았기 때문에 계속 더 투우를 이어갔다. 그의 동작은 마치 훌륭한 투우를 시범으로 보여주는 것 같았다. 여유롭고 완벽하며 심지어 쉬워 보였다. 그러나 어떠한 속임수도 연극도 없었다. 마침내 모든 동작이 절정에 다다랐을 때 갑자기 한 순간 숨이 멎는 듯 했다.

로메로는 바로 우리 앞에서 소를 죽였다. 그는 그 절정의 순간에 소를 죽였던 것이다. 그는 소 정면에서 살짝 옆으로 비켜서다가 물레타에서 칼을 빼들고 한 번 쓱 쳐다보았다. 그동안 소는 그를 노려보았다. 로메로는 소에게 뭐라고 말을 한 후 제자리에서 한 발을 탁 쳤다. 그러고는 물레타를 낮게 겨누며 발을 단단히 딛고 서서 소가 공격해오기를 기다렸다. 그러다 한순간 소의 어깨 사이로 칼이 꽂히며 소는 계속 붉은색 천을 쫓아갔다. 로메로가 소의 왼쪽으로 몸을 빼자 천이 사라지면서 소는 무너지기 시작했던 것이다. 그때 로메로의 형이 나와 소의 뿔 사이를 단도로 찔렀다. 첫 번째는 실패했고 두 번째에서 성공을 했다. 소는 곧 온몸을 꿈틀대며 그대로 쓰러져버렸다. 로메로의 형은 한 손으로 뿔을 잡고 다른 한 손으로는 단도를 쥔 채 대회장을 쳐다보았다. 그러자 관중들이 일제히 손수건을 흔들었다. 형은 죽은 소에서 톱니 모양의 검은 귀를 잘라 로메로에게 주었다. 청년들이 죽은 소 주위로 몰려들어와 둥그렇게 에워싸고 춤을 추었다. 로메로는 소의 귀를 들고 대회장을 쳐다보며 높이 쳐들었다. 대회장이 고개를 끄덕이자 그는 우리 있는 곳으로 달려와 브렛에게 그 귀를 바쳤다. 그러고는 미소를 지으며 브렛에게 큰소리로 물었다.

"마음에 드셨어요?"

브렛은 아무 대답도 하지 않고 흐뭇하게 바라볼 뿐이었다.

로메로가 다시 말했다.

"피 안 묻도록 조심하세요."

그는 싱긋 웃었는데 그의 주위로 모여들어 있던 관중들이 그를 빼앗아가려고 했다. 그 중 5,6명이 브렛에게 소리를 지르며 뭐라고 했다. 로메로는 그들 사이를 겨우 빠져나가 출구 쪽으로 도망가려 했다. 그는 관중들이 그를 어깨에 올리는 걸 원치 않았던 것이다. 하지만 그들은 로메로를 내버려두지 않았다. 기어이 붙잡아 그를 들어올렸다. 다리가 벌어져 그는 너무나 불편하고 아플 지경이었다. 그들은 로메로를 든 채 뛰어 문 밖으로 나갔다. 그는 아쉬운 표정으로 한 차례 우리를 쳐다보았다.

우리는 호텔로 돌아왔다. 브렛은 방으로 올라가고 나와 빌은 아래층 식당에서 삶은 달걀과 맥주 몇 병을 마셨다. 잠시 후 벨몬테가 일상복 차림으로 매니저와 다른 두 사람과 함께 식당으로 들어왔다. 그들은 우리 옆 테이블에서 식사를 했는데 벨몬테는 거의 먹지 않고 있었다. 그들은 7시 기차로 바르셀로나로 갈 예정이라고 했다. 벨몬테는 푸른 줄무늬 셔츠에 검은색 양복 차림이었는데, 반숙계란만 조금 먹을 뿐 말도 없이 대답만 하고 있었다.

빌이 몹시 피곤하다고 했다. 나도 마찬가지였다. 투우를 보면서 너무 힘들었던 것이다. 나는 계란을 먹으며 슬쩍 벨몬테 일행을 관찰했는데, 모두들 무척 건장한 체격에 딱딱한 분위기였다.

"카페로 가서 압생트나 한 잔 마셔야겠어."

빌이 말했다.

그날은 축제의 마지막 날이었다. 하늘엔 구름이 몰려들기 시작했다. 광장엔 여전히 사람들이 북적거리고 불꽃을 올리는 사람들은 피날레를 위해 불꽃을 준비하고 있었다. 소년들이 신기한 듯 몰려들어 구경하고 있었다. 우리는 긴 대나무로 만들어진 불꽃 올리는 단 앞을 지나갔다. 카페 테라스에도 사람들이 가득 모여 웅성거리고 있었다. 음악과 춤은 어디나 계속 이어지고 있었다. 우리 바로 앞으로 거인과 난쟁이가 지나갔다.

"그런데 에드나는 어디 있지?"

내가 빌에게 물었는데 그도 모른다고 했다.

우리는 축제의 마지막 날 밤을 즐기고 있었다. 압생트가 기분을 더 고조시켜 주었다.

"콘이 참 안됐어. 그런 창피를 당했으니 말이야."

빌이 말했다.

"아니, 콘은 나쁜 녀석이야."

"어디로 갔을까?"

"파리로 돌아갔겠지 뭐."

"그 친구, 앞으로 어떻게 할지 모르겠네."

"망할 자식."

"그가 어떻게 할 것 같아?"

"전에 만났던 여자를 다시 찾겠지."

"그 여자가 누군데?"

"프랜시스라는 여자야."

우리는 압생트를 한 잔 더 마셨다.

"넌 언제 돌아갈 거야?"

"내일."

잠시 후 빌이 말했다.

"아, 멋진 축제였어."

"그래. 계속 볼 게 있었지."

"안 믿어질지 모르지만 잘 꾸며진 무슨 악몽 같았어."

"맞아. 난 뭐든 믿어. 악몽까지도."

"너 우울한 거 아니야?"

"되게 우울하지."

"그럼 압생트 한 잔 더 해. 여기요! 압생트 한 잔 더 주세요."

"비참한 기분이 들어."

"자 마셔. 천천히."

밖이 어두워지기 시작했다. 그래도 축제는 계속되었다. 나는 취기를 느꼈지만 기분이 더 나아지지는 않았다.

"어때, 제이크?"

"여전히 안 좋아."

"그럼 한 잔 더 할래?"

"아니. 효과도 없는데 뭐."

"그래도 마셔봐. 혹시 있을지도 모르잖아. 딱 한 잔만 더하면 나아질지도 모르지. 여기요! 한 잔 더요."

나는 압생트에 물을 섞어 흔들었다. 빌이 얼음조각을 넣어주기에 스푼으로 저었다.

"어때?"

"좋아."

"빨리 마시지 말라니까. 그러면 토해."

나도 빨리 마시고 싶지는 않았다.

"어, 취하는군."

"넌 좀 취해야 돼."

"내가 취했으면 좋겠다고?"

"물론이지. 취해서 기분을 좀 떨쳐버리라고."

내가 일어서며 말했다.

"그래, 나 취했어. 어때, 됐어?"

"자, 앉아."

"안 앉을래. 호텔로 가야겠어."

난 정말 많이 취해있었다. 그렇게 취한 적이 없었다. 호텔로 들어갔는데 브렛의 방문이 열려있었다. 그래서 방을 슬쩍 들여다보았더니 마이크가 침대 위에 앉아있었다. 그가 나를 보고 술병을 들었다.

"제이크, 들어와."

방으로 들어가 침대에 걸터앉았는데 눈앞이 빙빙 돌기 시작했다.

"브렛 말이야, 그 투우사 녀석하고 떠나버렸어."

"정말?"

"그렇다니까. 작별인사 하겠다고 너를 찾더라. 7시 기차로 떠났어."

"그래?"

"너무 불쾌해. 어떻게 그런 짓을 할 수가 있지."

"말도 안돼."

"한 잔 할래? 맥주를 주문할 테니까 잠깐만 기다려."

"아니, 나 많이 취했어. 가서 자야겠어."

"나도 취했어."

"그럼 난 가서 좀 누워야겠어."

"그래, 좀 자둬, 제이크."

나는 내 방으로 돌아와 곧바로 침대에 누웠다. 그런데 침대가 둥둥 떠있는 것 같아 다시 일어나 앉았다. 밖에서는 축제소리가 들려왔다. 더 이상 관심이 없었다. 한참 후 빌과 마이크가 방으로 들어와 밥 먹으러 가자고 나를 깨웠다. 나는 잠이 든 척 했다.

"잠들었군. 그냥 놔두지 뭐."

"정말 많이 취했더라고."

그들은 말하며 방을 나갔다. 나는 일어나 발코니로 나가 광장에서 춤추는 사람들을 구경했다. 취기도 사라져 더 이상 빙빙 돌지 않았다. 모든 것이 잘 보이고 반짝이고 있었다. 나는 세수를 하고 머리를 빗었는데 거울에 비친 내 얼굴이 낯선 사람처럼 보였다. 씻고 난 후 나는 아래층 식당으로 갔다.

"어이, 제이크! 정신 없이 취하진 않았겠지?"

빌이 말했다.

"이봐, 술주정뱅이!"

마이크가 나를 보며 말했다.

"배고파서 잠이 깼어."

"수프 좀 먹어."

우리 셋은 테이블에 둘러앉았는데 마치 여섯 명쯤 없어진 것 같은 기분이 들었다.

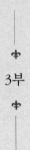

3부

19

다음 날 아침이 되자 모든 것이 끝났다. 축제도 전날 밤에 막을 내렸다. 나는 9시쯤 일어나 목욕을 하고 아래층으로 내려갔다. 광장은 이미 텅 비어있고 거리에도 사람이 없었다. 아이들 몇 명만이 광장에서 불꽃 막대기를 줍고 있었다. 카페들이 문을 열기 시작하면서 종업원들이 등나무 안락의자들을 회랑의 테라스 아래에 대리석 테이블들과 함께 늘어놓았다. 그러고는 주변을 청소하고 물을 뿌렸다.

나는 등나무 의자에 앉았다. 무척 편안했다. 웨이터는 급히 오지 않았다. 회랑 기둥엔 아직도 황소의 도착 시각을 알리는 벽보와 특별열차의 시간표가 붙어있었다. 파란색 앞치마를 두른 웨이터가 물통과 걸레를 가지고 와 그 벽보들을 떼어내기 시작했다. 종이를 뜯어내고 돌에 붙어 남아있는 것은 물을 적셔 문질러 떼어냈다. 축제가 끝났다는 걸 확실히 느낄 수 있었다.

커피를 한 잔 주문해 마시고 있는데 빌이 다가왔다. 나는 그가 광장을 가로질러 걸어오는 모습을 바라보았다. 그는 내 앞에 앉더니 역시 커피를 주문했다.

"축제도 다 끝났군."

빌이 말했다.

"그래 너는 언제 떠날 참이야?"

내가 빌에게 물었다.

"모르겠어. 차를 하나 빌려야 할 것 같아. 넌 파리로 안 갈 거야?"

"응, 난 1주일 더 쉬어도 되거든. 그래서 산세바스티안에 들를까 하는데."

"난 그냥 갈 거야."

"마이크는 어떻게 하겠대?"

"생장드뤼즈로 가려나봐."

"그럼 차를 한 대 빌려가지고 바욘까지 모두 함께 가면 되겠네. 넌 거기서 오늘 밤 기차를 타면 되고."

"좋아. 그럼 점심 먹고 떠나자."

"오케이. 차는 내가 알아볼게."

우리는 점심 식사 후 호텔 방값을 계산했다. 몬토야는 끝까지 우리를 외면했고, 종업원이 계산서를 내밀었다. 자동차가 도착해 운전기사가 우리 짐을 자동차 지붕 위에 올려 밧줄로 묶고 나머지 짐은 자기 옆자리에 놓자 우리는 곧 차에 올라타고 출발을 했다. 차는 광장을 벗어나 골목길로 들어섰다가 곧 언덕을 내려가며 팜플로나를 떠나갔다. 마이크가 훈다도르 한 병을 가지고 와 나는 조금 얻어마셨다. 산을 넘어가자 금방 스페인이 멀어져갔다. 울창한 숲으로 둘러싸인 바스크 지역을 지나 우리는 곧 바욘으로 들어서게 되었다. 바욘 기차역 앞에 차를 세워 놓고 우리는 역으로 들어가 빌의 짐을 보관함에 맡기고, 빌은 파리행 기차표를 샀다. 7시 10분 출발이었다.

"자동차는 어떻게 하지?"

빌이 물었다.

"그러게. 자동차가 문제네. 기다리라고 하지 뭐."

마이크가 말했다.

"좋아. 그럼 어디로 갈까?"

빌이 말했다.

"비아리츠에 가서 한 잔 해."

"하여튼 마이크 너는 대단하다니까."

빌이 말했다.

우리는 차를 몰고 비아리츠로 가서 리츠호텔처럼 호화로운 건물 앞에 세웠다. 그리고 바로 들어가서 높다란 의자에 앉아 위스키 소다를 마셨다.

"이 술은 내가 살게."

마이크가 말했다.

"그러지 말고 주사위를 굴려서 결정해."

우리는 포커 주사위를 굴렸다. 첫 번째는 빌이 이겼다. 그리고 내가 마이크를 이겼다. 그래서 마이크는 바텐더에게 100프 랑짜리 지폐 한 장을 내밀었다. 위스키 한 잔은 12프랑이었다. 우리는 다시 한 번 주사위를 굴렸는데 이번에도 마이크가 졌다. 그는 바텐더에게 팁을 주었다. 바 안쪽에서 멋진 재즈 음악이 연주되고 있었다. 한결 더 흥이 나는 분위기였다. 우리는 또 한 번 주사위를 굴려 첫판엔 내가 킹 넷으로 이겼다. 빌과 마이크가 굴렸다. 첫 판은 마이크가 잭 넷으로 이기고, 두 번째 판에서는 빌이 이겼다. 마지막 판에서 마이크는 킹 셋을 놓고 그것으로 그쳤다. 그는 주사위 통을 빌에게 내주었다. 빌이 그것을 흔들어 굴리자 킹 셋과 에이스 하나와 퀸 하나가 나왔다.

"네가 내야겠는 걸, 마이크. 친애하는 노름꾼, 마이크씨."

빌이 말했다.

"미안하지만 술값을 못내겠는데."

"아니 무슨 소리야?"

"돈이 없어서. 나 20프랑밖에 없거든. 이거라도 받아."

빌의 표정이 달라졌다.

"호텔비도 간신히 계산했어. 그거 안 모자란 게 다행이었지."

마이크가 말했다.

"수표를 현금으로 바꿔줄까?"

"고맙지만 수표를 끊을 것까진 없어."

"그럼 돈도 없이 어떻게 할 거야?"

"어떻게 되겠지 뭐. 2주일분 수당이 들어올 거야. 그리고 생장의 이 술집에서는 외상을 할 수 있으니까."

"자동차는 어떻게 할까? 그대로 놔둘까?"

빌이 내게 물었다.

"그냥 내버려두지 뭐. 기분도 좀 그렇고 하니까."

"자 한 잔 더 하자."

"좋아. 이번에도 내가 낼게. 브렛은 돈이라도 좀 갖고 있나?"

빌이 물었다.

"없을 것 같아. 내가 좀 줬는데 호텔비로 다 썼으니까."

"그럼 본인 돈은 전혀 없는 거야?"

내가 물었다.

"없는 것 같아. 연 수입이 500파운드인데 그 중 350파운드를 유대인에게 이자로 갚고 있으니까."

"미리 이자를 떼고 주겠지."

"맞아. 사실은 유대인이 아니라 아마도 스코틀랜드인일 거야. 우리가 그냥 그렇게 부른 거지."

"아니 브렛이 한 푼도 없단 말이야?"

내가 물었다.

"아마 그럴 거야. 떠날 때 나머지 돈을 전부 나한테 주고 갔거든."

"자, 한 잔씩 더 하자."

빌이 말했다.

"그래, 돈 문제 얘기해봐야 아무 소용도 없어."

마이크가 말했다.

빌과 나는 주사위를 두 번 더 굴렸는데 빌이 져서 술값을 계산했다. 그리고 우리는 밖으로 나왔다.

"마이크, 어디 가고 싶은 데 있어?"

빌이 물었다.

"한 바퀴 돌아볼까? 외상 할 수 있는 데를 좀 찾아보게."

"좋아. 나도 해안을 구경하고 싶으니까 앙데 쪽으로 드라이
브하자."

"해안 쪽에는 외상 할 만한 데가 없는데."

"그걸 어떻게 알아."

우리는 해안 길을 따라 달렸다. 흰 벽과 빨간색 지붕을 한 저
택들과 숲들이 있으며 썰물의 파도가 멀리 보이는 푸른 바다가
펼쳐져 있었다. 우리는 생장드뤼즈를 빠져나가 해안을 계속 달
렸다. 들판 뒤쪽으로 팜플로나에서 올 때 넘어온 산들이 보였
다. 시간을 보니 빌이 기차를 타야 할 시간이 되어갔다. 그는 유
리창을 두드려 운전기사에게 차를 돌리라고 말했다. 운전기사
가 풀밭으로 들어가 차를 돌렸다.

가다가 마이크를 생장의 호텔에 내려주었다. 운전기사가 그
의 가방을 들고 호텔로 들어갔다.

"잘 가, 친구들. 정말 멋진 축제였어."

마이크가 말했다.

"그래, 잘 있어, 마이크."

빌이 말했다.

"또 만나겠지."

내가 말했다.

"내 몫은 나중에 부쳐줄 테니까 걱정 마, 제이크. 자동차 렌
트비는 네가 좀 내."

마이크가 말했다.

"잘 있어, 마이크."

"고마웠어, 친구들."

우리는 악수를 하고 헤어졌다. 자동차가 떠나는데도 마이크
는 그 자리에 서서 계속 우리를 바라보았다. 기차 출발시간 바
로 직전에 우리는 바욘에 도착했다. 짐꾼이 빌의 가방을 보관함
에서 찾아가지고 왔다. 나는 플랫폼 입구까지 빌을 배웅했다.

"잘 있어, 제이크."

"잘 가, 친구!"

"정말 재밌게 보냈어."

"파리에 있을 거야?"

"아니, 17일에 배를 탈 거야. 잘 있어, 친구!"

"어 그래, 잘 가!"

빌은 기차로 걸어갔다. 짐꾼이 그의 가방을 들고 앞장 섰다.
기차가 떠날 때까지 나는 지켜보았다. 창문으로 빌의 모습이 보
였다. 그 창문이 지나고 기차도 다 지나가자 마침내 철길이 텅
비었다.

나는 다시 자동차 있는 데로 가서 운전기사에게 물었다.

"얼마 드리면 되죠?"

바욘까지는 150페세타로 정했었다.

"200페세타입니다."

"돌아가는 길에 나를 산세바스티안까지 데려다주면 얼마 더
내면 될까요?"

"50페세타요."

"너무 비싼데요."

"그럼 35페세타만 주세요."

"그것도 너무 비싸요. 그냥 호텔 파니에 플뢰리까지만 가주세요."

호텔에 도착해 나는 운전기사에게 팁까지 주었다. 자동차는 하얗게 먼지를 뒤집어썼다. 나는 낚싯대 케이스를 꺼내 먼지를 털어냈다. 그것이 스페인과 나를 연결하는 유일한 흔적 같았다. 자동차는 스페인을 향해 방향을 틀고 질주해갔다.

나는 호텔로 들어가 방을 하나 잡았다. 그 방은 빌과 콘과 함께 바욘에 있을 때 내가 쓰던 바로 그 방이었다. 그때가 아주 오래전 일처럼 느껴졌다. 나는 세수를 하고 옷을 바꿔 입은 후 밖으로 나갔다.

신문 가판대에서 〈뉴욕 헤럴드〉를 하나 사가지고 카페로 들어갔다. 다시 프랑스로 왔다는 게 이상하게 느껴졌다. 왠지 편안하고 안전한 곳에 와있는 것 같았다. 사실 빌과 함께 파리로 가고 싶었지만 파리에 가면 또다시 파티분위기에 젖어들 것 같아 일부러 가지 않았다. 당분간은 축제분위기를 피하고 싶었던 것이다. 산세바스티안은 조용할 것 같았다. 8월이 되기 전까지는 관광객이 없는 곳이기 때문이다. 쾌적한 호텔에 머무르며 책을 읽고 수영도 할 수 있을 것이다. 거기엔 멋진 해변도 있다. 그리고 해변의 산책길에는 아름다운 숲이 있는데 본격적인 시즌이 시작되기 전에는 아이들만이 유모와 함께 나와서 놀곤 한다. 저녁 무렵엔 카페 마리나스 건너편 숲에서 밴드 연주를 하는데 카페에 앉아 들을 수도 있다.

"카페 안쪽의 식사는 어떤가요?"

내가 웨이터에게 물었다. 카페의 실내는 레스토랑이었다.

"좋습니다. 아주 좋죠. 제대로 식사를 하실 수 있을 겁니다."

나는 안으로 들어가 식사를 했다. 프랑스식으로는 아주 푸짐한 양이었지만 스페인과 비교하면 가벼운 편이었다. 포도주도 한 병 마셨다. 샤토 마고 포도주였는데 혼자 천천히 음미하면서 마시니 오히려 여유가 있어 좋았다. 사실 혼자 한 병은 상당히 많은 양이었다. 식사를 마치고 나서는 커피와 리큐어를 한 잔 마셨는데, 웨이터가 '이자라'라는 바스크 산 리큐어를 추천해 주었다. 이자라는 피레네 산맥에서 나는 꽃으로 만든 술이라고 했다. 보기엔 무슨 헤어용 기름 같았고, 맛은 이탈리아 산 스트레가와 비슷했다. 나로선 별 맛이 없었다. 그래서 다시 뵈마르크를 주문해 마셨다.

그런데 내가 이자라를 마음에 들어 하지 않자 웨이터가 시무룩해진 것 같아 팁을 주었더니 그의 기분이 풀렸다. 사람의 마음을 풀어주기가 너무나 쉬운 나라에 있다는 것이 나는 한편으로 편했다. 스페인의 웨이터들은 고마워 할지 안 할지 알 수 없는데, 프랑스에서는 돈으로 모든 것이 간단해졌다. 다시 말해 돈만 있으면 살기가 쉬운 나라인 것이다. 이곳에서는 쉽게 친구가 되는 일도 없고 그래서 복잡하게 얽히는 일도 없다. 사람들에게 호감을 주려면 그저 돈만 쓰면 된다. 웨이터에게 팁을 주고나자 그의 태도가 확실히 달라진 것만 봐도 그렇다. 그는 나를 좋은 사람이라고 인정할 정도였다. 나중에 내가 다시 그곳을 간다면 그는 분명 반가워하며 진심으로 호의를 보일 것이다. 확실한 근거가 있으니 말이다. 나는 프랑스에 돌아왔다는 걸 정말 실감할 수 있었다.

다음 날 아침 난 더 많은 호감을 남기기 위해 모든 웨이터들에게 조금씩 팁을 주고 산세바스티안으로 떠났다. 그렇다고 역의 짐꾼에게까지 팁을 더 주지는 않았다. 그는 다시 만날 것 같지 않았기 때문이다. 언젠가 바욘에 다시 올 때 나를 반가워해줄 프랑스인 몇 명을 그저 만들어두고 싶었을 뿐이다. 그들이 나를 기억해준다면 그들의 마음은 진심일 것이다.

이룬에서 기차를 바꿔 타고 국경을 넘어 다시 스페인으로 들어갔다. 난 프랑스를 떠나고 싶지 않았다. 프랑스에서는 모든 게 확실한데 스페인은 그렇지가 않았다. 모든 게 모호하고 전혀 알 수가 없었다. 스페인으로 돌아가는 건 바보짓 같았다. 그런 생각을 줄곧 하면서도 나는 세관을 통과하고 있었고 기차를 타고 40여분 동안 여덟 개의 터널을 지나가고 있었다. 그리고 산세바스티안에 도착했다.

날씨가 더운데도 그곳은 아침처럼 상쾌했다. 나뭇잎들은 싱그러워 보이고 길도 방금 물을 뿌려놓은 것처럼 촉촉해 보였다. 거리엔 그늘이 많아서 언제나 시원함을 즐길 수 있었다. 나는 전에 묵었던 호텔로 가서 발코니가 있는 방을 얻었다. 거리의 지붕들 뒤로 산이 펼쳐져 있었다.

나는 짐을 풀어 책은 침대 위의 선반에 꽂고 옷들은 장롱에 넣은 다음 세탁물을 따로 싸두었다. 그러고는 샤워를 하고 점심을 먹으러 내려갔다. 스페인은 아직 서머타임이 시작되지 않아 좀 이른 시간이었다. 1시간을 번 셈이 되었다.

식당으로 들어가는데 직원이 오더니 경찰의 조사서를 내밀며 기입해달라고 했다. 그래서 읽어보고 사인을 해준 다음 그에게 전보 용지 두 장을 부탁해 한 장을 호텔 몬토야로 보냈다. 그곳으로 오는 내 우편물을 이곳 호텔로 회송해달라는 내용이었다. 또 하나는 내 사무실에 보낸 것인데, 앞으로 6일간은 모든 전보를 이곳으로 다시 보내달라는 부탁이었다. 그러고 나서 점심을 먹었다.

방으로 가 얼마간 책을 보던 나는 잠이 들어버렸다. 깨어보니 4시 반이었다. 나는 수영복과 빗을 수건에 싸서 챙겨들고 콘차 해변 쪽으로 거리를 따라 걸어갔다. 아직 썰물 때였다. 반들반들하고 단단한 해변의 모래가 황금빛을 띠고 있었다. 나는 탈의실에서 수영복으로 갈아입고 모래밭으로 나갔다. 발바닥에 닿는 모래가 따뜻했다. 사람들은 거의 없었다. 멀리 콘차의 두 곳이 만나는 항구엔 파도의 하얀 포말이 선을 이루고 있었다. 썰물이긴 하지만 느리게 움직이는 파도가 넘실대고 있었다. 물은 아직 차가웠다. 그러나 밀려오는 파도를 따라 들어가 물 밑에서 헤엄치다 수면으로 떠오르자 추운 느낌은 금방 사라졌다. 뗏목 같은 게 떠있어 나는 그곳까지 헤엄쳐 가 올라탔다. 판자가 제법 뜨거워 눕기에 좋았다. 젊은 두 남녀도 뗏목 위에 엎드려 일광욕을 하고 있었다. 남자가 여자에게 뭔가 얘기를 하자 여자는 웃어대며 그을린 몸을 뒤집곤 했다. 나도 한동안 일광욕을 한 후 물속으로 몇 번 다이빙을 했다. 한 번은 깊이 들어가 밑바닥까지 내려가기도 했다. 바다 속은 초록빛이지만 아주 어두웠다. 뗏목의 시커먼 그림자도 보였다. 나는 다시 뗏목 위로 기어올랐다가 마지막 다이빙을 하고는 오랫동안 물속에 있다가 해변으로 헤엄쳐갔다. 그리고 해변에서 또다시 한동안 일광욕을 하고는 샤워실로 가서 씻었다.

나는 가로수 아래로 걸어 항구를 한 바퀴 돈 다음 카지노 옆길로 들어가 카페 마리나스로 갔다. 카페에서는 오케스트라가 연주를 하고 있었다. 테라스에 앉아있는데 날씨가 더운데도 그곳은 상쾌하고 시원했다. 난 레몬주스와 위스키를 한 잔씩 마시며 한참동안 책도 읽고 사람들을 구경하며 음악을 들었다. 해가 질 무렵 나는 항구를 한 바퀴 더 돌고 저녁식사를 하러 호텔로 돌아왔다. 그날은 바스크 지방의 자전거 경기인 '투르 뒤 파이 바스크'가 열려 선수들이 호텔에 많이 묵고 있었다. 식당에도 그들이 북적거렸는데 선수들 외에도 감독과 메니저 등이 있었다. 그들은 모두 프랑스와 벨기에 사람들이었으며 식사에 대해 아주 까다로운 주의를 하고 있었다. 그들의 테이블엔 포부르 몽마르트르 거리 스타일의 예쁜 여자 둘도 있었는데 아마도 누구의 애인인 것 같았다. 그들은 모두 속어를 쓰며 이야기했고 뜻 모를 농담들이 오고 갔으며, 테이블 끝에서 누군가 농담을 하자 여자들이 되물어도 누구 하나 대답해주지 않았다. 선수들은 산 세바스티안에서 빌바오까지 이어지는 자전거 경주의 마지막 구간을 다음 날 아침 5시에 출발할 예정이었다. 그들은 포도주를 많이 마셨으며, 햇볕에 타서 갈색으로 그을어 있었다. 그들은 늘 같이 경기를 하기 때문에 누가 이기든 크게 신경 쓰지 않았다. 특히 외국에서 할 때는 더욱 더 그랬다. 상금은 적당히 조정할 수 있었다.

경기에서 2분 앞서있는 선수는 종기가 생겨 굉장히 고통을 겪고 있었다. 그는 의자에 등허리를 대고 대충 앉아있었다. 목덜미가 빨갛게 타고 머리카락도 햇볕에 그을려 있었다. 다른 선수들이 그의 종기에 대해 농담을 하자 그는 포크를 들어 테이블을 탁탁 쳤다.

"자, 들어봐. 내일 난 코를 핸들에 바짝 붙이고 탈 거니까 종기에 와 닿는 건 살랑대는 바람뿐이란 말씀이야."

한 여자가 저쪽 테이블에서 그를 쳐다보자 그는 빙그레 웃으며 얼굴을 붉혔다. 스페인 사람들은 자전거를 잘 다루지 못한다면서 몇 사람이 조롱하듯 말하기도 했다. 나는 메니저라는 사람과 테라스에서 커피를 마셨는데, 그는 자전거 공장도 운영하고 있다면서 이번 경기가 무척 재미있었다고 말했다. 만약 보테치아가 팜플로나에서 기권만 하지 않았다면 정말 흥미진진한 경기가 되었을 것이라고 했다. 흙먼지가 무척 많았지만 그래도 스페인의 도로가 프랑스보다는 좋습니다, 자전거 도로 경기는 이게 세계에서 유일한 스포츠죠. '투르 드 프랑스'에 따라가 본 적 있나요? 아니오, 신문에서밖엔 못 봤는데요. '투르 드 프랑스'는 세계에서 가장 큰 스포츠 행사죠. 저는 이 자전거 경기를 따라다니고 조직하면서 프랑스에 대해 잘 알게 됐어요. 사실 프랑스에 대해 잘 아는 사람은 거의 없거든요. 저는 봄, 여름 그리고 가을까지 자전거 선수들과 함께 길에서 살다시피 하고 있어요. 도로 경기 때 선수들을 따라다니는 그 자동차 숫자를 보세요. 얼마나 대단한지요. 갈수록 스포츠가 발전하고 있죠. 프랑스는 세계에서 아마도 가장 스포츠가 활발한 나라일 겁니다. 이 자전거 도로 경기가 한 몫을 더하는 거죠. 특히 축구와 자전거 경기가 말이죠. 정말 스포츠 프랑스라고 할만 해요. 우리는 코냑을 마셨다. 이제 파리로 돌아갈 날이 기다려집니다. 그래도 파남 (파리의 속칭)은 하나밖에 없으니까요. 세계에서도 가장 스포츠를 열광하는 도시일 거에요. 혹시 숍 드 네그르 아십니까? 모르신다고요. 언제 거기서 한 번 만나죠. 네, 그럽시다. 거기서 핀을 한 잔 마시자고요. 네, 꼭 만나요. 선수들이 내일 아침 6시 15분 전에 경기를 시작할 건데, 출발할 때 보시겠어요? 네, 꼭 일어나도록 해보죠. 제가 깨워 드릴까요? 한 번 보세요. 재미있을 겁니다. 프런트에 깨워달라고 부탁해 놓을게요. 아니, 그렇게 수고를 끼쳐드릴 수는 없어요. 아닙니다, 프런트에 부탁해 두겠습니다. 우리는 다음날 아침에 보기로 하고 일단 헤어졌다.

그런데 다음 날 아침 내가 눈을 떴을 때는 그들이 떠난 후 도로를 세 시간 이상 달리고 있을 때였다. 나는 천천히 커피를 마시고 신문을 읽은 다음 수영복을 들고 해변으로 갔다. 이른 시간이라 아직 시원하고 상쾌했다. 작업복 차림의 유모들이 아이들을 데리고 산책을 하고 있었다. 스페인의 아이들은 유난히 예뻤다. 구두닦이 몇 명이 나무그늘 아래서 한 군인과 얘기를 하고 있었다. 군인은 한쪽 팔이 없었다. 밀물 때라 파도가 밀려오고 있으며 서늘한 바람도 불어왔다.

나는 수영복으로 갈아입고 좁은 해변을 가로질러 바다로 들어갔다. 큰 파도 속으로 들어가 헤엄쳐볼까 하다가 그냥 물 밑으로 잠수를 했다. 그러고는 물 위에 누워 떠있었다. 하늘을 바라보고 있는데 파도가 올라갔다 내려갔다 하는 게 느껴졌다. 나는 다시 파도를 타고 해변으로 헤엄쳐 갔다가 뗏목 있는 곳까지 다시 헤엄쳐 갔다. 천천히 헤엄을 쳤지만 밀물이라 오랫동안 헤엄친 것처럼 느껴졌다. 그래서 햇볕에 뜨거워지기 시작한 뗏목 위로 올라가 앉아있었다. 멀리 항구와 도시, 카지노, 산책길, 그리고 흰색 벽에 금색으로 이름이 쓰여 있는 호텔들이 보였다. 오른쪽으로는 항구 끝으로 성과 언덕이 있었다. 뗏목이 물결의 움직임 때문에 흔들흔들 했다. 앞바다로 나가는 좁은 해협 건너편엔 곶이 하나 우뚝 서있었다. 나는 만을 헤엄쳐 건너갈까 하다가 다리에 쥐가 날 것 같아 그만두었다.

한동안 나는 뗏목 위에서 햇볕을 쬐며 해수욕하는 사람들을 구경했다. 그러다 뗏목 위에서 일어나 발로 뗏목 끝부분을 눌렀다. 뗏목이 기울어지며 나는 물속으로 다이빙하듯 깊이 떨어졌다. 그리고 빛을 따라 헤엄쳐 올라가 다시 물 위로 솟구친 다음엔 머리의 소금물을 툭툭 털어버리고 천천히 그리고 꾸준하게 해변까지 헤엄쳐갔다.

나는 탈의실로 가서 옷을 갈아입고 사용료를 지불한 뒤 걸어서 호텔로 돌아왔다. 자전거 경기 선수들이 놓고 간 것 같은 〈자

동차〉라는 잡지가 있기에 프랑스의 스포츠 소식을 좀 읽어보려
고 햇볕이 잘 드는 편안한 의자 있는 데로 가지고 나가서 앉았
다. 그런데 잠시 후 호텔 직원이 파란색 봉투를 하나 들고 내게
로 다가왔다.

"여기 전보가 왔군요, 손님."

봉투를 열어보니 파리에서 회송돼온 전보였다.

　　마드리드의 호텔 몬타나로 오기 바람
　　어려운 일에 처해있음. 브렛

나는 직원에게 팁을 주고 전보를 다시 읽었다. 우체국 집배원
이 골목에서 올라오고 있는 게 보였다. 그는 호텔 실내로 들어
갔다. 수염이 덥수룩하고 군인 같은 분위기의 사람이었다. 그러
고는 금방 다시 나왔다. 호텔 직원도 바로 뒤따라 나와 내게로
다가왔다.

"또 전보가 왔습니다."

이번엔 팜플로나에서 회송돼온 것이었다.

　　마드리드의 호텔 몬타나로 오기 바람
　　어려운 일에 처해있음. 브렛

직원은 또 팁을 바라는지 그대로 서있었다.

"마드리드 행 기차가 몇 시에 있나요?"

"아침 아홉 시에 떠나는 게 있습니다. 열한 시에도 있는데 그 건 완행이고, 밤 열두 시에 있는 건 급행이죠. 아무거나 상관 없어요. 계산서에 같이 올려놓겠습니다."

"네 그렇게 해주세요."

결국 산세바스티안에서의 내 체류는 물거품이 되고 말았다. 사실 난 뭔가 일이 일어나리라는 걸 어렴풋이 느끼고 있었다. 나는 경비원에게 전보용지를 부탁했다. 그러고는 이렇게 썼다.

애슐리 부인. 호텔 몬타나 마드리드
내일 급행으로 도착. 사랑하는 제이크

순리대로 되가는 것 같았다. 이렇게 될 일이었다. 여자가 한 남자와 도망치더니, 다른 남자를 만나고는 또 그 남자와 도망쳤다. 그리고 이제 그 여자를 데리러 간다. 전보엔 '사랑하는' 이라고 쓰고 말이다. 그렇게 예정돼있는 것이었다. 나는 점심을 먹으러 식당으로 갔다.

그날 밤 급행열차를 탄 나는 잠을 거의 이루지 못했다. 아침이 밝아오자 식당차에서 식사를 하고 아빌라와 에스코리알 사이의 바위와 소나무뿐인 풍경을 바라보았다. 에스코리알은 온통 잿빛으로 음산한 분위기를 띠었다. 건너편 벼랑 위로 하얀 지평선을 이루는 평야가 보이며, 그 뒤로 멀리 언덕에 집들이 밀집해있는 마드리드 시가지가 보이기 시작했다.

마드리드의 북역이 기차의 종착지였다. 그곳은 모든 기차의 종점이기도 했다. 역 밖에는 마차와 택시, 호텔 안내인들이 줄지어 서있었다. 나는 택시를 타고 공원을 빠져나가 계속 올라가다가 시가지 변두리의 인적 없는 궁전과 아직 짓고 있는 교회 앞을 지나 높은 건물들이 많은 시내 중심으로 들어갔다. 그리고 푸에르타델솔 방향으로 접어들었다가 교통량이 많은 곳을 지나 산헤로니모 거리로 나왔다. 가게들은 햇빛을 가리기 위해 차양을 내려놓았고, 햇살이 비치는 쪽 거리의 창문들도 모두 덧창을 달아놓았다. 택시는 보도 옆에 섰다. 2층에 '호텔 몬타냐' 라는 간판이 보였다. 택시기사가 내 가방을 호텔 안 엘리베이터 앞까지 가져다주었다. 그러나 나는 엘리베이터를 작동시킬 줄 몰라 그냥 층계를 올라갔다. 2층으로 올라가자 '호텔 몬타냐' 라고 쓰인 놋쇠 간판이 있었다. 입구에서 벨을 눌렀는데 인기척이 없었다. 다시 한 번 누르자 무뚝뚝한 표정의 여자 직원이 나왔다.

"레이디 애슐리가 여기 투숙하고 있나요?"

내가 물었다. 그녀는 무표정하게 나를 쳐다보았다.

"여기 영국 여자분 계시죠?"

그녀는 안에다 대고 누군가를 불렀다. 이번엔 뚱뚱한 여자가 나왔다. 회색 머리칼에 기름을 발라 마치 가리비 조개 같은 얼굴을 한 그녀는 키가 작고 당당했다.

"안녕하세요? 여기 영국 여자분 머물고 계시죠? 그분을 만나러 왔는데요."

"아 네, 영국 여자분 머물고 계십니다. 그분이 만나시겠다고 하면 들어오세요."

"만나고 싶어할 거에요."

"잠시만요. 직원한테 물어보도록 하겠습니다."

"날씨가 엄청 덥네요."

"마드리드는 여름에 엄청 덥죠."

"겨울엔 또 많이 추운가요?"

"네, 겨울엔 무척 춥죠. 혹시 손님도 여기 묵으실 건가요?"

"아직은 모르겠어요. 그런데 아래층에 있는 가방을 도둑맞지 않게 좀 올려다주면 좋겠는데요."

"아, 여기선 도둑맞은 일 한 번도 없어요. 다른 호텔은 있어도 여기는 없죠. 여기 종업원들은 아주 엄격하게 뽑거든요."

"네, 그럼 마음 놓아도 되겠네요. 그래도 가방은 올려다주시면 좋겠는데요."

좀 전에 물어보러 갔던 종업원이 와서 부인이 지금 기다리고 있다고 했다. 나는 종업원을 따라 컴컴한 복도로 들어갔다. 브렛의 방은 거의 끝에 있었다. 종업원이 노크를 했다.

"네, 제이크 당신이야?"

"그래."

"들어와."

브렛은 침대에 앉아있었다. 막 머리를 빗었는지 손에는 빗을 들고 있었다. 방안은 마치 하인을 거느리고 있는 사람의 방처럼 어지럽게 널려 있었다.

"자기!"

브렛이 말했다.

나는 그녀에게로 다가가 끌어안았다. 그녀가 내게 키스를 했다. 그런데 키스하는 동안 다른 생각을 하고 있는 것 같았다. 그녀는 몸을 몹시 떨었다. 새삼 그녀가 아주 작다는 느낌이 들었다.

"사실 나 충격 받았어."

"뭣 때문에?"

"근데 얘기할 것도 없어. 페드로가 어제 떠났거든. 내가 그냥 보냈어."

"왜 그랬는데?"

"모르겠어. 좋지 않은 것 같더라고. 그한테 조금이라도 상처를 주고 싶지 않았어."

"뭐, 그 녀석한테 무척 잘 해줬겠지."

"그는 누구와도 같이 살 수 있는 사람이 아니야. 금방 알겠더라고."

"그럴 것 같아."

"이제 그 얘기는 그만 두자. 다시는 안 하고 싶어."

"좋을 대로."

"그가 나를 창피하게 생각하더라고. 잠깐 그런 모습을 보였을 때 아무리 잠깐이지만 난 정말 굉장히 충격을 받았어. 나한테는 너무나 큰 상처였지."

"정말이야?"

"응, 정말이야. 한 번은 카페에서 사람들이 나에 대해 페드로한테 농담 같은 걸 했나봐. 나한테 머리를 길게 기르라는 거야.

그런데 내가 긴 머리 하는 게 어울리겠어? 얼마나 끔찍해 보이
겠냐고."

"웃기는 소리군."

"뭐, 그래야 여자다울 거라나, 하면서 말이야. 귀신같기만 하
지 뭐가 여자다워."

"그래서 어떻게 됐어?"

"결국은 페드로도 별 신경 안 쓰게 됐지만 처음엔 잠깐 창피
하다는 생각을 했던 거지."

"그런데 어려운 일에 처해있다는 건 뭐야?"

"그를 보낼 수 있을지 어떻게 해야 할지 몰랐거든. 내가 떠나
고 싶어도 돈이 있어야 떠나지. 그가 돈을 주겠다고 하더라고.
근데 내가 있다고 했지. 내가 거짓말 한 걸 그도 느꼈던 것 같
아. 하지만 아무리 그래도 난 그 사람 돈을 받을 수는 없었어."

"그건 그렇지."

"아, 이 얘기는 정말 그만 두고 싶어. 그런데 참 재밌는 일도
있었어. 담배 하나만 줘."

나는 담배에 불을 붙여주었다.

"페드로는 지브롤터에서 웨이터 일을 하면서 영어를 배웠
대."

"그렇다고 하더라고."

"아무튼 나중에 나랑 결혼하자고는 했어."

"정말?"

"그럼. 난 마이크와도 결혼하지 못하는데 말이야."

"결혼하면 애슐리 경으로 되는 줄 알았나?"

"아니 그건 아니고 정말 나랑 결혼하고 싶어 했어. 그래야 내가 자기를 떠나지 않을 거라면서. 확실한 보장을 받고 싶어 했지. 그런데 내가 좀 더 여성스럽게 변하기를 원하더라고."

"이젠 잊어버려."

"그럼. 아무렇지도 않아. 페드로 덕분에 오히려 지겨웠던 콘도 치워버릴 수 있었으니까."

"잘 됐네 뭐."

"페드로에게 나쁜 짓 같다는 생각만 안 들었어도 그와 같이 살았을 거야. 우리는 그런대로 잘 맞았거든."

"당신 외모 문제는 빼고?"

"그거야 계속 보다보면 별 다른 생각을 안 하게 되겠지."

그녀는 담배를 비벼 껐다.

"내가 서른 네 살인데 젊은 애들 장래를 망칠 수는 없잖아."

"그럼."

"그럴 수는 없어. 이젠 홀가분하네. 새로 기운도 나는 것 같고."

"그래 잘 됐어."

그녀는 얼굴을 돌렸다. 난 그녀가 담배를 찾고 있는 줄 알았다. 그런데 그녀는 조용히 울고 있었다. 얼굴은 보이지 않았지만 분명 울고 있었다. 몸도 부르르 떨면서. 나는 그녀를 껴안았다.

"제이크, 이제 정말 그 얘기는 그만 하고 싶어."

"브렛!"

"난 마이크에게 돌아갈래. 그는 아주 좋은 사람이지만 독한 면도 있지. 나와 비슷한 사람이야."

난 그녀의 머리를 쓰다듬었다. 그녀는 얼굴을 들지 않았다.

"난 못된 여자가 되고 싶지 않아. 아, 제이크, 이제 이런 얘기는 정말 그만 둘게."

우리는 호텔에서 나왔다. 주인 여자는 내가 방값을 계산하려고 하자 이미 받았다고 했다.

"아, 그래 계산했어. 그런 거 신경쓰지 마."

브렛이 말했다.

우리는 택시를 타고 팰리스 호텔로 가서 짐을 맡겨놓은 후 밤에 떠나는 급행열차 표를 샀다. 그리고 칵테일을 마시러 호텔의 바로 갔다. 바텐더가 셰이커를 흔들며 마티니를 만드는 동안 우리는 그 앞 높은 의자에 앉아있었다.

"큰 호텔의 바에 앉아있으면 무척 신사가 된 기분이 든다니까. 참 우스워."

내가 말했다.

"아마도 바텐더와 경마 기수 정도가 유일하게 남아있는 싹싹한 사람들일 거야."

"어쨌든 시시한 호텔들도 바는 어디나 좋더라고."

"그러게 말이야. 참 이상해."

"하여튼 바텐더들은 대부분 호감스러워."

"맞아. 그런데 페드로 나이 말이야. 아직 열아홉 살밖에 안 됐어. 놀랍지?"

칵테일 두 잔이 카운터에 놓이자 우리는 잔을 들어 가볍게 부딪쳤다. 잔이 차가워 이슬이 맺혀있었다. 커튼이 드리워진 창밖은 날씨가 더워 푹푹 찌고 있었다.

"여기 올리브 한 개 넣어주세요."

"아, 네."

"고마워요."

"아닙니다. 미리 여쭤볼걸 그랬죠."

바텐더는 칵테일에 올리브를 넣어주고 나서 우리 이야기를 듣지 않으려고 저만치 피해주었다. 브렛은 잔을 카운터에 놓아둔 채 입을 대고 마셨다. 그런 다음 잔을 들었다. 한 모금만 마시고 잔을 들어도 그녀는 손을 떨지 않았다.

"술맛이 괜찮네. 이 바 마음에 드는데."

"바는 다 괜찮다니까."

"처음엔 안 믿기더라고. 1905년생이래, 글쎄. 그때 난 파리에서 학교에 다니고 있었거든. 생각을 해봐."

"나더러 뭘 생각하라고?"

"에이, 바보 같은 소리 그만 해. 숙녀한테 술 한 잔 안 사줄 거야?"

"여기 마티니 두 잔 더 줘요."

"아까처럼 해드릴까요?"

"네, 좋아요."

브렛이 대답하며 웨이터에게 미소를 지었다.

"알겠습니다, 부인."

"자. 건배."

브렛이 말했다.

"건배!"

"그런데 말이야, 페드로는 여자와 경험한 게 두 번밖에 없었대. 투우 외에는 아무것도 관심이 없었다는 거야."

브렛이 말했다.

"그렇게 바쁜 것도 아닐 텐데."

"그건 모르겠어. 그는 이번 투우 경기를 나를 위해 했다는 거야. 일반 관중들을 위해서가 아니라."

"뭐, 그랬을지도 모르지."

"맞아. 나를 위해서였어."

"그 얘기는 다시 안 하고 싶다면서."

"안 할 수가 없어."

"다 얘기해버리면 잃어버리게 되는 거야."

"그래서 그 주변 얘기만 하는 거야. 어쨌든 정말 기분 좋아, 제이크."

"그래야지."

"나쁜 여자가 안 되기로 마음을 먹고 나니까 기분이 홀가분해."

"그런 거야."

"그게 우리가 하느님 대신 믿고 있는 거지."

"하느님을 믿는 사람들도 많아."

"하느님이 나한테는 별로 효험이 없었어."

"마티니 한 잔씩 더 할까?"

바텐더가 또 셰이커를 열심히 흔들더니 새 잔에 따라주었다.

"점심 식사는 어디서 할까?"

내가 브렛에게 물었다. 바 안은 시원했지만 바깥 날씨가 무척 덥다는 게 느껴졌다.

"여기서 할까?"

브렛이 물었다.

"호텔 식사는 안 좋아. 혹시 보틴이라는 식당 알아요?"

내가 바텐더에게 물었더니 주소를 적어주었다. 보틴은 세계적으로 유명한 식당이었다. 우리는 2층에 자리를 잡고 새끼돼지 구이에 리오하 알타를 마셨다. 브렛은 언제나 그렇듯 조금밖에 먹지 않았다. 반대로 난 늘어지게 먹고 리오하 알타도 세 병이나 마셨다.

"기분 어때, 제이크? 굉장히 잘 먹네."

"기분 좋지. 디저트 먹을까?"

"아니."

브렛은 이미 담배를 피우고 있었다.

"당신은 먹는 걸 좋아하지, 맞지?"

브렛이 내게 물었다.

"그럼. 먹는 거 외에도 좋아하는 건 많지."

"뭘 또 좋아하는데?"

"아, 어쨌든 많아. 디저트 안 먹을 거야?"

"좀 전에 물었잖아."

"아 그랬나. 그럼 리오하 알타를 한 병 더 마시자."

"좋지."

"그런데 당신 별로 안 마시는 것 같아."

"마셨어. 당신이 못 봐서 그렇지."

난 두 병을 더 시켰다. 그리고 그녀와 내 잔에 술을 따른 후 다시 건배를 했다. 내가 다시 내 술잔을 채우고 있는데 브렛이 내 팔을 잡았다.

"취하지 마, 제이크. 취하면 안 돼."

"왜?"

"그냥 취하지 마. 괜찮아질 거야."

"취하려고 마시는 거 아니야. 그냥 마시고 싶은 거지. 난 포도주를 무척 좋아하거든."

"취하지 마, 제이크. 취하지 마."

"나가서 드라이브 할까? 거리를 좀 돌아보고 싶지 않아?"

내가 물었다.

"그래 그럼. 난 사실 마드리드 시내 구경을 못해봤거든. 마드리드나 구경해야겠네."

"이거 다 마시고 나가자."

내가 말했다.

우리는 밖으로 나갔다. 웨이터가 나와 택시를 잡아주려고 저쪽으로 갔다. 무더운 날씨에 햇빛이 쏟아지고 있었다. 길 저쪽으로 나무와 잔디밭이 있는 작은 광장이 있고, 그 앞에 택시들이 늘어서 있었다. 웨이터가 택시를 타고 이쪽으로 다가왔다.

나는 웨이터에게 팁을 주고 브렛 옆에 올라앉았다. 차가 출발하자 나는 의자에 머리를 기댔다. 브렛이 나한테 바짝 붙어 앉았다. 나는 팔을 돌려 그녀를 껴안았다. 그녀도 내게 편안히 기댔다. 햇볕이 뜨겁고 집들도 깨끗하게 반짝거렸다. 우리는 그란비아 쪽으로 해서 시내를 돌았다.

"아, 제이크. 우리 사이도 충분히 좋을 수 있었을 텐데."

브렛이 말했다.

카키색 제복을 입은 기마순경이 시내 한복판에서 교통정리를 하고 있었다. 그가 들고 있던 봉을 위로 들어 올리자 택시가 갑자기 속도를 줄였다. 그 바람에 브렛이 내 쪽으로 확 쏠렸다.

"그래. 그렇게 생각하니까 기분 좋지?"

내가 말했다.

　"내가 쓸 수 있다는 의지만 확고하다면 10년을 쉬어도 괜찮아. 하지만 그런 의지나 확신이 없다면 하루는 곧 영원이겠지."

　헤밍웨이가 한 친구에게 고백했다는 이야기다. 이는 작가로서의 창작에 대한 고뇌와 절박한 심정을 엿보게 하는 대목이다. 실제로 그는 〈노인과 바다〉를 출간하기 전 10여년의 긴 침묵 기간을 보내야 했다.

　〈노인과 바다〉는 헤밍웨이 문학의 대표작으로서, 인간의 절대고독한 자아의 세계를 충실하게 그린 걸작이라는 평을 받고 있다. 1952년에 출간되었으며, 1953년엔 퓰리처상을, 1954년엔 노벨 문학상을 받은 작품이기도 하다.

　소설의 내용은, 멕시코 만에 배를 띄우고 고기잡이를 하는 어부 산티아고 노인의 불굴의 정신을 묘사한 이야기인데, 헤밍웨이 특유의 간결하고 힘찬 문체를 잘 드러내고 있다.

　산티아고 노인은 84일간이나 고기가 안 잡히자 항상 그를 따라다니며 같이 고기잡이를 했던 소년과 헤어져 혼자 먼 바다로 나간다. 어부로서의 명예와 자긍심을 걸고 최후의 도전을 하기 위한 것이다. 그러나 햇볕에 피부가 타 얼룩이 지고 낚싯줄에 손이 베어 마비되는 고통을 겪게 된다. 그래도 패배하지 않겠다는 굳은 신념을 품고 그는 마지막까지 사투를 벌인다.

평생을 어부로 살아온 노인으로서는 그 같은 신념을 완수해야 했던 것이다. 그래서 어떠한 고난과 시련을 겪더라도 그것과 대결해야 한다는 영웅적 사명감을 갖고 있었다. 그런 인내심의 도전은 노인에게는 명예와 영광의 실현이며, 단순한 고기잡이가 아니라 진지하고도 장엄한 어떤 의식이 되었다.

길고 고통스런 기다림 끝에 자기가 탄 배보다 더 큰 물고기가 낚싯줄을 물자 그때부터 노인과 물고기의 치열한 투쟁은 시작되고 노인은 고통 속에서도 희열을 맛본다. 그렇게 이틀 밤낮에 걸친 사투를 벌이다 결국 물고기는 기진맥진해 죽고, 노인은 물고기를 배 옆에 묶어 육지로 돌아온다. 오는 도중 상어 떼의 습격을 받아 물고기의 살은 다 뜯겨나가고 육지에 도착했을 때는 뼈만 남게 된다.

노인이 고통스러울 때마다 떠올리며 힘을 얻었던 소년은 노인이 돌아오자 그 옆을 지키며 계속 눈물을 흘린다. 소년에게는 노인이 바로 영웅이며, 패배하지 않는 어부의 용기를 보여준 셈이다.

〈태양은 다시 떠오른다〉는 제 1차 세계대전을 겪은 젊은이들이 전근대적 보수적 생활윤리와 가치규범을 거부하며 과감한 반역과 상실을 겪어나가는 과정을 그리고 있다. 그들은 파리의 여러 카페를 중심으로 '잃어버린 세대'로서의 감정과 관념의 유희를 즐기고 사랑을 쫓으며, 비생산적인 나날을 보낸다.

그러다 투우 구경을 하러 스페인으로 몰려간다. 일종의 탈출을 한 것이다. 그곳에서의 생활은 이제까지 그들이 알아온 세계와는 완전히 다른 소박함과 진지함 그리고 삶에 대한 열정이 넘쳐나는 곳이라는 걸 알게 된다.

하지만 그들은 결국 다시 파리 생활의 공허함 속으로 돌아온다. 그렇다고 해서 이 작품이 단지 잃어버린 세대들의 허무와 좌절의 기록이라고 할 수는 없다. 주인공 제이크는 전쟁의 부상으로 인해 성불구자가 되었지만 브렛을 사랑하는 고뇌에 빠진다. 그녀와 결합할 수 없는 처지에 그는 불면의 밤을 세우며, 죽음보다 더 가혹한 시련을 견뎌낸다. 그리고 그 시련을 꿋꿋이 인내하는 참다운 용기를 발휘한 끝에 마침내 브렛에게 신뢰와 평안함을 느끼게 하는 든든한 친구로서의 존재감을 보여주게 된다.

브렛은 젊은 투우사를 자기 곁에서 떠나보내며 결국 장래가 유망한 청년의 인생을 지켜준다. 그 같은 결심은 그녀가 자신의 행동규범을 벗어나지 않겠다는 의지를 보여주는 것이며, 그런 단호한 결정을 내릴 수 있는 것 또한 용기있는 행동인 것이다.

노벨상을 수여하게 된 이유에 대해 스웨덴 한림원은 '위험과 모험에 대한 굳건한 애착, 폭력과 죽음의 음영을 띠고 있는 현실 세계에서 훌륭하게 싸우는 모든 인간에 대한 본연의 존경'이라고 밝혔다. 그리고 헤밍웨이 본인은 '최고의 작품은 하나의 고독한 삶이다. 진정한 작가라면 그의 모든 작품은 이미 도달한 바를 넘어선 어떤 것을 또다시 시도하는 새로운 시초가 되어야 한다. 그는 자기가 일찍이 시도해본 일이 없는 것, 다른 작가가 시도했으나 결국 실패하고 만 것을 시도해보지 않으면 안 된다.' 라고 수상 소감을 밝힌 바 있다.

평생을 행동의 세계에서 살아온 그에게는 행동이 곧 문학이 었으며, '먼저 행동하고 다음에 말하라' 를 신조로 삼고 살아온 작가이다.

1899

의사인 아버지 클레이런스 헤밍웨이(Clarence Hemingway)사이에서 여섯 자녀 중 둘째로 미시간주 오크 파크(Oak Park)에서 출생.

1917

오크 파크 고등학교 졸업. 권투 연습 중 다친 시력 때문에 미 육군 입대가 거부됨. 캔자스 시의 스타(Star)신문의 수습기자로 근무.

1918

적십자사의 앰뷸런스 운전사로 이탈리아에 감. 1918년 7월 8일, 자정쯤 포살타 디 삐아브(Fossalta di Piave)에서 박격포탄 및 중기관총 소사에 의하여 두 다리에 중상을 입음 (19세가 되는 생일날의 2주일 전).

1919

종전 후 귀국.

1920-1924

토론토 스타(Toronto Star) 및 스타 위클리(Star Weekly)의 기자겸 해외 특파원으로 근무 (시카고의 주식 투자 잡지사에도 편집인으로 잠시 관계하였으나 곧 손을 떼었는데 이 때문에 셔웃 앤더슨(Sherwood Anderson)과 교류하고 그의 추천서로 문단에 입문).

1921

해들리 리차드슨(Hadley Richardson)과 결혼(해들리는 고향 친구의 동생으로 어린 시절부터 잘 알고 지냈던 사이).

1922

해들리가 파리의 리용(Lyon)역에서 헤밍웨이의 원고 여러 편 분실.

1923

「세 편의 단편과 열 편의 시」(Three Stories and Ten Poems)를 파리에서 출간. 「Up in Michigan」, 「Out of Season」, 「My Old Man」등이 포함.

1924

「우리 시대에」(In Our Time)를 파리에서 출간.

1925

「우리 시대에」(In Our Time)의 미국판을 보니 앤드 리버라이트(Boni & Liveright) 사에서 출간.

1926

「봄의 계류」(The Torremts of Spring)를 스크리브너(Charles Scribner's Sons)사에서 출간. 이후 헤밍웨이의 모든 작품은 이곳에서 출간. 「해는 다시 떠오른다」(The Sun Also Rises)도 같은 해 10월에 출간.

1927

해들리와 이혼. 파리의 보그(Vogue)잡지사에서 근무하는 패션 작가이자 부유한 폴린 파이퍼(Pauline Pfeiffer)와 결혼. 「여자 없는 세계」(Men Without Women) 출간 (14편의 단편집으로 10편은 이미 잡지에 발표되었던 작품).

1928

플로리다주, 키 웨스트(Key West)에서의 생활 시작.

아버지의 자살(지병과 플로리다에서의 땅 투기가 실패한 후 경제적, 심리적 위축감에서 일어났다고 함. 헤밍웨이의 작품에 대두되는 자살의 주제는 이때의 충격에 연원하고 있음). 둘째 아들 패트릭(Patrick)탄생 (폴린은 난산 끝에 이 아이를 제왕절개 수술로 출산했는데, 「무기여 잘 있거라」(A Farewell to Arms)에 그때의 체험이 투영됨).

1929

「무기여 잘 있거라」출간. 저작으로 인한 첫 상업적 성공 획득 (첫 4개월

만에 80,000 부가 판매됨).

1930

평생에 걸쳐 헤밍웨이를 괴롭혔던 사고들 중의 주요한 첫 사고 발생. 몬태나 주에서 사슴 사냥 중 차가 굴러서 팔에 심한 골절상을 입음. 이때의 체험은 「The Gambler, the Nun, and the Radio」에 투영.

1932

「하오의 죽음」(Death in the Afternoon) 출간 (투우에 관한 논픽션 작품).

1933-1934 유럽 및 동아프리카 수렵 여행을 폴린과 함께 함. 이질과 사고의 연속이었었으나 주요 단편, 「The Snows of Kilimanjaro」, 「The Short Happy Life of Francis Macomber」등과 「아프리카의 푸른 언덕」(Green Hills of Africa)의 제재를 얻음.

1933

「승자에게는 아무것도 주지 마라」(Winner Take Nothing) 출간 (14편의 단편 소설 집)

1935

「아프리카의 푸른 언덕」(Green Hills of Africa) 출간 (사냥에 관한 논픽션 작품임).

1936-1937

스페인 내전의 공화정부파를 지원하기 위해 저술, 강연 등을 통하여 모금 활동. NANA통신(North American Newspaper Alliance)특파원으로 스페인 내전 취재. 「부자와 빈자」(To Have and Have Not) 출간.

1938

「제 5열 및 최초의 49단편집」(The Fifth Column and the First Forty-Nine Stories) 출간 (한 편의 희곡과 이미 단행본으로 출간된 단편들 및 잡지에 발표된 7편의 단편들로 구성됨).

1940

「누구를 위하여 좋은 울리나」(For Whom the Bell Tolls) 출간. 아내를 유기하였다는 이유로 폴린 파이퍼로부터 이혼 당함. 수개월 후 마르타 케홀른(Martha Gellhorn)과 결혼. 작가이자 신문기자인 케홀른은 키 웨스트에서 처음 만나 스페인에서 취재 활동을 함께 하였음. 쿠바의 아바나 교외에 저택을 구입하여 전망이 좋은 농장이라는 뜻의 Finca Vigia라고 명명함.

1942

전쟁 이야기를 모은 「싸우는 사람들」(Men at War)을 편집하고 서문을 씀.

1943-45

신문 및 잡지의 특파원으로 유럽 전쟁 취재.

1944

연합군의 노르망디 상륙작전, 파리 입성, 독일 진격 등을 취재. 1945년 마르타로부터 이혼 당함.

1946

메리 웰시(Mary Welsh)와 네 번째 결혼 (신문기자이자 특파원인 그녀를 헤밍웨이가 알게 된 것은 런던에서였음).

1950

「강을 건너 숲으로」(Across the River and Into the Trees) 출간

1951

어머니 그레이스 죽음.

1952

「노인과 바다」(The Old Man and the Sea)출간. 원래 Life지에 발표. 퓰리처 상 수상.

1953

노벨 문학상 수상.

1953

동아프리카로 두 번째 수렵 여행.

1954

잇단 두 번의 비행기 사고로 중상.

1959

아이다호 주의 캐첨(Ketchum)에 저택 구입.

1961

7월 2일 캐첨의 자택에서 자살. 근교에 묻힘.

1964

유고작 「움직이는 축제일」(A Moveable Feast) 출간 (파리 시대에 관한 수필과 회고록).

1970

「떠도는 섬들」(Islands in the Stream) 출간 (1950년 가을에 시작한 미완의 해양 소설).

1986

유고작 「에덴 동산」(The Garden of Eden) 출간 (해들리와 폴린과의 결혼 생활을 회상하며 1946년 초에 착수했던 작품).

1987

「어니스트 헤밍웨이 단편 완간본」(The Complete Short Stories of Ernest Hemingway) 출간 (미공개 7편의 유고 단편이 포함되어 있음).